Elfriede Hammerl
Mausi

W0329498

SERIE PIPER

Zu diesem Buch

Eigentlich hat Antonia mehr als genug um die Ohren – nicht nur einen nervenaufreibenden Job in einem Immobilienbüro, sondern auch noch die liebe Familie: ihre Schwester Marietta, ständig trostbedürftig wegen ihres verheirateten Liebhabers, ihr Vater, ein in die Jahre gekommener Schauspieler und Lebemann, und schließlich ihre Tochter Nina, ein Teenager mit zahlreichen Sozialkontakten, die dem schulischen Erfolg keineswegs förderlich sind. Sie alle wohnen in einem Reihenhaus am Stadtrand, während Antonia von einer alten Villa träumt, die käuflich, aber leider unerschwinglich ist. In den ganz normalen Wahnsinn des Familienalltags platzt eine Plüschmaus von bizarrer Scheußlichkeit, angeschleppt von einer Verehrerin ihres Vaters. Mit schnarrender Stimme beginnt sie Befehle zu erteilen und outet sich als verwunschene Prinzessin mit einunddreißig Namen … Ein rasanter und unterhaltsamer Roman mit funkelndem Sprachwitz, herzerfrischendem Humor, brillanten Dialogen und einer hinreißenden Titelheldin. »Elfriede Hammerl beschreibt mit viel Humor und Sprachwitz einen turbulenten Frauenalltag: ein wundervolles Buch!« (Bild der Frau)

Elfriede Hammerl lebt mit ihrer Tochter in der Nähe von Wien. Sie studierte Germanistik und Theaterwissenschaft und arbeitet als Kolumnistin bei Profil, Stern, Vogue, Cosmopolitan und Marie Claire. 1999 erhielt sie den Publizistikpreis der Stadt Wien. Zuletzt erschien von ihr »Schuldgefühle sind schön«.

Elfriede Hammerl

Mausi

oder Das Leben ist ungerecht

Roman

Piper München Zürich

FSC

Dieses Taschenbuch wurde auf FSC-zertifiziertem Papier gedruckt. FSC (Forest Stewardship Council) ist eine nichtstaatliche, gemeinnützige Organisation, die sich für eine ökologische und sozialverantwortliche Nutzung der Wälder unserer Erde einsetzt (vgl. Logo auf der Umschlagrückseite).

Ungekürzte Taschenbuchausgabe
Piper Verlag GmbH, München
1. Auflage Februar 2004
3. Auflage Oktober 2005
© 2002 Franz Deuticke Verlagsgesellschaft m. b. H., Wien / Frankfurt am Main
Umschlag / Bildredaktion: Büro Hamburg
Isabel Bünermann, Julia Martinez /
Charlotte Wippermann, Kathrin Hilse
Umschlagfoto: Dieter Brasch
Satz: typic® / wolf
Papier: Munken Print von Arctic Paper Munkedals AB, Schweden
Druck und Bindung: Clausen & Bosse, Leck
Printed in Germany
ISBN-13: 978-3-492-23953-0
ISBN-10: 3-492-23953-6

www.piper.de

Für meine Tochter Julia

1

Durch den Garten trudelten Laubschwaden. Wer einen Garten besitzt, besitzt auch Laub. Besitz belastet. Ich sah auf meinen Bestand an herbstlichen Dörrpflanzen und erwärmte mich zunehmend für den Gedanken, die Natur bloß noch in Form gelegentlicher Parkspaziergänge zu kontaktieren. »Das Laub gehört zusammengerecht«, sagte Marietta.

Meine Schwester sieht immer, was zu tun ist, und teilt es mir dann mit. Das ist sehr freundlich von ihr. Sie könnte ihr kostbares Wissen auch für sich behalten. Ohne ihre Hinweise käme ich sicher nie auf die Idee, die Fenster zu putzen. Wahrscheinlich würde ich neue Scheiben kaufen.

»Das Laub gehört zusammengerecht«, sagte also Marietta. »In zwei Tagen werden die Gartenabfälle abtransportiert. Du musst sie nur in Säcken vor die Tür stellen.«

»Schwachsinnige Idee«, wandte ich ein. »Jeder vernünftige Mensch häufelt das Laub um die Bäume herum an. Das gibt Kompost, weißt du.«

»Das tut vielleicht jeder vernünftige Mensch, der einen Park hat«, sagte Marietta. »Hier werden sich die

Nachbarn aufregen, weil nämlich der Wind das aufgehäufelte Laub zu ihnen weht.«

Ich habe keinen Park, ganz recht. Ich wohne, im Gegenteil, in einem Reihenhaus, mitten zwischen Leuten, die ihren Lebenssinn bedroht sehen, wenn der Wind ihnen Laub auf die sauber gescheitelten Blumenbeete wirbelt. Im Frühling schneiden sie die Rasenkanten mit der Nagelschere nach.

Die Idee, in ein Reihenhaus zu ziehen, geht auf meinen geschiedenen Gemahl zurück. Philipp ist blond, hoch gewachsen und so hochmütig, dass er es sich leisten kann, liebenswürdig zu scheinen. Zumindest passte diese Beschreibung auf ihn, als ich die Gnade hatte, ihn zu heiraten. (Falls Sie ihn treffen, wird er Ihnen einreden wollen, nicht er, sondern ich wäre scharf gewesen auf Eheschluss und Familiengründung. Hören Sie nicht auf ihn. Er hat Recht. Es sind ja meistens die Frauen, die scharf sind auf Eheschluss und Familiengründung. *Wir* werden mitleidig angesehen, wenn wir nicht wenigstens geschieden sind. *Unsere* biologische Uhr tickt. Was immer bei Männern tickt, es führt nicht dazu, dass sie sich sozusagen mit hängender Zunge vermehren. Sie können auch mit den dritten Zähnen noch zeugen. Nein, nein, ich bin aufgeklärt. Ich meine, ich weiß schon, dass nicht das Gebiss die entscheidende Rolle spielt beim Zeugungsakt.)

Zurück zu Philipp. Hoch gewachsen und auf liebenswürdige Weise bestimmt war er, mit blondem Haar. Mittlerweile ist er in die Breite gegangen, sein Charme hat einen Stich ins Nörglerische bekommen (das ist sehr elegant ausgedrückt) und was sich auf seinem Kopf tut, verdient kaum noch die Bezeichnung Haare. »Sei froh, Mutter, du hast ihn abgegeben, bevor er schäbig geworden ist!«, sagt meine Tochter Nina, wenn sie es grade gut mit mir meint. Wir sind voreingenommen, Nina und ich.

Philipp verdanken wir, wie gesagt, das Reihenhaus, nicht direkt materiell, aber einfallsmäßig. Er fand seinerzeit, wir sollten *in Grundbesitz investieren*. Die Summe, die wir investieren konnten, reichte für ziemlich wenig Grund ziemlich weit draußen am Stadtrand. Philipp sprach von einem *Hoffnungsgebiet*. Meiner Ansicht nach sagten sich Fuchs und Hase in der Gegend bloß deswegen nicht gute Nacht, weil ihnen klar war, dass sie vor Verzweiflung kein Auge zutun würden. Philipp warf mir Größenwahn vor. Ich hoffte meinerseits auf eine friedliche Ehe und sagte nichts mehr.

Inzwischen sitzt Philipp mit seiner zweiten, reichen Frau in einem richtigen Villenviertel, unter Menschen, die Nagelscheren zum Schneiden ihrer Nägel benützen, im Grünen und doch nicht zu weit weg von der City, während ich mich täglich auf der Außenringautobahn staue, was aber sowieso nicht zu vermeiden wäre, weil ich beruflich viel unterwegs bin.

Man kann jedoch nicht sagen, dass Philipp einen Sinneswandel durchgemacht hätte. Wahrscheinlich würde er mir noch immer Größenwahn vorwerfen, wenn ich ihm erklärte, ebenfalls in einer Villa wohnen zu wollen.

Übrigens habe ich beruflich viel mit Villen zu tun. Das Immobilienbüro, für das ich arbeite, verkauft sie.

Ich kann sie mir aber trotzdem nicht leisten. Außerdem weigert sich Nina, einen Wohnungswechsel auch nur ins Auge zu fassen. Sie behauptet, in der Reihenhausanlage daheim zu sein. Vermutlich würde sie sich eher von mir trennen als von ihren Freundinnen, die rundherum wohnen.

Marietta hatte ihren Frühstückskräutertee aufgebrüht und warf den Teebeutel neben den Mülleimer. Sie hält ihre Schlamperei für Großzügigkeit. So großzügig, dass sie mir ebenfalls Tee machte, war sie allerdings nicht.

»Also, was ist: Rechst du das Laub zusammen?«, fragte ich. Ich kannte die Antwort. Ich wollte es Marietta nur nicht ersparen, sie auszusprechen. Von Zeit zu Zeit hoffe ich, dass sie rot wird, wenn sie sich wieder einmal um eine Arbeit drückt.

Schon kriegte sie einen gehetzten Gesichtsausdruck. »Du, ich hab heut einen wahnsinnig stressigen Tag. Bis zwei Unterricht, danach muss ich eine Schularbeit korrigieren und am Abend wollte ich mit Richard ins Theater.«

»Er geht mit dir ins Theater?«, fragte ich. »Musst du dich vielleicht als Geschäftsfreund verkleiden oder so?«

Richard ist verheiratet. Meist trifft er sich mit meiner Schwester in verschwiegenen Ecken. Marietta warf mir einen weidwunden Blick zu. Na schön, ich war gemein. Aber das weich gespülte Säuseln, in das sie verfällt, wenn sie von Richard, dem feigen Spießer, spricht wie von einem Opferlamm, weckt meine niedrigsten Instinkte.

Mein Vater wankte die Treppe herunter. Er besteht darauf, vor elf am Vormittag ein Wrack zu sein. Den Nachtmenschen hervorzukehren, hält er für Lebensart. Marietta und ich sind aber morgens viel zu sehr mit der gewaltsamen Unterdrückung unserer eigenen Natur beschäftigt (die ebenfalls nach langem Schlaf schreit), als dass wir ihn bedauern könnten. Er bemerkt es nie. Stattdessen behandelt er uns wie rotbackige Landkinder, die dem überzüchteten Lebemann ein beneidenswert robustes Naturell voraushaben.

Mit halb geschlossenen Augen ließ er sich am Esstisch nieder. Marietta machte ihm Kaffee. In ihr hält sich hartnäckig die Idee, dass die männlichen Gene den Mann am Kaffeekochen hindern. Marietta ist nahezu zehn Jahre jünger als ich. Rein theoretisch könnte sie einer Generation angehören, die diesem Irrglauben nicht mehr anhängt, aber rein praktisch gibt es eine solche Generation offenbar nicht. Marietta behandelt männliche Wesen, unseren Vater eingeschlossen, mit butterweicher Nachsicht und schmelzendem Verständnis, erntet seit Jahren nichts als stinkenden Undank, auch von unserem Vater, und trennt sich dennoch nicht von der Überzeugung, dass frauliche Selbstlosigkeit gütige Saiten im Manne zum Klingen bringt.

Marietta ist zehn Jahre jünger und fünfzehn Kilo schwerer als ich. Meiner Meinung nach sollte sie Ballast abwerfen. Sie könnte dann mehr auf ihre Schönheit bauen und müsste nicht ständig ihren liebevollen

Charakter ins Treffen führen. Damit würde sie auf Dauer besser fahren.

Ja, ja, ich weiß schon: *Die selbstbewusste Frau beugt sich dem Schlankheitsdiktat nicht* und so weiter. Marietta ist aber nicht selbstbewusst dick, sondern *nur* dick.

Mein Vater sah blinzelnd in den Garten. »Das Laub gehört zusammengerecht«, sagte er. Er ist ein kluger Mann, der ebenfalls mit seinen Erkenntnissen nicht hinter dem Berg hält.

»Höre ich die Weisheit des Alters?«, fragte ich. »Und wenn ja, wirst du die Konsequenzen ziehen aus deiner Diagnose?«

»Sehe ich aus wie jemand, der sich im Garten nützlich macht?«, fragte mein Vater zurück. »Ja«, antwortete ich, »genau so. Es ist verblüffend, wie sehr du aussiehst wie jemand, der wild darauf ist, im Garten zu arbeiten.«

»Du halluzinierst«, sagte mein Vater kalt.

Dann blickte er sich um, merkte, dass wir nur zu dritt waren, und erkundigte sich: »Nina schläft noch? Meinst du nicht, dass das Kind in die Schule gehört?«

Seine Stimme troff vor Ironie und Selbstgefälligkeit. Mein Vater hält es für seine väterliche Pflicht, mir Versäumnisse nachzuweisen. Nachdem er mich Jahrzehnte hindurch mehr oder weniger ignoriert hat, erzieht er nun an mir herum. Man muss das Positive daran sehen. Wenigstens kann er jetzt nicht mehr viel Schaden anrichten.

Marietta, extrasanft: »Nina ist längst in der Schule, Papi.«

»Ach«, sagte er, turmhoch über den Banalitäten des Alltags (zu denen ein zeitiger Schulbeginn gehört).

Immerhin hatte er sich gemerkt, dass eine seiner Töchter Lehrerin ist, denn er fragte Marietta streng: »Und du?« »Ich unterrichte donnerstags erst ab der dritten Stunde.«

Ich hoffe immer, dass Marietta mit ihren Schülerinnen und Schülern ebenso geduldig ist wie mit unserem Vater, aber ich bin mir nicht sicher.

Papi ließ sich von Marietta Kaffee eingießen und trank ihn in kleinen Schlucken wie Medizin.

»Ist spät geworden gestern, nicht?«, fragte ich ihn, gleichfalls streng.

Wenn ich hier die Haushaltsvorsteherin war, die sich um das Laub zu kümmern hatte, dann wollte ich mich auch um andere Sachen kümmern dürfen.

»Mhm.« Papi schaute ausdruckslos.

»Ich hoffe, du hast es lustig gehabt.«

»Worauf willst du hinaus?«, fragte Marietta.

»Sie will darauf hinaus«, sagte mein Vater mit gekränkter Stimme, »dass ein alter Mann wie ich gefälligst hinterm warmen Ofen sitzen und sein Briefmarkenalbum durchblättern soll, falls er es noch in seinen zittrigen Händen halten kann.«

»Ach was«, sagte ich, »ich bin bloß verbittert, weil ich selber gern ein Briefmarkenalbum hätte. Von was Spannenderem träume ich schon lange nicht mehr.«

Dann schlüpfte ich in meine Jacke und machte mich auf meinen langen Weg ins Büro.

Marietta rief mir hinterher: »Bist du sicher, dass der

Trick mit dem Briefmarkenalbum heutzutage noch funktioniert?«

War ich nicht. Meiner Meinung nach hat Marietta ihren Richard mit dem Versprechen zu sich gelockt, sie würde ihm besonders obszöne Deutschaufsätze ihrer Schülerinnen zeigen.

Draußen pfiff ein kalter Wind. Tolles Wetter. Ich liebe jede Witterung, die die Menschen daran hindert, sich johlend im Freien um Grillgeräte zu scharen.

Ich stieg in mein Auto, das zwei andere parkende Autos so eingezwängt hatten, dass nur senkrechtes Hochschweben half. Ehe ich hochschwebte, zog ich meinen Colt und schoss den beiden anderen die Reifen platt.

Na ja, nicht direkt. Ächzend, schwitzend und fluchend kurbelte ich mich aus der Lücke. Die Kluft zwischen meinen Ansprüchen und meinen Möglichkeiten ist eins der Probleme, die ich mit meinem Psychotherapeuten besprechen sollte, falls ich einen hätte.

So begann jedenfalls der Tag, an dem Mausi zu uns stieß.

2

Ich wollte nicht von vornherein Häuser verkaufen. Ursprünglich habe ich Malerei studiert. Ich finde meine Bilder bis heute richtungsweisend. Vielleicht wird man in fünfzig oder hundert Jahren ein Vermögen für sie bieten. Vorläufig reicht das leider nicht zum Leben.

Da mich die Malerei nicht ernährt hat, versuchte ich mich als freie Mitarbeiterin des öffentlich-rechtlichen Rundfunks. Ich schrieb Konzepte und Drehbücher, die dann nicht realisiert wurden. Zwischendurch saß ich endlos lange in Sitzungen, für die die angestellten Redakteure bezahlt wurden, ich aber nicht. Die Redakteure waren sehr wählerisch. Einer maß alles an seinem Lieblingsfilm, nämlich an »Some Like it Hot«. »Some Like it Hot« ist auch einer meiner Lieblingsfilme. Gerade deswegen kam es mir ein bisschen vermessen vor, eine Fortsetzung in Form einer zwanzigminütigen Vorabendserie produzieren zu wollen.

Ein anderer tendierte mehr zu »Doktor Schiwago«. Ich schaffte es nicht, überall dramatische Schlittenfahrten einzubauen.

Ein Dritter plädierte für »Graf Bobby am Wörthersee«, wegen der Einschaltquoten. Jede Szene, in der keiner ins Wasser fiel, war ihm zu wenig publikumswirksam. Jeder Dialog, der über »Gulp« hinausging, war ihm zu hochgestochen. Schließlich machte ich meinen Platz in den Sitzungen frei für nachdrängende Talente.

Meine Drehbücher finde ich noch immer ziemlich witzig. Wahrscheinlich sind sie es auch, sonst wären sie genommen worden.

Zum Immobilienmakeln kam ich durch Pia, mit der ich in die Schule gegangen bin. Ihrem Vater gehörte ein Realitätenbüro, das er inzwischen seinem Sohn Christoph übergeben hat.

Christoph zahlt mir ein annehmbares Fixum und beteiligt mich an den Provisionen, sodass ich nicht schlecht verdiene. Die Arbeit interessiert mich, weil mich Menschen und Wohnungen interessieren. Manchmal tue ich mir Leid, wenn ich betuchten Ignoranten graziöse alte Häuser zeige, die ich zu meinem Kummer nie bewohnen werde, und mit anhören muss, wie sie dämmrige Erkerzimmer in Fitnessräume verwandeln wollen.

An dem Tag, an dem wir Mausi kennen lernen sollten, waren die diversen Staus noch zäher als sonst. Ich legte schätzungsweise insgesamt fünfzig Kilometer im Schritttempo zurück. So was nützt der Schönheit nicht. Vermutlich würde ich nach wie vor aussehen wie die junge Grace Kelly, wenn ich mich nicht immerzu durch Staus quälen müsste. (*Habe ich denn jemals aus-*

gesehen wie die junge Grace Kelly? Erwarten Sie nicht, dass ich diese Preisfrage beantworte, schon gar nicht mit *nein.*)

Im Büro war Christoph wortkarg und übellaunig. Daniel, unser junger Praktikant, telefonierte wie gewöhnlich mehr privat als dienstlich. Frau Waldbauer, die Sekretärin, nieste allergisch vor sich hin.

Zu Mittag zeigte ich einem älteren Paar ein Einfamilienhaus in Atzgersdorf. Atzgersdorf ist nicht Ober St. Veit, was sich in den Kosten durchaus niederschlug. Dem Paar schwebte aber ein Haus in Ober St. Veit zum Preis von einem Haus in Atzgersdorf vor, nur größer.

Ein Jüngling mit Goldarmband marschierte in Cowboystiefeln die Parkettböden einer schön proportionierten, doch renovierungsbedürftigen Wohnung in der Josefstadt ab und fand sie nicht nach seinem Geschmack, was mich nicht verwunderte.

Eine jugendliche Mutter im knöchellangen Übergangsnerz besichtigte eine kleine Jahrhundertwendevilla in Pötzleinsdorf. Von einer Terrasse führten zwei Freitreppen auf einen kiesbedeckten Vorplatz, der von einer niedrigen Buchsbaumhecke eingefasst war. In seiner Mitte schlief ein steinerner, leerer, vermooster Brunnen vor sich hin. Hinter dem Haus stand ein riesiger Kastanienbaum vor einer in Efeu gehüllten Mauer.

Wenn es etwas genützt hätte, hätte ich mich auf den Bauch geworfen und mich im Kies festgekrallt, um das Plätzchen behalten zu dürfen.

Die junge Mutter hingegen war sich nicht so sicher, ob ihr das Haus komfortabel genug sein würde. (Nur zwei Bäder!) Ihre Kinder, denen ein Au-pair-Mädchen lustlos hinterherschlenderte, warfen Steine gegen die Kellerfenster. Sie waren von Kopf bis Zeh mit Designerlabels bepflastert; vermutlich trugen sie ihre kleinen Zobel erst, wenn's kälter wurde.

Ein erfolgreicher Tag. Zwischendurch erreichte mich Nina übers Handy und teilte mir mit, dass sie einen Vierer auf die Englisch-Schularbeit hätte. Sie teilte es mir vorwurfsvoll mit. Wenn sie schlechte Noten kriegt, bin ich schuld, weil ich zu wenig mit ihr lerne. »Lisa hat ein Sehr gut!«, sagte sie. Auch das war ein Vorwurf. Lisas Mutter lernt mit Lisa, und zwar Nachmittag für Nachmittag. Es gibt keine Hausübung, die Lisas Mutter nicht tadellos mitmacht. Gelegentlich hatte Nina versucht, sich zu diesen Sessions einzuladen, war aber jedes Mal abgewimmelt worden. Lisas Mutter weiht ihre Nachmittage nur dem eigenen Kind (ihr gutes Recht). Dass Kinder wie Nina schlechtere Noten kriegen als Lisa, ist der Lohn, den sie für ihre Mühe kassiert. Nach beendetem Pauken darf Lisa dann meist zu uns kommen. Lisas Mutter muss sich schließlich von ihren Strapazen erholen, darum lagert sie den Lärm, den Lisa freizeitbedingt macht, gerne aus.

»Zu meiner Zeit haben wir's vertuscht, wenn die anderen bessere Noten hatten«, sagte ich.

»Deine Zeit ist vorbei, Mutter«, antwortete Nina.

Als ich heimkam, ertönte aus Ninas Zimmer hämmernde Musik. Im Wohnzimmer saß mein Vater mit einer Dame, die dreinblickte wie Bambi. Bambi hieß Ilse

Irgendwie (mein Vater spricht die Nachnamen seiner Begleiterinnen häufig sehr undeutlich aus, vermutlich hält er das für Diskretion). Ilse Irgendwie sagte, ich sollte sie einfach Ilse nennen. Auch gut.

»Leisten Sie uns doch ein bisschen Gesellschaft!«, bat mich Ilse, die fein ziselierte Silberreifen und sorgfältig lackierte Fingernägel trug. Es klang sehr gastfreundlich. Der Haken war nur, dass ich eigentlich nicht der Gast war.

»Das würde ich gern«, erwiderte ich (Lüge), »aber leider habe ich keine Zeit, weil ich noch kochen muss.« (Wahrheit. So nah liegen Lüge und Wahrheit beieinander.)

»Essen Sie mit uns?«, fragte ich Bambi.

Für den Fall, dass sie ja sagte, war ich bereit, sie unverzüglich zu verabscheuen. *Was denkt sich die? Sitzt faul herum und lässt sich von mir bekochen. Unverschämtheit!*

Bambi verneinte jedoch. »Sehr freundlich, danke. Aber Rudi und ich kommen gerade vom Heurigen. Mehr Diätsünden können wir uns heute nicht leisten.« Sie lachte klingelnd und legte eine polierte Hand auf meines Vaters Arm. Mein Vater schaute irritiert. Vielleicht war es ihm ebenfalls neu, dass er Diät hielt. Ich kam ihm nicht zu Hilfe.

»Muss der Opi eigentlich dauernd Bräute anschleppen?«, fragte Nina, die sich mit Lisa in einem anheimelnden Haufen aus CDs, Schulheften, schmutzigen Socken, Illustrierten und Schminkstiften suhlte. Nina lässt keinen Anlass aus, das sittliche Betragen älterer Personen zu beanstanden. Begreiflich. Wer giert nicht nach Machtausübung, schon gar, wenn er vergleichsweise wenig Gelegenheit dazu hat? (Nicht, dass ich mehr Macht hätte als Nina, oh nein, im Gegenteil. Aber gemessen am Einfluss von Nero oder Arnold Schwarzenegger muss sich ein armes Schulmädel natürlich unterdrückt vorkommen, auch wenn beflissene Angehörige die Löwin nicht zu reizen trachten.)

Ich zuckte die Achseln, küsste Nina, tätschelte Lisa und kündigte an, dass ich Fisch braten würde, worauf Nina erwartungsgemäß würgende Geräusche produzierte. Da es keinerlei Futter gibt, das, sofern ich es auf den Tisch bringe, Ninas Zustimmung findet, kümmerte ich mich nicht weiter darum, sondern ging in die Küche, nachdem ich Nina mitgeteilt hatte, dass sie eine widerliche, undankbare, mein Leben versauende Brut sei. Außerdem trug ich ihr auf, den Tisch zu decken. Sie verdrehte die Augen. Lisa schaute mitleidig. Es muss hart sein zu beobachten, wie die beste Freundin systematisch gequält wird.

Ilse hatte beschlossen, mich in der Küche zu unterhalten. Sie naschte vom Salat und stand mir im Weg, während ich den Geschirrspüler leer räumte, Kartoffeln aufsetzte, die Katzenschüsseln säuberte, Zwiebeln schnitt, über den Kater stolperte.

Ilse wollte wissen, warum ich kein Distelöl verwendete. »Es wird am schnellsten ranzig«, sagte ich.

Sie verzog das Gesicht. Mit süßer, fester Stimme belehrte sie mich, dass meines Vaters Gesundheit in meinen Hausfrauenhänden liege, weshalb Distelöl angesagt sei. »Schließlich wollen Sie Ihren Vater ja noch lange haben, nicht wahr?«

»Vielleicht wollen *Sie* ihn haben?«, erkundigte ich mich.

Ilse lächelte klirrend. Sie kündigte an, dass sie meinen Vater zu einer Überprüfung seines Cholesterinspiegels veranlassen würde. Mein Vater segelte in die Küche, hörte es und breitete verzückt die Arme aus. »Endlich eine Frau, die sich um mich sorgt!«

Die Ölflasche kippte um. Ein Wink des Schicksals. Wieso war das Schicksal mit Ilse im Bunde? Pfeif auf das Schicksal. Jetzt kauf ich erst recht kein Distelöl. Bäh.

Ilse Bambi ließ sich von meinem Vater umarmen. Ich verzichtete darauf, ihr eine Liste der Frauen zu überreichen, die sich alle schon um meinen Vater gesorgt hatten. Sie wäre sehr lang, diese Liste.

Anschließend ließ Ilse mich raten, wodurch mein Vater ihr Herz gewonnen hätte.

Hä?

Also gut, sie sagte es mir, obwohl es nachgerade auf der Hand lag: durch seinen Familiensinn.

Ich glotzte begriffsstutzig.

Sie finde es immens tröstlich, sagte Ilse, dass es solch einen Familiensinn heutzutage noch gab. Wir alle unter einem Dach, unter *seinem* Dach vielmehr – wo treffe man das noch an in dieser unserer herzlosen Zeit?

Ja, wo? Ich fragte mich das auch, voll Neid auf diejenigen, die sich mehrere Dächer leisten konnten.

Man dürfe das Opfer nicht übersehen, das Rudi uns, seinen Töchtern und seiner Enkelin, bringe, sagte Ilse.

Immerhin sei es für ihn recht beengend, uns großzügig Quartier zu geben. Darum schuldete ich meinem Vater Dank. Das Mindeste, was ich zwecks Abtragung meiner Dankesschuld tun könne, wäre, die Beobachtung seiner Gesundheit zu übernehmen.

Ich stieß meinem Vater einen zerstörerischen Blick in die Brust.

Er hielt ungerührt stand. Sein Gesicht drückte aus, dass er fest entschlossen war, weiterhin das Blaue vom Himmel zu lügen.

Also sagte ich liebenswürdig: »Papi! Wenn ich das gewusst hätte! Ein Opfer! Jetzt bin ich aber beschämt.«

Mein Vater ergriff Ilses Hand. »Komm, meine Liebe! Wir stören nur beim Kochen.«

Er sei zu rücksichtsvoll, sagte Ilse, entzückt und tadelnd zugleich, im Abgehen. Aus der umgefallenen Flasche tropfte Öl auf den Küchenboden.

»Was'n los gewesen?«, erkundigte sich Nina, hereinkommend. Der Kater verließ seine blankgefressene Futterschüssel und strich ihr eilfertig bettelnd um die Beine. Er durchschaut nicht, dass wir ihn durchschauen und spielt unbeirrbar das halb verhungerte Waisenkätzchen. Das halb verhungerte Waisenkätzchen bringt rund sieben Kilo auf die Waage. Wenn es könnte, würde es sein herbes Los vermutlich an die Boulevardpresse verkaufen.

»Ilse will, dass ich für den Opi mit Distelöl koche«, erklärte ich.

»Gute Idee«, sagte Nina, »es sticht doch, oder?«

Mausi bemerkte ich, als ich mein Schlafzimmer betrat. Ilse war längst nach Hause gefahren. Meinen Vater hatte sie hier gelassen. Er ruhte im seidenen Hausmantel vor dem Fernseher im Wohnzimmer. Ich öffnete im fettbespritzten T-Shirt die Tür zu meinem Schlafabteil und schrak zusammen. Auf meinem Bett thronte eine riesige Plüschmaus, staubgrau, mit Ohren wie Satellitenschüsseln, quietschblauen Augen, in denen zerkratzte Pupillen schwammen, und zwei langen, gemein gelben Zähnen.

Ich schrie nach meiner Tochter.

»Brüll nicht so«, ermahnte mich Nina. »Und überhaupt: Ich bin nicht an allem schuld.«

»Wie kommt das Ding hierher?«

»Ich hab's hingesetzt.«

»Wozu?«

»Du stellst dich an wie im Witzblatt: Frau sieht Maus und rastet aus.«

»Also, weißt du! Da fördere ich dich jahrelang – unter Blut, Schweiß und Tränen fördere ich dich durch *kreatives Spielen* und *Kunst für Kinder* und dann schleppst du das da an?«

»Ich doch nicht –«

»Beziehungsweise, wenn du schon so was anschleppst, wieso muss es dann auf meinem Bett landen? Geht deine Müllhalde wieder einmal über?«

»Ruhig«, sagte Nina in pädagogischem Tonfall, »bleib ganz ruhig!«

Ich packte die Maus, um mein geliebtes Kind damit zu ersticken. Ich bin eine sehr tolerante Mutter, außer man redet respektlos in einem pädagogischen Tonfall mit mir.

»Hör zu«, sagte Nina, »die Ilse hat mir das geschenkt.«

»Was?« Ich ließ die Maus sinken.

»Sie hat dem kleinen Mädi ein Mausi mitgebracht.«

»Ach.« Ich starrte auf das Pfand in meiner Hand.

»Wahrscheinlich«, sagte Nina sachlich, »hat er von seiner *kleinen Enkelin* geschwatzt oder so. Da ist die mit einem Geschenk für ein Kleinkind angerückt. Glaubst du, macht er das absichtlich?«

»Was?«

»Dass er von mir redet wie von einer Dreijährigen. Will er sich damit jünger machen? Oder kann er sich nur nicht merken, wie alt ich bin?«

»Teils, teils, vermutlich«, erwiderte ich.

»Übrigens sieht das Viech ganz schön betagt aus«, bemerkte Nina. »Ob sie sich ein Souvenir aus ihrer Kinderzeit vom Herzen gerissen hat?«

»Hoffentlich nicht«, sagte ich. Wenn Bambi uns mit Erinnerungsstücken beglückte, deutete das auf ungerechtfertigte Erwartungen meinen Vater betreffend hin. Jedwede Erwartungen, die sich auf meinen Vater richten, sind ungerechtfertigt. Ich wollte Bambi nicht trösten müssen.

»Vielleicht hat sie es ja auch vom Sperrmüll gefischt«, sagte Nina. Sie tätschelte mich grinsend. »Viel Spaß.«

Ich trug die Maus mit spitzen Fingern ins Wohnzimmer. Mein Vater hob abwehrend die Hände.

»Antonia! Tu das weg! Was für ein Anblick.«

»Ein Geschenk von deiner Freundin Ilse.«

»Ich weiß. Spricht absolut gegen sie. Ich werde mit ihr nicht alt werden können.«

»Du *bist* schon alt.«

»Mit deinem Charme wirst du nie einen Mann kriegen.«

»Ich hatte mehrere. Herzlichen Dank.«

»Was soll das heißen: herzlichen Dank?«

»Das soll heißen, wenn ich mich aufputschen will, halte ich mich lieber an Milchkaffee.«

»Mein Gott, wie trostlos. Du hast was Deprimierendes an dir, weißt du das?«

»Ich hab dich zum Vater gehabt. Das erklärt es.«

Mein Vater gähnte. Zwecklos, ihm Schuldgefühle verursachen zu wollen.

»Schuldgefühle sind was für Mütter«, sagte er auch schon. »Ich habe getan, was ich konnte.«

»War ziemlich wenig, wie?«

»Mein liebes Kind! Ich bin nicht *Superman*. Machst du mir das zum Vorwurf?«

»Ich mache dir zum Vorwurf, dass du nicht Karl Meierhofer warst. Nicht mal ein kleines bisschen.«

»Karl – wer?«

»Meierhofer. Der Vater von Ulli Meierhofer. Ulli Meierhofer war meine Schulfreundin. Das weißt du nicht, weil du nie was von mir wissen wolltest. Ullis Vater ist mit ihr Bergsteigen gegangen. Und Schi fahren.«

»Bergsteigen! Wie du weißt, hab ich Heimatfilme immer abgelehnt.«

Mein Vater war Schauspieler. Er hat stets nur eine Rolle gespielt, beruflich wie privat: den charmanten

Herzensbrecher. Nein, falsch: Einmal hab ich ihn auch als einfühlsamen Vater erleben dürfen, auf der Leinwand. Ulli Meierhofer, neben mir im Zuschauerraum, schluchzte vor Rührung, als mein Vater vorne, überlebensgroß, seinen kleinen Filmsohn in die Arme schloss. Ich heulte auch, aber aus Frust.

Mein Vater hat zu seinen Glanzzeiten sehr viel Geld verdient. Leider hat er noch mehr ausgegeben (und zwar keineswegs für seine Töchter). Das ist einer der Gründe, weshalb wir zusammen unter dem Dach meines Reihenhauses hocken, zu Ilses Entzücken. Ein anderer Grund ist der, dass ich dringend einen Babysitter brauchte, als Nina klein war. Philipp war über alle Berge (aber das fiel nicht besonders auf, weil er nie sehr präsent gewesen war, wenn es um die Wahrnehmung familiärer Pflichten ging). Meine Mutter war mit meinem Stiefvater bei einem Autounfall ums Leben gekommen, als Nina erst ein paar Monate zählte. Ich stand mit Nina ganz allein da und sollte beruflich mobil sein, auch außerhalb der Kindergartenöffnungszeiten.

Deshalb nahm ich meinen Vater bei mir auf, als er, abgebrannt und von seiner damaligen Freundin delogiert, an meine Tür klopfte. Er wurde mir keine große Hilfe, aber in Engpasszeiten war er nützlicher als gar niemand.

Marietta stieß später zu uns. Sie hatte sich, zwecks Beendigung einer unglücklichen Liebe zu einem – erraten: verheirateten – Kollegen aus der Provinz hierher zurückversetzen lassen und zog, weil sie noch keine

Wohnung gefunden hatte, fürs Erste zu mir. Inzwischen hat sie eine Wohnung, hält sich aber selten darin auf. Richards wegen ist ihr Seelenzustand labil und darum ist sie ungern allein. Marietta ist lieber in Gesellschaft unglücklich als solo. Ich kann das nachvollziehen.

Auch Marietta kam mir im Hinblick auf Nina nicht ungelegen, obwohl ihre Einsetzbarkeit sich ebenfalls in Grenzen hielt. Doch wie gesagt: besser zwei unverlässliche Hilfen als zuverlässig keine Hilfe.

»Also«, sagte ich, Ilses Präsent mit spitzen Fingern an einem Ohr haltend (was der Maus einen irgendwie schmerzlichen Gesichtsausdruck verlieh), »wie ist es: Willst du das Ding nicht zu dir nehmen?«

»Bist du verrückt? Wirf es weg!«

»Ist das nicht herzlos?«

»Antonia! Glaubst du, es *lebt*?«

Ich seufzte. Geduldig setzte ich meinem Vater dann auseinander – na ja, nicht sehr geduldig. Ich fauchte: »Denkst du, ich bin blöd? Ob es nicht herzlos deiner Ilse gegenüber ist, meine ich!«

»Wieso? Sie muss es ja nicht erfahren.«

Er wandte sich wieder dem Fernsehprogramm zu. Falsch, den Programmen. Er zappte.

Ich klemmte mir die Maus unter den Arm und nahm sie neuerlich mit nach oben. Ich tue mir schwer mit dem Wegwerfen an und für sich intakter Gegenstände. Kommt Zeit, kommt Rat. Ich schleuderte das Tier in den Fauteuil in meinem Schlafzimmer und ging zu Bett.

3

Ins Stockdunkel hinein sagte eine grelle Stimme: »Wenn sie mich noch einmal ins Ohr kneift, werde ich sie ins Turmverlies werfen lassen!«

Ich schrak aus dem Schlaf hoch. Hatte jemand zu mir gesprochen? Stille. Aus dem Dunkel lösten sich nach und nach die Umrisse der Möbel. Mondlicht floss durch die Vorhänge. Ich hasse Mondlicht im Schlafzimmer.

Die Stimme sagte: »Sie hat mich nicht am Ohr herumzuschleppen! Merke sie sich das!«

Ach so, ein Traum. Ich träumte, dass ich wach war. Ich legte mich zurück, schloss die Augen wieder und zwickte mich in den Arm. Es tat weh. Offenbar träumte ich, dass ich mich in den Arm zwickte und dass es wehtat.

»Sie braucht sich gar nicht taub zu stellen«, bellte die Stimme, metallisch, »ich weiß, dass sie wach ist.«

Ich hasse diese Träume, in denen ich scheinbar wach bin. Sie sind verwirrend und beängstigend. Ich drehte den Kopf und versuchte festzustellen, woher die Stimme kam.

»Was glotzt sie so blöde?«, fragte die Stimme und sie

kam aus dem Fauteuil. »Hat es ihr die Rede verschlagen?«

Ich knipste das Licht an, sprang aus dem Bett und trat auf den Kater, der mich aufkreischend in die Wade hackte. Ein sehr realistischer Traum. Meine Wade brannte.

Im Fauteuil saß die Plüschmaus und blinzelte mit ihren quietschblauen Augen.

Mechanisch streichelte ich tröstend den Kater. Er erlaubte es gnädig.

Die blinzelnde Plüschmaus sah mich böse an und sprach herrisch: »Sie soll die Finger vom Katzentier lassen und mir einen Imbiss bringen. Ich bin hungrig.«

Ich lachte. Wenn ich schon so sonderbar träumte, dann wollte ich mich wenigstens dabei amüsieren.

»Sie braucht gar nicht albern zu lachen«, sagte die Maus. »Ich möchte sie sehen, wenn sie dreihundert Jahre nichts gegessen hätte!«

»Dreihundert Jahre –?«

»Oder so. Was reitet sie auf Zahlen herum? Will sie Rechenexempel anstellen?«

»Du hast dreihundert Jahre nichts gegessen?«

»Mein Gott, ist sie schwer von Begriff!«

»Wie alt bist du?«

»Ich bin nicht alt! Was erfrecht sie sich! Ich bin jung und schön – in Wirklichkeit.«

»Ach.«

»Jawohl. Und jetzt schleune sie sich. Ich brauche eine Mahlzeit. Die letzte, die ich hatte, liegt lange zurück.«

»Wieso?«

»Man hat mich verzaubert«, sagte die Maus.

»Weshalb?«

»Das geht sie nichts an. Mische sie sich nicht in fremde Angelegenheiten und spute sie sich in die Küche.«

»Du kannst mich mal. Und rede mich gefälligst nicht in der dritten Person an.«

Langsam wurde es Zeit, dass der dämliche Traum ein Ende nahm.

Die Maus sagte: »Duze sie mich nicht. Das ist unbotmäßig. Wenn sie unbotmäßig ist, wird sie vielleicht auch verzaubert. Bedenke sie, dass man so was nie wissen kann.«

Ich erwiderte: »Das geht jetzt zu weit. Ab hier weise ich diesen Traum auf das Entschiedenste zurück. Ich habe keine masochistischen Fantasien. Ich will doch nicht als *Untertanin* behandelt werden.«

»Wieso Traum?«

»Was sonst ist das da?«

Die Maus lächelte, leckte sich die gemein gelben Zähne und sagte: »Wie sie glaubt. Traum hin oder her – schicke sie nun in die Küche, wenn sie selber zu fein dazu ist.«

»Schicken? Wen?«

»Einen Domestiken.«

»Ich habe keine Domestiken.«

»Was weigert sie sich dann, selbst zu gehen, wenn sie keine Domestiken hat?«

Die Logik kam mir bekannt vor. So befremdlich der

Traum einerseits war, so alltäglich entwickelte er sich jetzt. Alle Mitglieder meines Haushalts leiten aus dem Fehlen dienstbarer Geister ab, dass *ich* den dienstbaren Geist zu spielen hätte. Soll heißen: Sie wären nicht verstimmt, wenn zum Beispiel das Laub von einem Gärtner zusammengerecht würde; da ich jedoch tollpatschigerweise über keinen Gärtner verfüge, muss ich eben selber ran – wer sonst?

Ich fragte: »Wenn ich ihr was zu essen hole – lässt sie mich dann für den Rest der Nacht in Ruhe?«

»Wie spricht sie denn mit mir?«

»Wie spricht *sie* denn mit *mir*?«

»Sie ist keine Hochgeborene.«

Ich grinste höhnisch. »Wenn es Standesunterschiede gibt zwischen mir und einer Plüschmaus, dann sicher nicht zu meinen Ungunsten.«

»Ich bin keine Plüschmaus!« Sie stampfte mit einem Plüschbein in die Polsterung des Fauteuils.

»Na, aber sicher nicht. Du bist mindestens eine Prinzessin.«

»Ganz recht. Ich bin eine verzauberte Prinzessin.« Ihre Stimme klang nicht mehr aufsässig, sondern wehleidig. Vielleicht sollte der zimperliche Tonfall aristokratisch sein.

Ich fletschte mein Gebiss. »Es lebe die Revolution! Sagte ich schon, dass ich Prinzessinnen zum Frühstück fresse?«

Sie schaute hochmütig. »Das sagst du nur, weil du neidisch bist. Du siehst nicht aus wie eine Prinzessin, deshalb bist du neidisch. Dein Haar glänzt nicht wie Gold. Deine Augen leuchten nicht wie Bergseen.«

»Hast du dich in letzter Zeit mal in einen Spiegel geschaut?«

Es war nicht zu fassen. Ich veranstaltete mit einer Plüschmaus den guten alten Schneewittchen-Wettbewerb. Zu Hilfe, ihr gelehrten Männer und Frauen in den weißen Kitteln.

Der Maus liefen zwei Tränen über die Nase. Mit kläglicher Stimme beklagte sie ihr bitteres Los. Erst jahrhundertelang weg vom Fenster und nun einer wie mir ausgeliefert!

Ich ließ mich erweichen, richtete ihr in der Küche ein Tablett mit Essbarem und brachte es ihr hinauf in mein Schlafzimmer. Sie bediente sich seufzend. Keine Pastetchen da? Mineralwasser statt Champagner? Ein verlotterter Haushalt.

Wie wahr. Ich ließ sie seufzen, kroch in mein Bett zurück, machte die Augen ganz fest zu und beschloss zu träumen, dass ich schlief. Es gelang.

★ ★ ★

Am nächsten Morgen musste alles blitzschnell gehen. Jeden Morgen muss alles blitzschnell gehen. Der Wecker plärrt, ich taumle unter die Dusche, brülle nach Nina, mache Frühstück, brülle nach Nina, stolpere über den Kater – was soll ich Ihnen viel erzählen? Sie haben sicher schon genug idyllische Familienszenen im Werbefernsehen gesehen. Als ich unser Frühstück zum Esstisch tragen wollte, suchte ich vergeblich nach meinem Lieblingstablett. Egal. Nina kam herunter, schüttete Kakao in sich hinein, verschlang ihr Müsli und rannte zum Bus. Marietta folgte ihr, ein verträumtes Lächeln um die Lippen. Wahrscheinlich hatte Richard gestern Abend wieder einmal die Niveaulosigkeit seiner Frau beklagt. Richards Frau ist schrecklich beschränkt. Statt alles über die Chaostheorie wissen zu wollen, will sie wissen, wohin Richard abends geht. Ich stieß mir das Bein an einem im Weg stehenden Stuhl und rieb es mir fluchend. Meine Wade war zerkratzt.

In diesem Moment hörte ich einen markerschütternden Schrei aus dem oberen Stockwerk. Ich stürmte hinauf. In der offenen Tür meines Schlafzimmers stand mein Vater und starrte entgeistert auf den Fauteuil, in dem die Plüschmaus saß.

»Was hast du?«, fragte ich.

Er keuchte nur und zeigte mit zitternden Fingern auf das Stofftier.

Das Stofftier starrte ihn seinerseits empört an und schnarrte: »Wie kommt er dazu, unangemeldet das Gemach einer Dame zu betreten?«

Ich mache es jetzt kurz. Entweder Sie glauben mir oder Sie glauben mir nicht. Tatsache ist, dass die Plüschmaus tatsächlich eine verzauberte Prinzessin ist. Nein, falsch. Tatsache ist, dass sie das behauptet, was bedeutet, dass sie tatsächlich sprechen kann. Sie sei, erzählte sie, vor langer Zeit verzaubert worden und dann lange Zeit in einer Art Dornröschenschlaf gelegen. Danach sei sie wiederum längere Zeit hindurch zwar schon in der Lage gewesen, die Dinge und Vorgänge um sich herum wahrzunehmen, aber nicht imstande, darauf zu reagieren. Erst jetzt, in meinem Haus, habe sie plötzlich die Fähigkeit zurückerlangt, zu reden und sich zu bewegen, was ihrer Meinung nach darauf hindeute, dass der Zeitpunkt ihrer Erlösung erneut ein Stück näher gerückt sei. Irgendwann werde sie dann wohl auch ihre wahre Gestalt wiederbekommen. (Ich ertappte mich dabei, dass ich nicht scharf darauf war, das mitzuerleben. Vielleicht war sie ja wunderschön. Vielleicht sah sie aber auch aus wie fünfzehnmal geliftet. Die Vorstellung, einer dreihundert Jahre alten Prinzessin gegenüberzustehen, schien mir noch gespenstischer als das Zusammenleben mit einer sprechenden Plüschmaus, die schnarrend Befehle erteilt. Na ja. Da es anscheinend ziemlich lange gedauert hatte, bis sie in das Stadium des Sprechenkönnens eingetreten war, würde ihre Rückverwandlung in ihre wahre Gestalt vielleicht noch einmal hundert Jahre auf sich warten lassen. Beruhigend für mich, Pech für sie. Aber vielleicht kam es ihr ja auf hundert Jahre mehr oder weniger nicht an. Sie war sowieso an andere Zeitdimensionen gewöhnt.)

Natürlich spielte sich unser Gespräch nicht so ab, dass sie uns all das in ruhigem Plauderton mitteilte, nachdem wir sie unter Einhaltung einer schicklichen Schrecksekunde gelassen aufgefordert hatten, sich's gemütlich zu machen.

Vielmehr versuchten wir zunächst bestürzt, einander zur Besinnung zu bringen, mein Vater und ich. Ich rüttelte ihn. Er schüttelte mich. Ich kriegte einen Herzanfall. Er rang nach Luft. Erst als auch gegenseitiges Anschütten mit kaltem Wasser nichts half, fanden wir uns mit der Situation ab. Die Maus riet uns, Blutegel anzusetzen, aber wir zogen es vor, unsere Fassung ohne Zuhilfenahme dieser Methode wiederzugewinnen.

Sie hat übrigens einunddreißig Vornamen, die Maus (oder vielmehr die angebliche Prinzessin), darunter so eindrucksvolle wie Alberta, Abigail, Esmeralda, Alphosine, Clarelia, Feodora, Innozentia, Leopolda und Rosamunde. Ich hätte es witzig gefunden, sie Esmeralda zu rufen oder Innozentia, aber sie besteht auf *Mausi*. So habe ihre alte Kinderfrau sie genannt.

Mausi, sagte Mausi, sei doch *très drôle, n'est-ce pas?* »Ich find's ziemlich abgegriffen«, sagte ich. Mausi schaute trotzig. Mein Vater lag auf meinem Bett und fächelte sich Luft zu.

»Übrigens«, sagte ich streng zu ihm, »was wolltest du wirklich in meinem Zimmer?«

»Was denkst du?«, fragte er.

»Nachschauen, ob ich Staub gewischt habe?«, schlug ich vor.

»Ach was. Sei ehrlich. Du glaubst, ich wollte dir dein Briefmarkenalbum klauen.«

»Sie sammelt Briefmarken?«, erkundigte sich Mausi.

»Nein«, sagte ich.

»Eben. Ich habe mir gleich gedacht, dass er lügt. Er sieht so verschlagen aus«, erklärte Mausi.

Mein Vater lief blau an. »Dämliches Ding!« Und zu mir: »Ich hab in dein Zimmer geschaut, weil ich es poltern gehört habe. Entschuldige schon, dass ich mir Sorgen um dich gemacht hab. Es wird nicht mehr vorkommen.«

»Ist er nicht bei Trost? Er entschuldigt sich! Bei mir! Auf der Stelle!«, forderte die Maus mit vor Wut kippender Stimme.

Mein Vater ignorierte sie.

»Du hast gepoltert?«, fragte ich Mausi. »Womit und warum?«

Falls Sie meinen, dass ich wie eine Gouvernante klinge, liegen Sie richtig. Ich weiß das. Das Leben hat mich leider gelehrt, dass es riskant ist, anderen viel Umsicht zuzutrauen. Ich gängle nicht gern. Aber wenn ich es unterlasse, stellt sich vielleicht später heraus, dass ein Gepolter, dem ich keine Bedeutung beimessen mochte, meine Biedermeierkommode lädiert hat.

»Mein Gott!«, sagte Mausi. »Ich habe mich ein bisschen umgesehen! Stell sie sich nicht so an!«

»Sie hat in deinen Laden gestöbert«, berichtete mein Vater. »Als sie mich bemerkt hat, ist sie schleunigst in den Fauteuil gehüpft. War ihr peinlich, dass ich sie beim Herumstieren ertappt habe.«

»Er ist ein ganz dummer alter Kerl!«, fuhr Mausi meinen Vater an.

»Alberta Alphosine Leopoldine, benimm dich, sonst fliegst du hier raus«, sagte ich.

Wenn jemand meinen Vater respektlos behandelt, dann bin das immer noch ich. Außerdem steht er mir doch ein bisschen näher als eine dreihundertjährige Plüschmaus, die angibt, Abigail Feodora Clarelia zu heißen.

»Leopolda!«, verbesserte Mausi mich scharf. »Nicht Leopoldine, sondern Leopolda! Merke sie sich das.«

»Wie auch immer. Wenn ich dich erwische, wie du in meinen Sachen kramst, zwicke ich dich wieder ins Ohr.«

Ha, wie tat das gut, so richtig von Herzen autoritär zu sein! Nina gegenüber traue ich mich nicht, einen derart schlichten Befehlston anzuschlagen, ich bin schließlich kein pädagogischer Neandertaler. Aber Mausis Anmaßung zu erwidern fühlte ich mich moralisch berechtigt.

»Ich warne sie«, sagte Mausi. »Wenn sie mich rauswirft, hat das vielleicht unangenehme Folgen für sie. Ich glaube nicht, dass sie dem Zauber in die Quere kommen sollte.«

So was Ähnliches hatte ich schon befürchtet. Man hat schließlich seine Lektion aus zahlreichen Vorabendserien gelernt: Sobald bizarre Wesen in deiner Familie auftauchen, stelle dich darauf ein, dass sie dir erhalten bleiben. Dem Drehbuchautor fiele andernfalls nichts zu dir und den Deinen ein. (Wie Sie wissen, bin ich Expertin in Sachen Drehbuch.)

In der Zwischenzeit hatte ich telefonisch meine Termine für den Tag abgesagt. Ich bin sonst überaus pflichtbewusst. Doch in diesem speziellen Fall ging das Private vor. Ich hätte es unverantwortlich gefunden, Nina nicht beizustehen, wenn die Neuigkeit sie aus den Socken warf. Auch Marietta brauchte vermutlich Unterstützung, aber ihretwegen machte ich mir weniger Gedanken. In erster Linie sorgte ich mich um die zarte Kinderseele meiner Tochter.

Selbstverständlich erzählte ich weder meinen Kunden noch Frau Waldbauer etwas von Mausi. Wer sich auch nur ein bisschen auskennt im Referat »Magie & Zauberei«, weiß, dass man so was nicht an die große Glocke hängen soll. Ich erfand also eine glaubwürdige Ausrede und versprach aufzuarbeiten, was an diesem Tag unerledigt bleiben würde.

Zu Mittag kamen Nina und Marietta heim. Nina, das Kind mit der zarten Seele, hörte sich die Mausi-Story ungerührt an und sagte abschließend kühl: »Geil. Wie im Fernsehen.« Danach mixte sie sich einen Instantpudding, der so gelb war wie Mausis Zähne (und vermutlich genauso schmeckte), zog sich damit zu ihrem CD-Player zurück und verkündete vorher noch: »In meinem Zimmer kann sie jedenfalls nicht wohnen, das will ich nur gesagt haben.«

Marietta reagierte nicht ganz so unkompliziert. Nachdem wir ihr Pfefferminzöl unter die Nase gerieben hatten, kam sie jedoch wieder zu sich. Nach einer halben Stunde ließ auch ihr unkontrolliertes Zähneklappern nach. Sie setzte noch einmal zu hysterischem Gekreisch an, aber ich hielt ihr die Hand vor den Mund. Zum Glück biss sie nicht zu, sondern sabberte bloß blubbernd in meine Finger. Ekelhaft. Als ich zehn war und Marietta ein halbes Jahr, weigerte ich mich eine Zeit lang, meinen Vater zu besuchen, weil die zahnende Marietta alles einspeichelte, was sie erwischte, also auch mich. Mariettas Mutter hat es ihr vor kurzem erzählt. (Nein, nicht mein Vater. Mein Vater kann sich an derart unbedeutende Kleinigkeiten nicht erinnern.

Sein Leben war mit unseren Leben immer viel zu lose verknüpft, als dass er wahrgenommen hätte, wie es uns ging.) Seit Marietta weiß, dass ich sie damals *abgelehnt* habe, bemüht sie sich, einen Zusammenhang zwischen meiner Ablehnung und ihrer fatalen Vorliebe für verheiratete Männer herzustellen. Sobald ihr eine einleuchtende Verknüpfung eingefallen ist, wird sie vermutlich verlangen, dass ich ihr eine Psychotherapie zahle. Ich werde mich weigern. Allenfalls lasse ich mich zu einem Vergleich überreden und spendiere ihr eine Heiratsanzeige in einem überregionalen Wochenblatt.

»Was wird nur Richard dazu sagen?«, schluchzte sie jetzt prompt.

»Welcher Richard?«, fragte Mausi. »Der dritte Richard? Richard Löwenherz? Ha? Sag!«

Ich glaubte ihr keine Sekunde, dass sie glaubte, meine Schwester sei mit Richard Löwenherz im Bunde. Alles, was sie wollte, war, meiner Schwester die Bedeutungslosigkeit ihrer Bekanntschaften vor Augen zu führen.

»Richard ist mein Freund«, schluchzte meine Schwester, Miss Einfalt, »der Mann, den ich liebe.«

Der Mann, den ich liebe. Bin ich froh, dass Nina nicht ihre Tante als Deutschlehrerin hat! Wahrscheinlich liest Marietta mit ihren Schülerinnen Bastei-Romane im Unterricht.

»Richard wird nichts sagen«, sagte ich zu meiner Schwester, »weil wir ihm nämlich nichts erzählen werden. Wenn Besuch kommt, spielt Mausi Stofftier. Das ist schon ausgemacht.«

Mausi nickte bestätigend.

»Aber wenn er trotzdem draufkommt?«

»Wo ist das Problem? Für Richard, meine ich.«

Marietta fuhr sich mit dem Handrücken über die Nase. Automatisch reichte ich ihr ein Taschentuch. Werde ich jemals wieder in einem Haushalt leben, in dem sich die Menschen selbständig schnäuzen?

»Richard ist so ... so normal«, sagte Marietta. Schluchz.

»Du meinst, er geht dir durch die Lappen, wenn wir hier statistisch zu sehr vom Bevölkerungsdurchschnitt abweichen?«, fragte ich.

Marietta schnaubte ins Taschentuch.

Ich fuhr fort: »Was Besseres könnte dir gar nicht passieren. Lass ihn doch endlich sausen, den egoistischen Affenarsch.«

Ich weiß, dass bei liebesbedingter Verbohrtheit miesmacherische Sprüche nichts fruchten, aber ich bin es meiner Selbstachtung einfach schuldig, in nicht zu großen Abständen auf Richard herumzuhacken.

Mausi wollte mehr über Richard, den egoistischen Affenarsch, erfahren.

»Er riecht aus dem Mund«, sagte ich. »Er hat farblose Augen. Er hat farblose Ansichten. Er betrügt meine Schwester.«

»Das ist nicht wahr!«, schrie Marietta.

»Doch.«

»Mach dich nicht lächerlich! Mit wem denn?«

»Mit seiner Frau.«

»Ach, die.« Marietta machte eine wegwerfende Handbewegung. »Da läuft nichts mehr. Schon lange nicht.«

Ich lachte spöttisch auf. »Herzchen, gib mir einen Cent – nur einen! – für jeden Ehemann, der seiner Freundin sagt, dass er mit seiner Frau nicht mehr schläft. Das sagen sie immer. Und es stimmt nie.«

»Sie ist bloß eifersüchtig auf mich«, erklärte Marietta, an Mausi gewandt. »Seit meiner Geburt ist sie eifersüchtig auf mich. Unser Vater hat ihre Mutter nämlich wegen meiner Mutter verlassen.«

»Dass ich nicht lache! Als unser Vater deine Mutter kennen gelernt hat, war es längst aus zwischen ihm und meiner Mutter.«

»Sie widerspricht sich«, stellte Mausi fest.

Wie? Oh. Ich schwieg betreten. Marietta traktierte mich mit triumphierenden Blicken.

Seither leben wir mit Mausi.

4

Richard, den feigen Schleimer, hat meine Schwester auf der Party einer Freundin kennen gelernt, deren Steuerberater er ist. Richard besitzt 1 Ehefrau, 2 Kinder, 3 Autos, 1 Steuerberatungskanzlei, 1 Neubauvilla, französischer Landhausstil in bester Stadtrandlage, 1 Ferienapartment in Spanien und 1 Hund, groß (solche wie Richard und seine Frau haben nie kleine Hunde). Es liegt auf der Hand, dass so einer auch über 1 Freundin verfügen muss.

Dass so einer über eine Freundin wie meine Schwester, die gute Seele, verfügt, liegt nicht ganz so sehr auf der Hand. Auf Anhieb würde man Richard vielleicht eher eine knackige Biene mit Klimperwimpern und sündiger Spitzenunterwäsche zuordnen. Aber abgesehen davon, dass meine Schwester beachtlich unkeusche Unterwäsche trägt (im Gegensatz zu mir, die ich kein Geld lockermachen mag für Kleidung, mit der ich bloß ein verschwindend kleines Publikum beeindrucke), abgesehen davon geht es Richard, Sie werden staunen, nicht um oberflächliche Qualitäten bei der Frau, die er liebt. (Seine Ehefrau liebt er ja, sagt meine Schwester, nicht, mit der ist er nur verheiratet.)

Richard schätzt an meiner Schwester ihre Warmherzigkeit und ihre Intelligenz, sagt Richard, sagt meine Schwester. Richards Frau ist kaltherzig und unintelligent, sagt Richard, sagt meine Schwester.

In der Tat zeigt Richards Frau, soweit das aus der Distanz zu beurteilen ist, wenig Interesse an der Dritten Welt und viel Interesse an Geld & Gut, sofern es sich zu *ihrem* Geld und zu *ihrem* Gut machen lässt.

Ich denke mir aber, so stark unterscheidet sie das von Richard gar nicht. Auch Richard muss Geld & Gut wohl ein gewisses Interesse entgegenbringen, erstens von Berufs wegen und zweitens weil er sonst sicher nicht über all die herrlichen Besitztümer, vom französischen Landhaus-Betonklotz bis zum Geländewagen, verfügte.

Mit Marietta jedenfalls führt Richard lange, warmherzige Gespräche, sagt Marietta. Ich interpretiere das dahin gehend, dass Richard Marietta voll quatscht, während Marietta warmherzig zuhört, aber meine Interpretation ist bestimmt nichts als pure Bosheit. Die zwei haben natürlich auch ein unerhört erfülltes Sexualleben (dreimal dürfen Sie raten, von wem ich das weiß), aber was sie wirklich an Richard bindet, sagt Marietta, ist das Seelische. Richard braucht sie. Würde sie ihm nicht in regelmäßigen Intervallen die Sorgen von der Stirn streichen, ginge er psychisch vor die Hunde, mit dem aufreibenden Beruf und der aufreibenden, weil kaltherzigen Frau.

Marietta und ich sind in puncto Männer (und nicht nur in diesem Punkt) sehr verschieden. Während ich von einem träume, der meinen Rasen mäht und abends mit kalten Getränken und warmen Mahlzeiten auf mich wartet, nachdem er meinen Mantel aus der Reinigung geholt und mit Nina Latein gelernt hat, sehnt sich Marietta danach, gütige Zuflucht sein zu dürfen. Das baut sie auf. Ich dagegen nehme mich wichtig, ganz ohne dass einer an die Mutti in mir appelliert. (An welche *Mutti*? Was ich an Muttergefühlen zusammenkratzen kann, geht an Nina, für weitere Kindspersonen ist nichts da.)

Wir brauchen nicht lang zu theoretisieren, wessen Träume erfüllbarer sind, Mariettas oder meine. Man sieht es in der Praxis. Marietta hat ihren Richard, während ich auf meinen Traummann immer noch warte. Inzwischen tröste ich mich mit Männern, von denen zu träumen sich nicht lohnt. Ist *auch* ganz kurzweilig. Das behaupte ich jedenfalls, weil ich keine Lust habe, mich von Ihnen bedauern zu lassen. In Wirklichkeit ist es natürlich frustrierend, wenn auch nicht halb so frustrierend wie das Zusammensein mit einem Traummann à la Richard in verschwiegenen Ecken.

Besonders stark leidet Marietta unter ihren einsamen Wochenenden. Meiner Meinung nach können Wochenenden einsamer sein als die, die Marietta – immerhin mit uns! – verbringt, aber für Marietta ist Freizeit ohne ihren rührenden Richard verschenkte Zeit, und außerdem quält sie sich mit abstoßenden Fantasien, die ihr Richard, das Lamm, im Kreis seiner legalen Angehörigen zeigen.

»Ist er wenigstens schmuck, ihr Richard?«, erkundigte sich Mausi bei einem Sonntagsfrühstück, bald nach ihrem Eintritt in unser Leben.

»Was meint sie mit *schmuck*?«, fragte Nina.

»Sie meint, ob er ein geiler Typ ist«, übersetzte ich.

»Echt?«, staunte Nina. »Urgeiler Ausdruck.«

Sie langte quer über den Tisch, stieß ihr Messer in die Erdbeermarmelade, zog es tropfend heraus und schleuderte die Marmelade, die nicht auf dem Tischtuch gelandet war, auf ihr Croissant.

»Sie frisst wie ein Schwein«, sagte Mausi tadelnd. Meine Rede.

»Ich weiß«, sagte Nina, kauend, undeutlich wegen ihrer vollen Backen.

»Wenn sie so unappetitlich isst, wird sie keinen Mann kriegen.«

Nina musterte Mausi entzückt. »Das ist dir noch nicht eingefallen, Mutter«, sagte sie zu mir.

»Ich wollte bisher nicht zum äußersten Druckmittel greifen«, erklärte ich.

Mausi bleckte ihre gelben Vorderzähne. »Das ist *nicht* lustig!«

»Ich weiß ja nicht«, sagte Nina zu Mausi, »ob ich wirklich einen Mann kriegen will. Wäre eine Campingausrüstung nicht viel praktischer?«

Mausi drohte Nina mit der Pfote.

»Du wolltest wissen, wie Richard aussieht«, sagte Marietta zu Mausi. Wie alle Verliebten nützt sie schamlos jede Gelegenheit, den Gegenstand ihrer Liebe zu besingen.

»Ich wollte wissen, ob er *gut* aussieht«, korrigierte Mausi.

»Er sieht aus wie ein Klumpen Briocheteig«, sagte ich. »Wenn du das gut aussehend nennst, sieht er gut aus.«

»Ich möchte wissen, womit Richard deine Bösartigkeit verdient hat«, fauchte Marietta.

Mein Vater mischte sich ein: »Bösartig? Ich finde, sie hat ihm geschmeichelt, deinem Richard.«

Marietta zischte erregt.

Mausi sagte, wenn es sich bei Richard nicht um einen ausgesprochen schönen, goldlockigen Prinzen handle, lohne sich kein Schmerz.

»Bei einem Mann kommt es doch nicht auf Schönheit an!«, dozierte Marietta.

»Oh doch«, widersprach Mausi, »wenigstens schön sollte er sein.«

»Genau«, ergänzte ich. »Schau dich nach einem Schönen um. Wenn du auf einen guten Charakter aus bist, kannst du ewig suchen.«

»Ich muss doch sehr bitten!«, sagte unser Vater.

Marietta musterte ihn verkniffenen Gesichts. »Was dich angeht – *du* musst gar nicht *sehr bitten*. Mit deinem Charakter kannst *du* wirklich nicht punkten.«

»Tja, alter Mann«, sagte Mausi zu meinem Vater, »das wird jetzt schwierig für dich. Womit sonst willst du punkten?«

Mein Vater blickte über sie hinweg auf mich und sprach: »Antonia! Ich finde es ja wirklich nett von dir, dass du jeden Plunder aufhebst – aber müssen wir auch noch damit frühstücken?«

»Antonia!«, zischte Mausi. »Bringe sie diesen Greis zur Räson!«

»Rutscht mir den Buckel runter«, sagte ich. Und: »Ich mache euch einen Vorschlag: Duelliert euch mit Buttermessern, aber versaut mir den Teppich nicht.«

Im Büro war Christoph noch immer schlechter Laune. Das war befremdlich, denn normalerweise ist er friedlich und freundlich. (Friedlich? In dieser Haifischbranche? Wie überlebt er da? Ich gestehe, dass ich es ganz genau auch nicht weiß. Vielleicht verbirgt er ja üble Machenschaften vor mir. Vielleicht kommt er aber tatsächlich halbwegs ehrbar über die Runden, weil er auf den *ganz* großen Profit verzichtet und mit dem seriösen Renommee einer alteingeführten Firma arbeiten kann.)

»Schau nicht so schwermütig, Schneewittchen!«, sagte ich zu ihm. Schneewittchen bot sich des Stabreims wegen zwingend an.

Er seufzte. »Ich habe einen Käufer für das Stiglmayr-Haus.«

»Endlich!«, sagte ich. »Gratulation.«

Das Stiglmayr-Haus gehörte einer etwas abgehalfterten Operettendiva (Sie kennen sie möglicherweise, aber unter einem weit romantischeren Namen als *Stiglmayr*) und war schwer anzubringen, weil es nicht Fisch, nicht Fleisch war. Es stand in einem kleinen Dorf, aber das Dorf lag nicht wirklich auf dem Land, sondern an der Grenze zur Stadt. An schönen Tagen umtobte es der Ausflugsverkehr. An Schlechtwettertagen waren die steilen Zufahrtsstraßen vereist. Öffentliche Verkehrsmittel waren nicht erreichbar. Die nächste Schule lag im übernächsten Ort. Zum Einkaufen musste man über Land schottern. Das Haus war ein großes Haus auf einem großen Grundstück und sollte dementsprechend viel kosten. Aber wer bereit war, den geforderten Preis auszugeben, wollte entweder eine bessere Infrastruktur oder mehr Ruhe.

Christoph seufzte abermals. »Ich habe jetzt einen Käufer, aber Madame haben es sich anders überlegt.«

»Was heißt das?«

»Die Stiglmayr will auf einmal doch nicht verkaufen.«

»Ich denke, sie muss.«

»Es scheint, dass ihr plötzlich doch noch jemand was borgt.«

»Schön für sie. Aber du hast doch einen Vertrag mit ihr.«

»Genau. Und deshalb muss sie eine fette Strafe an mich blechen, wenn sie jetzt aussteigt.«

»Das kränkt dich?«

»Du wirst lachen: ja. Ich glaube, dass sie das Geld verdammt schwer aufbringen kann – wenn überhaupt.«

»Du kannst ihr entgegenkommen.«

»Natürlich. Ich kann immer allen entgegenkommen. Aber ob das gut fürs Geschäft ist?«

»Warst du bis jetzt der Meinung, man kann sich krumm und dämlich verdienen daran, dass man ein guter Mensch ist?«

»Na ja. Ich hasse es, *kein* guter Mensch zu sein. Und ich hasse es, wenn mir Geld durch die Lappen geht.«

»Erwarte nicht, dass mir vor Mitleid die Sinne schwinden.«

»Du meinst, ich muss allein damit fertig werden?«

»Ich meine, wenn du der armen Haut nicht entgegenkommst, werde ich übel über dich reden.«

»Ich hätte dir nichts erzählen sollen.«

»Quatsch. Ich hätte es ja doch erfahren. Du sitzt hier nicht in der Chefetage von IBM, weit weg von uns kleinen, grauen Büromäusen.«

So viel zu Christoph, der weiterhin mieselsüchtig blieb, was mich insofern verwunderte, als die Stiglmayr-Sache so bedrückend auch wieder nicht sein konnte.

Zu Hause herrschte mittlerweile eitel Sonnenschein bei Marietta, denn Richard hatte versprochen, mit ihr übers Wochenende zu verreisen.

»Mein Gott«, sagte Mausi, »sie tut, als würden ihr die Hochzeitsglocken läuten.«

»Hochzeitsglocken sind nicht wichtig«, erklärte Marietta, »Hauptsache ist, wir können zusammen sein.«

»Sie sollte es diesem Tropf nicht zu leicht machen«, warnte Mausi, die Richard mittlerweile zu Gesicht bekommen hatte und sich beinahe durch einen Lachanfall in seiner Gegenwart verraten hätte. Nachher, als er wieder weg war, schlug sie sich gewissermaßen den ganzen Abend auf die Schenkel (gewissermaßen, weil sie sich viel zu affektiert benimmt, um so was wirklich zu tun) vor Heiterkeit über Richard, die Laus, aus der durch Mariettas Küsse nicht einmal ein Frosch werden würde.

Sie gebärdete sich derart überheblich, dass sogar ich nahe daran war, ein gutes Wort für Richard einzulegen, und das will, wie man weiß, etwas heißen. Ich nahm ihn dann auch tatsächlich in Schutz. »Er ist gar nicht so übel«, sagte ich. »Alles, was er braucht, ist eine Ganzkörpertransplantation.«

Sogleich beschrieb Marietta mein Äußeres mit ungezogenen Wendungen. Nicht einmal wenn ich Richard verteidige, ist es ihr recht.

Mausi sagte also, Marietta solle es Richard nicht zu leicht machen, und Marietta sagte: »Grauenhaft. Du hörst dich an wie vor hundert Jahren.«

»Wen wundert's?«, fragte ich, aber im Stillen war ich mir nicht so sicher, ob Mausi falsch lag. Alles, was Richards bequemes Leben ein bisschen weniger bequem macht, kann nur zu seiner charakterlichen Reifung beitragen, und die hätte er dringend nötig.

Marietta zog los und kaufte Klamotten, die ausgereicht hätten, sie auf einer vierzehntägigen Kreuzfahrt zur am häufigsten umgezogenen Passagierin zu machen, was unter anderem bedeutete, dass sie mich demnächst um ein langfristiges Darlehen anschnorren würde.

»Hör zu«, sagte ich, »du kannst unmöglich mit so viel Gepäck wegfahren. Richard glaubt sonst, du willst ihn für die nächsten zwanzig Jahre entführen.«

»Will ich ja auch«, erklärte Marietta fröhlich.

Mausi verdrehte die Augen. »Ja – aber er darf es nicht merken, dumme Nuss!«

»Ich lehne es ab, Richard zu *manipulieren*!«, sagte Marietta zu Mausi. »Ich möchte ganz offen mit ihm sein.«

»Und ich möchte ganz offen mit dir sein«, sagte ich. »Mach mit Richard, was du willst, aber mach es in unserer Nähe. Damit wir dir helfen können, wenn es drauf ankommt.«

»Ihr seid ein Haufen missgünstiger alter Spinatwachteln!«, sagte Marietta erzürnt und rauschte in die Diele, wo aber leider noch kein Richard parat stand, weshalb sie neben ihrem Kofferberg warten musste wie bestellt und nicht abgeholt.

Schließlich kam Richard doch, blass und abgehetzt. Als er Mariettas Gepäck sah, erbleichte er noch mehr.

»Reg dich nicht auf«, sagte ich. »Ihre Verlobungsgarderobe ist viel umfangreicher.«

Die beiden brausten los, ich winkte ihnen nach. Fehlte nur noch, dass ich mir mit dem Schürzenzipfel über die Augen wischte. Zum Glück hatte ich keine Schürze um. Ich hasse Schürzen. Ich hasse es, die große Schwester zu sein.

»Schau nicht so sentimental, Mutter«, sagte Nina.

Ich hasse es, die Mutter zu sein. Ich möchte zur Abwechslung selber mal wieder eine Mutter haben.

5

Mein Wochenende war voll mit Terminen, und zwar mit denen von Nina. Das war fein, so brauchte ich mir nicht nutzlos vorzukommen. Wir Mütter fühlen uns ja bekanntlich sofort überflüssig und wertlos, wenn wir durchs Haus gehen und weder über dreckige Jeans stolpern, noch Teller mit Essensresten aus dem Zeitungsständer fischen müssen.

Nina verwöhnte mich nicht nur mit dreckigen Jeans, sondern auch damit, dass sie mich als Chauffeuse einsetzte. Ich durfte sie, mal mit Lisa, mal mit Kathrin, mal mit Lisa *und* Kathrin, zum Hallenbad bringen, vom Kino holen, zu einer Geburtstagsparty fahren, nach der Party heimkutschieren. Toll, wenn die Kinder selbständig werden. Früher musste ich mit hinein ins Hallenbad und plantschen, jetzt kann ich zwischendurch nach Hause brausen und bügeln.

Mein Vater war mit Ilse unterwegs. Mausi lag mir in den Ohren, ich solle sie nicht ständig allein lassen. Mitkommen mochte sie aber auch nicht. Die Kinder drängelten doch so. Am Ende müsste sie im Heckfenster liegen. Das verletze ihre Würde.

»Ich hätte dich sowieso nicht mitgenommen«, sagte Nina zu ihr. »Das würde nämlich *meine* Würde verletzen. Eine Plüschmaus im Auto! Wie stehe ich denn dann da!«

Mausi warf mir schmollend vor, ich hätte bei der Erziehung meiner Tochter versagt. Es hätte mich gewundert, wenn ich einmal an nichts schuld gewesen wäre.

★ ★ ★

Irgendwann am Samstag rief Leo an. Leo ist ein Fehler, der mir mal unterlaufen ist.

Leo war an die zwanzig Jahre lang mit einem weiblichen Schattenwesen verheiratet, das er knapp hielt in emotioneller wie in finanzieller Hinsicht, obwohl es ihm, da er im Vorstand einer Bank sitzt, an Geld nicht mangelt. (An Gefühlen mangelt es ihm auch nicht, aber er konzentriert sie alle auf sich selbst.)

Das Schattenwesen, das ich nicht mehr kennen gelernt habe, zog vor ein paar Jahren die Konsequenz aus seinem Dasein und verblich folgerichtig, noch dazu an einem Herzleiden. Seitdem reden Leo und seine Freunde mit Hochachtung von der seligen Gemahlin, der sie, als sie unglückseligerweise noch unter ihnen weilte, wenig Respekt gezollt haben dürften.

Leo ist seine ganze Ehe hindurch selbstverständlich fremdgegangen. Als vitaler Mann hat er das einfach gebraucht, sagt er. Kinder wollte er nie. Dann, als er langsam alles gehabt hatte, nur keine Nachkommen, hegte er plötzlich sentimentale Träume von einem Sohn und Erben.

Als ich mich mit ihm abgab, wollte er, dass ich ihm diesen Sohn schenkte. Leo drängte darauf zu heiraten. Er wollte eine Familie gründen. Wenn er mit Nina und mir essen ging, gebärdete er sich bereits als unser Ernährer. Ich bestand auf getrennten Rechnungen. Leo wäre es im Prinzip recht gewesen. Er hätte nichts dagegen gehabt, sich als unser Ernährer aufzuspielen, ohne dass es ihn auch nur einen Restaurantbesuch gekostet hätte. Allerdings plädierte er dafür, die Rechnungen erst hinterher, daheim, auseinander zu dividieren. Das schien ihm eleganter. Ich lehnte ab. Wir lösten das Problem, indem wir aufhörten, miteinander essen zu gehen.

Abgesehen davon, dass ich keinerlei Ambitionen verspürte, in die Fußstapfen von Leos bedauernswerter Gemahlin zu treten, verspüre ich grundsätzlich wenig Ambitionen, meine Tage noch einmal dem Windelwechseln, Türmchenbauen und Breifüttern zu widmen.

»Das habe ich hinter mir«, sprach ich daher zu Leo. »Ich schaue jetzt glücklich dem Klimakterium entgegen.«

Leo, nicht daran gewöhnt, verschmäht zu werden, glaubt mir bis heute nicht. Beharrlich versucht er nach wie vor, doch noch einmal bei mir zu landen. So sind die Männer. Mach dir was aus ihnen, und sie schütteln dich ab wie Schuppen. Mach dir nichts aus ihnen, und sie sind treu und anhänglich.

»Was treibst du denn so den ganzen langen Tag?«, fragte Leo. Er meinte es nicht scherzhaft. In Leos Augen sind die Tage von Frauen lang, weil Frauen sie nicht durch Arbeit verkürzen müssen.

»Ach«, erwiderte ich, »ich liege auf dem Sofa und zähle das Geld, das zum Fenster hereinflattert.«

Leo wollte mit mir spazieren gehen. Oder in eine Ausstellung. Oder ein Glas Wein trinken. Einen Moment lang war ich versucht nachzugeben. Mit Leo spazieren zu gehen konnte auch nicht schlimmer sein als bügeln. Dann fielen mir unsere Spaziergänge ein, auf denen Leo mich mit seinen Ansichten über Gott und die Welt gefoltert hatte *(Hilf dir selbst, dann hilft dir Gott! Dem Tüchtigen gehört die Welt! Hätte die Natur gewollt, dass Männer staubsaugen, hätte sie ihnen Brüste wachsen lassen!)*, und ich lehnte ab. Bügeln war doch besser.

Verdammt, das sollte mein Leben sein?

Christoph rief an. »Was machst du?«

»Ich stehe am Bügelbrett und schließe mit meinem Leben ab!«

Christoph lachte. »Geh mit mir ins Kino!«

»Mit dir? Wo ist dein Weib? Wo ist dein Kind?« (Christoph hat zwei Kinder, aber eines opferte ich vorübergehend der Satzmelodie.)

»Erzähl ich dir später«, sagte Christoph.

»Kino. Hm. Kann ich nicht, da ist Nina schon drin.«

»Gibt es irgendein Gesetz, das verbietet, dass ihr gleichzeitig im Kino seid?«

»Ja, das Gesetz, das sagt, dass sich ein Körper nicht gleichzeitig an zwei Orten befinden kann, du Koffer. Ich muss Nina in einer Stunde abholen.«

»Wieso Koffer?«

»Weil du ahnungslos bist, was Kinder anlangt. Hast selber zwei und bist ahnungslos. Typisch Vater.«

»Red keinen Unsinn. Ich bin ein ziemlich guter Vater, und das weißt du.«

Da hatte er Recht.

Trotzdem: »Jeder ziemlich gute Vater wäre als Mutter eine ziemlich schlechte Mutter. Also spiel dich nicht auf.«

»Was soll ich tun? Mich mit der Nilpferdpeitsche geißeln?«

»Warum nicht? Ist vielleicht spannender als Kino.«

»Also gut. Treffen wir uns auf eine Runde Geißeln?«

»Ich dich?«

»Was? Treffen?«

»Nein, geißeln.«

Christoph gab vor nachzudenken. »Ich habe mir vorgestellt, wir wechseln uns ab«, sagte er dann.

»Tun wir. Mal quäl ich dich, mal leidest du.«

Christoph lachte. »Jetzt im Ernst –!«

Was dachte er? Dass ich scherzte?

Wir einigten uns darauf, dass er auf ein Glas Wein vorbeikommen würde, sobald ich Nina vom Kino abgeholt hätte.

Damit wir uns nicht missverstehen: Es ist nicht so, dass ich in meiner Freizeit ums Telefon streiche, bis mich endlich ein mehr oder weniger netter Mann anruft. Ich habe einen Haufen prächtiger Freundinnen, mit denen ich mich prächtig unterhalten kann. Allerdings haben diese Freundinnen neben ihrem Beruf Kinder und einen Haushalt, so wie ich, weshalb sie an vielen Wochenenden gleichfalls damit beschäftigt sind, Wäscheberge abzutragen, schmutzige Teller aus Zeitungsständern zu fischen und den lieben Kleinen ein Unterhaltungsprogramm zu bieten. Später einmal, wenn unsere lieben Kleinen selber Führerscheine haben und die Teller mit ihren Essensresten in ihren eigenen Wohnungen vor sich hin gammeln lassen, wollen wir alle miteinander durch Neuseeland trampen und uns nach einem gemeinsamen Alterssitz in einer malerischen Landschaft umsehen.

Infolge hartnäckiger Heterosexualität meinerseits sind Männer als Liebhaber für mich unersetzlich – aber ihre Gesellschaft ist manchmal problematisch. Soll heißen: Ich kenne einfach viel mehr Frauen als Männer, mit denen ich mich gut unterhalte. Frauen belehren mich nicht ständig. Frauen wollen nicht immerzu gewinnen. Frauen sagen nicht »man«, wenn sie »ich« meinen.

Christoph ist einer der Männer, mit denen ich gerne rede. Vor die Wahl gestellt, seine Aufmerksamkeit einem Menschen oder einem neuen Prototyp von Geländewagen zu schenken, würde Christoph sich für den Menschen entscheiden. Jedenfalls nehme ich das von ihm an. Das ist mehr, als ich von vielen seiner Geschlechtsgenossen behaupten kann.

Christoph hat, wie gesagt, zwei Kinder und er ist mit der Mutter dieser jetzt halbwüchsigen Kinder nicht nur seit nahezu zwanzig Jahren verheiratet, sondern ihr auch, soweit ich das beurteilen kann, ein einigermaßen loyaler Partner.

Mit Christophs Frau, Margit, verkehre ich freundschaftlich, aber sie steht mir nicht wirklich nahe, denn wir haben nicht viel gemeinsam. Vor allem nervt es mich, dass sie ständig überlastet ist. Ich kenne eine Menge wirklich überlasteter Frauen. Margit gehört nicht dazu. Aber vielleicht tue ich ihr unrecht und es nimmt einen mehr her, als ich glaube, wenn man eine Wirtschafterin dirigieren, mit dem Partyservice telefonieren und die Tochter zum Ballettunterricht begleiten muss, während Gartenarbeiter die Tulpenzwiebeln ausbuddeln und zum Überwintern in Torfmull betten. (Oder so ähnlich. Ehrlich gestanden weiß ich nicht, worin man Tulpenzwiebeln zum Überwintern bettet, weil ich meine einfach in der Erde lasse. Sie treiben trotzdem jedes Frühjahr aus, was ich Christoph immer triumphierend mitteile.)

Falls Sie mir jetzt vorhalten, dass ich es mir ebenfalls als Arbeit anrechne, wenn ich meine Tochter hierhin und dorthin bringe, antworte ich Ihnen: Margit gehört zu den Müttern, die auch das sechzehnjährige Kind ins Hallenbad hineingeleiten und mit ihm dort bleiben. Das Beispiel hinkt nur insofern, als Christophs und Margits Kinder auf öffentliche Hallenbäder nicht angewiesen sind, weil sie über ein Schwimmbad im Keller ihres Wohnhauses verfügen. Was die Ballettschule betrifft, so könnte Christophs und Margits sechzehnjährige Tochter sie mit der Straßenbahn in zehn Minuten erreichen, ohne umzusteigen. Wie das Wohnhaus liegt auch die Ballettschule in einem Viertel, in dem Sechzehnjährige sich gefahrlos bewegen können, überhaupt untertags. Trotzdem fährt Margit ihre Tochter eisern mit dem Auto hin und schaut die ganze Unterrichtsstunde über zu. Am Telefon sagt sie atemlos: »Und heute ist auch noch Ballett!«, als müsste sie eine Krisensitzung in einen Tag voll schweißtreibender Termine quetschen.

Ich weiß, das klingt, als beneidete ich Margit, nicht zuletzt um ihren Ehemann, dessen Geschäfte sie in die Lage versetzen, viel Lärm um wenig Leistung zu machen.

Stimmt ja auch. Ich beneide sie. Christoph ist nämlich nicht nur tüchtig, sondern überdies fürsorglich. Fürsorgliche Männer sind selten. Ich habe mir noch keinen unter den Nagel gerissen. Christoph hat seinem alten Hund die roten Augen geduldig mit Kamillentee gewaschen. Philipp hat nicht einmal mir Kamillentee gebracht, als ich mit Brechdurchfall zwischen Bett und Bad hin und her geisterte.

Christoph kam also auf Besuch, am Samstagabend dieses Wochenendes, das Marietta flitternd mit Richard in einem idyllischen Landgasthof verbrachte (jedenfalls stellte ich es mir so vor), und wir öffneten eine Flasche Rotwein. Nina belagerte mit Lisa, Kathrin und Constanze den Fernseher im Wohnzimmer, deshalb hockten wir in der Küche.

»Ist was?«, fragte ich.

»Kann man wohl sagen«, erwiderte Christoph mit einem schiefen Lächeln.

Ich wartete.

»Margit will mich verlassen«, sagte er.

»Nein!«

»Aber ja. Es kriselt schon länger, weißt du. Und jetzt hat sie sich verliebt.«

»Nein!«

»Entschuldige, du meinst es sicherlich nicht bös, aber – kannst du vielleicht weniger eintönige Kommentare abgeben?«

»Tut mir Leid.«

»Na ja, es ist nicht sehr aufbauend, wenn du immer nur *Nein!* schreist.«

Wie bitte? Margit wollte ihn verlassen und mich wies er zurecht?

»Christoph, mein Lieber«, sagte ich zuckersüß, »du meinst es sicher auch nicht bös und ich verstehe ja deine aufgewühlten Gefühle, aber –«, ich hob die Stimme, »– lass sie gefälligst nicht an mir aus!«

Er schaute zerknirscht.

Mausi blinzelte mir zu. Sie saß schräg hinter Christoph auf einem Küchenschrank. Wie war sie dort hingekommen? Als ich sie zuletzt gesehen hatte, lag sie im Wohnzimmer auf dem Sofa und schlief. Es dürfte nicht ganz einfach für sie gewesen sein, neben den Toaster zu klettern, aber was tut man nicht alles aus Neugier! Indiskretes Monster. Sonst erklärte sie immer, die Küche sei kein standesgemäßer Aufenthaltsort für sie.

»Wenigstens weiß ich jetzt, weshalb du die ganze Zeit so verbiestert warst«, sagte ich zu Christoph.

»War ich verbiestert?« Er fragte es ehrlich erstaunt.

»Sag nicht, du hast uns in der letzten Zeit deine charmanteste Seite gezeigt!«

»Na ja, sicherlich war ich nicht übertrieben heiter.«

»Das hast du sehr schonend ausgedrückt.« Ich tätschelte seine Schulter. »Ach Gott, Alter – was soll ich dir sagen? Man überlebt Trennungen, schau mich an. Alles, was du brauchst, ist ein bisschen Übung. Wenn du dich ein paarmal getrennt hast, schaffst du's schließlich mit links. Ich trenne mich heute locker zwischen zwei Terminen, während ich die Spesen abrechne.«

Mausi schüttelte den Kopf und drehte die Augen himmelwärts. Wollte sie damit andeuten, dass ihr was Taktvolleres eingefallen wäre?

Ich tätschelte Christoph noch einmal. »Entschuldige, ich rede Blödsinn. Vielleicht trennt ihr euch ja nicht wirklich.«

Christoph nahm einen Schluck Wein. »Ich weiß gar nicht, ob ich das will.«

»Was?«

»Dass wir uns *nicht* trennen.«

Ich schaute fragend.

Christoph zuckte die Achseln. »Wir leben seit Jahren nebeneinander her, Margit und ich. Ich kann schon verstehen, dass ihr das nicht genügt.«

»Genügt es dir denn?«

»Ich war nicht unglücklich bis jetzt. Aber ich habe keine Ahnung, wie unglücklich ich bin, wenn dieser Zustand ein Ende hat. Ich habe keine Lust, mein Leben zu ändern, das schon, aber vielleicht steckt dahinter auch nur Bequemlichkeit. Ich weiß nicht, ob ich an Margit hänge oder bloß an meinen Gewohnheiten, verstehst du?«

»Man hängt immer an Gewohnheiten, wenn man an einem Menschen hängt«, sagte ich, wenig hilfreich. Was ich nicht sagte, war, dass vor allem Kinder, meinen Erfahrungen nach, sehr am Gewohnten hängen. Aber ich fragte: »Wissen es die Kinder schon?«

»Nicht so ganz.«

Nina wirbelte zur Tür herein, um ein weiteres Tablett mit Saft und Keksen für sich und ihre Freundinnen zu beladen.

»Nimm die Maus mit!«, sagte ich.

Nina tippte sich an die Stirn. »Wieso? Ist doch nicht *mein* Spielzeug.«

Christoph lachte. »Sondern? Wem gehört sie?«

Er hatte sich zu Nina herumgedreht und Mausi jetzt im Blickfeld. Mausis Augen funkelten, vermutlich vor Wut, weil ich sie loswerden wollte und weil Nina sich von ihr distanzierte.

Nina legte den Kopf schief und lächelte lieblich. »Sie gehört der Mami. Meine Mutter ist schon wieder ein bisschen kindisch, weißt du.«

Christoph versuchte ihr einen Klaps zu geben, doch sie wich ihm aus.

»Deine Mutter ist vielleicht kindisch, aber sie hat einen erstklassigen Geschmack«, sagte Christoph. Er zeigte auf Mausi. »Die da passt nicht zu ihr. Obwohl … Sie ist so hässlich, dass sie schon wieder schön ist.«

Mausi zeigte ihm die Zähne. Ihre langen Hauer lassen sich ja nie ganz verbergen, aber in diesem Augenblick bleckte sie sie noch mehr als sonst.

»Toll«, sagte Christoph fasziniert.

»Was?«

»Die Zähne von der Maus … So was von gelb. Sieht aus, als wären sie aus irgendeinem reflektierenden Zeug.«

Nina grinste und verschwand.

Christoph blickte auf seine Uhr. »Dann werd ich wieder … Bevor ich dir zu sehr auf den Wecker falle.«

»Du fällst mir nicht auf den Wecker. Musst du weg oder bist du nur wohl erzogen?«

Er schaute dackelig. »Auf mich wartet niemand. Margit ist mit den Kindern übers Wochenende zu ihrer Schwester gefahren. Behauptet sie zumindest.«

Christophs Kinder gehen in die piekfeine International School, was ihn mehr kostet, als seine Sekretärin verdient, dafür ist an den Wochenenden kein Unterricht. Nina besucht ein gewöhnliches, öffentliches Gymnasium (Eintritt frei), wo auch an Samstagen gelehrt und geprüft wird. So kommen wir nie in Versuchung, übers Wochenende zu verreisen, und sparen uns viel Geld, das wir jedoch für die Nachhilfestunden wieder ausgeben, die Christophs Kinder nicht brauchen, weil sie nachmittags direkt in der Schule gefördert werden. Die Welt ist nicht gerecht.

Apropos Schule: Latein –!

»Hör zu«, sagte ich hastig zu Christoph, »du bist herzlich eingeladen, noch hier zu bleiben und an unserem kurzweiligen Privatleben teilzunehmen, wenn du möchtest, aber ich muss jetzt schleunigst Nina die Ohren lang ziehen, und zwar auf Lateinisch.«

Wenn ich mich recht erinnerte, hatte sie in drei Tagen Schularbeit und noch nichts dafür gelernt. Fast hätte ich es über ihrem reichhaltigen Freizeitprogramm vergessen. Ich brüllte nach ihr. Nina protestierte. Wie üblich versprach sie für den nächsten Tag das Blaue vom Himmel. »Bitte sehr«, sagte ich, »wenn du morgen nicht auf die Party gehen willst …!«

»Ich lerne mit dir«, bot Christoph ihr an. »In Latein war ich immer gut und deine Mutter hat sicher was anderes zu tun.« Alle Achtung, der Mann war wirklich tadellos abgerichtet!

So kam ich in den Genuss eines halbwegs beschaulichen Abends.

Während Christoph mit Nina übersetzte, dass die Töchter des fleißigen Bauern das Landhaus mit Blumen schmückten, räumte ich die gebügelte Wäsche weg und die Küche auf. Mausi wollte sich mit mir unterhalten, als ich die Küche putzte (Christoph saß mit Nina im Wohnzimmer, Lisa, Constanze und Kathrin waren nach Hause gegangen), aber ich winkte ab. »Zu riskant«, flüsterte ich. Sie schwieg mit beleidigtem Gesicht.

Zwischendurch kam mein Vater heim, aber nur um seine Lesebrille zu holen, die er vergessen hatte. Er übernachtete bei Ilse.

»Opi, Opi«, seufzte Nina, »du bist kein gutes Vorbild für mich.«

»Das hoffe ich doch«, entgegnete mein Vater heiter und küsste sie auf die Stirn, bevor er beschwingt mit der kichernden Ilse abzog.

»Du hast mir noch nie erzählt, wie es bei Ilse war«, sagte ich in der Küche zu Mausi, mit gedämpfter Stimme. Sie ließ eine ihrer halbkreisförmigen Brauen hochschnellen, gab mir jedoch keine Antwort. Richtig, sie hatte ja Sprechverbot.

Schließlich fuhr Christoph nach Hause. Ich brachte ihn zur Tür, mit der leisen Furcht im Bauch, er könnte plötzlich fragen, ob er über Nacht bleiben dürfe.

Weder hatte ich Lust, ihn zu beherbergen, noch wollte ich ihm das klar machen. Ich mochte mich ja irren, aber ich schloss nicht aus, dass er, falls er übernachtete, den Versuch unternehmen würde, trostbedürftig zu mir ins Bett zu kriechen. Andererseits konnte ich diese Unterstellung schlecht äußern, wenn er harmlos bloß um ein Nachtquartier bat.

Zum Glück fragte er nicht und ich küsste ihn erleichtert auf die Wangen, als er sich verabschiedete. Er drückte mich an sich. »Ich bin froh, dass es dich gibt.«

»Das glaube ich«, sagte ich, »ohne mich wären dir die Töchter des fleißigen Bauern heute nicht begegnet.«

Er lachte.

Danach hatte ich nur einen Wunsch: mit einem Packen Zeitungen in mein Bett zu fallen und dort in Ruhe über einem Leitartikel einzuschlafen.

Doch als ich, geduscht und im Nachthemd, in mein Schlafzimmer kam, hatte es sich Mausi darin gemütlich gemacht.

»Raus!«, sagte ich. (Mausi schlief inzwischen für gewöhnlich im Wohnzimmer.)

Mausi ignorierte meinen rüden Ton, schlug ihre würstchenförmigen Beine übereinander und stellte fest: »Nett ist er, dein Chef.«

Oje. Wenn sie mich duzte, war sie auf einen Plausch unter Freundinnen aus.

»Ich ziehe die Bezeichnung Firmeninhaber vor«, sagte ich. »*Chef* klingt, als wäre er möglicherweise klüger. *Firmeninhaber* klingt, als wäre er bloß reicher, was er ist.«

»Jedenfalls ist er sehr, sehr nett.«

»Hab nie etwas anderes behauptet.«

»Und?«

»Was – und?«

»Er wird bald zu haben sein?«

»Nicht für dich, fürchte ich.«

Sie kniff zornig die Augen zusammen.

»Natürlich kommt er für mich nicht in Frage«, schnaubte sie, »weil er ein Bürgerlicher ist.«

»Genau. Und für mich kommt er nicht in Frage, weil ... weil er nicht in Frage kommt.«

»Warum?«

»Ich möchte geliebt werden, weil ich unwiderstehlich bin, aber nicht, weil einer Angst vorm Alleinsein hat.«

»Vielleicht findet er dich ja unwiderstehlich.«

»Wenn er das tut, wieso hat er mir dann all die Jahre widerstanden?«

»Hast du denn versucht, seinen Widerstand zu brechen?«

»Selbstverständlich nicht. Ich verführe keine verheirateten Arbeitgeber von mir, das wäre geschmacklos. So was probieren untergeordnete Wesen, die ihren possessiven Müttern entkommen möchten.«

»Du bist dumm. Der Mann ist reizend.«

»Ist er. Ist er. Außerdem ist er dünn und blass.«

»Was willst du damit sagen?«

»Ich will damit sagen, dass ich ihn all die Jahre ganz reizend gefunden habe. Aber jetzt, da er, wie du sagst, zu haben ist, fällt mir auf, er ist dünn und blass.«

»Du bist eine oberflächliche Gans.«

»Okay, okay. Ich werde mich ihm an den Hals werfen, um einer possessiven Maus zu entkommen.«

»Mach doch, was du willst!«, sagte Mausi verärgert.

»Geht nicht. Ich will schlafen, aber du sitzt hier herum und hinderst mich daran.«

Mausi erhob sich würdevoll. Stimmt nicht, das schaffte sie aus Figurgründen nicht. Tatsächlich hopste sie würstchenbeinig von meinem Fauteuil, aber sie meinte es würdevoll, wie ihr hoch erhobenes Haupt signalisierte.

»Bitte. Schlafe. Verschlafe dein halbes Leben, wenn du glaubst, dass dir das hilft.«

»He, wer von uns hat Hunderte von Jahren verschlafen? An deiner Stelle wäre ich auch nicht müde, das kannst du mir glauben.«

Mausi zuckte die Achseln und trippelte zur Tür. »Übrigens«, sagte sie und drehte sich noch einmal zu mir um, »falls du ausnahmsweise auch an meinem Schicksal interessiert sein solltest: Ich habe nachgedacht. Wegen meiner Erlösung und so.«

»Ja?«

»Vielleicht würde es helfen, wenn mich hübsche junge Männer küssen.«

»*Hübsche* Männer? Nicht *unschuldige*?«

»Man müsste es ausprobieren.«

»Ich kenne keine hübschen, unschuldigen, adeligen jungen Männer.«

»Adelig muss nicht sein. Nicht zum Küssen. Äh, zum Erlösen.«

»Soll ich Christoph fragen?«

»Nein!«

»Warum nicht? Ich denke, er ist so sympathisch?«

»Ist er.«

»Aber?«

»Aber er ist nicht jung genug. Und er ist ein *bisschen, bisschen* blass.«

Erst als sie schon aus meinem Zimmer war, fiel es mir auf. Ich sprang ächzend aus dem Bett und lief hinter ihr her.

»Du findest ihn sympathisch? Reizend? Sehr, sehr nett?«

»Wen?«

»Christoph.«

»Ja.«

»Und das, obwohl er gesagt hat, dass du hässlich bist?«

»Er hat gesagt, ich bin so hässlich, dass es schon wieder schön ist.«

»Wenn du das als Kompliment auffasst –«

»Er kann ja nicht wissen, wie schön ich in Wirklichkeit bin.«

»Ach so.«

»Außerdem verstehe ich nicht, warum du unbedingt Zwietracht säen willst zwischen ihm und mir!«

»Es macht mich misstrauisch, dass du sein Loblied singst. Du singst sonst nie Loblieder.«

»Mein Gott, ich versuche *edel* zu sein!«

Ich begriff. »Ach, du willst Gutpunkte sammeln. Von wegen Erlösung und so.«

Mausi sandte mir einen schwermütigen Blick aus quietschblauen Augen zu. »Es mag dir extravagant vorkommen«, sagte sie mit tragischer Stimme, »aber irgendwann – so in den nächsten zweitausend Jahren – würde ich meine derzeitige Gestalt gerne wieder loswerden.«

Beschämt schlich ich in mein Schlafzimmer zurück.

Das war am Samstag, und am Sonntag trudelten dann auch die restlichen Familienmitglieder wieder ein. Zuerst holte ich Nina von ihrer Party, danach kam mein Vater. Nina erzählte gut gelaunt, wie urblöd sich alle außer ihr und Kathrin aufgeführt hätten, mein Vater blätterte entzückt in einer Fernsehzeitschrift, die einen alten Film von ihm ankündigte, und unterhielt Nina mit Schnurren über seine Glanzzeit.

»Ich weiß«, sagte Nina, »sie haben dein Auto mit Lippenstift voll geschmiert. Mehr Frauen oder Männer?«

Mein Vater schaute geschockt. »Meine Verehrerinnen waren immer weiblich!«

»Deine Verehrerinnen schon«, sagte Nina, »aber die Verehrer?«

»Ich habe keine Verehrer gehabt. Jedenfalls keine, die mein Auto mit Lippenstift bemalt hätten.«

»Kannst du doch gar nicht wissen.«

»Doch, das weiß ich!«

»Sei nicht so empört. Ist ja keine Schande, wenn auch Männer wild auf dich waren.«

Mein Vater schnaufte erschüttert.

Ich mischte mich ein. »Wieso fragst du ihn, ob auch Männer sein Auto beschmiert haben, wenn er's gar nicht wissen kann?«

»Nur so«, antwortete Nina unschuldig.

»Gar nicht *nur so*. Du willst provozieren. Provoziere, von mir aus. Aber bleib logisch.«

Nina schnitt eine Grimasse. »Machst du mich schon wieder runter?«

Ich lachte. »Ich geb's dir, ich mach dich fertig, ich schaffe dich.«

»Ich bitte dich, lass doch das Kind in Ruhe«, sagte mein Vater gütig. Alter Schleimer. Nina grinste mich triumphierend an. Falls sie demnächst versuchte, ihren Großvater zu skalpieren, würde ich ihr eigenhändig das Messer reichen.

Plötzlich stand Marietta im Raum.

»Hallo, Frage«, sagte ich.

»Wie bitte?« Sie starrte mich an.

»Wenn etwas im Raum steht, dann ist das normalerweise eine Frage«, erklärte ich.

Marietta blieb todernst. Ihre Augen waren verschwollen. Ihre Nase war rot.

»Hast du Heuschnupfen?«

»Nein.« Sie ließ sich in einen Sessel fallen.

»Was ist los? Hast du herausgefunden, dass Richard mit den Fingern isst?«

»Ich hab etwas anderes herausgefunden.«

»Was?«

»Seine Frau ist schwanger.«

Nina pfiff durch die Zähne. Mein Vater räusperte sich.

»Sei still«, sagte ich zu Nina. Und zu Marietta: »Bist du sicher?«

Sie zuckte gereizt die Achseln. »Richard sagt es. Dann wird's doch wohl stimmen, oder?«

»Letztklassig.«

»Finde ich auch.« Marietta stand wieder auf und schniefte. »Diese Frau schreckt wirklich vor nichts zurück.«

Ich dachte, ich hätte nicht recht gehört. »Wie bitte?«

Marietta blickte mich fragend an.

»*Welche* Frau schreckt vor nichts zurück?«, erkundigte ich mich.

»Na, Richards Frau«, erwiderte Marietta.

»Du bist böse auf Richards Frau???«, schrie ich, mit drei Fragezeichen in der Stimme.

Marietta musterte mich kühl. »Soll ich böse sein auf sein künftiges Kind?«

»Nein, auf ihn! Ihn sollst du in den Arsch treten, verdammt noch mal.«

»Ich denke nicht daran«, erklärte Marietta. »Dafür, dass seine Frau ihn reingelegt hat, werde *ich* ihm sicher nichts antun.«

Reingelegt. Marietta fand, allen Ernstes, Richards Frau hätte Richard ausgetrickst, weil sie von ihm, ihrem Ehemann, ein Kind erwartete!

»Sie hat ihn doch wohl nicht betäubt, um ihm sein Sperma zu rauben?«, fragte ich.

Marietta verzog den Mund. »Jetzt wirst du unappetitlich.«

»Du bist naiv, Antonia«, sagte mein Vater. »Damit kriegen die Frauen die Männer doch seit Generationen dran: Sie werden schwanger, wenn sie geheiratet werden wollen.«

»Aber Richards Frau *ist* doch längst mit ihm verheiratet! Sie *hat* doch schon zwei Kinder mit ihm.«

»Genau. Und das erste Kind war der Grund, dass er sie heiraten musste.« Mein Vater lächelte selbstgefällig.

Marietta nickte. »Und jetzt erpresst sie ihn wieder mit einer Schwangerschaft.«

»Was erpresst sie? Ist von Richard was zu holen, was sie nicht schon hat?«

»Gute Nacht, Mutter«, sagte Nina. »*Mein* übler Trick ist, dass ich dich jetzt mit diesem Haufen von Irren allein lasse.«

Mausi, die sich zu wenig beachtet fühlte, griff sich an die Stirn und hauchte: »Ich glaube, ich bekomme eine Migräne.«

»Besser als ein Kind von Richard«, sagte ich herzlos.

Richard hatte meiner Schwester also das lang ersehnte gemeinsame Weekend spendiert, um sie gnädig zu stimmen für die Eröffnung, die er ihr machen musste: Von Scheidung konnte nicht nur keine Rede sein, sondern seine Frau erwartete, ganz im Gegenteil, wieder ein Kind.

Diese Ratte.

»Er ist schwach, na und?«, sagte Marietta. »Immerzu musst du ihn schlecht machen.«

»Ich mache ihn nicht schlecht, er ist schlecht!«, sagte ich.

Marietta verlangte, dass ich aufhören sollte, die Rächerin der Witwen und Enterbten zu mimen, sie wolle sich weder als Witwe noch als Enterbte fühlen. »Dein Mitleid macht mich klein und armselig, verstehst du?«

Na schön, ich sah das Positive. Immerhin hatte Richard für einen romantischen Rahmen gesorgt, als er seine schwer wiegende Mitteilung machte. Er hätte ja auch, auf einem Parkplatz, in einem schlecht geheizten Datsun Cherry, mit einem Karton Chicken McNuggets auf den Knien, kauend zu Marietta sagen können: *Ach, ehe ich's vergesse – das mit der Scheidung kannst du dir abschminken, wir kriegen lieber noch ein Kind, meine Frau und ich!*

Stattdessen hatte er ein Schlosshotel mit Marmorfußböden und Wintergarten, dazu Klaviergeklimper und neonfarbene Longdrinks aufgeboten, und das konnte nicht nur daran liegen, dass er keinen Datsun Cherry besaß.

Was für ein Kavalier.

Marietta faselte schon wieder was von »Fußangel« und »in die Falle getappt«, deshalb wandte ich ein: »Wenn ich dich recht verstanden habe, weiß Richards Frau doch gar nichts von seinen Trennungsabsichten?«

»Weil sie sich blind und taub stellt. Wäre sie nur ein bisschen sensibel, müsste ihr längst was aufgefallen sein.«

Hm. Hatte die sensible Frau aus der Tatsache, dass ein Mann den ehelichen Beischlaf mit ihr vollzog, auf Trennungsabsichten seinerseits zu schließen?

»Ich will dich nicht schon wieder kränken«, sagte ich, »aber ich glaube, ihr ist vor allem was rein Biologisches aufgefallen. Man nennt es Erektion.«

Marietta warf ein zerknülltes Taschentuch nach mir.

Ich behielt den Rest meines Einwands für mich, der gelautet hätte, dass man den Ehefrauen, denen mehr auffällt, für gewöhnlich vorwirft, sie spionierten ihren Männern in würdeloser Weise nach.

»Diese Debatte ist unsinnig!«, sagte Mausi plötzlich mit autoritärer Stimme. »Der Mann ist ein Schuft, ein Scheusal, ein ehrloser Geselle und muss eine gerechte Strafe erleiden. Punktum, basta.« Marietta verzog das Gesicht, als hätte sie Zahnweh. *Ehrloser Geselle* war aber auch wirklich jenseits der Schmerzgrenze.

»Was meinst du mit *gerechter Strafe*?«, erkundigte ich mich.

Mausi zuckte die Achseln. »Backenstreiche, Peitschenhiebe. Ein paar auf die Fußsohlen. Züchtigungen eben.«

»Du müsstest mitgekriegt haben, dass Züchtigungen abgeschafft sind.«

»Ich finde es ja rührend, dass du zu mir hältst –«, begann Marietta.

Mausi unterbrach sie. »Ich halte nicht zu ihr, wie sie es zu nennen beliebt, ich bin nur auf die Ehre unseres Hauses bedacht.«

»*Unseres* Hauses?«, fragte ich staunend.

Mausi schaute hochmütig. »Da ich nun einmal gezwungen bin, unter euch zu leben, sehe ich mich bemüßigt, euch Manieren beizubringen. Was ihr tut – oder nicht tut –, fällt in gewisser Weise auf mich zurück. Ihr müsst diesen Richard in die Schranken weisen, sonst machen wir uns alle lächerlich.«

»Du meinst, wir sind es deinem Ruf schuldig, dass wir Richard köpfen?«, fragte ich.

»Von Köpfen war nicht die Rede!«, entgegnete Mausi.

»Trotzdem: Findest du dich nicht ein bisschen egozentrisch?«

Marietta stürmte aufheulend aus dem Wohnzimmer.

Mausi schaute erstaunt. »Was hat sie?«

»Sie ist auch egozentrisch. Sie will, dass man sich um sie kümmert.«

Mausi schüttelte verwundert den grauen Kopf.

»Rote Strähnchen würden deine Haarfarbe enorm beleben!«, sagte ich zu ihr.

Mausi winkte majestätisch ab. »Belebte Haare sind ein Fall für den Kammerjäger.«

6

Klopfen und Hämmern, Bohren, Sägen und das gellende Kreischen einer Steinschneidemaschine – bei den Nachbarn ging's rund, denn sie vergrößerten ihre Terrasse, auf der sich schon bisher an schönen Tagen erstaunliche Mengen von Verwandtschaft versammelt hatten, um in die laue Luft zu juchzen.

»Das ist ja unerträglich«, befand Mausi, während Nina, Marietta und ich in morgendlicher Aufbruchsstimmung durchs Haus schusselten.

»Ja, ja, hier geht's munter zu«, sagte ich. »Du wirst dich im Sommer wundern, falls du dann noch da bist. Jedes Wochenende ein Gartenfest mit bunten Lichtgirlanden und Gläserklang bis tief in die Nacht.«

»Das muss sie abstellen.«

»Sag nicht, wir sollen die Nachbarn rädern oder vierteilen. Nicht schon wieder. Zwecklose Ratschläge können wir uns selber geben.«

»Überhaupt ist dieses Haus viel zu klein. Überhaupt sind das hier keine Häuser. Das sind aneinander geklebte Hütten. Und die Gärten! Lächerlich! Ich bin weitläufige Parks gewöhnt! Ich habe in einer Burg gewohnt!«

»Dann bist du besser dran als wir«, sagte Marietta.

»Wir haben noch nie in einer Burg gewohnt. Du hast es immerhin schon mal genossen.«

»Nun ja«, sagte Mausi, »genossen ... Oft war es ziemlich kühl da drinnen. Trotzdem: Warum hat sie nicht längst eine größere Bleibe angeschafft?«

Diese Frage galt mir.

»Ach«, sagte ich, »das hängt mit etwas zusammen, was jeder Mensch mit Lebensart für total unwichtig ansieht. Man sagt Geld dazu. Es macht nicht glücklich, heißt es. Ich glaube es sofort. Darum würde ich mich gern unentwegt davon befreien und es ausgeben, zum Beispiel für ein größeres Haus. Leider habe ich nicht genug davon.«

»Sie meint, sie wohnt nur deshalb hier, weil sie sich nichts Besseres leisten kann?«

»Was dachtest du?«

»Mausi glaubt wahrscheinlich, wir drängen uns gerne zusammen wie das Vieh im Stall!«, mutmaßte Marietta. »Sie glaubt, wir Kinder aus dem Volk haben was Animalisches an uns.«

»Dabei ... Wenn hier jemand was Animalisches an sich hat, dann bestimmt nicht wir!«, sagte ich.

Marietta und ich lachten prustend. Mausi lachte nicht mit. Humorlose Person.

»Hast du mir ein Pausenbrot eingepackt?«, fragte Nina. Sie hält mich für ihre Kammerzofe. Wahrscheinlich ist sie in Wirklichkeit mit Mausi verwandt. (Packen Kammerzofen Pausenbrote ein? Heutzutage vielleicht schon. Die feinen Bräuche sind auch nicht mehr das, was sie einmal waren.)

Ich bejahte.

»Was'n?« Sie stellte diese Frage bestimmt nur, um verkünden zu können, dass das, was ich ihr eingepackt hatte, ekelerregend war.

»Butterbrot mit Gouda.«

»Fein.«

Nanu. War sie krank?

»Eva ist ganz scharf auf Gouda«, fügte Nina erklärend hinzu. »Die tauscht sicher mit mir.«

»Das bedeutet?«, fragte Marietta.

»Das bedeutet, dass ich einen Schokoriegel kriege.«

»Diese Eva tauscht ihren Schokoriegel gegen ein *Käsebrot*?«

»*Einen* ihrer Schokoriegel. Sie hat immer jede Menge Junk mit.«

Raten Sie mir jetzt nicht, Nina ebenfalls Schokoriegel mitzugeben, damit in ihr ein heftiges Verlangen nach gesunder Nahrung erwacht! Die List, die Nina nach gesunder Nahrung gieren lässt, ist noch nicht erfunden. Ich habe alle halbwegs bekannten Tricks ausprobiert und sie haben alle versagt. Was immer man Nina anbietet, sie lechzt nach aufgeschäumten Antioxidantien und gehärteten Geschmacksverstärkern.

Wir waren inzwischen zu meinem Auto gegangen, denn ich hatte angeboten, Nina und Marietta ein Stück mitzunehmen. Mausi hatte ich mir unter den Arm geklemmt, jetzt setzte ich sie auf die Rückbank. Seit Tagen hatte sie mich bearbeitet, dass sie sich daheim zu Tode langweile. Vom Aufenthalt im Auto versprach sie sich etwas Abwechslung.

»Was ist, wenn du dich erkältest?«, hatte ich gefragt. (Schließlich musste sie im Auto zurückbleiben, wenn ich es zwischendurch abstellte.) Sie hatte versichert, gegen Erkältungen sei sie in ihrer jetzigen Gestalt gefeit. »Du kriegst Hunger, du kriegst Migräne, aber du bist nicht kälteempfindlich?«

»So ist es«, hatte sie gesagt.

»Das ist unlogisch.«

»Na und?«

Gegen dieses schlagende Argument ließ sich nichts weiter vorbringen.

Mausi kam also mit. Ein Plüschtier im Auto – fehlte nur noch ein Kissen mit Kreuzstichstickerei im Heckfenster und ein Duftbäumchen am Rückspiegel.

Ich musste nach Baden, wo Christoph an einem Reihenhausprojekt beteiligt war. Zwei Interessenten wollten die Rohbauten besichtigen.

In die alte Kurstadt Baden fahre ich gern. Imperialer Zuckerbäckerstil, weitläufige Parkanlagen, ruhesuchende ältere Herrschaften: Ich liebe beschauliche Idyllen, auch wenn sie vielleicht nur Fassade sein mögen. Das ist so wie mit der bloß *oberflächlichen Freundlichkeit*: Im Zweifelsfall bin ich dafür, dass die Leute wenigstens an der Oberfläche freundlich sind.

Die Arbeitsbrigaden der Nachbarn hatten mir einen riesigen Schotterhaufen vors Auto geschüttet, den ich nun beim Wegfahren etwas umständlich umrunden musste. Streng schauten mir mehrere Handwerker dabei zu. Wahrscheinlich waren sie bereit, sich auf mich zu stürzen für den Fall, dass ich dem Schotterhaufen eine Schramme zufügte.

Ich war halbwegs gut gelaunt, nicht nur weil ich Baden zum Ziel hatte, sondern auch weil Marietta wieder lachte trotz der Pleite mit Richard. Sosehr mir Marietta oft auch auf die Nerven fällt – ich fühle mich verantwortlich für sie.

Marietta war fünf, als unser gemeinsamer Vater ihre Mutter verließ, um andernorts ein neues Glück zu gründen. Die fünfjährige Marietta strapazierte mich nicht mehr durch Sabbern, sondern verehrte mich hemmungslos. Das schmeichelte mir, auch wenn ich nach außen unbeeindruckt blieb. Weil Marietta so an mir hing, besuchte ich sie weiterhin, obwohl ich von Gerichts wegen ja nur zu Treffen mit meinem Vater verpflichtet gewesen wäre. Vaters neue Frau war sowohl an Marietta als auch an mir desinteressiert, deshalb machte der alte Herzensbrecher von seinem Besuchsrecht bloß noch Gebrauch, wenn Reporter bei ihm angesagt waren.

Dann wurden Marietta und ich zu ihm bestellt, mit bröseligem Kuchen gequält und zwischen ihm und seiner Nummer drei fotografiert, so, dass im Hintergrund der Marmorkamin zu sehen war.

Mit der Zeit hörte auch das auf. Ab meinem fünfzehnten Lebensjahr verweigerte ich das Posieren für Homestorys, kurz darauf ging Vaters dritte Ehe in die Brüche und später, als die Rollen für ihn ausblieben, blieben die Reporter ebenfalls aus.

Mit Marietta hielt ich stetig Kontakt, mal mehr, mal

weniger. Ich hatte mich inzwischen einfach daran gewöhnt, eine kleine Schwester zu haben, auch wenn ihre Verehrung für mich mit den Jahren verblasste. Manchmal habe ich den Verdacht, sie verehrt mich gar nicht mehr. Egal. Wenn jemand sie schlecht behandelt, dann bin das immer noch ich. Ein hergelaufener Richard hat sie nicht zu kränken. Dass er es dennoch tut, empört mich mehr, als ich zeige.

Marietta stieg an der Schnellbahnstation aus, Nina vor ihrer Schule.

»Filiae agricolae impigri mensam nostram ornabant«, teilte uns Nina mit, als sie das Auto verließ.

»Ite missa est!«, konterte ich gewandt.

»Deo gratias«, steuerte Mausi bei.

Daran kann man sehen, wie nützlich es ist, lateinische Messen besucht zu haben.

Ich schlug den Weg nach Baden ein. »Damit das klar ist«, sagte ich zu Mausi, »ich nehme dich nur mit, wenn du nicht die ganze Zeit auf mich einredest.«

»Mit niemand unterhalten hätte ich mich auch daheim können«, maulte Mausi.

»Ist mein Vater *niemand*?«

»Dein Vater unterhält mich nicht.«

»Er hat immer als charmanter Gesellschafter gegolten.«

»Mir schleierhaft warum«, sagte Mausi.

Da es mir eigentlich auch schleierhaft ist, erwiderte ich nichts.

In Mödling steuerte ich die Weinstraße an, was ein Umweg war, aber ich fahre, wenn es meine Zeit zulässt, lieber die schöneren Strecken als die kürzeren; so viel Lebensqualität muss sein. Dem Eichkogel lagen herbstliche Weingärten zu Füßen, aus meinem Autorecorder erscholl Mozarts Krönungskonzert, Mausi schwieg schmollend – der Tag ließ sich nicht schlecht an.

Damit Sie mich nicht falsch verstehen: Ich bin nicht der wortkarge Typ, der seine Umgebung durch Einsilbigkeit in Schach hält, doch ab und zu muss man mich meinen Gedanken überlassen, weil ich sonst unter dem Eindruck, in fremden Gedanken unterzugehen, panisch um mich zu schlagen beginne.

Was Mausis gelegentlich enervierende Plauderlust anlangt, so habe ich eine gemeine, aber wirkungsvolle Methode herausgefunden, um sie zu ersticken: Ich spreche Mausi auf Ilse an und schon verstummt sie. Es sei ihr nicht erlaubt, über die Haushalte zu tratschen, in denen sie sich befunden hat, behauptet sie.

Das stört mich nicht wirklich, aber sobald Mausi mich nicht in Ruhe lässt, täusche ich ein heftiges Interesse an Ilse vor und löchere Mausi mit Fragen. Erzähl doch, dränge ich, wie ist sie, was treibt sie, mit *wem* treibt sie's, was wiegt sie, wie alt ist sie tatsächlich?

Ich frage absichtlich so vulgär, weil ich dann sicher sein kann, dass Mausi mir nicht antwortet.

Natürlich interessiert mich Ilses Alter in Wahrheit gar nicht, weil ich nicht im Traum daran denke, ihr daraus einen Strick zu drehen. Ich beurteile Frauen doch nicht nach Baujahr und Gewicht!

Nur dass es mir stinkt, wenn Ilse von »unserer Jugend« zwitschert, womit sie ihre und meine Jugend meint, die aber meiner Ansicht nach mindestens (ich wiederhole: mindestens!) fünfzehn Jahre auseinander liegen.

Und außerdem glaube ich keine Minute, dass sie Kleidergröße 38 trägt.

Der erste Interessent war keiner mehr, als er besichtigt hatte. Reihenhäuser im Rohbau können was Tristes ausstrahlen, wenn man gerade durch Straßen voll herrschaftlicher Jahrhundertwendebauten gefahren ist. Unser Reihenhausprojekt lag so gesehen etwas unglücklich. Man musste vorher an zu vielen imposanten Gebäuden vorbei, als dass man es nachher noch hätte schön finden können.

Mein nächster Kunde sollte in fünfunddreißig Minuten kommen. Ich beschloss, mir einen schnellen Spaziergang durch den Kurpark zu gönnen. Meine Fahrt dorthin säumten Villen, von denen ich für jede einzelne zu jedwedem Steuerbetrug bereit gewesen wäre. Bedauerlicherweise würde das, was ich an Steuern hinterziehen könnte – falls ich des Hinterziehens kundig wäre –, in dieser Gegend nur zum Ankauf eines Vogelhäuschens reichen. (Kein schlechtes Gewissen bei der Vorstellung, das Gemeinwohl zu schmälern? Aber ja, aber ja; deswegen bleibe ich anständig. Allerdings ist unübersehbar, dass sich der Wohlstand ziemlich gemein denen versagt, die auf den Gemeinsinn am stärksten angewiesen wären. Soll heißen: Solange der Staatshaushalt immer wieder auf dem Buckel der Ärmsten saniert wird, sollen wir uns nicht unbedingt der Illusion hingeben, dass wir unsere Steuern nur für nützliche und vertretbare Zwecke zahlen.)

Genug Weisheiten abgesondert. Ich war am Kurpark angekommen, parkte das Auto, ließ Mausi darin zurück und lief los. Ich lief zwischen flammenden Büschen, deren Laub ich nie würde entsorgen müssen, und zog mir, von hoch gelegenen Pavillons spähend, jede Menge Panorama rein. Gleichzeitig versuchte ich meiner Existenzangst davonzurennen, die mich immer überkommt, wenn ich eine Weile nichts verkauft habe. Das Fixum, das ich kriege, bewahrt Nina und mich zwar vorm Verhungern, aber zum Leben reicht es trotzdem nicht. In meiner Branche bleibt man am Ball oder auf der Strecke. Ein strapaziöses Los für eine Person wie mich, die sich im Grunde vor sportlichen Wettkämpfen fürchtet.

Ich war schon wieder auf dem Rückweg zum Auto, als ein kleiner Hund auf mich zufegte und freudig an mir hochsprang. Ich tätschelte ihn, lächelte seiner eleganten Besitzerin zu und trabte weiter. Der Hund ließ von mir ab und raste in weiten Kreisen über die Wiese, ganz ausgelassenes Glück. Ein Paar in mittleren Jahren watschelte daher, es schleppte schwer an satter Selbstzufriedenheit. Der kleine Hund raste auf die beiden zu. Die Frau kreischte auf, als würde sie von einem Krokodil angefallen. Der Mann schwang drohend einen Schirm. »Nehmen Sie den Hund an die Leine, Sie!«

Der Hund schlug einen Haken, aber der Mann fuchtelte weiterhin mit dem Schirm. »Hören Sie nicht, Sie Trampel? Hunde an die Leine!« Er schrie mit mir.

Ich hob belehrend einen Zeigefinger. »Wissen Sie«, fragte ich freundlich, »dass ordinäres Schreien gegen Impotenz so gut wie gar nicht hilft?«

Der Mann gurgelte. Die Besitzerin vom kleinen Hund lachte und pfiff. Der Hund rannte zu ihr. Zu dritt marschierten wir an dem gurgelnden Mann vorbei.

»Es tut mir Leid«, sagte die Hundebesitzerin zu mir.

»Mir nicht«, sagte ich.

Sie lachte wieder, ich winkte ihr zu und stieg in mein Auto.

Mausi wollte hören, was ich erlebt hatte. Ich erzählte es ihr. Sie bekam einen gerührten Gesichtsausdruck. Es ist vermutlich nicht ganz einfach, Mausis Gesichtsausdrücke zu deuten, wenn man Mausi nicht gut kennt. Ich nehme an, auf Sie würde sie einfach wie eine stumpfe, dumpfe Plüschmaus wirken. Mir hingegen war sie mittlerweile so vertraut, dass ich es merkte, wenn ihre Züge weich wurden.

»Magst du denn Hunde?«, fragte ich.

»Was erstaunt sie daran?«, fragte Mausi schnippisch zurück.

Es erstaunte mich, weil Hunde meiner Erfahrung nach dazu tendieren, Plüschtiere mehr oder weniger wüst zu misshandeln, aber dann fiel mir ein, was ich gerne vergesse, dass sich nämlich Mausi nicht als Plüschtier, sondern als Prinzessin sieht.

»Ich hatte ein weißes Hündchen, früher«, erzählte Mausi denn auch verträumt. »Es schlief auf seidenen Kissen. Meine Kammerzofe musste ihm bunte Bänder ins Haar flechten. Es hörte auf den Namen Bijou, und wenn es wieder mal Abfälle gefressen hatte – heimlich –, kotzte es vor mein Bett.«

Ich sagte nichts. Man soll Leute nicht aus romantischen Erinnerungen reißen.

Inzwischen war ich wieder bei meinen feilzubietenden Reihenhäusern gelandet. Der nächste Interessent parkte gerade ein. Es handelte sich um einen Herrn in dunkelblauem Tuch, der weithin nach einem Rasierwasser der Sorte *Herb, Herber, Herbizid* roch. Er brauche sechs Schlafzimmer, weil er fünf Kinder habe, sagte er. Wir stapften in den Rohbau, um zu überlegen, wie man aus dem bisschen Innenraum sechs Schlafzimmer herausschinden könnte. Ich überlegte, ob er das Rasierwasser immer trug, und falls ja, wie er dann zu fünf Kindern kam.

* * *

Philipp rief an. »Wie geht's euch denn so?«

Sofort war ich auf der Hut. In all den Jahren seit unserer Trennung hat Philipp noch nie nur deswegen angerufen, weil er wissen wollte, wie es uns geht. Wenn Philipp fragt: »Wie geht's euch denn so?«, dann bezweckt er was, und meistens freut es mich nicht.

Sie werden sich jetzt vielleicht wundern, dass ich so einen Typen geheiratet und zum Vater meines Kindes gemacht habe. Was soll ich dazu sagen? Menschen ändern sich eben. Ich habe mich dahin gehend geändert, dass ich Philipp mittlerweile als den Egoisten sehe, der er möglicherweise immer schon war.

»Es geht uns gut«, antwortete ich, »und ich hoffe, das bleibt auch so, obwohl du anrufst.«

»Du lieber Himmel«, sagte Philipp, »bringt dich meine Stimme derart aus dem seelischen Gleichgewicht oder was?«

So ist er. Immer bereit, das Beste von sich anzunehmen.

»Kommt darauf an, was sie sagt, deine Stimme«, erwiderte ich.

»Sie sagt, dass ich morgen bei euch vorbeischauen möchte. Passt dir das?«

»*Wozu* vorbeischauen?«, fragte ich misstrauisch.

Philipp seufzte. »Vielleicht will ich meine Tochter sehen. Ist das ein unverdächtiges Motiv?«

Das wäre eines gewesen, wenn er diesen Wunsch nicht so selten gehabt hätte.

»Na ja, Nina hat morgen aber Nachmittagsunterricht.«

»Ich komme sowieso am Vormittag.«

»Nachmittagsunterricht heißt nicht, dass die Schule am Vormittag entfällt.«

»Du meinst, Nina ist am Vormittag nicht da?«

»Dahin gehend könnte man es interpretieren.«

»Kann sie nicht ausnahmsweise mal schwänzen? Wo doch ihr Vater kommt?«

»Kommt er für genau einen Tag aus Neuseeland? Kommt er, damit sie ihn ein letztes Mal sieht, bevor er in den Abgründen des Himalaja verschwindet? Oder gibt es sonst einen dramatischen Grund, der verhindert, dass ihr Vater dann kommt, wenn sie keine Schule hat?«

»Du bist verdammt kleinlich, weißt du das?«

»Ich bin sogar so kleinlich dir zu erzählen, dass sie in drei Hauptgegenständen auf *vier* steht. Statt zu verlangen, dass sie die Schule schwänzt, solltest du lieber mit ihr lernen.«

»Wann denn? Wenn sie offenbar Tag und Nacht in der Schule ist.«

»Ach, das ließe sich einteilen, glaub mir.«

»Das glaub ich dir, dass du mich gerne einteilen würdest«, sagte Philipp böse. »Aber das wird nicht mehr gespielt. Pech für dich.«

Ich knallte das Telefon hin und biss vor Wut in den Teppich. Er schmeckte staubig. Vielleicht hätte er sich mit Zitronenmelisse verbessern lassen.

Am nächsten Morgen um acht stand Philipp auf der Schwelle. »Nina ist schon weg«, sagte ich.

»Ich weiß«, entgegnete er fröhlich. Er trat an mir vorbei ins Haus und ging nach oben.

Ich folgte ihm. »Was heißt das, du weißt es?«

»Ich hab's angenommen.«

»Und was tust du hier?«

Er war im oberen Flur angelangt und blieb vor dem Ölbild stehen, das seine Urgroßmutter mit säuerlichem Gesicht auf einem steiflehnigen Stuhl zeigt, starre Spitze um den starren Hals, das Ganze im würdigen Goldrahmen.

Philipp begann vorsichtig das Bild von der Wand zu nehmen.

»Was du hier tust, will ich wissen!«

»Das siehst du doch.« Er hatte das Bild von den Haken gelöst und hingestellt. Nun hob er es wieder hoch.

Ich versperrte ihm den Weg. Philipp schüttelte irritiert den Kopf. »Würdest du mich bitte vorbeilassen?«

»Mit dem Bild?«

»Ist das meine Urgroßmutter oder deine?«

»Das ist Ninas Ururgroßmutter.«

Er lehnte seufzend das Bild gegen die Wand. Wir maßen einander mit kalten Blicken.

»Schau«, sagte Philipp mit falscher Sanftmut in der Stimme, »Nina wird das Bild später einmal von mir erben. Aber vorläufig hätte ich meine Urgroßmutter gern in meinem Haus hängen. Ist das zu viel verlangt?«

»Darum geht's nicht. Es geht nicht ums Erben und nicht ums Besitzen. Es geht darum, dass du nicht einfach hier hereinplatzen und Dinge wegschleppen kannst, die zu unserem Heim gehören. Nina liebt dieses Bild.«

»Du hast dich immer darüber lustig gemacht.«

»Ja, ich. Nina nicht. Nina ist stolz darauf. Sie zeigt es gerne her. *Das ist meine Ururomi!* Sie hat nicht viel von dir, weißt du. Vielleicht hilft es ihr, dass sie wenigstens eine gemalte Ururomi von dir hat.«

»Ich bitte dich, das sind Sentimentalitäten! Klar, du willst mir ein schlechtes Gewissen machen. Aber ich durchschaue das.«

Ich öffnete den Mund und schloss ihn wieder. Sinnlos zu hoffen, ich würde mich Philipp verständlich machen können. Für ihn ist Anständigkeit ein fauler Trick, auf den man nicht hereinfallen darf. Er sieht überall nur Tricks und Fallstricke und die Notwendigkeit zu gewinnen. Nachgeben heißt für ihn verlieren. Verlierer verachtet er.

Sie waren ganz zu Anfang vielleicht erstaunt über meine Formulierung, Philipp sei so hochmütig, dass er es sich leisten könne, liebenswürdig zu scheinen. Damit meine ich, dass Philipp streng darauf achtet, sich nichts zu vergeben; seine Liebenswürdigkeit – und auf andere wirkt er oft liebenswürdig – entspringt einem Gefühl der Überlegenheit. Sie endet schlagartig, sobald Philipp auch nur den leisesten Verdacht hegt, man könne sie ihm als Schwäche auslegen. Wer Philipps Charme mit weicher Güte verwechselt, kriegt unverzüglich eine aufs Dach. Weil Philipp sich auf diesen seinen Reflex verlassen kann, ist er liebenswürdig und charmant trotz seines Weltbildes, in dem an und für sich nur Kampf oder Niederlage Platz haben.

Ich trat zur Seite. »Hau ab und werd selig«, sagte ich. »Gibt's noch was, was du dringend mitnehmen musst?«

Er antwortete nicht, sondern blickte prüfend auf das Ahnenbild. »Kannst du mir ein paar Decken borgen?«, fragte er. »Ich glaube, ich sollte es einwickeln.«

Mein Blick fiel auf Mausi. Sie lag in einem Winkel neben der Treppe, wie achtlos hingeworfen. Das wunderte mich, weil sie, als Philipp kam, im Wohnzimmer gewesen war. Sie schaute starr vor sich hin. Eines Tages würde ihre Neugier sie verraten. Oder auch nicht, denn bis jetzt legte sie ein erstaunliches Geschick dabei an den Tag, Gästen hinterherzuschleichen.

»Gewiss doch, unser Deckenverleih steht Ihnen Tag und Nacht zur Verfügung«, sagte ich. »Informieren Sie sich aber zuvor über unsere Preise.«

»Was soll das heißen?«

»Bevor ich dir antworte, habe ich noch eine Frage: warum auf einmal?«

»Warum auf einmal was?«

»Warum holst du jetzt auf einmal das Ahnenbild ab?«

»Ganz einfach, Agathe hat die Biedermeierlandschaft im Salon günstig verkauft und jetzt fehlt uns dort ein Bild.«

Philipps jetzige Frau Agathe handelt mit Antiquitäten. Manche dürfen eine Zeit lang ihr und Philipps schickes Heim dekorieren, ehe sie sie besonders gierigen Geldsäcken besonders teuer weiterverscherbelt.

»Ja, dann«, sagte ich. »Das erklärt alles.«

»Was erklärt was?«

»Ich meine, ich bin erleichtert, dass ihr nicht mit einem leeren Fleck an der Wand leben müsst. Besser uns fehlt ein Bild als euch.«

»Was ist jetzt mit Decken?«

»Gerne. Wolle oder Daunen?«

»Egal.«

»Wolle kostet einen Zehner pro Stunde, Daunen sind etwas teurer.«

Er zerschmetterte mich mit Blicken. Ich blieb aber ganz. Dann lachte er bitter auf, ergriff das Ahnenbild, marschierte damit auf die Treppe zu und fiel hinunter.

Die Ahnfrau krachte auf den Treppenabsatz, der goldene Rahmen zersprang in zwei Teile. Mir blutete das

Herz. Philipp kollerte gegen eine Wand und blieb mit schmerzverzerrtem Gesicht liegen. Mir blutete das Herz nicht. (Tut mir Leid, ich heuchle nicht gerne.)

Ich stand oben an der Treppe, neben Mausi, die nach wie vor ausdruckslos starrte, und starrte ebenfalls, nämlich nach unten, verblüfft.

»So hilf mir doch, verdammt noch mal«, ächzte Philipp.

Ich trabte treppab und hockte mich neben ihn. »Hast du was?«

»Hast du was, hast du was«, äffte er mich wütend nach. »Frag nicht so blöd.«

Er umklammerte meinen Arm und versuchte sich hochzustemmen, fiel aber stöhnend zurück. »Verfluchte Scheiße. Mein Bein. Ich glaub, ich hab mir das Bein gebrochen.«

Die Eingangstür ging auf. Herein kam mein Vater, der bei Ilse genächtigt hatte. (Bei Ilse? Na, jedenfalls auswärts.)

Er sah Philipp, gekrümmt auf dem Boden, daneben das Bild in seinem geborstenen Rahmen, und fragte mich streng: »Antonia! Musst du immer gleich gewalttätig sein?«

Wir riefen die Rettung. Philipp verlangte, dass ich ihn ins Krankenhaus begleitete. Ich versuchte Agathe zu erreichen. Agathe war unterwegs, ihr Handy nicht in Betrieb.

»Sie ist auf einer Auktion«, stöhnte Philipp. Die Rettung kam, der Rettungsarzt bestätigte Philipps Diagnose. Wahrscheinlich gebrochen.

Die Rettungsleute sackten Philipp ein. Agathe würde verständigt, versprachen sie.

»Du kannst mich doch nicht so einfach im Stich lassen …«, beschwerte sich Philipp.

Das hatte ich auch einmal zu ihm gesagt. Damals bemühte sich allerdings keine Rettungsmannschaft um mich, damals war ich mit Nina ganz allein.

»Du bist doch bestens betreut«, sagte ich. »Und bestimmt kommt Agathe gleich.«

»Kapierst du's nicht? Sie ist auf einer Auktion. Das kann dauern. Es geht um Hunderttausende.«

»Wie schön für euch«, erklärte ich und drehte mich um.

»Bring das Bild zu Agathe!«, rief mir Philipp nach, befehlend, mit Pein in der Stimme.

Im Büro heulte ich mich hemmungslos bei Christoph aus.

»Dieser Widerling! Dieses gierige Arschloch! Kannst du mir erklären, warum ich mit so einem verheiratet war?«

»Wenigstens musst du ihm nicht nachweinen«, tröstete mich Christoph. »Wärst du denn lieber mit einem verheiratet gewesen, in den du nach wie vor verliebt bist?«

»Vielleicht wäre ich gerne in einen verliebt und mit dem nach wie vor verheiratet.«

Christoph lachte schmerzlich auf. »Das gilt nicht. Wir wären alle gern schön, jung, reich, gesund und berühmt.«

»Jung muss nicht sein. Sofern mir Geheimratsecken erspart bleiben.«

Ich schniefte und gab Christoph einen freundschaftlichen Rempler. »Was Neues bei dir?«

»Margit hat die Scheidung eingereicht.«

»Oh.«

»*Oh* ist fast so schlimm wie *Nein*!«

»Was stellst du dir vor, dass ich sage?«

»Vielleicht: Nimm's nicht so schwer, es gibt andere Frauen, die dich mögen.«

»Nimm's nicht so schwer, es gibt andere Frauen, die dich mögen«, sagte ich.

Er sah mich an. »Magst du mich?«

»Ich mag dich unheimlich gern«, antwortete ich mit fester Stimme, »aber ich habe nicht vor, mich in dich zu verlieben.«

»Schade.«

Ich rempelte ihn abermals. »Hör zu, Alter: Die Statistik sagt, dass Männer von einer Beziehung in die nächste torkeln, wie besoffenes Getier, blindlings, weil sie es nicht aushalten, allein zu sein. Sei doch gescheiter als die Kollegen.«

»Ist Alleinsein gescheiter?«

»Es heißt, man lernt was dabei.«

»Hast du was gelernt?«

»Ich habe gelernt, dass ich einen Großteil aller real existierenden Ehemänner nicht geschenkt haben möchte.«

»Das hast du durchs Alleinsein gelernt?«

»Ja, weil's mir gut geht, jedenfalls im Vergleich zu einer Menge Ehefrauen rundherum. Wenn ich mir vorstelle, dass ich eine der Ehen führen müsste, die ich kenne, kriege ich Sodbrennen.«

»Man kann auch zu zweit sein und mit niemandem tauschen wollen.«

»Was ich meine, ist, ich habe gelernt, dass ich keine faulen Kompromisse eingehen muss, um zu überleben.«

»Hast du meine Ehe auch mit Abscheu gemustert?«

»Na schön, ich gebe zu, ich hab mir oft gedacht, Margit hat's fein«, sagte ich, »aber –«

»Aber weil sie sich scheiden lässt, muss was faul sein an mir?«

Ehrlich gestanden war genau das mein Verdacht. Doch ich äußerte ihn nicht. Stattdessen sagte ich: »Ich hab mir oft gedacht, Margit hat's fein, aber wenn ich mir's recht überlege, hätte ich trotzdem nicht so leben mögen wie sie.«

Dass Margit die Scheidung einreichte, konnte bedeuten, dass etwas faul war an Christoph, aber genauso gut, dass etwas faul war an Margit. Man musste gerecht bleiben.

»Mit mir verheiratet zu sein, bedeutet nicht, Margits Leben führen zu müssen«, sagte Christoph.

»Christoph«, fragte ich, »du machst mir doch keinen Heiratsantrag, wo du noch nicht einmal geschieden bist?«

Wir lachten beide herzlich.

»Quatsch«, erwiderte er dann, »ich wollte damit nur sagen, dass Margit das Leben geführt hat, das sie führen wollte. Ich hätte es auch ausgehalten, wenn sie was anderes getan hätte, als ständig neue Sofabezüge auszusuchen.«

Quatsch? Wieso Quatsch? Wenn *ich* die Idee, dass er

mir einen Heiratsantrag machte, zum Lachen fand – okay. Aber er? Durfte er einfach beleidigend *Quatsch* sagen?

»Wie versteh ich denn das, Schatz?«, fragte ich. »Ich soll dich mögen, aber den Gedanken an eine ehrbare Beziehung bezeichnest du als Quatsch? Das kränkt.«

»Soll ich dir also doch einen Heiratsantrag machen?«

»Nein, du sollst mir nur tief in deinem Herzelein einen machen *wollen*.«

»Mein Gott, bist du kompliziert.«

»Du bist ja doch ein Mann wie jeder andere. Immer auf der Suche nach einem weiblichen Einzeller. Alles sonst überfordert euch.«

Das Telefon läutete. Nina. Agathe habe sie angerufen und ihr aufgetragen, dem Vater Toiletteartikel ins Krankenhaus zu bringen. Sie, Agathe, sei verhindert. Ninas Einwand, dass sie Hausaufgaben zu machen habe und außerdem gar nicht wisse, wie sie zum Unfallspital kommen solle, habe Agathe nicht gelten lassen. Was jetzt zu tun sei?

»Gar nichts, ich erledige das«, sagte ich.

Diesmal war Agathes Handy in Betrieb. Ich ersuchte Agathe, Nina nicht mehr mit hirnrissigen Anweisungen zu behelligen.

Sie keifte ins Telefon. Nina sei schließlich Philipps Kind, ein Kind habe auch Pflichten seinem Vater gegenüber, das Mindeste, was man von einem Kind verlangen könne, sei, dass es sich um den Vater kümmere, wenn der verletzt im Spital –

Ich holte tief Luft. »Jetzt hör mir einmal gut zu«, sagte ich. »Erstens: Nicht Kinder haben sich zu kümmern, sondern Väter, jedenfalls solange die Kinder Kinder sind und die Väter keine verwirrten Greise. Zweitens: Philipp ist ein Rabenvater, der sich so gut wie nie um sein Kind kümmert, weshalb ihm sein Kind so gut wie nichts schuldet. Und drittens: Philipp ist verletzt, weil er sich nicht geniert hat, seinem Kind hinterrücks das traute Heim leer räumen zu wollen.«

»Ich kann mir vorstellen, dass dir das eine echte Genugtuung ist!«, sagte Agathe mit vorwurfsvoller Stimme.

»So ist es«, erwiderte ich. »Ich bin langsam versucht, an eine höhere Gerechtigkeit zu glauben.«

Agathe zischte abfällig. Dann sagte sie: »Nur weiter so. Erziehe Nina nur zu einer Egoistin!«

»Herrgott, Agathe!«, rief ich. »Weißt du, wovon du sprichst? Abgesehen von allem anderen: Wie hätte Nina denn überhaupt ins Spital fahren sollen? Das Unfallkrankenhaus liegt für sie am anderen Ende der Welt. Sie wäre einen Tag lang mit Bus und Bahn unterwegs und trotzdem noch nicht dort.«

»Dann hättest halt du sie mit dem Auto hingebracht.«

»Was ist eigentlich mit dir?«

»Ich habe zu tun.«

Das war der Punkt, an dem meine Augen gefährlich weit aus ihren Höhlen traten. Ich nahm mich aber zusammen. Mit ganz sanfter Stimme fragte ich: »Agathe, du meinst im Ernst, für dich kommen deine Geschäfte vor deinem geliebten Gemahl, während ich meine für ihn vernachlässigen soll?«

»Mit dir kann man nicht reden«, befand Agathe schroff.

Ich redete dennoch, und zwar so: »Agathe«, sagte ich, »du bist so unverschämt, dass es schon wieder bewundernswert ist. Hättest du nicht einen Hintern wie ein Elefant, würde mich der Neid auf dich fressen.«

Agathes Hintern ist gar nicht wirklich gigantisch. Lediglich ihre Beine sehen aus wie dicke, säulenförmige Elefantenstampfer. Aber das spielt so oder so keine Rolle. Wie immer Frauen auch aussehen, sie sind sofort bereit, vernichtende Behauptungen über ihr Äußeres zu schlucken und sich sorgenvoll zu fragen, wie viel Wahres dran ist.

Agathe beendete grußlos unser Telefonat. Ich wusste, sie würde den Rest des Tages mit der Betrachtung ihres Hinterteils zubringen. Ich grinste. Warum sachlich bleiben, wenn man mit Unsachlichkeit weiter kam?

Sie müssen mir außerdem zugestehen, dass ich wirklich Ursache gehabt hatte, mich provoziert zu fühlen.

»Jetzt weiß ich wieder, was ich sagen wollte«, sagte Christoph, der unfreiwillig mitgehört hatte, während er irgendwelche Unterlagen durchblätterte. »Ich wollte dir sagen, dass es ja doch irgendwie erstaunlich ist, wie rasch Philipp von der sozusagen gerechten Strafe ereilt wurde. So was passiert normalerweise nur im Film.«

»Du hast Recht«, sagte ich nachdenklich. Vor meinem inneren Auge war das Bild von Philipps Treppensturz aufgetaucht: Mausi, scheinbar teilnahmslos an der Treppe lagernd, und Philipp, wie er ganz plötzlich talwärts segelte.

7

Abends, daheim, nahm ich Mausi beiseite. »Wie meinst du das: nachgeholfen?«, fragte sie unschuldig.

»Vielleicht hast du ein Bein ausgestreckt? Ich hab's nicht so genau gesehen.«

»Ich muss kein Bein ausstrecken, wenn ich *nachhelfen* will«, erklärte Mausi patzig.

»Das verstehe ich nicht.«

»Du musst nicht alles verstehen.« Sie lächelte milde.

Ich schaute fragend.

»Ich gebe zu«, sagte sie, »dass ich das Verhalten dieses Kerls, der dein Gemahl gewesen sein soll, empörend gefunden habe.«

»Und?«

»Kein und. Das sollte dir genügen.«

»Bist du jetzt beteiligt oder bist du nicht? Und wenn ja, wie?«

»Ich drücke es mal so aus«, sagte Mausi, »es ist mir gelegentlich gegeben, den Lauf der Dinge nach meinen Vorstellungen zu beeinflussen.«

»Durch Zauberei?«

Mausi schwieg wichtigtuerisch.

Als Nina zum Gute-Nacht-Sagen antrat, machte sie ein erbittertes Gesicht.

»Erzähl noch mal, wie war das!«, forderte sie. »Er spaziert zur Tür herein und fummelt die Ururomi von der Wand? Einfach so? Und dann?«

Ich hatte ihr Philipps Unfall schon mindestens fünfmal geschildert. Nun beschrieb ich ihn ein sechstes Mal.

Nina furchte die Stirn. »Ich hab so eine Wut!«

»Ich glaub es dir«, sagte ich.

»Muss ich jetzt Mitleid haben mit ihm?«

»Eher nein.«

»Ich hab auch keins. Ich finde, es geschieht ihm ganz recht.«

Ich zog sie an mich und tätschelte ihren Rücken.

»Kauf mir einen Vater!«, sagte Nina. »Einen ordentlichen. Einen, der Bilder bringt statt Bilder wegzunehmen.«

»Sind im Moment aus. Wenn eine neue Lieferung kommt.«

»Das sagst du immer.«

»Die Lieferung lässt auf sich warten.«

»Wenn ich selber Vater bin, ist es zu spät.«

»Du wirst kein Vater. Du wirst höchstens Mutter, du Affe.«

»Nein, ich werd Vater. Das ist weniger anstrengend.«

Sie entschwand in Richtung Bett. Ich verwünschte Philipp. Ach so, dass musste ich ja gar nicht mehr. Er war schon verwünscht worden. Und zwar erfolgreich. Von Mausi.

* * *

Ich ging mit meiner Freundin Liane ins Kino. Liane ist Rechtsanwältin und das, was man eine majestätische Erscheinung nennt. Im Alter wird sie einen Krückstock mit Silberknauf benutzen, um nach jungen Männern zu schlagen. Ich höre sie schon befehlen: »Junger Mann, hol er mir etwas Lachs vom Buffet!« Oder: »Junger Mann, bring er mich über die Straße!«

Ich habe vor, es ihr nachzumachen. Liane ist mein großes Vorbild, was die Kunst betrifft, andere in die Schranken zu weisen. Sie lässt mir keine Sentimentalität durchgehen.

»Das arme Luder hat halt keine große Auswahl!«, sage ich zum Beispiel entschuldigend über Lianes Bürohilfe, die sich nicht und nicht von ihrem prügelnden Freund trennen mag, und Liane schaut mich streng über ihre Brille hinweg an: »Das, meine Liebe, trifft auf uns alle zu!«

Liane ist nicht herzlos, aber imstande, Grenzen zu ziehen. Es gibt Leute, die traut man sich um drei Uhr morgens aus dem Bett zu klingeln, um akuten Weltschmerz bei ihnen loszuwerden. Ich gehöre dazu. Liane nicht. Vielleicht deshalb, weil schwer vorstellbar ist, dass Liane ihrerseits jemals das Bedürfnis haben könnte, um drei Uhr morgens akuten Weltschmerz abzuladen.

(Übrigens fällt mir ein, dass auch mich schon lange niemand mehr im Morgengrauen mit Weltschmerz behelligt hat. Das lässt zwei Deutungen zu. Erstens: Meinen Freundinnen geht's gut. Oder, zweitens: Ich wirke abschreckender, als ich glaube. Trotzdem: Um Lianes beeindruckendes Auftreten zu erlernen, werde ich noch eine Weile an mir arbeiten müssen.)

Falls Sie sich jetzt vorstellen, Liane hätte eine gewisse Ähnlichkeit mit Mausi, muss ich energisch widersprechen. Mausi wirkt anmaßend, Liane nie. Das liegt nicht nur am Äußeren und auch nicht nur daran, dass Lianes Kommandoton nie mir gilt, der von Mausi hingegen schon – sondern das liegt vor allem an Lianes flächendeckender Kompetenz. Drücken wir es so aus: Wenn Liane jemandem aufträgt, die günstigste Flugverbindung zwischen Delhi und Lissabon herauszufinden, dann resultiert eine eventuelle Ungeduld ihrerseits aus der Tatsache, dass sie selber imstande wäre, diesem Auftrag blitzschnell nachzukommen. Bei Mausi hingegen wären leise Zweifel angebracht.

Liane fordert von anderen nichts, was sie nicht selber kann. Mausi dagegen fordert von anderen Dienstleistungen – mit höchster Ungeduld! –, weil sie selber außerstande ist, das Geforderte zu tun.

Sehe ich vor mir, wie Liane dereinst junge Männer auffordert, sie über die Straße zu bringen, dann sehe ich keine Liane vor mir, die allein nicht über die Straße fände, sondern eine, unter deren Würde es wäre, die Autos eigenhändig anzuhalten.

Ich war also mit Liane verabredet. Obwohl Nina schon seit ihrem achten Lebensjahr abends allein bleibt, wenn es sein muss (sparsam hatte sie eines Tages befunden, es gäbe vergnüglichere Wege, mein Geld anzulegen, als den, es Personen in den Rachen zu werfen, die vor der Glotze unsere Cola-Vorräte leerten, während sie solo vor ihrem Abendessen saß) – obwohl es wie gesagt ein alter Hut ist, dass Nina ohne Babysitter bleibt, wenn wir alle unterwegs sind, genieße ich es immer noch, mich einfach verabreden zu können ohne vorherige Anfragen und Bittgesuche und erneute Rückfragen bei Marietta, meinem Vater oder diversen Studentinnen mit übervollem Terminkalender.

Mittlerweile frage ich Marietta sogar, ob sie nicht mitkommen will, wenn ich weggehe. Diesmal wollte sie nicht. Sie hätte vorgehabt, ihre Haare zu waschen, ihre Nägel zu lackieren und ihre Beine zu harzen. Auch recht.

»Beine harzen! Wie das klingt!«, sagte Nina mit einem Schaudern in der Stimme. Ich sagte nichts, aber ich teile ihre Vorbehalte. Sobald mich die Härchen auf meinen Beinen stören, rasiere ich sie schlicht und schmerzlos. Nichts läge mir ferner, als sie mir auszureißen. Meiner Meinung nach ist es typisch für Marietta, dass sie ihre Schönheit mit derart brutalen Methoden pflegt. Immerzu will sie sich alles mühsam verdienen.

Liane und ich gingen vor dem Kino eine Kleinigkeit essen. »Das ist besser, als wenn wir hinterher ausgehungert viel zu viel ins uns hineinstopfen!«, erklärte Liane. Kluge Person.

Dann saßen wir hundert Minuten – von denen jede einzelne mehrere Stunden dauerte – in einem Film, dessen Protagonisten sich selbst, einander und uns verbissen quälten. Das erinnerte mich an mein Gastspiel beim Fernsehen, wo auch jeder einfallslose Redakteur geglaubt hatte, seine Humorlosigkeit mache einen Ingmar Bergman aus ihm.

Danach brauchten wir ein anständiges Abendessen. Wir fielen bei einem edel aussehenden Italiener ein und bestellten alles, was nach über dreitausend Kalorien pro Portion klang. Als wir gerade unsere Scampi in Angriff nahmen, kam eine lärmende Gesellschaft zur Tür herein. Ich blickte von meinen Scampi hoch und Richard ins wasserblaue Auge.

»Was hast du?«, fragte Liane.

Richard grüßte mich mit einem kurzen, steifen Nicken. Dann ließ er sich von den anderen an einen der Nebentische spülen.

»Da drüben sitzt der Liebhaber meiner Schwester!«, raunte ich Liane zu. »Vermutlich mit seiner Frau.«

Liane drehte sich kurz um. »Ganz fesch.«

»Nein, nicht der Fesche. Der Dickliche. Der in Dunkelblau.«

»Ja, ja, den meine ich.«

»Den findest du im Ernst *fesch*? Du musst krank sein.«

»Der andere ist ein Gockel. Aber der hier sieht nett aus.«

»Er ist *nicht* nett.«

»Ich habe nicht gesagt, dass er nett *ist*. Ich habe gesagt, er *sieht* nett *aus*.«

»Du bist irre.«

»Du hast ihn immer geschildert wie ein Monster.«

»Na schön, ich hab vielleicht gelegentlich ein ganz kleines bisschen übertrieben.«

Auch am Nebentisch wurde geflüstert. Die Frau neben Richard sah zu uns herüber und fragte ihn was. Er gab ihr achselzuckend eine kurze Antwort.

Wahrscheinlich behauptete er, ich wäre eine lästige Klientin.

Ich betrachtete Richards mutmaßliche Frau, das unbekannte Fabelwesen.

Sie hatte keine zwei Köpfe. Sie spie nicht Feuer. (Allerdings machte sie ein ziemlich unfreundliches Gesicht, doch das lässt sich vielleicht nicht vermeiden, wenn man mit Richard verheiratet ist.) Ihr Haar war dünn. Ihre Nase war lang. Ihre Augen waren groß, aber von einem faden, verwaschenen Graublau, und quollen ein bisschen hervor. Ihr bestenfalls durchschnittliches Aussehen erleichterte mich. Es hätte mich belastet, Marietta erzählen zu müssen, sie sei von besonderem Liebreiz. Es hätte mich auch belastet, Marietta *verschweigen* zu müssen, dass sie von besonderem Liebreiz war.

»Starre nicht«, sagte Liane.

Ich zog meine Blicke von Richard und seiner quelläugigen Begleiterin ab. Im Wegschauen bemerkte ich noch, wie die vermutlich Angetraute ihre Hand besitzergreifend auf die von Richard legte und ihre Finger in die seinen flocht.

»Falls es dich interessiert«, sagte Liane, »ich werde mich übrigens nicht von jungen Männern über die Straße bringen lassen.« Sie kennt meine sie betreffenden Zukunftsvisionen.

»Was denn?«, fragte ich.

»Ich werde diejenige sein, die junge Männer über die Straße bringt. Fürsorglich. Mütterlich. Je weniger sie über die Straße wollen, desto bestimmter werde ich sie ans andere Ufer schleppen.«

»Hübsche Idee«, lobte ich.

Wir prosteten einander zu.

Ich entschloss mich, Marietta meine Begegnung mit Richard zur Gänze zu unterschlagen, es schien mir das Schonendste. Leider spielte Richard nicht mit, denn zwei Tage später fragte mich Marietta: »Wieso hast du mir nichts erzählt?«

»Was erzählt?«

»Richard sagt, dass er dich getroffen hat, als er mit ein paar Klienten essen war.«

»Hab's vergessen.«

»Schade, dass ich nicht doch mitgekommen bin.«

»Wieso, hättest du seiner Frau über den Weg laufen mögen?«

»Seine Frau war ja gar nicht mit.«

»Nein?«

Marietta lachte vergnügt. »Das waren alles lästige Kunden, du Schaf.«

»Ach.«

Ich sagte es möglichst ausdruckslos. Es fiel ihr zum Glück nichts auf.

Irgendwie ergab es sich, dass ich Mausi die ganze Sache berichtete. Irgendwie ergibt es sich immer öfter, dass ich alles Mögliche mit Mausi bespreche. Mausi ist neugierig und ich habe nicht die Kraft, ihre Fragen abzuwehren.

»Vielleicht waren das ja wirklich alles lästige Kunden«, sagte Mausi.

»Vielleicht«, räumte ich ein. »Dann war eine Kundin

allerdings besonders lästig. Ich sehe noch ziemlich gut, weißt du. Und ich bin auch zurechnungsfähig.«

»Es fällt mir schwer zu begreifen, dass dieser, äh, Richbert, von den Damen so sehr begehrt wird.«

»Mir auch.«

»Er wirkt so *gewöhnlich*.«

»Genau. Und das ist vermutlich das Geheimnis seines Erfolgs. All die enttäuschten Herzen glauben, bei dem sind sie in Sicherheit, der wird *dankbar* sein.«

»Es ist ein Fehler, seine Ansprüche zu niedrig zu schrauben.«

»Ich stimme dir hundertprozentig zu, aber die enttäuschten Herzen sehen das anders. Die denken, sie sind enttäuscht worden, weil ihre Ansprüche zu hoch waren.«

»Ich hatte einmal eine Kinderfrau«, sagte Mausi, »die wollte mich dazu bringen, Erbsen zu sortieren. Sie sagte, das sei eine Tugend, die meine künftigen Freier zu schätzen wüssten.«

»Und?«

»Meine Eltern haben sie gefeuert. Angeblich hat sie ihre perversen Fantasien dann als Schriftstellerin ausgelebt.«

»Unter einem brüderlichen Pseudonym?«

»Kann sein. Warum?«

»Nur so. Sag – bist du sicher, dass du nicht verzaubert worden bist, weil du unverschämt warst?«

»Das ist eine unglaubliche Unterstellung! Was erfrecht sie sich?« Mausis Zähne funkelten gelb.

»Reg dich ab. Ich wollt's nur wissen. Es beruhigt mich ja, wenn nicht mangelnde Bescheidenheit der

Grund war. Ich hasse Geschichten, in denen mangelnde Bescheidenheit bestraft wird.«

»Unverschämt zu sein bedeutet, dass man eigentlich die Verpflichtung hätte, *verschämt* zu sein. Eine Person meines Standes muss nicht verschämt sein. Merk sie sich das!«

Ich winkte ab. »Jetzt raste nicht aus. Ich kenne Märchen, in denen auch Prinzessinnen eins auf den Deckel kriegen, weil sie zu anspruchsvoll sind.«

»Prinzessinnen haben keinen Deckel!«

»Keine Wortklaubereien. Du weißt, was ich meine.«

Dass ich Mausi das Wortklauben untersagte, war eigentlich unfair, denn im Allgemeinen bin ich diejenige, die darauf besteht, dass Sprache was bedeutet, weshalb man seine Ausdrücke sorgfältig zu wählen habe. Um die Wahrheit zu gestehen, hatte ich mich sehr bewusst für die Wendung mit dem Deckel entschieden, eben *weil* sie despektierlich ist. In meinen Augen habe ich den Auftrag, immer wieder mal an Mausis Dünkelhaftigkeit herumzustutzen.

Mausi schenkte mir einen verächtlichen Blick. »Wenn sie ihr Weltbild aus Märchen bezieht …«

Über Richard – den Mausi gerne *Richbert, Richwald* oder *Rigobald* nennt, um zu demonstrieren, wie nebensächlich Richard und wie unwichtig es demzufolge ist, sich seinen richtigen Namen zu merken –, über Richard waren wir uns aber immerhin einig, verachtenswertes Weltbild hin oder her.

»*Der* müsste mal eins auf den Deckel kriegen«, sagte Mausi träumerisch.

»Na klar«, erwiderte ich. »Und ich müsste von Dagobert Duck adoptiert werden. Die Zukunft ist voll dringend notwendiger Ereignisse.«

Bald darauf war ich an einem lauschigen Nachmittag allein daheim. *Allein* hieß: Allein mit Mausi und dem Kater, der sich zu Mausis Ärger immer wieder behaglich auf ihr auszubreiten versuchte. Er liebt weiche, plüschige Unterlagen.

»Was scheuchst du ihn?«, fragte ich. »Dein Hündchen hast du doch auch nicht gescheucht?« »Mein Hündchen hat mich angebetet«, entgegnete Mausi. »Aber dieser hier hält mich für eine Pelzdecke.«

Lauschig hieß: Es goss in Strömen aus einem schweren Himmel, der schützend über uns lag.

Aus dem Nachbarhaus dröhnten ab und zu dumpfe Schläge. Zu hoffen, dass die Bewohner einander mit wuchtigen Hammerhieben tief in den Erdboden trieben, wäre vermessener Optimismus gewesen. Viel eher stand zu befürchten, dass sie ihr trauliches Nest durch Heimwerkerarbeiten verzierten, die sich bis tief ins Frühjahr ziehen würden, wenn alle Türen offen standen und dumpfes Dröhnen als ohrenbetäubendes Krachen zu hören war.

»Was treibt das Pack?«, fragte Mausi.

»Keine Ahnung«, erwiderte ich. »Vielleicht reißt es seine neue Terrasse wieder nieder, damit es beschäftigt ist. In all den Jahren, die ich neben den Leuten wohne, haben sie kaum einen Tag ohne lärmende Basteleien verstreichen lassen. Es ist erstaunlich, wie sie diesen enormen Arbeitsaufwand in einem so kleinen Haus unterbringen. Ich vermute, in ihrem Badezimmer kleben mindestens drei Schichten Fliesen übereinander.«

Mausi schüttelte sich angewidert.

Es läutete an der Tür. »Erwartest du jemanden?«, fragte ich Mausi, was, wie ich zugebe, ein billiger Scherz war. Sie tippte sich denn auch bloß an die Stirn.

Ich erwartete ebenfalls niemanden, denn ich hatte vor, mich meiner Buchhaltung zu widmen. Nina war mit ihrer Klasse Eis laufen, mein Vater hatte angekündigt, das Fitnesscenter aufsuchen zu wollen (wo er, wie ich erfahren habe, die meiste Zeit an der Vitaminbar sitzt und die kichernden Bräute von Autoverkäufern mit Anekdoten aus seiner ruhmreichen Vergangenheit zu beeindrucken versucht, wobei er offen lässt, wie lange diese Vergangenheit zurückliegt), und Marietta befand sich mit Schülerinnen und Schülern im »Theater der Jugend«.

Ich öffnete und draußen stand Richard.

»Ich komme zu Marietta.«

»Nein!«, rief ich. »Ehrlich? Wie enttäuschend für mich.«

Richard scharrte auf der Schwelle. »Darf ich rein oder muss ich im Regen stehen bleiben?«

»Du musst im Regen stehen bleiben«, erwiderte ich, ließ ihn dann aber doch ins Haus.

»Marietta ist nicht hier.«

Richard bremste seinen Schritt. »Wieso?«

»Sie trifft sich mit einem tollen unverheirateten Typen«, sagte ich.

Richard grinste. »Tolle unverheiratete Typen sind selten älter als neun.«

Ich sah ihn streng an. »Du störst mich bei der Arbeit. Hast du kein Telefon?«

»Hab gedacht, Marietta ist auf jeden Fall da. Heute ist doch Dienstag. Wieso ist sie weg? Dienstags hat sie keinen Nachmittagsunterricht.«

»Du meinst, für Marietta darf es nur die Schule oder dich geben?«

»Dass es nichts anderes geben *darf*, habe ich nicht gesagt.«

Er hatte ja Recht. Praktisch *gab* es nichts anderes für sie.

Richard sah auf die Uhr. »Also, wo ist sie?«

»Unterwegs mit leicht geschürzten Männern.«

»Komm, hör auf.«

Ich seufzte. »Theater der Jugend. Sie ist für eine Kollegin eingesprungen.«

»Und wann kommt sie zurück?«

»Weiß nicht. In einer Stunde schätzungsweise.«

Es endete damit, dass Richard sich häuslich in meinem Wohnzimmer niederließ. Ich kochte uns Tee. Richard hatte angeregt, dass wir uns miteinander unterhalten sollten.

»Ich bin ganz Ohr«, sagte ich, als ich mit dem Tee ins Wohnzimmer zurückkehrte.

»Du hältst mich natürlich für ein Schwein«, begann Richard, während er Zucker in seine Tasse schaufelte.

»Ach, komm dir bloß nicht zu interessant vor«, sagte ich.

Richard trank in genießerischen Schlucken. »Ich verstehe natürlich, dass du die ganze Angelegenheit bloß aus eurer Warte siehst«, sagte er.

»Aus *unserer*? *Ich* will dich nicht haben, glaub mir.«

»Aber ich mache es mir nicht leicht, auch wenn du's nicht einsehen wirst.«

Ich schaute gequält. »Richard«, sagte ich, »lass mich doch aus deinem miesen kleinen Spiel. Beglücke von mir aus ein Dutzend Damen, wenn du meinst, es muss sein, aber beklage dich nicht bei mir, dass es dir zu anstrengend wird.«

»Was soll das wieder heißen?«

Ich trommelte gereizt auf die Tischplatte. »Hör zu, ich wollte arbeiten. Wenn du mir nichts Gescheiteres zu sagen hast als diesen Schwachsinn von wegen auch nicht leicht und so, dann lass uns das Gespräch beenden.«

»Ich möchte wissen, was du mit einem Dutzend Damen meinst?«

»Unsere Begegnung neulich. Beim Italiener.«

»Ja und? Ich war mit Klienten essen. Was ist da dabei, wenn ich fragen darf?«

Aha. Versuchte Gehirnwäsche. Das ganze Gespräch diente dem Zweck mir weiszumachen, mit seiner Begleiterin beim Italiener verbinde ihn eine reine Geschäftsbeziehung, sonst nichts.

»Hältst du mit allen deinen Klientinnen Händchen?«

Mein Gott, ich hörte mich an wie eine eifersüchtige Ehefrau. Nichts lag mir ferner, als mich noch dazu wie *Richards* eifersüchtige Ehefrau anzuhören.

»Ich weiß wirklich nicht, was du meinst«, behauptete Richard verstockt.

Mausi saß auf einem der Sofas, Richard gegenüber. Plötzlich öffnete sie den Mund und sagte: »Richard, Richard, das wird ihn noch teuer zu stehen kommen!«

Richard glotzte. Er sah mit stierem Blick erst Mausi an, dann mich, dann wieder Mausi.

Mausi fuhr fort zu reden: »Was bildet er sich ein? Er ist ein Lügenbeutel, ein Saftsack und ein Stinkbock, da müssen wir uns nichts vormachen.«

Richard schnappte nach Luft. Dann fuhr er mich wütend an: »Was soll das?«

»Was soll was?«, fragte ich.

»Das da. Die Maus.«

»Die Maus da? Ein altes Spielzeug von Nina. Stört sie dich? Willst du uns jetzt schon vorschreiben, was hier herumliegen darf und was nicht?«

Richard klappte den Mund zu und behielt mich misstrauisch im Auge.

Mausi sagte: »Sie kann mich nicht hören. Aber du, Richard. Du kannst mich hören. Und darum hör mir gut zu.«

Richard keuchte. Mit heiserer Stimme forderte er von mir: »Verrat mir den Trick. Da steckt ein Trick dahinter. Verrat ihn mir.«

Ich machte ein besorgtes Gesicht. »Ist dir nicht gut? Hast du was? Fühlst du dich irgendwie – äh, nicht wohl?«

Mausi kicherte schrill. »Ich bin die Stimme deines Gewissens, Richard. Sei froh, so lange andere sie nicht vernehmen!«

Richard sah ziemlich bleich aus der Wäsche. Sein Gesicht glänzte schweißfeucht. Er äugte abermals flink zwischen Mausi und mir hin und her. Was er sah, gefiel ihm offenbar nicht. Mausis gelbe Zähne blinkten. Ich aber saß bieder da, eine harmlose Hausfrau, die beim besten Willen nicht wusste, was sie vom sonderbaren Benehmen ihres Gastes halten sollte.

Richard wischte sich über die Stirn und trank einen Schluck Tee.

Mausi sprach mit dumpfer Stimme: »Das Maß ist voll, Richbold, ähem, Richard. Du wirst von nun an Alpträume haben, Nacht für Nacht. Die Haare werden dir ausfallen, unaufhörlich. Grauenvolle Blähungen werden dich quälen. Die Frauen werden sich die Nase zuhalten, wenn sie dich treffen. Und vor allem, Richard: Das Finanzamt wird sich bald um dich kümmern, sehr, sehr intensiv.«

Richard ächzte.

»Du lieber Himmel, Richard«, sagte ich, »du bist ja ganz blass. Hast du's mit dem Kreislauf? Klapp mir bloß nicht zusammen, ich kenne mich nicht aus mit erster Hilfe.«

»Es … ist … nichts –«, sagte Richard mühsam.

»Nichts anmerken lassen! Nichts anmerken lassen!«, flüsterte Mausi jetzt beschwörend. »Lass dir nur ja nichts anmerken, sonst landest du im Narrenturm.«

Richards Blick flackerte.

Ich musterte Richard mit beunruhigter Miene und beugte mich vor, die Hand nach seiner ausgestreckt, um ihm den Puls zu messen. Er schlug panisch nach meinen Fingern.

»Pscht!«, sagte ich. »Ruhig. Ganz ruhig. Es geschieht dir nichts.«

Richard zwang sich zu einem Lächeln. Jedenfalls nahm ich an, dass die zähnebleckende Grimasse, die er zustande brachte, ein Lächeln sein sollte.

Mausi raunte: »Richard, Richard, es steht gar nicht gut um dich, gar nicht gut. Du bist ein Stinktier, Richard. Das weißt du. Du solltest dich bessern, ehrlich. Wenn du nicht sofort ein bisschen guten Willen zeigst, sehe ich schwarz für dich. Hörst du? Sag ja, wenn du auf mich hören willst.«

Richard presste die Lippen aufeinander.

Mausi sagte in scharfem Ton: »Das ist deine letzte Chance, verdammt. Sag, dass du auf mich hören willst, oder es geht dir noch schlechter, als es dir ohnehin gehen wird.«

Ich schenkte mir Tee nach und bemerkte kopfschüttelnd: »Kannst du mir verraten, wozu ich meine Arbeit im Stich gelassen habe, wenn du ohnehin nicht mit mir sprichst?«

»Ja«, brachte Richard hervor.

»Ja, was?«, erkundigte ich mich.

Richard starrte auf Mausi. Mausi sagte: »Hör mir gut zu: Du wirst dieses Haus jetzt unverzüglich verlassen. Und damit ich sehe, dass du entschlossen bist, dich zu überwinden, wirst du auf einem Bein zur Tür hüpfen.«

Richard saß unbeweglich.

Mist, dachte ich, das war zu viel.

Richard stand auf. »Ich muss gehen«, sagte er. Und dann hüpfte er auf einem Bein zur Tür.

Als wir sicher waren, dass sein Auto weggefahren war, brachen wir in johlendes Gebrüll aus. Mausi hopste auf dem Sofa wie ein Gummiball. Ich wälzte mich auf dem Teppich. Der Kater flüchtete in eines der Bücherregale.

»Hast du das gesehen?«, japste ich glücklich. »Hast du gesehen, wie er gehüpft ist? Gehüpft! Auf einem Bein!«

»Natürlich habe ich es gesehen«, sagte Mausi würdevoll, »glaubst du, ich gebe derartige Anweisungen, um anschließend wegzuschauen?«

»Dieser Schwabbelhintern! Und seine Backen! Wie die gezittert haben!« Ich wischte mir die Lachtränen aus den Augen.

Mausi strich sich zufrieden die Barthaare. Ich schüttelte ihr zum Dank feierlich die Pfote. Dann machte ich uns heiße Schokolade und wir stießen damit an.

Mausi *liebt* heiße Schokolade. Ich hätte aber auch mit Instantbrühe angestoßen, wenn sie scharf drauf gewesen wäre.

8

Seit mein Vater mit Ilse zusammen war, bekamen wir ihn weniger zu Gesicht denn je. Nina sagte deshalb an einem der seltenen Abende, da er zu Hause weilte (sofern man unter »zu Hause« den Ort versteht, wo einer polizeilich gemeldet ist): »Na, Opi, du bist aber ordentlich flott unterwegs in letzter Zeit ...!«

Mein Vater, der sich's vor dem Fernseher bequem gemacht hatte, schrak hoch.

»'tschuldige«, sagte Nina, »hab ich dich geweckt?«

Mein Vater schnaubte unwirsch. »Unsinn, ich schlafe doch nicht am helllichten Tag!«

»Es ist stockdunkler Abend«, sagte ich.

»Eben. Der stockdunkle Abend ist für mich helllichter Tag, das weißt du.«

Nina sah ihn mit schräg gelegtem Kopf an. »Warum bist du denn gleich auf hundertachtzig?«

»Er *hat* geschlafen!«, verkündete Mausi. »Ich hab's gesehen!«

Mein Vater maß sie verächtlich. »Ich lehne es ab, die Beobachtungen von jemandem ernst zu nehmen, der aufgemalte Augen hat.«

»Die«, sagte Nina.

Mein Vater war irritiert. »Was?«

»*Die* aufgemalte Augen hat. Mausi ist eine Sie.«

Mein Vater schnaubte abermals. »Emanzenhaushalt!«, sagte er, mit Blick auf mich.

»Hoffentlich«, bemerkte ich gelassen.

»Du hast meine Frage nicht beantwortet«, insistierte Nina.

»Was für eine Frage?«

»Bist du flott unterwegs oder lungerst du bloß faul bei Ilse herum?«

»Ilse ist keine Frau, die faul herumlungert«, entgegnete mein Vater steif.

Mausi quiekte amüsiert.

»Was ist so lustig daran?«, fragte ich sie. Sie antwortete nicht.

Das Telefon klingelte. Ich wollte abnehmen, aber mein Vater sprang auf und hechtete hin. Er deutete uns, leise zu sein.

»Ja?« Er griff sich das Telefon und wanderte damit ins Nebenzimmer. Wir hörten, wie er im Abgehen säuselnde Töne des Bedauerns von sich gab: »Aber mir tut's doch auch Leid, mein Schatz! Glaub mir!« Dann schloss er die Tür hinter sich.

Nina, Mausi und ich blickten einander fragend an.

»Krise?«, fragte Nina.

Ich zuckte die Achseln. »Sein Problem.«

»Eins sag ich dir«, kündigte Nina an, »wenn Ilse hier auftaucht und dir die Ohren voll schluchzt, schrei ich nach dem Jugendamt.«

»Nach dem Jugendamt?«, echote Mausi erstaunt.

»Jawohl«, sagte Nina. »Ich fühle mich dann nämlich

vernachlässigt. Meine halbe Kindheit hab ich damit verbracht zuzuhören, wie meine Mutter Opis enttäuschte Bräute besänftigt hat.«

»Sie übertreibt«, erklärte ich.

»Wie auch immer«, sagte Mausi, »Ilse ist keine Frau, die schluchzt.«

Ich bezweifelte, dass das ein Grund zur Erleichterung war.

Im Büro gab es Ärger mit Daniel, unserem jungen Mitarbeiter, der vor lauter Lässigkeit fast aus den Schuhen kippte.

Mehrmals schon waren Besichtigungstermine geplatzt, weil Daniel dazu neigte, entweder selber saftig zu spät zu kommen oder, wenn sich Interessenten auch nur minimal verspäteten, zu gehen, ehe sie aufgetaucht waren.

Als ich ihn zur Rede stellte, runzelte er belästigt die Stirn. »Länger als zehn Minuten warte ich nicht«, trompetete er, schaukelte mit seinem Stuhl und griff nach seinem Terminplaner, auf dem sich bestimmt Tennisstunde an Tennisstunde reihte.

Frau Waldbauer erschien und stellte eine Tasse Kaffee vor ihn hin.

Ich schaute staunend.

Frau Waldbauer lächelte. *Mütterlich?*

Daniel nahm die Kaffeetasse, trank schlürfend und sagte: »Danke, Waldbauerchen, fast perfekt. Ein bisschen stärker könnte er noch sein.«

Ich schaute staunend.

Frau Waldbauer lächelte. *Säuerlich?*

»Frau Waldbauer«, sagte ich, »ich will ja nicht indiskret sein, aber gibt es ein schmutziges Geheimnis, mit dem dieser Mensch Sie erpresst?«

»*Erpresst?*«, fragte Frau Waldbauer.

»Weil Sie ihn bedienen.«

Frau Waldbauer lächelte, diesmal begütigend, und behauptete, *bedienen* sei der falsche Ausdruck, sie mache es ja gern.

Das war sensationell, weil Frau Waldbauer sonst nie den Eindruck erweckt, dass sie etwas gern macht. Ehe ich Frau Waldbauer zu fragen wage, ob sie die Güte hätte, ein paar Anzeigentexte zu mailen, atme ich normalerweise tief durch, damit ich ihre anschließende Ungnade besser ertrage.

»Was?«, erkundigte ich mich jetzt.

Frau Waldbauer blickte mich fragend an.

»*Was* machen Sie gerne?«

Frau Waldbauer verstand nicht.

»Sie sagen, bedienen ist der falsche Ausdruck, denn Sie machen es gern. Was machen Sie gern, wenn das, was Sie machen, nicht bedienen heißt?«

Frau Waldbauer schüttelte pikiert den Kopf. »Wollen Sie mir vorschreiben, wem ich Kaffee koche?«

»Nein, nein«, sagte ich, »tun Sie, was immer Sie wollen. Aber es wäre freundlich, wenn Sie die Post erledigen könnten, ehe Sie sich der Bügelwäsche des jungen Herrn zuwenden.«

Daniel lachte spöttisch.

Ich hatte gehen wollen, blieb jedoch stehen und drehte mich noch einmal um. »Frau Waldbauer«, sagte ich, »damit wir uns nicht missverstehen: Ich war eigentlich auf Ihrer Seite. Wenn Sie mich dort nicht möchten – auch recht. Aber der Versuch, Ihnen eine Zukunft als Untergebene eines jugendlichen Schnösels zu ersparen, war ehrenwert, das wollen wir einmal festhalten, ja?«

»Haben Sie Probleme mit meiner Jugend?«, fragte Daniel.

Hatte ich? Ich überlegte. »Nein, eigentlich nicht«, sagte ich dann. »Ich hab nur Probleme mit Ihren Manieren.«

»Und warum reiten Sie dann so giftig auf meiner Jugend herum?«

»Vielleicht weil Sie glauben, dass man Ihnen Ihre schlechten Manieren wegen Ihrer Jugend verzeihen muss?«

»Was heißt'n das, schlechte Manieren? Soll ich Ihnen die Hand küssen oder was?«

»Zunächst einmal sollen Sie unsere Kunden nicht versetzen.«

»Dann bringen Sie denen Manieren bei. Damit die pünktlich sind.«

»Die sind Kunden. Keine Bittsteller.«

Daniel schwang die Füße auf seinen Schreibtisch. »Wissen Sie was? Sie sind hier nicht die Chefin.«

Frau Waldbauer sagte mit sanfter Stimme: »Ihr Kaffee wird kalt, Daniel.«

Ich verließ den Raum. Das war sehr nett von mir. Ich hätte auch Amok laufen können.

An einem der folgenden Nachmittage fand ich meinen Vater schlafend in seinem Zimmer. Niemand hatte ihn heimkommen sehen, aber als ich die Tür zu seinem Zimmer öffnete, weil ich den Kater daran kratzen hörte, sah ich mich nicht nur dem Kater, sondern auch meinem leise schnarchenden Vater gegenüber, der in eine Decke gewickelt auf seinem Bett lag. Blinzelnd fuhr er hoch. »Was ist?«

»Ich bin's«, sagte ich. »Entschuldige, aber ich hab nicht gewusst, dass du schläfst. Wir haben geglaubt, du bist mit Ilse unterwegs.«

Er gähnte. »Macht nichts.«

»Hast du was?«

»Was soll ich haben?«

»Weil du dich hingelegt hast.«

»Ja, und? Man wird sich doch einmal hinlegen dürfen.«

»Ich sag ja nichts.«

Ich sagte nichts, also sagte ich auch nicht, dass es vier am Nachmittag war, eine Zeit, zu der mein Vater üblicherweise nicht im Bett liegt.

»Antonia!« Er rief hinter mir her.

»Ja?«

»Erzähl Ilse nichts.«

»Wovon?«

»Erzähl ihr einfach überhaupt nichts. Okay?«

Mein Herz flatterte.

Ich grolle meinem Vater aus einer Reihe von guten Gründen. Gerade deshalb möchte ich damit rechnen dürfen, ihm noch viele Jahre grollen zu können. Vom Groll übers Grab hinaus halte ich nichts. Mein Vater soll mir lebendig und gesund auf die Nerven gehen, damit ich ihm Saures geben kann. So gehört es sich.

»Fühlst du dich nicht wohl?«, fragte ich mit dünner Stimme.

Er schnaubte unwirsch. »Was soll die blöde Fragerei?«

»Verschweigst du uns ein geheimnisvolles Leiden oder so?«

»Kruzitürken noch einmal! Ich habe mich für einen Augenblick hingelegt. Das ist doch kein Symptom für ein geheimnisvolles Leiden!«

»Nur weil ich Ilse nichts erzählen soll.«

»Du sollst Ilse überhaupt nichts erzählen, nicht nur nicht, dass ich mich hingelegt habe. Erzähl ihr weder wann ich da war, noch wann ich weg war oder wann ich geschlafen und ob ich mich geräuspert habe. Das ist alles und es steckt kein Leiden dahinter.«

Erleichterung und Glück durchströmten mich. »Betrügst du sie?«

Seine alte Untugend! Wenn's weiter nichts war!

Er winkte ab. »Ach was!«

Wie er wollte. Er war mir keine Rechenschaft schuldig.

Ich entfernte mich trällernd. Dieser Fuchs.

Danach war er so manchen Abend wieder daheim. Sobald das Telefon läutete, schnappte er es sich im Sturzflug. Wenn der Anruf ihm galt, produzierte er gedämpfte Ausrufe des Bedauerns, bevor er sich mit dem Apparat aus unserer Hörweite zurückzog.

»Was hier wohl läuft?«, sagte ich zu Marietta.

Marietta zuckte die Achseln. »Ich möcht's gar nicht wissen.«

Verständlich. Marietta war zu sehr mit ihren eigenen Sorgen beschäftigt. Sie wurde neuerdings nicht klug aus Richard.

»Du bist doch noch nie klug geworden aus Richard«, wandte ich ein und Mausi sagte, von einem, der selbst nicht klug sei, könne man ja auch schwer Weisheit abzapfen, aber Marietta bestand auf einem veränderten Richard. Sonderbar rücksichtsvoll sei er seit kurzem, fast vorsichtig, und gleichzeitig irgendwie seltsam distanziert. Er müsse sein Leben neu überdenken, habe er gesagt.

Mausi grinste.

Ich blieb ernst. Falls Richard sein Leben neu überdachte und aus Gründen des Anstands ganz zu seiner Frau zurückkehrte, würde meine Schwester sich schrecklich grämen müssen. Davor fürchtete ich mich.

Dann erwischte mich Ilse am Handy. Ich war gerade im Auto unterwegs zwischen zwei Terminen, als sie anrief.

»Na, bitte«, sagte sie triumphierend, »wusste ich's doch.«

»Was wusstest du?« (Wir waren inzwischen zum Duzen übergegangen.)

»Ich habe es Rudi ja gesagt: Eine Person wie deine Tochter muss erreichbar sein.«

»Wovon sprichst du?«

»Davon, dass dein armer Vater glaubt, deine Firma zahlt dir kein Handy.«

»Warum sollte er das glauben?«

»Weil du es ihm einredest.«

»Warum sollte ich ihm das einreden?«

»Das wüsste ich auch gern.«

Ich dachte blitzschnell nach. Offenbar hatte mein Vater Ilse gegenüber behauptet, ich sei schwer erreichbar, damit sie mich nicht ausfragen konnte. Andererseits: Was war von mir schon groß zu erfahren?

Ich war inzwischen vor dem Haus angekommen, in dem ich eine Wohnung herzuzeigen hatte, und sagte Ilse, ich könne mich nicht länger mit ihr unterhalten.

»Wir müssen aber reden«, behauptete sie. »Wann hast du Zeit?«

»Eigentlich nie«, hätte ich gern geantwortet. Stattdessen verabredete ich mich mit ihr im Kaffeehaus.

»Weißt du, was das zu bedeuten hat?«, fragte ich Mausi auf dem Rücksitz, ehe ich ausstieg.

»Glaubt sie, ich kann hellsehen?«, fauchte sie.

»Warum nicht?«, erwiderte ich.

Ich zeigte die Wohnung her. Der Besichtiger hatte einen Freund mitgebracht. Nicht gut. Begleitende Freunde haben manchmal die Aufgabe, sich die Adresse des zu erwerbenden Objekts zu notieren, um dann unter ihrem Namen direkt mit dem Verkäufer zu verhandeln und uns um die Provision zu bringen.

Prompt erklärte der Besichtiger, er müsse sich die Sache noch überlegen. Sein Freund rannte eifrig durch die Räume und fotografierte sie im Geist, wie es schien. Vielleicht war er ja auch nur darauf aus, Baumängel zu entdecken.

Wieder im Auto, sagte ich zu Mausi: »Ich hab den starken Verdacht, mein Vater will mich von Ilse fern halten. Oder Ilse von mir. Jedenfalls soll ich anscheinend nichts ausplaudern. Aber ich *hab* doch gar nichts auszuplaudern. Er sitzt seit Tagen harmlos zu Hause.«

»Vielleicht genau das.«

»Wie bitte?«

»Ich meine, vielleicht ist es das, was du nicht ausplaudern sollst.«

»Das ergibt doch keinen Sinn.«

Mausi zuckte die Achseln, drehte den Kopf und schaute gleichgültig aus dem Fenster.

Recht hatte sie. Was war ich auch ständig auf Sinnsuche.

Das Handy klingelte. Frau Waldbauer. »Die Leute in Vösendorf warten schon. Beeilen Sie sich.«

»Welche Leute wo?«

Frau Waldbauer seufzte. Ich sah durchs Telefon, wie sie ihre Augen unter den dick getuschten Wimpern himmelwärts rollte.

Erwähnte ich bereits, dass Frau Waldbauer solariumgegerbt ist und triefend rote Fingernägel hat? Das sagt was aus, meine ich, weil kein Mensch mit Grips in Zeiten des Ozonlochs an die erotisierende Wirkung gebrutzelter Haut glaubt.

Frau Waldbauer ist Ende vierzig und brutzelt ihren Leib mit jugendlichem Eifer einem massigen Herrn zuliebe, den sie »der Meinige« nennt.

Der Ihrige trägt Goldkettchen um den feisten Nacken und fährt metallic lackierte Autos mit brüllendem Motor. Er reist ziemlich viel, angeblich geschäftlich, was Frau Waldbauer mit Misstrauen erfüllt, weil sie überzeugt ist, dass die Welt a) von skrupellosen Weibern bevölkert wird, die b) ganz wild darauf sind, ihr Goldstück sexuell zu gefährden.

Mich hält sie zwar für langweilig und unansehnlich, denn meine Haut ist bleich, meine Nägel sind unlackiert und noch nie hat mich ein Galan mit brüllendem Motor abgeholt, aber trotzdem, obwohl sie mich nicht als potenzielle Bedrohung für den Ihrigen und ähnliche Sechzehnender sieht, kann sie mich nicht leiden.

Nie verabsäumt sie mir zu signalisieren, dass sie den Umgang mit mir als Zeitverschwendung betrachtet. Ich nehme an, dass ich in ihren Augen einfach eine gescheiterte Existenz bin, solarium*un*erfahren und ohne repräsentativen *Meinigen.*

»Welche Leute *wo*?«

»Vösendorf. Die Hinterlassenschaft.«

»Was soll ich dort? Das betreut Daniel.«

»Ja, sicher, aber Sie sollen ihn vertreten. Er ist noch immer in Klosterneuburg.«

»Klosterneuburg? Wieso?«

»Er hat einen Kunden für die Villa in Kierling.«

»Die Villa in Kierling betreue ich –«

»Ja, sicher, aber es hat jemand angerufen.«

»Es hat jemand angerufen und Daniel reißt sich ein Objekt von mir unter den Nagel, während ich mich um sein popliges Vösendorf kümmern soll? Träume ich oder was?«

»Schreien Sie mich nicht an«, sagte Frau Waldbauer. Ihre Stimme klang zufrieden. Es beglückte sie offenkundig, dass ich mich giftete.

Ich rief Daniel über sein Handy an, drohte ihm mit einer Reihe teils erfundener Paragraphen und versuchte ihn nach Vösendorf zu scheuchen.

»Nur keine Wellen«, sagte Daniel kühl, »die Stinker sind sowieso schon weg. Hätte ich mir sparen können, den Ausflug. Aber ich sag Ihnen was: Vösendorf können wir uns auch sparen. Das schaffen wir nicht.«

Wenn ich mich nicht vorsah, kochte ich ihm über kurz oder lang ebenfalls Kaffee.

Ich rief Christoph an und bat ihn, auf mich zu warten. Dann schotterte ich ins Büro.

Christoph seufzte.

»Du bringst mich da in eine saublöde Lage.«

»Ich? Der kleine Kotzbrocken wird dich bald in eine saublöde Lage gebracht haben.«

Christoph seufzte abermals.

»Du *weißt*, wer sein Onkel ist, oder?«

»Nein, aber du wirst es mir sofort sagen.«

Christoph sagte es mir. Daniels Onkel war der bekannte Wirtschaftsanwalt, der uns immer wieder potente Kunden schickte. Wie das Leben so spielt.

»Na und, bist du dermaßen abhängig von dem Kerl? Das ist doch lächerlich.«

Christoph seufzte schon wieder. »Du kommst nicht als Erste. Er hat sich auch beschwert. Vor ein paar Tagen.«

»Wer?«

»Daniel.«

»Worüber?«

»Über dich.«

»*Was?*«

Christoph schnippte einen Krümel von seinem Schreibtisch. »Er sagt, du schikanierst ihn. Frau Waldbauer könnte es bestätigen. Er meint, es kommt daher, dass er dir keine schönen Augen macht und so weiter. Er sagt, die wenigsten Frauen verkraften das Älterwerden. Du auch nicht.«

Ich stierte mit offenem Mund.

»Was hast du ihm darauf gesagt?«

Christoph lächelte. »Dass ich mir das nicht vorstellen kann.«

»Das ist alles? Du sagst, du kannst es dir nicht vorstellen und sonst nichts? Bist du noch zu retten?«

»Was hätte ich ihm denn deiner Meinung nach sagen sollen?«

»Was weiß ich? Dass er eine widerliche Ausgeburt ist. Dass schöne Augen von ihm mit Sicherheit Hautausschläge verursachen. Dass ich allabendlich Stapel von hinreißenden jungen Männern durchwühle, die mir flehend zu Füßen liegen.«

»Machst du das?«

Ich stand auf. Im Moment stellte sich offenbar nur noch die Frage, wem ich zuerst die Ohren abschneiden sollte, Christoph oder Daniel. (Beachten Sie bitte, dass ich vom Abschneiden der Ohren rede, was ich als reichlich elegante Reaktion meinerseits werte.)

»Tu, was du nicht lassen kannst«, sagte ich eisig, »wirf dich vor einem verblödeten Bengel auf den Rücken, du wirst schon sehen, was du davon hast. Jetzt wüsste ich nur noch gern, was du dir eigentlich nicht vorstellen kannst.«

»Wie?«

»Dieser Gehirnamputierte behauptet, ich schikaniere ihn, weil ich eine frustrierte Alte bin, die es nicht aushält, dass er ihr keine schönen Augen macht, und du sagst, du kannst es dir nicht vorstellen. *Was* kannst du dir nicht vorstellen? Dass ich ihn *schikaniere*? Dass ich mein *Alter* nicht verkrafte? Dass ich es dringend *nötig* habe, von einem wie dem umgurrt zu werden?«

Christoph dachte nach. »Alles«, sagt er dann. »Oder besser: nichts. Ich kann mir nichts davon vorstellen.«

»Ich traue dir nicht«, sagte ich, bevor ich ging.

Ich finde, das war in Anbetracht der Umstände eine sehr kaltblütige Anmerkung.

Ilse wartete schon im Kaffeehaus und sah entschlossen drein.

Sie kam gleich zur Sache: Ob ich mich nicht schämte, meinen Vater derart auszubeuten?

Ich staunte.

Ilse fuhr fort: Ein Mann in seinem Alter und noch immer kein Anrecht auf ein eigenes Leben, sie könne das langsam nicht mehr mit ansehen, zumal es auch ihre Lebensqualität beeinträchtige …

»Was meinst du?«

Ilse meinte, dass ich aufhören sollte, meinen Vater unentwegt als Babysitter einzuteilen. Nina sei alt genug, um auch einmal allein zu bleiben, und falls sie nicht allein bliebe, müsse ich mich eben nach jemand anderem umsehen oder meine Unternehmungen einschränken. Und überhaupt: Wäre es nicht hoch an der Zeit, dass Marietta und ich an eigene Wohnungen dächten?

Sie saß mir gegenüber, kerzengerade vor Missbilligung und blickte mir streng ins Gesicht. Ich lehnte mich entspannt zurück.

»Was verstehst du unter *eigener Wohnung*?« (Es war nicht nett von mir, sie zappeln zu lassen, aber ihr selbstgerechter Eifer verdiente ein wenig Bestrafung. Ich bestrafte sie, indem ich dafür sorgte, dass sie sich weiter ins Unrecht setzte. Das würde die Aufdeckung der wahren Verhältnisse noch ein wenig genüsslicher gestalten.)

»Was soll ich darunter verstehen? Ob du noch nie ans Ausziehen gedacht hast, das verstehe ich darunter.«

»Im Grunde denke ich jeden zweiten Tag dran.«

»Und warum tust du's dann nicht?«

»Die wären aufgeschmissen ohne mich.«

»Wer – die?«

»Die alle. Nina. Marietta. Mein Vater. Der Kater.« (Fast hätte ich hinzugefügt: Mausi. Aber wäre Mausi ohne mich wirklich aufgeschmissen gewesen?)

Ilse schnappte nach Luft. Ich lachte, beugte mich vor und tätschelte begütigend ihre Hand.

»Du willst sicher sagen, ich soll mich nicht zu wichtig nehmen. Ich weiß: Niemand ist unersetzlich.«

Ilse entzog mir ihre Hand. »Das will ich nicht sagen. Was ich sagen will, ist nicht, dass du dein Kind bei deinem Vater zurücklassen sollst, sondern dass du endlich einmal deine Mutterpflichten –«

Ich unterbrach sie. »Du meinst, ich soll mit Nina ausziehen?«

»Was sonst?«

»Dann müsste ich aber von meinem Vater Miete verlangen.« Sanft und liebenswürdig sagte ich es.

Sie verstand mich nicht. »Was –?«

Ich fuhr fort: »Ich will nicht kleinlich sein. Aber zwei Haushalte zu finanzieren, das kann ich mir einfach nicht leisten, weißt du.«

Sie verstand mich noch immer nicht.

Ich erklärte es ihr.

Sie mochte es nicht glauben.

Nicht Rudi sollte der Gönner sein, der uns alle beherbergte, nicht *wir* sollten die lebensunfähige Brut sein, die ihm immer noch am Hals hing?

Es ist schwer, sich von lieb gewordenen Vorstellungen zu verabschieden, schon gar wenn man Tatsachen dafür eintauscht, die man unter Garantie nicht lieb gewinnen wird.

Ich tätschelte abermals besänftigend ihre Hand.

Diesmal ließ sie es zu.

Das sprach für sie. Wäre sie wirklich verbohrt gewesen, hätte sie mir jetzt erst recht gegrollt.

Blieb das Faktum, dass ich Rudi angeblich unentwegt als Babysitter beschäftigte.

Das verstand wiederum ich nicht.

Es stellte sich heraus: Mein Vater hatte sich in letzter Zeit gemeinsamen Unternehmungen ziemlich oft mit der Erklärung verweigert, er müsse daheim bleiben und auf Nina *aufpassen.*

»Ich hatte tolle Konzertkarten, aber er konnte nicht mitkommen. Ich war allein in der Burg-Premiere. Sogar bei dieser Geburtstagsfeier letzten Donnerstag war er verhindert –«

Ich schaute mitleidig.

Sie machte plötzlich ein verzagtes Gesicht.

»Du meinst – er hat mich angeschwindelt?«

»Ich sage es ungern, aber offensichtlich.«

»Wegen einer anderen Frau?« Ihre Stimme klang gepresst.

Warum setzte eine erwachsene, resolute, vernünftige Person wie Ilse ihr seelisches Gleichgewicht dem Betragen eines alten Filous aus, wie mein Vater einer ist? Ich werde es nie begreifen. Ich schaffe es ja selber nicht, mein seelisches Gleichgewicht halbwegs zu schützen, wenn ich verliebt bin. Darum vermeide ich es seit geraumer Zeit, mich zu verlieben.

Schonungsvoll sagte ich: »Von einer anderen Frau ist mir nichts bekannt.«

Danach überlegte ich. »Letzten Donnerstag, sagst du? Da war er daheim. Aber es wäre nicht notwendig gewesen. Ich war auch daheim. Ganz abgesehen davon, dass Nina keinen Babysitter mehr braucht.«

Wir dachten miteinander nach. Wir kamen darauf, dass die Abende, an denen er sich Ilse entzogen hatte, weil er angeblich Nina bewachen musste, samt und sonders solche gewesen waren, an denen er zu Hause mehr oder weniger dösend vor dem Fernseher herumgelegen war.

»Verstehst du das?«, fragte mich Ilse.

»Eigentlich nicht.« Ich winkte dem Kellner, um zu zahlen. »Ich muss heim. Kommst du mit?«

Wir fuhren mit zwei Autos. Vor meinem Haus sagte ich zu Mausi: »Ich kann dich jetzt nicht mit hineinnehmen.«

»Ist sie des Wahnsinns?« Mausi klang schrill vor Empörung.

Ich stöhnte. »Ich kann doch nicht aussteigen, vor Ilse, mit dir unterm Arm.«

»Warum? Sie wird entzückt sein, dass du ihre Geschenke so sehr schätzt.«

»Sie wird mich für zurückgeblieben halten.«

»Wenn sie mich hier lässt, im kalten Auto –«

»Ich denke, kalt macht dir nichts?«

»Wenn sie mich hier lässt, im kalten, sterbenslangweiligen Auto, verwandle ich sie in eine Kröte.«

Ich fand, das war ein verlockendes Versprechen. Kröten führten meiner Ansicht nach ein heiteres und entspanntes Leben im Vergleich zu mir.

»Kannst du das?«

»Das wird sie schon merken.«

Ilse hatte einen Parkplatz gefunden und kam strahlend auf mich zu, die ich aus meinem Auto kletterte, Mausi wie beiläufig unter den Arm geklemmt.

»Na, so was! Eigentlich hab ich ja geglaubt, *Nina* damit eine Freude zu machen!«

Sie zeigte dabei auf Mausi.

Ich lachte verlegen. »Na ja, ich spiele nicht wirklich damit, falls du das meinst. Sie ist nur irgendwie in meinem Auto gelandet.«

»Aber ich finde das doch rührend. Die gute alte Aloisia.« Sie streichelte Mausi zärtlich über den Kopf. Mausis Schnurrbart zitterte, ob vor Behagen oder aus Ärger über die *gute alte Aloisia* war nicht zu erkennen.

»Aloisia?«

»So habe ich sie immer genannt, ja.«

Wir gingen ins Haus. Mausi-Aloisia in meinem Arm schlenkerte mit den Beinen.

»Ilse, mein Schatz!« Der alte Fuchs sah aus, als hätte er in Seife gebissen. Er zog Ilse an sich und wollte sogleich mit ihr aufbrechen. »Wollen wir essen gehen?«

»Ilse isst mit uns!«, teilte ich ihm mit. Sein Blick flackerte leicht, aber er zwang sich zu einem Lächeln. Als *Frauenarzt Dr. Rüdesheim* hatte er überzeugender gelächelt.

Ilse und ich waren unterwegs in ein Delikatessengeschäft eingefallen, wo vornehm nuschelndes Personal die Güte gehabt hatte, uns ausgesuchte Nahrungsmittel zu hemmungslos überhöhten Preisen zu verkaufen.

Nun richteten wir die kostbaren Pâtés und Filets auf Tellern an.

Nina rümpfte erwartungsgemäß die Nase. Marietta verkündete trauernd, sie sei auf Diät und stopfte sich im Vorbeigehen *Kostproben* in den Mund wie Pommes frites aus der Fastfood-Bude. Mein Vater stocherte lustlos in den Pomodori secchi. Er ahnte Ungemütliches. Nicht zu Unrecht.

»Papi«, sagte ich honigsüß, »Ilse hat mit mir geredet, und ich bin zutiefst beschämt. Ich sehe jetzt ein, dass wir aufhören müssen, dich *auszunützen*.«

Er ruckelte auf seinem Sessel. Es war ihm klar, dass hinter meiner Liebenswürdigkeit die Tücke lauerte.

»*Wer* nützt den Opi aus?«, fragte Nina verwundert.

»Du zum Beispiel«, eröffnete ich ihr.

Mein Vater räusperte sich. »Lass doch!« Seine Handbewegung sollte wohl großzügiges Abwinken bedeuten.

»Häää?« Nina klappte das Kinn herunter.

»Weil du aber auch keinen Abend allein bleiben kannst. Du böses, böses Kind!«

»Spinnst du?«, rief Nina. »Was redest du da?«

Mein Vater räusperte sich wieder. »Ich sollte wohl etwas erklären –«

Nina klappte den Mund zu.

»Ja, das solltest du«, sagte Ilse.

Wir sahen ihn erwartungsvoll an. Er schwieg, stocherte weiterhin in seinen Tomaten und schob schließlich entschlossen den Teller von sich.

Was er uns danach zu sagen hatte, war im Grunde ganz einfach. Er war alt und er war müde. Dauernd den Lebemann zu geben, strengte ihn mittlerweile an. Ilses Unternehmungsgeist hatte ihn mehr strapaziert, als er zugeben mochte. Er wollte geruhsame Abende und gleichzeitig seinen Ruf als unverwüstlich agiler Gesellschaftslöwe aufrechterhalten. Also redete er sich auf seine angeblichen Großvaterpflichten aus, um Ilses vollem Terminkalender unter Wahrung seines Gesichts zu entkommen.

»Mein armes Häschen!«, rief Ilse mitleidig und kriegte vor Rührung gar nicht mit, wie Nina das *Häschen* mit begeistertem Prusten quittierte.

»Mein armes Häschen! Ich könnte mich ohrfeigen! Wie rücksichtslos von mir!«

Mein Vater schaute süß-säuerlich.

Mir persönlich stehen, rein ideologisch betrachtet, vegetarische Vierbeiner ja näher als Raubtiere (nicht ideologisch betrachtet finde ich allerdings Katzen hinreißend und Hasen ein bisschen doof), aber meinem Vater war anzusehen, dass er die Wandlung vom Societytiger zum Häschen als Abstieg wertete.

Doch schon schlug Ilse, apropos Häschen, einen geschickten Haken. »Wenn du wüsstest«, vertraute sie dem alten Schwerenöter an, »wie *mich* das ständige Ausgehen enerviert hat! Diese Horden langweiliger Menschen! Aber ich dachte, du erwartest von mir, dass ich voller Tatendrang bin.« Sie kicherte und legte meinem Vater die Hand auf den Arm. »Ich habe mich nichts zu sagen getraut. Ich wollte nicht, dass du mich für eine müde alte Schachtel hältst.«

Die Person war wirklich mit allen Wassern gewaschen. Schamlos.

Mein Vater grunzte und tätschelte gutmütig ihr Händchen.

Wenn das so weiterging, dann hatten sie die Rollen bald getauscht und mein Vater würde Ilse gütig verzeihen, dass sie nicht mit ihm Schritt halten konnte.

Was für ein Happyend! Den Rest des Abends verbrachte das wieder vereinte Paar traut vor dem Fernsehapparat, nicht gerade in Filzpantoffeln, aber in einer Stimmung, zu der welche gepasst hätten.

Ich stelle das ohne die geringste Bosheit fest. Wenn ich mich nach einer Partnerschaft sehne, dann nach einer, die es mir erlaubt, in Filzpantoffeln zu verschnaufen, mit einem, der gern neben mir sitzt, auch wenn ich vor Publikum gerade nicht als Glanzstück des Abends durchgehen würde.

Auf dem Bildschirm schoss sich James Bond elegant durch turbulente Szenen. Mein Vater und Ilse lehnten sich entspannt zurück und nippten an trockenem Sherry (Ilse) beziehungsweise Kognak mit Soda (mein Vater). Action aus zweiter Hand, warum nicht.

In der Küche, wo wir die Reste des Abendessens wegräumten, zischte Marietta erbittert: »Meine Mutter hätte was drum gegeben, wenn der alte Halunke sich einmal so gemütlich mit ihr hingesetzt hätte …«

»Ach, Süße«, sagte ich, »es kommt immer auf den richtigen Zeitpunkt an. Deine Mutter war dreißig Jahre zu früh dran.«

»Und deine vierzig.«

»Meine Mutter wollte nie gemütlich zu Hause sitzen.«

»Warum ist ihre Ehe mit ihm dann schief gegangen?«

»Der alte Halunke wollte sie zu Hause sitzen haben, während er fremdging.«

»Ich finde es jedenfalls erbitternd, wie er bei Ilse den Hampelmann macht.«

»Er macht ihn nicht, er ist einer. Er ist zahnlos geworden. Das ist alles.«

»Aber Ilse schreibt es *sich* zu, dass er jetzt zahm ist.«

»Ach was, gönn ihr doch die kleine Freude. Sieh mal, unsere Mütter sind von ihm mit je einer herrlichen Tochter beschenkt worden. Ilse hat bloß einen müden alten Hampelmann am Hals.«

»Das bringt mich auf den schrecklichen Gedanken, dass Ilse vielleicht auch noch eine herrliche Tochter von ihm will.«

»Sag mal, hast du in Biologie gefehlt? Wie sollte denn das zustande kommen?«

»Du meinst, Ilse ist zu alt?«

»Ich meine, beide sind zu alt.«

»Ha! Beim heutigen Stand der Reproduktionsmedizin ist alles möglich. Wenn hier jemand keine Ahnung von Biologie hat, dann bist das du.«

»Vergiss es trotzdem. Erstens glaube ich nicht, dass sie sich vermehren möchten, und zweitens wär's nicht unser Bier.«

»Dein Wort in Gottes Ohr.«

Ich wischte über den Herd. »So. Fertig. Ich gehe zum Teich. Kommst du mit?«

»Bei dem Nebel? Igitt.«

»Ich liebe den Nebel.«

»Ich weiß. Du bist abartig.«

Ich zog mir einen alten Parka und Gummistiefel an und marschierte los. Später einmal, wenn ich mehr Zeit haben werde (wie die meisten Leute gehe ich hoffnungsvoll davon aus, dass irgendwann eine Phase des Müßiggangs in meinem Leben ausbricht), werde ich auch einen Hund haben, dem ich bei solchen Gelegenheiten pfeife. Mit dem treuen Gefährten wandere ich dann durch die Natur, allerdings erst nach Ladenschluss, weil ich vorher sicherlich durch eine Reihe teurer Boutiquen wandern muss.

Sie sehen, meine Zukunft ist perfekt geplant – das Einzige, was noch offen bleibt, ist die Frage, wie ich sie finanziere.

Der Teich im Niemandsland am Rande unserer Siedlung ist eine der bescheidenen Freuden meines derzeitigen Daseins, allerdings weiß man nicht, wie lange noch. Das Niemandsland wird sich bestimmt nicht halten, ich rechne damit, dass eher früher als später auch hier der Wohnbau zuschlägt, und darüber werden wir sogar froh sein müssen, denn weit unangenehmer wäre es, wenn der Industrieanlagenbau zuschlüge.

Zerschlissene Nebelfetzen hingen in der trüben Dunkelheit. Am Horizont färbte der Widerschein der Stadt den Himmel orange. Es war nasskalt. Ich steckte die Hände in die Taschen und stapfte durch die voll geparkten Gässchen in die einsame Nacht hinaus. Am Teich war der orange Widerschein heller und man hörte gedämpft das Dröhnen des Verkehrs von der Autobahn her. Schilf stand, weiß von Raureif, starr vor dem fahlen Himmel. Ich umrundete den Teich. Dünnes, löchriges Eis bedeckte ihn. Ich liebe diese Stimmung, vor deren Melancholie andere fliehen. Vielleicht liebe ich sie deswegen. An solchen Tagen gehört die Außenwelt mir.

Vielleicht bin ich einfach ein mieser Charakter, der nicht teilen möchte. Vielleicht habe ich aber auch ein beneidenswertes Naturell, weil mir angesichts einer erfrorenen Landschaft das Herz nicht ebenfalls zufriert.

Daheim, an der Gartentür, erwartete mich der Kater, auch er gerade von einem Spaziergang zurück. Mit hoch erhobenem Schwanz begleitete er mich ins Haus.

(Er kann durch eine eigene Katzenklappe aus- und eingehen, zieht es jedoch vor, die Tür für Menschen geöffnet zu kriegen.) Ich gab ihm Futter und er fraß schnurrend. Gerührt schaute ich auf ihn runter. Mir war friedlich und getröstet zumute. Das wird es wohl sein, was mir an vereisten, nebelverhangenen Szenerien gefällt: Sie sind so ruhig, dass auch für mich ein wenig Ruhe abfällt.

Bevor ich schlafen ging, sagte ich zu Mausi: »Gib zu, du hast alles gewusst.«

»Sie spricht in Rätseln«, entgegnete Mausi hoheitsvoll.

»Du hast gewusst, warum mein Vater auf der Flucht war.«

Mausi musterte mich spöttisch. »Meine Liebe! Ihr Glaube an meinen Durchblick nimmt langsam stark übertriebene Formen an. Das ist einerseits schmeichelhaft für mich, aber doch auch ein bisschen kindisch, soweit es sie betrifft.«

»Ich bitte dich! Wer kennt Ilse, die Betriebsnudel, besser als du!«

Mausi gähnte demonstrativ. »Schlafenszeit.«

Na klar. Schließlich wartete morgen bestimmt ein anstrengender Tag auf sie, während mir Laster und Faulheit vertraulich winkten.

9

Mausi und ich verließen das Haus. Ich befördere Mausi jetzt unauffällig in einer Papiertragetasche. In eine Seitenwand haben wir ein kleines Loch geschnitten, damit sie beobachten kann, was um sie herum vor sich geht. So viel Anregung seien wir ihr schuldig, sagte sie, als ich beim Löcherschnippeln sagte, ich käme mir etwas blöde vor.

Ich verließ also mit Mausi das Haus. Mit mir zugleich trat aus dem Nachbartor ein rattengesichtiges Männlein mit Brille und Schnauzbart. Als es mich erblickte, bemühte es sich um einen überlegenen Gesichtsausdruck, presste die Lippen fest aufeinander und stiefelte an mir vorüber, als sei ich Luft.

Ich ging auf mein Auto zu, das Männlein auf seins. Das Männlein fährt ein Auto, das ebenso überdimensioniert ist wie sein Besitzer unterdimensioniert. An dem bulligen Schlitten klebt ein Wunschkennzeichen, darauf steht »GUCKI 5«. (Jedes Mal frage ich mich, wer die anderen vier Trottel sind, die ihr Auto unbedingt *Gucki* nennen mussten.)

Unter Geheul und Getöse startete GUCKI 5 und fuhr mit quietschenden Reifen an uns vorüber. Das

Männlein am Steuer linste mit hoch erhobener Nase angestrengt übers Lenkrad, auf seinem Kopf saß ein Trachtenhut, der vorher auf der Kofferraumabdeckung gelegen war. Dieser Trachtenhut ist, so viel habe ich mitbekommen, fixer Bestandteil der Innenausstattung von GUCKI 5. Ist GUCKI 5 geparkt, ziert er das Heckfenster, braust GUCKI 5 los, schmückt er den Fahrer.

GUCKI 5 wird stets nur von dem rattengesichtigen Männlein gesteuert, obwohl zur Familie auch noch ein Frauchen mit quietschgelben Locken und ein Sohn gehören. Der Sohn ist ebenso kurz geraten wie seine Eltern, aber doppelt so breit wie beide zusammen und besticht durch ein Kinn, das ich bloß deswegen nicht fliehend nenne, weil es bereits geflohen ist. (Ich weiß, es ist verabscheuungswürdig, auf den körperlichen Mängeln von Mitmenschen herumzureiten, aber Männlein wie auch Frauchen und Sohn haben schwer daran gearbeitet, meinen inneren Schweinehund zu alarmieren; nun stürmt er bellend vor, sobald ich ein Mitglied der Sippe erblicke.)

»Wer war der Geselle?«, fragte Mausi in meinem Auto.

»Der Lärmmacher von nebenan.«

»Er grüßt sie nicht?«

»Nie.«

»Warum?«

»Weiß nicht. Vielleicht, um mich zu strafen. Wie du siehst, wälze ich mich auch prompt vor Schmerz und Kränkung im Straßendreck.«

»Strafen wofür?«

»Keine Ahnung. Vielleicht dafür, dass er Lärm macht.«

»Das ist absurd.«

»Na und? Der Mann ist eine wandelnde Absurdität.«

Ursprünglich, als wir einzogen, war das Haus, in dem jetzt Herr Rattengesicht, Frau Lockenkopf und Meister Kinnlos leben, im Besitz eines freundlichen alten Ehepaares. Diese Leutchen hatten es gekauft, weil sie auf einen beschaulichen Lebensabend im Grünen spitzten. Sie werkelten im Garten, saßen friedlich in der Sonne, grüßten liebenswürdig nach allen Seiten und hielten sich einen greisen Dackel, der beglückt winselte, wenn man ihm den Bauch kraulte.

Das Idyll dauerte nicht lange an. Erst starb der Hund, dann der Herr. Die alte Frau sprach davon, das Häuschen zu verkaufen und in ein Pensionistenheim zu übersiedeln.

Auftritt von Herrn Rattengesicht. Es heißt, er habe den ohnehin nicht überhöhten Preis des kleinen Hauses mit allerhand fiesen Tricks gedrückt. Die alte Besitzerin, knieweich infolge der kürzlich erlittenen Verluste, war keine widerstandsfähige Verhandlungspartnerin. Man einigte sich. Die alte Dame bat lediglich um einen Gefallen: Ihre Gartenmöbel sowie eine geschnitzte Truhe sollten noch ein paar Wochen im Keller stehen dürfen, danach würde ihr Neffe die Sachen zu sich holen. Rattengesicht sagte zu.

Kaum war die ehemalige Eigentümerin zur Tür hinaus, warf er ihre Gartenmöbel auf den Sperrmüll und verscherbelte die Truhe einem Altwarenhändler.

Dem Neffen sagte er, die Alte hätte senil gefaselt, bei ihm gäbe es nichts zu holen; falls der Neffe ihn noch einmal belästige, würde er die Polizei rufen. (Ich weiß das alles, weil sich derartige Geschehnisse in einer Siedlung wie unserer rasch herumsprechen.)

»Sie grollt diesen Leuten, weil sie die alte Frau betrogen haben?«, erkundigte sich Mausi an dieser Stelle meines Berichts. Sie erkundigte sich in einem Ton, der anklingen ließ, dass sie der Selbstlosigkeit meines Motivs nicht traute. Ihr Misstrauen war berechtigt. Mein Groll ist nicht selbstlos. Wie Herr Rattengesicht die Vorbesitzerin seines Hauses und ihren Neffen behandelt hatte, erfuhr ich erst, als wir, er und ich, einander schon längst herzlich verabscheuten.

»Ich wollte damit nur sagen, dass er ein mieser Charakter ist«, erklärte ich.

»Befürchtet sie, ich könnte sonst glauben, *sie* sei schuld an der Feindschaft zwischen ihr und ihm?«

»Vielleicht. Ich meine, alle Welt geht davon aus, dass niemand ganz böse ist und dass zu einem Streit immer zwei gehören. Ich habe mich lange gefragt, was ich falsch gemacht hab im Umgang mit diesem konfliktsüchtigen Dreikäsehoch.«

»Sie sagt es doch gerade. Die Erklärung heißt Dreikäsehoch. Sie ist groß und er ist klein. Deswegen plustert er sich auf.«

Zu dem Schluss war ich auch schon gekommen. Der kleine Nachbar, offenbar einer vom alten Schlag, dessen Weltbild nicht vorgesehen hatte, dass Frauen ihm über den Kopf wuchsen, plusterte sich vom Tag seines Einzugs an auf.

Er hackte – assistiert von seinem Sohn – mit der

Motorsäge in unsere Büsche, so weit er sie von seiner Seite des Zaunes aus erwischte. Die beiden wuschen Lackdosen aus und schütteten die giftige Brühe auf unseren Rasen. Der Vater stellte sein Auto grundsätzlich vor unserer Einfahrt ab. Nachts verabschiedete Familie Rattengesicht ihre Gäste grölend und johlend unter Ninas Schlafzimmerfenster, und als Nina einmal den Kopf hinausstreckte und hinunterrief, man möge sie doch bitte schlafen lassen, sie müsse morgens zeitig aufstehen, trug Vater Rattenkopf ihr Ohrfeigen an.

Anfangs bat ich ihn höflich, sich zivilisiert zu benehmen (und, zum Beispiel, meine Einfahrt nicht zu verstellen). »Belästigen Sie mich nicht!«, bellte er ins Telefon. Nach einer Weile hörte ich auf, an seine Einsicht zu appellieren und drohte mit der Polizei. Daraufhin mied er zwar meine Einfahrt, terrorisierte mich aber weiter mit kleinen und größeren Herrschaftsgesten.

Ich lasse ihm keine durchgehen, weil ich befürchte, dass er großzügiges Übersehen als Schwäche auslegen und sich dadurch zu umso heftigeren Territorialansprüchen ermuntert fühlen würde.

Also leben wir in einem ständigen Kleinkrieg. Mein Gott, wie ich diese Auseinandersetzungen hasse! Ich bin keine schwächliche Person und es macht mir nichts aus, Kraft in sinnvolle Unternehmungen zu investieren; doch die öden Streitereien mit dem Aufplusterer zermürben mich.

Seit Mausi bei uns ist, kam es zu keinem Auftritt, weil ihn die Kälte Gott sei Dank im Haus hält.

»Sie meint, im Frühling gibt es wieder Ärger?«

»Ich weiß es nicht. Ich hoffe von Jahr zu Jahr, dass das einmal aufhört.«

Zwischendurch frage ich mich aber auch immer wieder, ob meine Taktik nicht doch falsch ist. Vielleicht wäre es ja möglich gewesen, ihn durch besondere Liebenswürdigkeit friedlich zu stimmen?

»Was redet sie da? Hat sie nicht gerade geschildert, dass er eine streitsüchtige Natur ist?«

»Ja, ja. Und ich habe eine Menge Beweise dafür gesammelt. Was mich einerseits entlastet und andererseits deprimiert. Wäre er keine miese Natur, könnte man auf Besserung hoffen.«

Mausi krauste die Nase. Wahrscheinlich hält sie mein Harmoniebedürfnis für ein Kennzeichen der unterlegenen Stände.

Ich parkte ein. Der Typ mit dem scharfen Rasierwasser und den fünf Kindern wollte diesmal ein anderes Reihenhaus sehen. Ich blickte auf meine Uhr. Noch zehn Minuten Zeit.

»Was den erbärmlichen Charakter anlangt«, sagte ich, »so habe ich inzwischen erfahren, dass der Aufplusterer in seiner Firma für die *Personalbereinigung* zuständig ist. Wenn das nicht alles sagt.«

»Sie wird lachen, mir sagt es nichts.«

»Personalbereiniger, das sind Rauswerfer. So einer lässt dich zum Beispiel rufen und sagt zu dir: Ich höre, Ihre Mutter ist gestorben. Tut mir Leid für Sie, aber damit muss man ab einem gewissen Alter rechnen. Ich hoffe, Sie erben was. Sie werden's brauchen, Sie sind nämlich gekündigt.«

Marietta, der ich Rattengesichts berufliche Funktion auf dieselbe Weise geschildert hatte, hatte an dieser Stelle entsetzt aufgeschrien. So viel Grausamkeit könne es nicht geben. Sie weigere sich, das Beispiel für realistisch zu halten.

Ist es aber. Ich habe diese Geschichte von einem ehemaligen Kollegen, der nach unserer gemeinsamen Zeit beim Fernsehen in der Redaktion einer großen Illustrierten arbeitete, bis er vor kurzem mit genau den zitierten Worten gefeuert wurde.

Ich kann mir gut vorstellen, wie Herr Rattengesicht ähnlich zartfühlend verfährt. Marietta hingegen behauptet, sich so was nicht ausmalen zu können. Hinter den schützenden Mauern eines beamteten Postens gedeihen eben empfindsamere Gemüter als im rauen Wind des freien Stellenmarkts.

Mausi hatte andere Probleme mit meiner Erklärung. »Was soll das heißen: So einer lässt dich rufen und sagt zu dir ...? Mich lässt doch niemand rufen, um mich zu kündigen!«

Sie sprach das Wort *kündigen* aus wie eine Unanständigkeit, was ja auch nicht unter allen Umständen falsch ist.

Ich verdrehte die Augen. »Natürlich nicht, das war bloß rhetorisch –«

»Andererseits habe ich ebenfalls noch niemandem *gekündigt.* Wozu *kündigt* man Leute? Es macht doch nichts, wenn sie für einen arbeiten.«

»Man kündigt sie, um sich ihre Bezahlung zu sparen.«

»Man kann sie doch auch ohne Bezahlung für sich arbeiten lassen.«

»Die Zeiten haben sich geändert. Hast du das nicht mitgekriegt? Zum Glück haben sie sich geändert.«

»Nicht zum Glück für mich«, widersprach Mausi mit spitzem Mund.

Ich schnaubte. »Wenn du weiterhin so egoistisch bist, wirst du sicher nie erlöst werden.«

Sie maß mich mit einem eisigen Blick. »Seit wann bist du eine Expertin für Erlösungen?« Sie duzte mich, aber es war bestimmt nicht freundschaftlich, sondern als Demütigung gedacht.

Ich wartete über eine halbe Stunde. Der Typ mit dem scharfen Rasierwasser kreuzte nicht auf. Hoffentlich bedeutete seine Verzögerung nicht, dass er bald ein sechstes Schlafzimmer brauchte. Es war jetzt schon schwierig genug, ein Haus für ihn zu finden.

Später, vom Büro aus, rief ich nochmals bei dem unverlässlichen Herrn an. An seinem Arbeitsplatz war er nicht. Daheim war er auch nicht. Seine Frau, von einer radebrechenden Haushaltshilfe ans Telefon geholt, versicherte atemlos, während im Hintergrund Kindergebrüll gegenseitiges Hauen, Stechen und Abschlachten befürchten ließ, sie habe keine Ahnung von den Terminen ihres Mannes. Schließlich erwischte ich ihn unter seiner Handynummer, die ich erst nach längerem Suchen im Computer fand, weil sie falsch eingeordnet war. (Wieso eigentlich? Ich glaubte mich zu erinnern, dass ich sie korrekt gespeichert hatte.) Er klang unwirsch. Nein, es sei sich nicht ausgegangen. Nein, es sei sich auch nicht ausgegangen, mich zu verständigen. Im Übrigen verzichte er auf unsere Dienste. Ich solle ihn aus dem Computer löschen.

Vorsichtig fragte ich: »Haben wir Sie irgendwie verärgert?«

Er verneinte hastig. Es hörte sich eine Spur freundlicher an. »Es hat nichts mit Ihnen zu tun. Oder mit Ihrer Firma. Ich hab's mir einfach anders überlegt. Das ist alles.«

Noch vorsichtiger hakte ich nach: »Darf ich fragen, ob Sie, äh, Ihre Pläne geändert oder ob Sie, äh, etwas ohne unsere Hilfe gefunden –?«

Er sagte: »Sie dürfen nicht!« und legte auf.

Trottel. Der Blitz sollte ihn treffen. Warum treffen Blitze immer die Falschen? Obwohl: Vielleicht ist dann und wann einer wie *der* darunter? Wenn man allerdings in Rechnung stellt, dass der Blitzschlag an und für sich eine seltene Unfallart ist, und zusätzlich davon ausgeht, dass vermutlich höchstens zehn Prozent aller Blitzschläge als gerechte Strafe betrachtet werden dürfen, dann ist die Chance, dass der doch recht häufig geäußerte Wunsch nach einer Maßregelung mittels Blitzschlag sich erfüllt, äußerst unwahrscheinlich. Verdammt.

»Gehört die Papiertasche da Ihnen?«, fragte Frau Waldbauer streng.

Ich raffte hastig die Mausitragetasche (die ich oben

so zugeknüllt hatte, dass man nicht hineinsehen konnte) an mich. »Ja. Warum?«

»Weil ich fast drüber gestolpert bin.«

»Tut mir Leid.« (Würde Sie nicht auf schwindelerregend hohen Absätzen zu tänzeln versuchen, wäre die Gefahr des Stolperns so gut wie gebannt.)

»Können Sie sie nicht in die Garderobe hinausstellen?«

»Nein.«

Kurze, klare Antworten: das Geheimnis einer erfolgreichen Kommunikation. *Darf ich fragen –? Nein, Sie dürfen nicht.* Patsch. *Können Sie sie hinausstellen? Nein.* Zack. Jetzt weißt du's.

Frau Waldbauer entfernte sich verkniffenen Mundes. Ich hätte sie schon viel früher knapp halten sollen, was Rede und Gegenrede betrifft. Ich hätte mir einigen Ärger erspart.

Leo rief an. »Ich habe ein Geburtstagsgeschenk für dich.«

Mein Geburtstag war vor einem halben Jahr gewesen. »Meinst du nicht, dass du ein bisschen spät dran bist?«

»Ich doch nicht. Du. Du hast doch bis jetzt keine Zeit zum Feiern gehabt.«

Das stimmte. Ich hatte keine Zeit gefunden, mit Leo zu feiern. Ich hatte allerdings auch nicht besonders sorgfältig nach Zeit gesucht, die ich Leo hätte widmen mögen.

Ich seufzte.

Leo sagte pikiert: »Ich habe nicht gewusst, dass

es dich belastet, wenn man an deinen Geburtstag denkt.«

Na ja.

»Oder bist du jetzt in einem Alter, in dem du deine Geburtstage nicht mehr feierst?« Hehehe. Leo belachte begeistert seine unglaubliche Pointe.

»Wie geistreich«, sagte ich matt.

»Also, was ist? Hast du heut Abend schon was vor?«

Genauso gut konnte ich es endlich hinter mich bringen. Es gibt Schlimmeres, als zum Abendessen ausgeführt und mit Geburtstagsgeschenken bedacht zu werden.

Daheim war erst Nina am Telefon, dann Marietta.

»Typisch«, sagte Nina, »für mich hast du nie Zeit. Und dann wunderst du dich über meine Noten.«

Ich wunderte mich gar nicht. Solange In-die-Glotze-Glotzen kein Unterrichtsgegenstand ist, wird es Nina schwerlich zu einem *Sehr gut* im Zeugnis bringen. Bleibe ich abends daheim (was an neun von zehn Tagen ohnehin der Fall ist), ist Nina um nichts leichter zur Beschäftigung mit Latein oder Mathematik zu bewegen. Ihre Vorstellung von einem annehmbaren Verhalten meinerseits läuft darauf hinaus, dass ich daheim bleibe, um *für sie* Vokabeln und Konjugationen zu lernen, während sie mit Lisa vor der Mattscheibe lungert.

Ich bestehe darauf, diese Vorstellung als unrealistisch zu verwerfen. Nina besteht darauf, mich als Rabenmutter zu sehen.

Nina reichte mich an Marietta weiter.

»Ich soll dir sagen, es sind keine sauberen Strumpfhosen mehr da«, teilte mir Marietta mit.

»Eine spannende Nachricht«, antwortete ich und riet zum Waschen.

»Ich soll deiner Tochter die Strumpfhosen waschen?«

»Herrgott, nein. Aber warum erzählst du mir was von Schmutzwäsche durchs Telefon? Wenn sie dich eh nichts angeht, halt den Mund.«

»Ich wollte dich nur erinnern, dass hier ein Berg Arbeit auf dich wartet. Nachher siehst du dich wieder nicht raus.«

»Du bist so lieb zu mir, Schwesterherz«, flötete ich. »Als Dank erinnere ich dich ebenfalls an etwas Wichtiges: Vergiss nicht, Richard zu erinnern, dass er genügend Babyjäckchen kauft.«

Mit einem wüsten Schrei knallte Marietta den Hörer hin. (»Knallte den Hörer hin« ist natürlich rein technisch falsch. Kaum ein Mensch knallt wirklich mit Hörern oder Handys, es sei denn, er ist scharf darauf, sein Geld in neue Geräte zu investieren. Aber kennen Sie eine Wendung, die prägnanter ausdrückt, was ich meine?)

Ich schaute auf die Uhr. Wenn ich mich beeilte, konnte ich mein Outfit mittels Ankauf des ein oder anderen Stücks noch rasant aufpeppen, ehe ich mich mit Leo traf, um ihm vor Augen zu führen, was er an mir verloren hatte.

Sobald die Welt mich piesackt, tröste ich mich mit dem Ankauf von Kleidungsstücken. Da ich gerne Kleidungsstücke ankaufe, muss ich der Welt geradezu dankbar sein für all den Stunk, den sie mir beschert. Es würde mir schwer fallen, meiner Kleiderkaufleidenschaft mit einigermaßen gutem Gewissen zu frönen, wenn ich nicht immer wieder die Ausrede hätte, dass ich mich dringend für erlittenen Ärger schadlos halten müsse.

Als ich gerade mein Zeug zusammenraffte, um die nach dem heutigen Tag drohenden Magengeschwüre durch einen Abstecher in eine meiner Lieblingsboutiquen abzuwenden, spazierte Daniel zur Tür herein. Lässig warf er seine Jacke auf einen Stuhl, dann streckte er sich, gähnte und schlenderte grußlos ins Nebenzimmer. Ich war schon fast aus dem Büro, da hörte ich, wie Frau Waldbauer zu ihm sagte: »Ach, Sie sollen übrigens Herrn Böcker zurückrufen, Daniel.« Daniel knurrte.

Nachdenklich trabte ich treppab. Böcker hieß der Mann, der mich heute versetzt und anschließend auf unsere Dienste verzichtet hatte.

»Muss diese hässliche Tragetasche bei uns am Tisch stehen?«, fragte Leo. Leo ist ein Ästhet. Ich trug ein nagelneues schwarzes Ledertop zu einem nagelneuen Lederrock (schmal und ebenfalls schwarz), außerdem einen silbernen Halsreifen von ergreifender Schlichtheit und eine rote Strähne im Haar (aufgesprüht). Ich war, kurz gesagt, umwerfend. Leo, der Ästhet, hätte *mich* anschauen sollen. An mir gab es ausreichend was zu bewundern. Stattdessen fragte er mich schon zum dritten Mal, ob die Mausitasche wirklich in unserer Nähe bleiben sollte.

»Ja.«

»Warum?«

»Es ist was Wichtiges drin.«

»Was?«

»Wer bist du? Die Inquisition?«

»Aber du hättest sie doch im Auto lassen können.«

»Wenn du nicht endlich aufhörst, gehe ich.«

»Ich verstehe einfach nicht, warum ich mit einem Einkaufssack essen muss.«

»Musst du nicht. Nimm Messer und Gabel.«

»Mit einem Einkaufssack *vor Augen*, meine ich.«

»Merkst du nicht, wie lächerlich du dich aufführst?«

»*Du* bist lächerlich. Wie ein kleines Kind. Musst unbedingt dieses scheußliche Ding mit dir schleppen.«

»Kannst du mir erklären, was an einer ganz gewöhnlichen Papiertragetasche so scheußlich ist?«

»Eben das. Dass sie gewöhnlich ist. Und Löcher hat sie obendrein.«

»Ist dein Image so bedroht, dass ihm ein Papiersack zum Verhängnis werden kann?«

»Ich stelle ihn in mein Auto, okay?«

»NEIN!«

Leo schmollte. Er kramte seine Brille heraus und las lange und schweigend in der Speisekarte.

So ist Leo. Er kann nichts akzeptieren, was seinen Vorstellungen zuwiderläuft. Wenn seine Vorstellungen von einer eleganten Begleiterin ausschließen, dass diese Begleiterin eine Papiertragetasche mit sich führt, wird Leo nicht eher ruhen, als bis er die Tragetasche fein säuberlich von der Begleiterin getrennt hat. Begleiterinnen, die sich nicht beeilen, seinen Vorstellungen zu entsprechen, machen ihn fassungslos.

Leo nahm die Brille ab. »Du hast dich nicht geändert. Aus allem musst du einen Machtkampf machen.«

»Wie nennst du eigentlich das, was du veranstaltest?«

»Ich veranstalte gar nichts. Ich sage nur, was mir nicht passt.«

»*Du* sagst mir, was dir an *mir* nicht passt, und hältst das *nicht* für versuchte Machtausübung?«

»Ich bitte dich, nur so können doch Beziehungen funktionieren. Man redet über seine Erwartungen.«

»Du meinst: Der eine redet über seine Erwartungen und die andere erfüllt sie?«

»Warum nicht?«

»Hast du dich schon jemals um *meine* Erwartungen gekümmert?«

»Deine Erwartungen sind meistens unsinnig.«

»*Du* bestimmst, was sinnvoll ist und was nicht?«

»Wenn ich entscheiden soll, ob ich Erwartungen erfülle, dann muss ich auch entscheiden dürfen, ob ich sie für sinnvoll halte.«

»Genau. Aber das funktioniert umgekehrt ebenso.«

»*Ich* schleppe ja keine monströsen Papiersäcke mit mir herum.«

Oh Gott. Warum war ich nicht ins Kino gegangen?

»Ich *erwarte* aber, dass du meinen Papiersack hinnimmst.«

»Das tue ich nicht, weil ich diese Erwartung ja für unsinnig halte.«

»Und ich halte es für unsinnig, dass du erwartest, dass *deine* Erwartungen Vorrang haben.«

Falls Ihnen schon die Haare zu Berge stehen: Unterhaltungen wie diese (einst an der Tagesordnung zwischen Leo und mir) waren einer der Gründe, warum ich Leo aus meinem Leben entfernt habe.

Wir bestellten. Leo bestellte gebackenes Kalbsbries, ich eine Eierschwammerlterrine. Leo wollte wissen, warum ich kein Bries nahm.

Ich hasse Bries und Leo hätte es wissen können.

»Dann nimm doch wenigstens Leber. Oder die Kutteln.«

Ich esse nie, nie, nie Innereien, was ich Leo in der Vergangenheit mindestens fünfzigmal erklärt hatte.

Er schüttelte den Kopf. »Feinschmecker reisen meilenweit für Kutteln!«

Ich bedachte Leo über meine Brille hinweg (auch ich lese mit Brille, was uns wie ein trautes Paar wirken lässt, aber: April, April), ich bedachte ihn also über meine Brille hinweg mit einem Blick, der sogar dem Dickfelligsten äußerstes Angeödetsein signalisiert hätte. Blöderweise ist Leo nicht einfach dickfellig, sondern grenzenlos stur.

Übrigens wollte er Weißwein trinken und ich roten.

Ich trinke nie, nie, nie Weißwein, weil ich ihn nicht vertrage, was Leo unmöglich neu sein konnte.

»Aber wenn wir beide Weißwein trinken, kann ich eine Flasche bestellen. Allein möchte ich keine ganze Flasche.«

»Dann nimm den offenen.«

»Der offene schmeckt mir nicht.«

Ich sagte zum Kellner: »Ich nehme den Zweigelt, der Herr kriegt ein Glas Blausäure.«

Falls Sie mich jetzt für eine lupenreine Masochistin halten, führe ich zu meiner Entschuldigung an, dass Leo seine (milde ausgedrückt) Gängelei zu Beginn unserer Bekanntschaft als Fürsorge getarnt hat. Auch war ich der Meinung gewesen, er sei lernfähig. Dass er nicht einmal lernen mochte, dass ich keinen Weißwein trinke, hätte ich nie für möglich gehalten.

Na gut. Und warum saß ich nun, da ich längst wusste, dass er nicht fürsorglich, sondern egozentrisch ist, schon wieder mit ihm da und giftete mich? Weiß nicht. Wahrscheinlich weil ich zwischendurch immer vermute, ich übertreibe, wenn ich mich an Leo erinnere und daran, wie er ist.

Leo schwatzte von einem Abstecher nach Barcelona. Ich gähnte innerlich.

»Du solltest unbedingt auch einmal hin.«

»War schon dort.«

»Das ist doch kein Grund. Du solltest überhaupt mehr reisen. Reisen bildet.«

»Bist du sicher? Ich hab gedacht, es genügt, wenn ich in Diavorträge an der Volkshochschule gehe.«

Er hielt mir eine Gabel mit Bries unter die Nase. »Koste wenigstens!«

»Nein, danke.«

»Na, komm schon. Damit du weißt, was dir entgeht.«

»Tu das weg oder ich bewerfe dich mit Eierschwammerln.«

Nach dem dritten Glas Soave ging Leo zum gemütlichen Teil über und blickte mir tief ins Auge. »Jetzt sag einmal, ganz ehrlich: Wie geht's dir?«

»Hervorragend. Und dir?«

»Ich habe gesagt, du sollst nicht schwindeln.«

Ich seufzte. »Okay. Ich bin ganz offen: Ich leide wie ein Hund. Nachts stöhne ich deinen Namen in die Dunkelheit und untertags entwerfe ich Flaschenpostbriefe an dich. *Weißwein*flaschenpostbriefe.«

Er lachte. »Du gehst mir ab.«

Ich schaute milde. »Leo! Das glaubst du doch selber nicht. Ich gehe dir nicht ab. Du verwindest nur nicht, dass du nicht gewonnen hast.«

»Sag, dass ich dir auch ein bisschen abgehe.«

Er haschte nach meiner Hand. Ich entzog sie ihm und äugte nach dem Kellner. »Komm, lass uns zahlen. Ich muss nach Hause.«

»Willst du dein Geburtstagsgeschenk nicht?«

Er griff nach dem feierlich verschnürten Päckchen, das die ganze Zeit über auf dem Tisch gelegen war, einem ziemlich großen Päckchen nebenbei.

»Vielen Dank.«

»Willst du es nicht aufmachen?« Seine Augen glitzerten.

Ich riss die Verpackung auf. Zum Vorschein kam eine Schachtel, auf der ein Handmixer abgebildet war. Ich riss die Schachtel auf. Zum Vorschein kam ein Handmixer. Plastikgriff, zwei Stahlquirle, langes, weißes Kabel.

»Was soll das?«

Leo prustete los. »Das ist dein Geburtstagsgeschenk.

Du weißt doch, dass ich dich immer häuslicher haben wollte.«

»Ich bin häuslich. Ich bin bloß keine Haushälterin. Aber ich verstehe noch immer nicht, was das soll.«

Leo schlug sich auf die Schenkel vor Vergnügen. »Die ganze Zeit hab ich mich auf dein Gesicht gefreut! Sag, dass es ein gelungener Gag ist.«

Ich starrte ihn an. Er wischte sich Lachtränen von den Wangen und fasste abermals nach meiner Hand. »Sei nicht so humorlos. Ich hab mich daran erinnert, wie du dich immer über diese Muttertagsanzeigen aufgeregt hast, du weißt schon, für Haushaltsgeräte und Kleiderschürzen, und da hab ich mir gedacht, ich *muss* dich mit einem Haushaltsgerät überraschen. Ich wollte einfach sehen, was du für ein Gesicht machst.«

»Das hast du ja jetzt gesehen«, sagte ich ruhig. Ich winkte dem Kellner und zog meine Kreditkarte heraus. »Die Rechnung, bitte.«

Leo hob peinlich berührt die Hand. (Er ist ein so genannter Kavalier alter Schule, der – wie schon gesagt – in Lokalen immer darauf besteht, den Spender zu geben. *Wer zahlt, schafft an.* Kavaliere wie Leo zahlen, um anschaffen zu können.) »Ich bitte dich, du warst eingeladen.«

»Ich entscheide, ob ich mich einladen lasse«, sagte ich kalt. Und zum Kellner, der unschlüssig wirkte: »Der Herr hat mich so reizend beschenkt, dass ich mich unbedingt revanchieren muss. Bringen Sie mir die Rechnung, ich hab's eilig.«

Der Kellner entfernte sich. Leo zischte: »Das war ja

jetzt offenbar nötig, dass du mich vor dem Personal blamierst.«

Ich musterte ihn schweigend. Der Kellner kam, ich unterschrieb, stand auf, nahm meine Sachen inklusive Handmixer, küsste Leo auf die Wange, sagte zuckersüß: »Danke, Schatz, das war wirklich ein zauberhafter Abend!« und rauschte zum Ausgang. An der Tür ließ ich den Handmixer demonstrativ in den Schirmständer plumpsen (Ein Abfalleimer war leider nicht zur Stelle.)

Ich nahm an, das Gerät würde den Fall überleben. Bestimmt gab es jemanden, der es brauchen konnte.

Im Auto sagte Mausi: »Was für Lemuren um dich. Fast könnte man mitleidig werden.«

Ich zuckte die Achseln.

Ich wusste, warum Mausi nur *fast* mitleidig war. Als Angehörige der höheren Stände geht sie davon aus, jeder Mensch hätte sein Schicksal verdient. Angehörige der höheren Stände glauben nicht an unverdiente Härten, sonst müssten sie auch an die Zufälligkeit von Privilegien glauben, während sie doch überzeugt sein wollen, ihre Privilegien stünden ihnen zu.

Daheim stieg ich aus dem Auto und fiel über einen riesigen Stapel schmutziger, zerfledderter Zeitungen, den jemand genau vor meinem Gartentor entsorgt hatte. Leise fluchend versuchte ich, den Zeitungshaufen mit dem Fuß beiseite zu schieben; die Blätter rutschten noch mehr durcheinander, auf einigen waren Reste der Adressenaufkleber zu sehen. Ich beugte mich vor und entzifferte, wem ich den Berg Altpapier vor meiner Tür verdankte. Na, wem wohl? »Willy Weininger« – richtig, dem Rattengesicht.

»Was ist?«, flüsterte Mausi.

»Gruß vom Dreikäsehoch«, flüsterte ich zurück. Mistkerl. Andererseits: *na und?* Auf einen mehr oder weniger sollte es mir schon nicht mehr ankommen.

In der Nacht hatte ich einen sonderbaren Traum. Können Sie es leiden, wenn man Ihnen Träume erzählt? Ich nicht.

Aber ich halte es wie die meisten Leute und mute Ihnen munter zu, was ich selber nicht zugemutet bekommen möchte: Darum erfahren Sie jetzt meinen Traum, ob Sie wollen oder nicht.

Also: Ich träumte, dass ich in das Haus vom Rattengesicht stapfte. Ich stapfte durch ein Wohnzimmer mit schaurigen eichenfurnierten Wandschränken plus verspiegelter Hausbar, einen Flur entlang, dessen Teppichboden psychedelisch gemustert war, durch eine Tür mit grellbunten Butzenscheiben und schließlich in ein Schlafzimmer mit *Bauernmöbeln* vom Fließband.

Im schnörkelverzierten Doppelbett lag das Rattengesicht und lächelte höhnisch. Neben ihm schlief seine Frau mit den zitronenfarbenen Locken. Ihr Mund stand offen. Sie schnarchte leise.

Ich wollte auf das Rattengesicht zumarschieren, eine der zerfledderten Zeitungen in der anklagend erhobenen Hand, aber auf einmal konnte ich mich nicht mehr bewegen. Wie festgenagelt blieb ich in der Tür stehen.

Das Rattengesicht bemerkte mich offenbar gar nicht. Es lächelte höhnisch vor sich hin, so als gehe es im

Geist ein Erlebnis durch, bei dem es wieder einmal beglückend gemein gewesen war.

Plötzlich flog ein Fensterflügel auf und herein schwang sich eine verwegene Gestalt: riesiger Schlapphut, federnüberrieselt, Stulpenstiefel, blitzende gelbe Zähne – Mausi als Musketier! Mit einem grauenerregenden Schrei sprang Mausi dem Rattengesicht auf die Brust.

Das Rattengesicht riss die Augen auf und brachte vor Überraschung nur ein dumpfes Ächzen heraus.

Mausi packte es an der Nase und rüttelte es.

Sie packte es an den Ohren und schüttelte es.

Sie kniete sich auf seine Brust und ohrfeigte es.

Dazu brüllte sie gellend Worte, die ich nicht verstand (obwohl sie nicht nach einer Fremdsprache klangen).

Rattengesicht schien sie zu verstehen. Es nickte, soweit Mausis Attacken das zuließen, und presste gequält ein mehrmaliges »Ja« hervor.

»Ja«, stöhnte Rattengesicht, »ja, geht in Ordnung. Nein, nie wieder.«

Ich stand und starrte mit Genuss. Ja, ich weiß, wäre ich ein wirklich guter Mensch, würde ich den Anblick jedweder gewalttätigen Szene verabscheuen.

Ich könnte Ihnen jetzt natürlich was vorheucheln und behaupten, dass mir *eigentlich eh irgendwie ziemlich* unbehaglich zumute war – aber: nein.

Auch Ehrlichkeit ist eine Tugend. Ich bleibe ehrlich und gebe zu: Mausi zu beobachten, wie sie das Rattengesicht an der Nase rüttelte, befriedigte mich enorm.

Rattengesichts Frau machte plötzlich einen lauten Schnarcher und schreckte hoch. Die Gute trippelt normalerweise siebensüß durch die Gegend, ein grelles Lächeln im Gesicht und eine als Zwitschern getarnte Schärfe in der Stimme, wenn sie die Wünsche ihres Mannes weitergibt wie einen Tagesbefehl. (»Mein Mann *will* aber, dass Sie Ihren Birnbaum zurückschneiden, *bevor* er einen Schatten wirft!«)

Nun fuhr sie hoch und wurde Zeugin einer Szene, die ihr Mann bestimmt *nicht* angeordnet hatte.

Sie riss die Augen auf und schrie dünn und schrill. Mausi langte zu ihr hinüber, warf sie mit einer Pfote in die Polster zurück und hielt ihr den Mund zu. Dann bellte sie auch der Frau was Befehlendes zu. Die Frau klimperte aufgeregt mit den Augendeckeln.

Von mir aus hätte dieser Traum noch lang so weitergehen können, aber mit einem Mal stand ich wieder in dem Wohnzimmer mit der Hausbar.

Der Mond schien herein. Die Spiegel blinkten. Aus der Decke löste sich ein Felsbrocken und polterte mir auf die Füße.

Ich erwachte jäh. Auf meinen Füßen hatte sich's der Kater bequem gemacht.

Habe ich berichtet, dass ich mit Nina und Marietta vereinbart hatte, sie würden mich am darauf folgenden Morgen länger schlafen lassen? Habe ich nicht, ich weiß. Ich berichte ja immer nur das Negative. Pfui und Schande über mich.

Na ja, ich schlief also ein bisschen länger und frühstückte dann in aller Ruhe mit Mausi.

Nina und Marietta waren bereits außer Haus.

Mein Vater kam kurz in die Küche geschlurft, wo ich mit Mausi saß, schenkte sich unter Ächzen und Seufzen eine Tasse Tee ein und entschwand damit nach oben. Mausi rührte in ihrem Kakao.

»Heut Nacht hab ich was Seltsames geträumt«, sagte ich.

Mausi blickte nicht einmal auf. »Ich verabscheue es, Träume erzählt zu bekommen«, sagte sie und rührte weiter.

»Ich normalerweise auch, aber in dem Traum bist du vorgekommen –«

»Es sollte mich vermutlich ergreifen, dass sie jetzt auch schon von mir träumt, aber trotzdem. Wäre ich scharf darauf, Träume erzählt zu bekommen, hätte ich Psychiater werden können.«

»Hättest du nicht.«

»Ach, und wieso nicht?«

»Schon mal in einen Spiegel geschaut?«

»Ja, und? Bedenke sie, ich hätte es mit *Verrückten* zu tun.«

»Schon, aber du solltest sie nicht in die Klapsmühle bringen, sondern vor der Klapsmühle bewahren. Stell dir vor, die erzählen, dass sie bei einer Plüschmaus auf der Couch liegen.«

»Dann brauchen sie eben eine lange, teure Therapie.«

Ich setzte zu einer Erwiderung an, aber Mausi winkte ab. »Errege sie sich nicht unnötig. Ich habe ihr doch gesagt, es würde daran scheitern, dass ich kein Geträume hören mag.«

»Schade. Diesmal versäumst du was.«

Mausi zuckte gelangweilt die Achseln und verlangte die Zuckerdose.

Ehe ich das Haus verließ, führte ich noch ein Telefongespräch mit meiner Freundin Nora. Ich bat sie um einen Gefallen.

Nora willigte ein.

»Also, noch einmal: Was sagst du?«, fragte ich, nachdem wir alles durchgekaut hatten.

Nora lachte. »Mach dir keine Sorgen. Ich habe schon schwierigere Texte behalten.« Nora ist Schauspielerin.

»Wichtig ist, dass du nicht direkt sagst, du kommst von diesem Böcker, aber irgendwie andeuten musst du es schon –«

»Antonia!«, rief Nora ungeduldig. »Ich hab's kapiert.«

»Kommst du mit?«, fragte ich Mausi, als ich mir den Mantel anzog.

»Was denkt sie?«, fragte Mausi zurück. »Dass ich hier bleibe und mich zu Tode langweile?«

»Soll das heißen, dass du meine Gesellschaft als anregend empfindest?«

Ich erwartete keine Zustimmung. Ich kriegte auch keine.

»Natürlich nicht. Wäre ich noch auf meinem Schloss, hätte ich sie als Gesellschafterin längst gefeuert.«

»Ich denke, den Job hätte ich mangels Blaublütigkeit gar nicht erst bekommen?«

»Das auch.«

»Du redest wirr. Und außerdem: Wenn ich so öde bin – bleib doch da und spiele Schach mit meinem Vater.«

»Das wäre noch öder.«

»Was wäre noch öder als was?«, fragte mein Vater, die Treppe herunterkommend.

Mausi schwieg hochmütig.

»Mit dir Schach zu spielen«, erklärte ich.

»Mit mir Schach zu spielen, wäre öd?«

»Ja.«

»Öder als –?«

»Mit mir zu kommen.«

»Du redest von – diesem Ding da?« Angewiderte Geste zu Mausi hin. »Dieses Ding findet *uns* öd?«

»Scheint so.«

»Phhh. Also, was mich betrifft: *Meine* Anziehungskraft ist Legende.«

Sagte der Mann, den ich notgedrungen als meinen Vater bezeichnen muss.

»Legende heißt, es ist damit vorbei«, sagte Mausi.

Mein Vater sah über sie hinweg. »Die schönsten Frauen haben sich die Augen um mich ausgeweint – und ich soll mich um das kümmern, was eine als Plüschmaus getarnte Mumie von sich gibt?«

»Ich bin keine Mumie!«, schrie Mausi zornbebend. »Ich bin eine schöne, jugendliche Prinzessin!«

»*Jugendlich* heißt für ihn unter fünfundzwanzig«, sagte ich. »Du bist dreihundert, meine Liebe.«

»Die dreihundert gelten nicht. Nicht für meine Schönheit. Ihr werdet schon sehen.«

»Da sei der Himmel vor«, sagte mein Vater herzlos.

Mausi schnappte zurück: »Wenn ich *seinen* Anblick ertrage, wird er meinen *auf jeden Fall* aushalten. Mumienhafter als er kann ich gar nicht ausschauen können.«

Mein Vater tippte sich an die Stirn und stakste Richtung Küche. Mausi hüpfte in ihre Tragetasche.

»Sie könnte mir ruhig was Vornehmeres gönnen«, beschwerte sie sich dumpf aus ihrem Versteck.

»Was meinst du damit?«

»Eine andere Tragetasche. Aus einem vornehmeren Geschäft.«

»Süße«, sagte ich, »ich glaube fast, du passt zu Leo. Möchtest du zu ihm ziehen?«

Aus dem Papiersack zischte es. Ich lachte. »Na schön, ich sehe schon, ich muss mir dir zuliebe was Sündteures zum Anziehen kaufen. Damit ich zu einer imponierenden Tragetasche komme.«

»Keine faulen Ausreden. Sie hat sich erst gestern was Sündteures zum Anziehen gekauft.«

»Wenn du unkooperativ bist, gehst du leer aus.«

Sie zischte wieder.

Ich trat vors Gartentor. Weit und breit kein Zeitungshaufen. Aus dem Nachbarhaus kam das rattengesichtige Männlein und grüßte höflich. »Guten Morgen. Kalt heute, nicht?« Es bleckte seine Zähne zu einem Lächeln.

Ich stotterte eine Erwiderung und starrte hinter ihm her, bis es mit seinem Auto davongebraust war.

In meinem Auto sagte Mausi kurz angebunden: »Nur so viel: Ich war der Meinung, dass man ihr wenigstens einen ständigen Ärger vom Hals schaffen sollte. Aber fange sie jetzt bloß nicht an, sich auf mich zu *verlassen*!«

»Ich, äh –« Ich räusperte mich.

Mausi hob eine Pfote. »Das wäre ganz, ganz falsch. Und nun los. Sie ist sicher spät dran.«

10

Also. Bevor Sie glauben, dass ich nur auf Flops zurückblicke in meinem Liebesleben: So ist es nicht.

So ist es ganz und gar nicht.

Ich war auch schon glücklich verliebt, ohne dass es ein böses Erwachen gab.

Eine Zeit lang war ich sogar sehr oft verliebt ohne böses Erwachen.

Ich war damals, sagen wir: relativ *unstet.*

Ich war immer wieder glücklich verliebt, aber selten lange in ein und denselben Mann.

Mein Zustand glücklicher Verliebtheit hinderte mich nämlich nicht daran, mich auch für andere Leute zu begeistern, und deshalb wechselten die Verursacher meiner Verliebtheit eine Weile ziemlich rasch, was nicht das Schlechteste war, eben weil es mich vor einem bösen Erwachen bewahrte.

Ehe ich draufkommen konnte, dass ein Objekt meiner Zuneigung meine Zuneigung vielleicht gar nicht verdiente, wandte sich mein Interesse schon wieder der nächsten Zielperson zu.

Wie wir alle wissen, gilt diese Flatterhaftigkeit als ziemlich unreifes Verhalten, aber da ich zu diesem

Zeitpunkt sehr jung war, hatte ich ein Recht darauf, unreif zu sein. (Keine Vergleiche mit meinem Vater! Mein Vater ist unreif bis heute. Zumindest spricht wenig dafür, dass er gereift ist.)

Manches Mal frage ich mich, woran es liegt, dass es in meiner Jugend so viele begehrenswerte Männer gab.

Waren mehr von der Sorte vorhanden?

Treffe ich seit einer Weile bloß die falschen, während es anderswo immer noch von halbwegs spannenden Typen wimmelt?

Oder durchschaue ich die Kerle mittlerweile zu schnell, um heftigere Gefühle für sie aufkommen zu lassen als eine milde Skepsis?

Gerne erinnere ich mich zum Beispiel an Nick.

Nick war schlaksig und unbekümmert. Wir liefen einander in London über den Weg. (Klingt gut, nicht? *Wir liefen einander in London über den Weg.* Hat so was Kosmopolitisches. Schon deswegen erinnere ich mich gerne an Nick.)

Ich war mit meiner Freundin Thesi für ein paar Tage nach London geflogen, wir wollten shoppen, ins Theater gehen und Ausstellungen besuchen. Außer Thesi kamen auch noch Thesis Schwester und ihr Freund mit, und ein Freund des Freundes, ein schüchterner junger Architekt mit Regenschirm.

Niemand von uns hätte je in Betracht gezogen, etwas so Spießiges wie einen Regenschutz mit sich herumzuschleppen, aber dieser Mensch trug auf Schritt und Tritt ein Regendach bei sich.

Obwohl er im Prinzip nicht schlecht damit fuhr, weil es tatsächlich die meiste Zeit nieselte, wertete ihn sein Sicherheitsdenken in meinen Augen ab. Ich hielt einen, der mit noch nicht dreißig schon so vorsichtig war, für furchtbar langweilig.

Als er nach unserer Rückkehr mit einem Bildband über Edward Hopper vor meiner Tür stand, weil er mitbekommen hatte, wie sehr mir Hopper gefiel, wimmelte ich ihn ab.

Heute ist er ein umsichtiger Familienvater. Manchmal besuche ich ihn und seine herzliche, bildhübsche Frau in dem geschmackvoll eingerichteten Einfamilienhaus, das sie mit ihren wohl geratenen Töchtern bewohnen. Ich schaue mich dann bisweilen zwischen den rosengemusterten Sofas und den italienischen Lampen um und denke mir: Hier könntest *du* leben, du dumme Urschel, wenn du damals nicht so dämlich gewesen wärst, einen grundsoliden Menschen seiner praktischen Vernunft wegen gering zu schätzen – aber irgendwie vermag ich mir mich noch immer nicht an seiner Seite vorzustellen.

Abgesehen davon, dass ich seine Frau gut leiden – und mir demzufolge nicht wegdenken – kann, ist er mir nach wie vor zu bieder.

Liane meint, es liege an meinem Vater, dass ich durchschnittliche Männer nicht zu schätzen wüsste.

Marietta meint, es liege an meinem übersteigerten Selbstwertgefühl, dass ich nur Männer als zu mir passend erachte, die mir spektakulär erscheinen.

Ich hingegen meine, es ist nicht zu unbescheiden, wenn ich gern einen um mich hätte, der auch feierabends beispielsweise mal einen Gedanken ans Völkerrecht verschwendet, statt sich bei den Fernsehnachrichten ein Bier einzuschenken und resignierend festzustellen: »Alles sehr unerfreulich, aber wir werden's nicht ändern.«

Das war ein Nebengleis, doch es war notwendig, darauf zu fahren, damit Sie sehen, mit welcher Entschiedenheit ich oft die im landläufigen Sinn falsche Wahl treffe.

Ich entschied mich also gegen den langweiligen Architekten, den andere vielleicht *viel versprechend* genannt hätten. Ich entschied mich ohne Zögern gegen ihn, obwohl ich ihn durchaus rührend fand in seiner adretten Zuverlässigkeit.

Vielleicht wäre ich weniger schroff gewesen, hätten nicht zwei Umstände mich davon abgehalten, auf ihn einzugehen: Erstens, ich war damals schon mit Philipp verbandelt, und zweitens, ich traf Nick.

Philipp war nicht mitgekommen nach London, weil seine Kanzlei ihn nicht wegließ. (Philipp ist Anwalt.)

Ich fand das nicht weiter traurig. Unentwegtes Aneinanderkleben habe ich noch nie angestrebt, allein bei der bloßen Idee kriege ich Atemnot.

Ich zog also mit Thesi und den anderen vergnügt durch Galerien, Museen, Geschäfte und exotische Restaurants.

Am dritten Abend unseres Aufenthalts gingen wir zu einem Empfang unseres heimischen Handelsdelegierten (den Thesis Eltern kannten), dort lehnte auch Nick herum.

Nick sah mich Kanapees essen und stand plötzlich neben mir. »Um Gottes willen«, sagte er, »vor dem Zeug muss ich Sie warnen.«

Ich hielt im Kauen inne. »Warum?«

Er grinste. »Weil ich auf die Art ins Gespräch mit Ihnen komme.«

Das gefiel mir ganz gut. Aber ich zeigte es nicht.

Stattdessen fragte ich: »In ein Gespräch über Lebensmittelchemie?«

»Vielleicht. Für den Anfang.«

»Wird ein kurzes Gespräch.«

»Wieso?«

»Nicht mein Fach.«

»Hervorragend. Ich mag es, wenn meine Gesprächspartnerinnen mir unterlegen sind.«

»Ich habe nicht versprochen, dass ich Ihnen überhaupt zuhöre.«

Er musterte mich streng. »Ach. Sie können wohl nicht zulassen, dass man Sie beeindruckt.«

»Irrtum, Doktor Freud. Seit vielen Jahren sehne ich mich danach, endlich beeindruckt zu werden. Versuchen Sie's.«

Er legte den Kopf schief. »Sie meinen – ein kleiner Vortrag über Stickstoffverbindungen in der Nahrungskette wird nicht ausreichen?«

»Ich fürchte.«

»Na gut. Ich sage Ihnen, was ich noch zu bieten habe. Ich mache ungewöhnlich große Kaugummiblasen, kann die *Bürgschaft* auswendig und bin imstande, mit den Zehen meine Stirn zu berühren. Im Stehen.«

»Glaub ich nicht.«

»Was?«

»Das mit den Zehen.«

Er seufzte. »Schade. Ich hätte lieber die *Bürgschaft* aufgesagt.«

Er stand auf einem Bein, winkelte das andere ab, packte mit beiden Händen seinen Fuß und führte ihn, sich krümmend, an die Stirn.

Fein gemachte Menschen standen rundum und schauten.

Nick ließ seinen Fuß los und strahlte mich an. »Na?«

Ich nickte anerkennend.

Er fragte: »Und womit imponieren Sie mir?«

Kühl sagte ich: »Ich bin überirdisch schön, eiskalt und enorm verlogen. Das muss reichen.«

Er nahm zwei Gläser Sekt vom Tablett eines Kellners und reichte mir eins. »Mögen Sie?«

Ich nahm das Glas dankend an mich. Ich hatte davor schon ein paar Gläser an mich genommen. Die Nummer mit den Zehen hätte ich nicht mehr gebracht.

Wir prosteten einander zu.

»Sehr schön«, sagte ich. »Jetzt, da wir so gut wie verlobt sind – wollen wir nicht unsere falschen Nasen abnehmen und uns erleichtert zurücklehnen?«

Nick sah mich sinnend an: »Wir könnten noch ein bisschen ausgehen. Um die Frage der Mitgift zu besprechen.«

»Die Frage der Morgengabe«, korrigierte ich.

Dann gingen wir noch ein bisschen aus, für den Rest der Nacht.

Am nächsten Morgen fuhren wir nach Hampton Court. Wir hatten nicht geschlafen, weder miteinander noch überhaupt, rein körperlich hielten wir Distanz zueinander, eine spannungsgeladene, zärtliche Distanz, die wir nur manchmal durch rasche kleine Berührungen kurz überbrückten. In der Dunkelheit verrauchter Lokale hatten unsere Finger einander gefunden und gleich wieder losgelassen; als wir einer Band in einem Kellergewölbe zuhörten, saßen wir Schulter an Schulter, während schwebende Töne durch die Lichtkegel der Scheinwerfer trudelten.

In Hampton Court zogen sich kokett lächelnde Steinfiguren fröstelnd kleine Knospenschleier um die Schultern. Der Himmel war aus vorfrühlingsgrauem Chiffon. Ich fühlte mich unirdisch leicht, zumindest so lange, bis sich die Frage stellte, wo es eine öffentliche Toilette gab. Immer dasselbe: Mitten in die romantischsten Momente hinein pfuscht dir so was wie eine volle Blase. Trotzdem gehört die Erinnerung an Nick und mich in Hampton Court zu denen, die ich abrufe, wenn ich mir reminiszenzmäßig was Gutes tun will.

»Und was hat sie und diesen Nick wieder auseinander gebracht?«, fragte Mausi auf einer unserer ausgedehnten Autofahrten durch die eindrucksvollsten Staus zwischen Sievering und Favoriten.

Ja, was? Das Leben halt, wie es so spielt.

Wie das Leben so spielt, war nicht nur ich eigentlich in, wie man so sagt, festen Händen, sondern auch Nick; er in denen einer Ehefrau, mit der er obendrein ein kleines Kind hatte.

Das störte mich, denn es gehörte nicht zu meinen Ambitionen, Familienväter von der Seite ihrer Lieben zu pflücken, und es störte auch Nick.

Zumindest versicherte er mir treuherzig, dass er nur an einen harmlosen Flirt gedacht hatte, als er mich ansprach, aber nicht an die Möglichkeit, sich ernsthaft zu verlieben. Das sagte er, als wir bereits beschlossen hatten, dass wir ernsthaft ineinander verliebt wären, weswegen wir voll süßer Schwermut in dunklen Lokalen herumsaßen und einander vorseufzten, wie unendlich kompliziert das Leben sei.

»Hätte sie denn nicht längst schon wieder abgereist sein sollen?«, fragte Mausi mit quäkender Stimme.

»Abgereist?«

»Aus London.«

»London? Ach so, du meinst, Nick war Engländer. Nein, nein, der war auch nur zu Besuch dort. Wir haben das … die Geschichte dann hier fortgesetzt.«

Nick leitete damals die Marketingabteilung eines Elektronikunternehmens und war in dieser Eigenschaft beim Handelsdelegierten zu Gast gewesen. Heute sitzt er im Vorstand eines multinationalen Konzerns und hat seinen Wohnsitz nach Paris verlegt, was bedeutet, dass er auf seinen zahllosen Geschäftsreisen immer wieder mal eine Zwischenlandung dort einzulegen versucht.

Nick also verheiratet, ich mit Philipp verbandelt, Nick und ich verliebt und voll schlechtem Gewissen – eine ziemlich banale Konstellation, aber für uns eine Weile sehr aufregend.

Wir genossen alles: unser Glücklichsein, unser Unglücklichsein, unsere Unanständigkeit, die uns gemeinsame Zukunftspläne schmieden ließ, und unsere Anständigkeit, die diese Zukunftspläne wieder in Frage stellte.

Ich weiß auch nicht genau, warum mir von einem Tag auf den andern plötzlich alles zu beschwerlich war.

Philipp hatte angerufen, um mich abends zu treffen, aber ich hatte Arbeit vorgeschützt, weil ich mit Nick verabredet war.

Dann telefonierte ich mit Nick. »Wie wär's mit Kabarett?«, fragte ich. »In der *Kulisse* tritt –«

»Lieber nicht«, sagte Nick, »eine Freundin meiner Frau ist ein Kleinkunstfreak, womöglich treffen wir die dort.«

Knacks. Ich saß da, den Hörer in der Hand, und fragte mich auf einmal stinksauer, warum ich Philipp, den smarten, effizienten, zwar nicht übertrieben humorvollen, aber jedenfalls offen zu mir stehenden Philipp versetzt hatte, um mich mit einem Burschen verabreden zu wollen, der sich mit mir an den Orten meines Interesses nicht sehen lassen konnte.

»Ja, und?«, sagte Mausi.

»Plötzlich war der Ofen aus«, antwortete ich. »Ich hatte keine Lust mehr, auf das Ende einer Ehe zu hoffen, an deren Ende ich andererseits wiederum gar nicht schuld sein wollte.«

»Ja, und?«

»Ich habe Nick den Laufpass gegeben und bin zu

Philipp zurückgekehrt, der nie erfahren hat, dass es eine Rückkehr gewesen ist.«

»Ach.«

»Ja, genau: *ach.* Ein Jahr darauf war Nick geschieden und noch ein Jahr darauf war er wieder verheiratet, aber nicht mit mir. Ich hab dafür später Philipp geheiratet und Nina gekriegt und Philipp an Agathe verloren, die nicht halb so edel war wie ich, weil sie Philipp nämlich ohne die geringsten Skrupel von meiner Seite gepflückt hat.«

»Was für ein Sündenbabel«, sagte Mausi erschüttert.

»Weiß Gott«, stimmte ich zu und latschte fluchend auf Kupplung und Bremse, weil sich ein Jüngling mit röhrendem Gefährt brutal zwischen meinen Vordermann und mich gequetscht hatte.

»Bedauert sie ihre Entscheidung?«

»Eine Zeit lang hab ich mich schon gefragt, ob ich nicht vielleicht einen Riesenfehler gemacht hab.«

»Hat sie mit diesem Nick je darüber gesprochen?«

»Ich sehe ihn ab und zu. Wenn er hier zu tun hat.«

»Und?«

»Er ist *erfolg*reich und *stink*reich, und er geht weiterhin fremd, aber mittlerweile ohne schlechtes Gewissen; vorletzte Weihnachten hat er der Familie ein Ferienhaus auf Ibiza gekauft, und ganz bestimmt wählt er die Konservativen.«

»Also bedauert sie ihre Entscheidung nicht?«

»Weiß nicht. Wär vielleicht gar nicht so übel, in einem Ferienhaus auf Ibiza zu sitzen, statt sich hier mit Horden von Idioten herumschlagen und hinter ein paar schäbigen Provisionen herjagen zu müssen.«

»Aber er ist *untreu*!«

»Man kann nicht alles haben.«

Pause. Der röhrende Jüngling verließ die Spur und drängte meinen Vordermann auf die Straßenbahnschienen ab.

»Würde ihr dieser Nick denn noch gefallen?«, fragte Mausi.

»Tja. Ich hab ihn ziemlich lange nicht gesehen gehabt, weißt du. Und als er dann anrief und sagte, er wäre wieder einmal in der Stadt, da hab ich sofort ein Bündel romantischer Erwartungen in meinem Herzelein geschnürt, als ich zu seinem Hotel gefahren bin, um ihn abzuholen. Wir waren dann zusammen essen, er hat die ganze Zeit über sich geredet. Ich hab mich ausführlich nach seinen Kindern erkundigt. Er hat sich *nicht* nach Nina erkundigt. Es war um Ostern, kurz vor meinem Geburtstag. Ich hab ihm ein Marzipanküken mitgebracht, er hat danke gesagt und es in den Mund gesteckt. Ein Biss und schluck und weg. Ich hab sogar darüber geredet, dass mein Geburtstag bevorsteht. Die ganze Zeit hab ich auf eine kleine, warmherzige, zärtliche Geste von ihm gewartet. Sie kam nicht. Am Schluss wollte er mit mir ins Bett. Ich sagte nein. Ich war auf rosa Wolken aus gewesen und nicht auf eine gymnastische Übung zur Regulation des Hormonspiegels. Er hat meine Abfuhr gelassen hingenommen, schließlich ist er kein armes Würstchen mit Triebstau. Seither sind wir noch zwei-, dreimal ausgegangen, wenn er hier war, und ich habe mich dabei zunehmend gelangweilt.«

»Also doch ein Flop«, sagte Mausi mit der ihr eigenen Feinfühligkeit.

»Jede Liebe ist ein Flop, wenn du sie deiner Projektionen entkleidest«, behauptete ich.

»Aber ursprünglich scheint dieser Nick doch ein flottes Haus gewesen zu sein?«

Flottes Haus. Sie sagte *flottes Haus*. Schade, dass Nina nicht mithörte.

»Ach, weißt du«, erklärte ich, »vielleicht habe ich seinen Auftritt in London ja nur witzig gefunden, weil ich so scharf drauf war, einen witzigen Kerl zu treffen.«

»Was will sie damit sagen?«

»Ich will damit sagen, dass ich keine Lust habe, mir auch noch ein paar einigermaßen nette Erinnerungen mies zu machen, aber wenn ich eine Weile weiterrede, schaffe ich sogar das.«

»Aha. Der Flop ist sie selber.«

»Mag sein. Aus mir ist die Luft raus.«

»Sie soll mir nicht so einfach Recht geben! Es ist blöde, die Schuld bei sich selber zu suchen, wenn man sie geradeso gut bei jemand anderem suchen kann.«

»Suchen schon – aber finden?«

»Na, gewiss doch. Dieser – wie heißt er nur? – Leo ... Glaubt sie zum Beispiel auch, es liegt an ihr, dass er ein Lemure ist?«

»Nein, aber es liegt an mir, wenn ich auf einen Lemuren wie Leo reingefallen bin.«

»Die Welt ist voll von Lemuren. Es ist schwer, auf jemanden reinzufallen, der kein Lemure ist«, sagte Mausi großzügig.

Ich staunte. »Du bist so mild mit mir. Was ist los?«

»Gar nichts. Ich war lediglich der Meinung, das sei eine gut klingende Sentenz.«

Ja, dann.

Wie Sie merken, bin ich abgeschweift. Wo soll ich wieder anknüpfen? Ach ja, vielleicht wollen Sie wissen, was in der Zwischenzeit aus Philipp, meinem armen ramponierten Exgemahl, geworden ist?

Er lag noch immer in Gips und das kaputte Ahnenbild lag bei mir im Keller, und nach Meinung von Philipps Frau Agathe lag es an mir, das Bild reparieren zu lassen und bei ihr und Philipp vorbeizubringen. So sagte sie jedenfalls am Telefon.

»Ich soll – was?«

»Ich möchte dich darauf aufmerksam machen, dass es sich bei dem Bild schließlich nicht um dein Eigentum handelt. Du kannst nicht einfach Philipps Familienbesitz unterschlagen.«

»Hast du eigentlich schon einmal darüber nachgedacht, in welchem Verwandtschaftsverhältnis Nina zu Philipp steht?«

»Wieso?«

»Philipps Familienbesitz befindet sich in einem Haus, in dem Teile von Philipps Familie leben, somit also im Besitz von Philipps Familie. Das nur nebenbei. Im Übrigen kannst du dir den Schinken gerne holen.«

»Wenn du schon Nina erwähnst: Ich vermisse sie nach wie vor schmerzlich am Krankenbett ihres Vaters.«

»Nina hat ihren Vater jahrelang schmerzlich an ihrem Bettchen vermisst.«

»Sie war ja nicht krank, im Gegensatz zu ihm.«

»Gelegentlich auch das. Erinnerst du dich? Nach ihrer Blinddarmoperation hat sie vom Spital aus angerufen. Du hast gesagt, sie könne nicht mit Philipp sprechen, weil ihr eigentlich schon auf dem Weg zum Flughafen wärt. Ihr seid nach Barbados geflogen, wenn ich mich recht erinnere, auf Winterurlaub.«

»Na und? Flugzeuge warten nicht.«

Dieser bestechenden Logik konnte man sich schwer verschließen.

»Jetzt sind wir jedenfalls nicht auf Barbados«, sagte Agathe kühl, »und Nina ruft nicht an.«

Sie dürfen nicht glauben, dass Nina keine Sehnsucht nach ihrem Vater hat.

Nina wünscht sich sehnsüchtig, dass Philipp sich doch noch als Vater für sie entpuppt, nämlich als ein Mann, der ihr liebevoll zugetan ist und sich für sie verantwortlich fühlt.

Aber alles, was sie bis jetzt gekriegt hat, war die flüchtige und ungnädige Zuwendung eines kaltherzigen Kerls, der ihr zu verstehen gibt, dass er sie als lästigen Störfaktor aus einer eigentlich ad acta gelegten Vergangenheit betrachtet.

Philipp hat Ninas Anrufe stets barsch abgewürgt, ihre Briefe unbeantwortet gelassen, ihren Geburtstag ignoriert, ihr zu Weihnachten Agathes alte Skihandschuhe geschenkt und keine Gelegenheit ausgelassen, sie mit abfälligen Bemerkungen über mich zu füttern.

Dazu kommt, dass Philipp Nina nur im Doppelpack mit Agathe entgegentritt. Wenn ich Nina recht verstanden habe, dann ist Agathe bei Ninas spärlichen

Zusammentreffen mit ihrem Vater stets über ihr gekreist wie ein Falke und in Dreißig-Sekunden-Abständen auf sie niedergestoßen, um irgendwelche Benimmverletzungen zu ahnden.

Nun halte ich Ninas Manieren selber nicht für die allerbesten, aber ich denke trotzdem, dass Agathe es hätte unterlassen können, jede Couch, auf der Nina gesessen war, schnaubend vor Entrüstung nach imaginären Bröseln abzusuchen – imaginären deshalb, weil Philipp und Agathe Nina nie was anderes kredenzt haben als Mineralwasser.

Der Grund, warum ich Agathe nicht ohne lange Vorrede mit dem Götz-Zitat konfrontiere, liegt darin, dass ich mir nicht vorwerfen möchte, ich hätte Nina vielleicht um die letzte Chance gebracht, doch noch eine Art Beziehung zu ihrem Vater aufzubauen.

Vermutlich gebe ich mich einer Illusion hin, wenn ich eine Beziehung zwischen Philipp und Nina für möglich halte, aber – wer weiß?

Vielleicht gefällt es Philipp eines Tages, sich bei öffentlichen Auftritten mit einer schönen jugendlichen Tochter zu schmücken.

Das wird Ninas Selbstbewusstsein gut tun und meinem wahrscheinlich den Rest geben. (Schon sehe ich Philipp vor mir, wie er sich mit seiner Tochter brüstet, die ich unter Schweiß und Tränen allein großgezogen habe, und unwillkürlich fingere ich in meiner Jackentasche nach meinem Pfadfindermesser.)

»Also, was ist?«, fragte barsch Agathe, der ich nicht zugehört hatte.

»Was ist was?«

»Wann gedenkst du das Bild zu liefern?«

»Ach, leck mich doch am Arsch«, sagte ich und klappte mein Handy zu. Agathe ist aus *gutem Haus*, sicher bestätigte mein *Gossenjargon* auf das Zufriedenstellendste alle ihre Vorurteile über meine dubiose Herkunft.

So viel dazu. Was meine Abmachung mit Nora anlangt, so konnte Nora noch nicht viel berichten, aber sie sagte, sie sei am Ball.

Und dann hatte ich eine ergreifende Begegnung mit meinem Traumhaus.

Dieser Begegnung ging eine Begegnung mit einer sozusagen alten Bekanntschaft voraus, die ich aber nicht gleich als solche identifizierte.

Zur Bürotür herein schneite nämlich eine elegante Frauensperson in mittleren Jahren.

(Früher habe ich die *mittleren Jahre* bei fünfunddreißig festgemacht, inzwischen dehne ich sie großzügig auf etwa fünfzig, und bald werde ich bei fünfundsechzig angelangt sein. Das nur nebenbei.)

Sie nahm mir gegenüber Platz, während ich zu Ende telefonierte, und musterte mich.

»Jetzt weiß ich's wieder«, sagte sie, als ich auflegte.

Ich schaute fragend.

»Baden. Der Kurpark. Sie sind angestänkert worden, und mein Hund war schuld.«

Ich kniff die Augen zusammen, als ich sie ebenfalls prüfend fixierte.

»Ach ja«, sagte ich, »ich erinnere mich.«

»An den Hund, nehme ich an.«

»Nnnicht nur –«

Sie winkte ab und lachte.

Christoph segelte herein. Die Dame ohne Hund, die eigentlich eine Dame mit Hund war, war obendrein eine liebe Freundin von ihm. Er wollte sie mir ans Herz legen, und ob wir uns schon miteinander bekannt gemacht hätten?

»Sozusagen«, sagte die liebe Freundin. Und zu mir: »Ich heiße Martha Albini.«

Ich nannte meinen Namen.

»Verwandt mit dem Schauspieler?«

»Seine Tochter«, sagte Christoph.

»Nicht wahr! Wenn ich das meiner Mutter erzähle! Sie war *so* ein Fan von ihm.«

Ich lächelte säuerlich.

Frau Albini legte mir die Hand auf den Arm. »Ich hoffe, ich habe nichts Taktloses gesagt. Ich meine … Es geht ihm doch gut?«

»Aber ja, bestens«, versicherte ich. Geschmeidig fügte ich hinzu: »Und er wird sich sehr freuen, wenn ich ihm erzähle, dass er nicht vergessen ist.«

»Nanu«, staunte Christoph, »davon ist er doch sowieso überzeugt, oder?«

»Ja. Aber es macht sich besser, wenn man ihn bescheiden darstellt.«

»Seit wann schonst du ihn?«

»Ich schone nicht ihn, ich schone mich. Soll ich herumrennen und ständig hinausposaunen, dass mein Vater ein eitler, überheblicher alter Geck ist? Womöglich fällt es auf mich zurück.«

»Entschuldige«, sagte Christoph.

Frau Albini sagte: »Falls Ihr Vater ein überheblicher alter Geck sein sollte, würde mich das sehr erleichtern. Ich fände es deprimierend zu hören, dass er womöglich mutlos vor sich hin dämmert. So viele alte Leute dämmern mutlos vor sich hin, und die meisten nicht ganz so alten Leute wollen nichts davon hören.«

»Wenn ich Ihnen damit eine Freude mache …«, sagte ich. Und: »Ja, mein Vater tut noch immer so, als ginge er gleich ins Maxim. Meist geht er allerdings bloß mit seiner Freundin zum Heurigen, aber immerhin.«

»Bestens«, sagte Frau Albini.

»Und jetzt zum Geschäftlichen!«, sagte Christoph.

Das Geschäftliche sah so aus, dass Frau Albinis Mutter ihr Haus verkaufen wollte. »Sie ist Gott sei Dank noch ganz rüstig«, berichtete die Tochter, »aber wir haben uns gedacht, es ist besser, wenn sie zu mir übersiedelt.«

Martha Albini lebte, wie ich erfuhr, seit ihrer Heirat vor fünfundzwanzig Jahren in Italien, und die Vorstellung, dass ihre Mutter mehrere hundert Kilometer entfernt von ihr wohnte, beunruhigte sie zunehmend, wie sie sagte. »Sie wird schließlich nicht jünger. Zum Glück gefällt ihr die Idee, in den Süden zu gehen. Wir haben ausführlich darüber geredet und sind zu dem Schluss gekommen, wenn sie übersiedelt, dann sollte sie es bald tun, damit sie noch was hat von ihrer neuen Umgebung.«

»Aber warum gleich verkaufen?«, fragte Christoph. »Ihr könntet das Haus auch vermieten.«

»Du kennst doch meine Mutter«, sagte Martha Albini. »Sie möchte unabhängig sein. Sie will sich eine

Wohnung in unserer Nähe kaufen und niemandem auf der Tasche liegen. Keine halben Sachen, hat sie gesagt. So war sie schon immer: hopp oder dropp.«

Christoph wollte etwas einwenden, aber Martha Albini schnitt ihm das Wort ab. »Es ist ihre Entscheidung. Außerdem: Ihre Pension ist nicht allzu hoch, weißt du. Es wäre gar nicht schlecht, wenn sie sie durch den Hausverkauf ein bisschen auffetten könnte. Ich denke mir, es ist besser, sie verbraucht ihr Geld bei Lebzeiten, statt uns ein Haus zu vererben.«

Einen Tag später sah ich mir das Haus an. Ich verliebte mich sofort, aber leider sozusagen bloß platonisch. Aus mir und diesem Haus konnte nie ein Paar werden.

Es war ein kleines Juwel und als solches eine Menge Geld wert, weit mehr, als ich jemals hätte auftreiben können. (Ich gestehe allerdings, dass ich eine Weile heftig vor mich hin rechnete, in der törichten Hoffnung, es würde sich plötzlich, wenn ich nur intensiv genug nachdachte, die eine oder die andere Null von der Soll- auf die Haben-Seite verirren.)

Das Haus war eine Jahrhundertwendevilla, klein, aber fein. Wie Sie vielleicht gemerkt haben, habe ich es mit Jahrhundertwendevillen, und ich kann Ihnen auch sagen warum: weil ihnen häufig das Konzept großzügiger Behaglichkeit zugrunde liegt, im Unterschied zu älteren wie auch zu neueren Wohnhäusern, denen es gern entweder an Großzügigkeit oder an Behaglichkeit (und manchmal an beidem) mangelt.

Die kleine, gelb und creme gefärbelte Villa lag in der Nähe des Kurparks, inmitten eines sanft geneigten

Gartens, eingerahmt von hohen Kastanien und alten Ahornbäumen. Den Zaun schirmten Fliederbüsche ab. Neben dem Gartentor stand als Empfangsdame eine Magnolie, winterlich schmucklos, aber mit anmutigem Geäst.

Das Haus hatte stuckgerahmte Fenster und einen sechseckigen Erker. Der mit Glas überdachte Eingang führte zu einem Treppenaufgang, der ein bisschen zu großartig war für den Rest des Gebäudes, aber diese kleine Aufschneiderei machte das alte Gemäuer, jedenfalls in meinen Augen, nur noch liebenswerter.

Die Parkettböden waren unprätentiöses Fischgrät, gut erhalten. Es gab eine blau-weiß geflieste Küche und einen verschnörkelten weißen Kachelofen im Salon.

»Sie müssen unbedingt jemanden finden, der gut zu diesem Haus ist!«, sagte Marthas Mutter, die Rosemarie hieß.

Ich nickte. Auch mir missfiel die Vorstellung, dass hier betuchte Vandalen einzogen, die vielleicht das Eichenparkett weißem Marmor opferten und die Wände mit vergoldetem Schleiflack verschandelten.

Frau Rosemarie war eine füllige weißhaarige Dame. Sie trug weite schwarze Hosen zu einem weiten schwarzen Seidenpullover, eine imponierende Bernsteinkette um den Hals und Hornbrillen auf der Nase.

Wir tranken Kaffee und aßen Tramezzini, was nicht ganz zusammenpassend, aber köstlich war.

»Ich habe Ihren Vater *verehrt*«, sagte Frau Rosemarie zu mir. »Ich bin im Kino gesessen und habe schmachtend auf die Leinwand geschaut. Ein so gut aussehender Mann! Vermutlich ein rechter Falott, oder?«

Ich nickte erneut.

Sie goss sich Kaffee ein.

»Erzähle mir nicht, dass du unter Schlaflosigkeit leidest«, sagte ihre Tochter.

Frau Rosemarie schnitt eine Grimasse. »Ich leide nicht unter Schlaflosigkeit, sondern unter seniler Bettflucht –«

»Kein Wunder, wenn du literweise Kaffee in dich hineinschüttest.«

»Ich schütte literweise Kaffee in mich hinein, weil ich *sowieso* unter seniler Bettflucht leide.«

Sie wandte sich wieder zu mir. »Unter uns – ich hoffe, ich beleidige Sie nicht –, unter uns waren das ja unglaubliche Kitschorgien, bei denen Ihr Vater da mitgewirkt hat. Aber er war so fesch, dass man den größten Schmarren in Kauf genommen hat, um ihn zu sehen. Das dürfen Sie ihm natürlich so nicht sagen.«

»Ach, ich denke schon«, sagte ich. »Er ist, glaube ich, selber ziemlich stolz darauf, dass es ihm gelungen ist, auch noch den letzten Schund zu veredeln.«

»Vielleicht wäre *er* an unserem Haus interessiert?«, sagte plötzlich Martha Albini fragend.

Ich schüttelte den Kopf. »Er hat kein Geld.«

»Er muss doch Unsummen verdient haben.«

»Er hat auch Unsummen durchgebracht.«

Martha Albini blickte betreten.

Ihre Mutter sagte munter: »Steig aus dem Fettnapf, Tochter.«

Wir lachten alle drei.

Ich war mit den Damen Martha und Rosemarie bald ein Herz und eine Seele.

Ehe Martha nach Italien zurückflog, verschleppten wir Christoph, den betrübten Beinahe-Scheidungswitwer, zu einem Abschiedsessen.

Martha hatte auf Hausmannskost bestanden, deshalb gingen wir in ein Wirtshaus, das Wiener Schnitzel und Blunzngröstl auf der Speisekarte führte.

»Als Kind hat sie Wiener Schnitzel gehasst«, berichtete ihre Mutter.

»So ändern sich die Zeiten«, sagte Martha ungerührt und bestellte einen Mayonnaisesalat dazu.

»Hast du keine Angst vor Salmonellen?«, fragte ich. (Wir waren inzwischen alle per du.)

»Du bist so destruktiv«, erwiderte Martha.

»Nimm den Schweinslungenbraten«, sagte Christoph zu mir.

»Wer isst heutzutage noch *Schweinefleisch*?«, wollte Rosemarie wissen.

Sie selber entschied sich für Zander.

»Fisch!«, rief Christoph. »Voller Schwermetalle!«

»*See*fisch ist voller Schwermetalle. Der hier kommt aus dem Süßwasser.«

»Egal, auch das Süßwasser ist voll mit Schadstoffen.«

Nachdem wir einander pflichtschuldig den Appetit verdorben hatten, schmausten wir behaglich.

Frau Rosemarie unterhielt uns mit Anekdoten über ihre Schwiegermutter, die das Haus beim Kurpark von ihrem Vater zur Hochzeit bekommen hatte.

»Sie war ein verzogener Fratz, ihr Leben lang. Sie

hatte Locken bis zum Popo, die sie bis zu ihrem neunzehnten Lebensjahr nie selber gebürstet hat. Das muss man sich einmal vorstellen! Dazu war das unglückliche Stubenmädchen da. Als mein Schwiegervater ihr gesagt hat – in der Verlobungszeit –, sie würde nach der Heirat ohne Kammerzofe auskommen müssen, ist sie in Tränen ausgebrochen und wollte die Verlobung lösen.«

»Ich kann mich noch erinnern, wie sie *ratlos* in der Küche herumgestanden ist, wenn sie sich einmal in die Küche verirrt hat«, sagte Martha.

Ihre Mutter lachte. »Sie hat großen Wert darauf gelegt, unpraktisch zu sein. Aber in der Küche war sie eigentlich andauernd. Bei Tisch hat sie nämlich immer die Appetitlose simuliert. Hat gepickt wie ein Vögelchen und uns gerügt, wir würden in uns hineinschaufeln wie die Holzfäller. Und danach hat sie sich in die Küche geschlichen und die Töpfe leer genascht. Ich habe daraufhin das Loblied der Holzfäller gesungen, die ehrbare, arbeitende Menschen wären im Gegensatz zu anderen Leuten.«

»Und?«, fragte Christoph. »War sie pikiert? Hat sie nach ihrem Dolch geklingelt?«

»Ach wo. Sie hat sich einfach nicht betroffen gefühlt. Darin war sie groß.«

»Ich kann sie mir gut vorstellen«, sagte ich.

»Ja?«, fragte Christoph.

»Ja. Im Umgang mit ignoranten, verzogenen Personen habe ich eine gewisse Übung.«

Die Tragetasche, die ich wie fast immer mit mir führte und die neben mir auf der Wirtshausbank stand, ruckelte unmerklich. Vielleicht bildete ich mir das aber auch bloß ein. Warum hätte die ignorante, verzogene Person in ihrem Inneren sich betroffen fühlen sollen, wenn von ignoranten, verzogenen Personen die Rede war, die sich nicht betroffen fühlten, sobald man von ignoranten, verzogenen Personen sprach?

Zu fortgeschrittener Stunde hakten wir Christoph unter (was zu dritt und wegen meiner Tragetasche nicht einfach war) und zogen kichernd mit ihm durch die Innenstadt. Trauben von jugendlichen Nachtschwärmern drängten aus Lokalen heraus und in Lokale hinein.

»Mein lieber Schwan«, sagte Rosemarie, »irgendwie bin ich froh, dass ich dieses ganze Balzen und Suchen hinter mir habe. Ganz schön anstrengend, soweit ich mich erinnere.«

»Armer Christoph«, sagte ich.

»Wieso?«, fragte Christoph.

»Du musst dich da wieder hineinstürzen.«

»Tust du doch auch nicht.«

»Ich bin ja auch gern solo. Aber du schaffst das nie.«

»*Bist* du gern solo?«, fragte Martha.

»Na klar!«, dröhnte Rosemarie. »Wenn das hier die Alternative ist!« Sie wies mit dem Kinn auf eine Gruppe lärmender Typen in Lodenmänteln, die einander grölend auf die Schultern schlugen.

»Ich bin überhaupt nicht solo«, sagte Christoph. »Ich halte mich an euch. Wollt ihr mich haben?«

Das fanden wir so rührend, dass wir ihm lärmend auf die Schultern schlugen.

Die Suche nach Käufern für Rosemaries Haus ließ sich nicht ganz so vergnüglich an.

Es meldeten sich ein Anwalt, der eventuell sein Büro darin unterbringen wollte, ein Steuerberater, der seiner Tochter eine Kunstgalerie einzurichten beabsichtigte, die Räumlichkeiten aber nicht wirklich passend fand, ein Mensch, der sich nach einem geeigneten Haus für eine Fremdenpension umschaute, und ein Ehepaar, das sich seit Jahren immer wieder Häuser zeigen lässt, ohne jemals zu kaufen.

Rosemarie fand sie alle schrecklich.

Ich auch.

»Suche in Ruhe«, sagte sie. »Wir wollen nichts überstürzen. Die Vorstellung, dass jemand von denen hier drin sitzt, verursacht mir Magengeschwüre.«

* * *

Margit lief mir über den Weg. Ich traf sie auf der Vernissage eines Studienkollegen, der es mittlerweile zu bescheidenem Ruhm gebracht hat und dem ich die Anerkennung von Herzen gönne, weil ich seine Arbeiten wirklich gut finde.

(Würde ich einem alten Freund ein bisschen Ruhm nicht auf jeden Fall gönnen? Nein! Kunst ist Kunst, und Freundschaft ist Freundschaft. Wenn schlechte Arbeiten gerühmt werden, bin ich ausgesprochen missgünstig. Raten Sie mal, was ich die meiste Zeit bin.)

Margit war mit einer Freundin gekommen, ihren Lover konnte ich nicht entdecken. Oder sagen wir: Ich entdeckte keinen, der so wirkte, als gehöre er zu Margit.

Da ich den Lover nicht kannte, wäre es mir schwer gefallen, ihn ohne besonderen Hinweis in der Menge zu identifizieren.

Margit hatte mindestens fünf Kilo weniger, eine schicke Kurzhaarfrisur und den Gesichtsausdruck einer Katze, die auf ein Feld voller Mäuse äugt.

Das alte Lied: Erfolg macht selbstsicher. Margit, die Eroberin, fühlte sich stark genug für weitere Eroberungen.

Wahrscheinlich wäre es doch gut, wenn ich mich wieder verlieben könnte. Frisch verliebt entdecke auch ich potenzielle Anbeter an allen Ecken und Enden.

Nicht verliebt, so wie jetzt, entdecke ich nur Männer, die dümmlich grinsen, Männer mit Zahnstein, dümmlich grinsende Männer, die größenwahnsinnig nach knackigen jungen Mädchen spähen, und Männer, deren Zahnstein bloß deswegen nicht sichtbar wird, weil ihnen das dümmliche Grinsen angesichts grimmig dreinschauender Frauenzimmer wie mir vergangen ist.

Wie soll ich mich bei einer derartigen Auswahl verlieben? Ein Teufelskreis.

Margit also omnipotent. Sie segelte auf mich zu, küsste mich enthusiastisch, machte mich mit ihrer Freundin bekannt und stellte mich dem Künstler vor, unsere Beteuerung, wir würden einander kennen, überhörend.

Lächelnd flocht sie seinen Arm in den ihren und erklärte mir seinen Werdegang, den sie seit langem wohlwollend verfolge. Er grinste mir achselzuckend zu, ich grinste zurück.

Dann wurde er weggeholt und Margit zog mich, ein Weinglas in der Hand, in einen Winkel.

»Ich nehme an, Christoph hat dir, äh, Bescheid gesagt?«

»Mehr oder weniger.«

»Der Arme. Er leidet so. Ich habe ein ziemlich schlechtes Gewissen. Einerseits.«

»Hm.«

»Andererseits hätte er früher reagieren können. Eine Beziehung geht ja nicht von heute auf morgen kaputt.«

»Das nicht.«

Margit stellte ihr leeres Glas auf das Tablett eines vorübereilenden Kellners und angelte sich ein volles. »Weißt du, er hat sich einfach überhaupt nicht mehr um mich bemüht. Der gute Christoph steckt entweder in seiner Arbeit oder er hängt fix und foxi daheim herum, bevor er ins Bett kippt. Das Äußerste an Aktivität ist, dass er mit den Kindern in der Werkstatt Futterhäuschen für die Vögel bastelt.«

»Ich hätte mich gefreut, wenn mit Nina jemand ein Futterhäuschen gebastelt hätte«, sagte ich.

Margit schenkte mir ein schiefes Lächeln. »Ich hab's gern, wenn man sich auch mit mir beschäftigt.«

»Du meinst, er hätte Futterhäuschen mit dir basteln sollen?«

Margit zog eine Braue hoch. »Futterhäuschen sind für mich leider nicht der Gipfel der Romantik.«

»Was dann?«

»Ach, was weiß ich. Ausgehen. Flirten. Tanzen. Begehrt sein. Glaubst du, er wäre in den letzten Jahren einmal mit mir tanzen gegangen? Zu jedem Urlaub muss ich ihn mühsam überreden, und wenn's mir einmal gelingt, dann steigt er mitten in der Karibik mit einem Stapel Zeitungen ins Bett, und falls ich es doch schaffe, ihn in die Bar zu treiben, fällt er vor Gähnen fast vom Hocker.«

(Margit chauffiert zwar, wie ich schon erzählt habe, ihre Kinder die meiste Zeit atemlos durch die Gegend, hält aber ihre Unentbehrlichkeit trotzdem in Grenzen: Wenn etwas Wichtigeres sie ruft, zum Beispiel ein Urlaub in der Karibik, findet sie stets Mittel und Wege, ihre Kinder zu delegieren. Meist ziehen dann ihre Eltern ins Haus, um für die Zeit von Margits und Christophs Abwesenheit Taxi zu spielen und mit dem Partyservice zu telefonieren.)

»Vielleicht ist er müde«, sagte ich jetzt.

»Sicher ist er das. Aber öd ist es trotzdem.«

»Na ja. Ich denke mir, man kann nicht alles haben. Das Futterhäuschen, in dem ihr lebt, will verdient sein, mit allem Drum und Dran. Und euer Drum und Dran ist reichlich.«

»Ich gebe es ja zu. Trotzdem.«

Sie leerte ihr Glas.

»Geht's dir jetzt gut?«, fragte ich.

Sie strahlte mich an. »Großartig. Ich fühle mich wie zwanzig.«

»Mit zwanzig hab ich mich vor allem verdammt unsicher gefühlt«, sagte ich.

»Ich mich nicht«, erklärte Margit. »Mit zwanzig war ich toll drauf. Papas und Mamas Prinzessin und so.«

»Und wessen Prinzessin bist du jetzt?«

»Er heißt Jean. Schweizer. Er ist auch Geschäftsmann, aber er lässt sich nicht auffressen vom Geschäft. So aufmerksam. Wieder Blumen. Liebesbriefe. Er bemerkt, was ich anhabe. Er bemerkt *mich*, wenn du verstehst, was ich meine.«

»Bist du, was du anhast?«

Margit lachte. »Er bemerkt, was ich anhabe, weil ihn interessiert, was drunter ist. Ich weiß ja nicht, wie wichtig dir das ist. Mir bedeutet es was.«

»Hm.«

Margit legte mir die Hand auf den Arm. »Eigentlich wollte ich dich um etwas bitten.«

»Ich höre.«

»Kümmere dich ein bisschen um Christoph.«

»Ah ja?«

»Ich weiß, wie gern du ihn hast. Und er kann dich auch gut leiden. Und ich weiß, dass er nicht allein sein mag. Ich wollte dir nur sagen: Ich freue mich, wenn ihr, äh, euch näher kommt. Wirklich.«

Ich starrte staunend. Da stand Margit und vererbte mir ihren Ehemann wie einen alten Mantel, vorsorglich, ehe es so aussehen konnte, als hätte ich mich seiner selber bemächtigt.

»Hör ich recht, du verkuppelst mich gerade mit deinem Mann?«

»Verkuppeln würde ich es nicht nennen –«

»Nein, du sagst mir nur, ich könnte deinen abgelegten Mann haben, damit ich *ihn* auch bestimmt für einen Ladenhüter halte und *mich* auch bestimmt für eine Almosenempfängerin. Nicht übel.«

»Wenn ich gewusst hätte, dass du so reagierst –«

»Ich reagiere gar nicht. Ich lehne nicht ab und ich greife nicht zu. Ich tue so, als wäre Christoph gar nicht im Altkleidersack und als hättest du gar keinen Altkleidersack in der Hand.«

»Ich verstehe dich nicht.«

»Macht nichts.«

Wir träufelten einander ein paar Tropfen eisiges Lächeln in die Augen.

In meinem Auto wartete Mausi, sauer. Ich hatte mich geweigert, mit einer Papiertragetasche auf der Vernissage umherzuspazieren.

Mausi, grau und schmollend, drohte an, mir in Zukunft ihre Gesellschaft im Auto zu versagen.

Bevor sie in einer Tiefgarage solo Trübsinn blase, hätte sie es daheim aber wirklich gemütlicher.

Mit *daheim* meinte sie offenbar *mein* Heim. Ich horchte ihren Worten nach und ertappte mich bei einer leisen Rührung, als Mausi mein Zuhause so selbstverständlich zu ihrem erklärte.

»Alt und sentimental«, murmelte ich vor mich hin.

»Wie bitte?«, fragte Mausi schrill.

»Alt und sentimental, das ist es, was ich bin«, sagte ich.

»Sie nennt es *sentimental*, wenn sie mich stundenlang lebendig in einer Tiefgarage begräbt?«

»Schau mal, ich kann nicht immer und überallhin eine Tragetasche mitschleppen. Das würde auffallen.«

»Sie muss ja nicht jedes Mal denselben hässlichen Papiersack nehmen.«

»Egal. Wie wirkt denn das, wenn man mich nie mehr ohne irgendein Gepäckstück mit Luftlöchern sieht? Das wirkt doch gestört. Vielleicht ist es wirklich besser, wenn du wieder öfter zu Hause bleibst.«

»Sie vergisst dabei eines«, sagte Mausi in bedeutungsschwerem Ton.

»Und zwar was?«

»Wie soll ich so je an junge Männer geraten, die mich küssen?«

»Bist du sicher, dass es was helfen würde?«

»Ziemlich sicher.«

»Warum?«

»Die Vorstellung gefällt mir.«

»Aber junge Männer küssen im Allgemeinen keine Plüschmäuse.«

»Deswegen hat es ja auch noch nicht funktioniert.«

»Nehmen wir an, es küsst dich einer – und nix passiert. Was dann?«

»Es gibt schlimmere Fehlschläge.«

»Du meinst, du wärst nicht tief enttäuscht?«

»Doch, aber es wäre trotzdem einen Versuch wert.«

»Aber wie willst du junge Männer dazu bringen, dich zu küssen?«

»Das lass meine Sorge sein. Bring du mich erst einmal mit jungen Männern zusammen.«

»Wenn ich wüsste, wie das geht, würde ich mich selber mit jungen Männern zusammenbringen.«

»Hast du das nicht gerade eben getan?«

»Ach was. Lauter altbackene Typen.«

»Und dafür lässt sie mich stundenlang in der Tiefgarage –?«

»Ich hab Margit getroffen.«

Ich erzählte Mausi von meiner Begegnung mit Margit, aber sie war an den Einzelheiten nicht interessiert.

»Larifari. Weiß sie mir nichts Bewegenderes zu berichten?«

»Was verstehst du unter bewegend?«

Es stellte sich heraus, Mausi lechzte nach Romantischem, aber damit war sie bei mir an der falschen Adresse.

Zwei Tage darauf kam der wunderbare Moment, da ich Christoph um eine dienstliche Unterredung bat. Ich brachte Nora mit und wenig später ließ Christoph auch noch Daniel dazuholen.

Daniel erblickte Nora und seine Augen flackerten leicht.

»Sie kennen die Dame?«, fragte Christoph.

Nora lächelte bezaubernd.

»Äh, ja«, sagte Daniel.

»Wollen Sie mir nicht ein bisschen was über Ihre Bekanntschaft erzählen?«, fragte Christoph.

Daniel räusperte sich. »Die Dame, äh, interessiert sich für unser Objekt in der Gallgasse.«

»Ich nehme an, Sie haben es schriftlich«, sagte Christoph.

Daniel blickte unsicher von Christoph zu Nora. »Die übliche Vereinbarung, ja.«

»Und wo ist sie?«

»Ich … ich suche sie gleich«, sagte Daniel und wandte sich zur Tür.

»Sind Sie sicher, dass Sie sie finden werden?«, erkundigte sich Christoph. Seine Stimme klang geduldig. *Zu* geduldig, aber das wusste Daniel vielleicht nicht.

Er fand stattdessen zu seiner gewohnten Unverschämtheit zurück und zuckte die Achseln. »Ich hoffe es. Falls die Waldbauer nichts verschlampt hat.«

Nora sagte zuckersüß: »Ist es möglich, dass Ihnen das interessante Angebot, das Sie mir gemacht haben, total entfallen ist?«

»Ich habe Ihnen ein Angebot gemacht?«, fragte Daniel spöttisch, in einem Ton, als weise er eine Zweideutigkeit von sich.

Der Bursche war zäh.

Nora ließ ihr Lächeln fallen. »Sie wissen, was Sie mir vorgeschlagen haben, und inzwischen wissen es alle in diesem Raum, also hören Sie auf, sich noch blöder zu stellen, als Sie schon sind.«

Daniel blieb stur. »Ich weiß nicht, wovon Sie reden.«

»Aber ich weiß es«, sagte Christoph scharf. »Sie redet davon, dass Sie versucht haben, in Ihre eigene Tasche zu arbeiten und mich zu bescheißen. Sie haben eine Reduzierung der Provision angeboten, wenn der Kauf nur über Sie abgewickelt wird und nicht übers Büro. Offenbar haben Sie mit diesem Vorschlag schon bei einer Reihe von Kunden Erfolg gehabt.«

»Zum Beispiel bei Herrn Böcker, auf den ich mich mehr oder weniger berufen habe, wenn Sie sich erinnern«, sagte Nora.

»Ich erinnere mich nicht«, behauptete Daniel.

Nora hatte den Namen Böcker, meinem Rat folgend, zunächst sehr vorsichtig ins Spiel gebracht – Daniel hätte ja jederzeit herausfinden können, dass sie Böcker gar nicht wirklich kannte. Aber Daniel, sorglos in seiner Selbstüberschätzung, war sofort darauf angesprungen, wie Nora uns erzählt hatte.

»Ich hab ein bisschen recherchiert«, sagte ich jetzt zu Daniel. »Es ist schon auffällig, wie viele Kunden sich's überraschend anders überlegen, seit Sie in diesem Büro aufgetaucht sind. Ein paar Fällen bin ich nachgegangen. Dabei hab ich festgestellt, dass manche von diesen Leuten heute in Objekten sitzen, die uns ebenfalls entzogen worden sind.«

»Ja, und? Was kann ich dafür?«

»Das haben wir Ihnen doch gerade erklärt«, sagte Nora.

Daniel schaute arrogant. »Können Sie mir was beweisen?«

Nora seufzte. »Ich war dabei, als Sie mit mir geredet haben. Vergessen Sie das nicht.«

»Na und? Ihr Wort gegen meins.«

Christoph sagte mit schneidender Stimme: »Schluss mit dem Zirkus!«

»Was heißt Zirkus? Erst müssen Sie mir definitiv nachweisen –«

»Ich muss gar nichts«, sagte Christoph. »Ich kann Sie kündigen. Was ich hiermit tue.«

(Später stellte sich heraus, dass Daniels Onkel, der prominente Wirtschaftsanwalt, den Rausschmiss seines Neffen gar nicht sonderlich krumm nahm. Er ließ durchblicken, dass Daniel bereits auf eine mehrjährige Karriere als schwarzes Schaf der Familie zurückblickte, weswegen die Familie sich fast schon gewundert hatte über seinen vergleichsweise langen – und scheinbar von Skandalen verschonten – Verbleib in unserem Büro.)

Daniel zuckte die Achseln. »Auf Ihren Saftladen scheiße ich sowieso.« Er schaute zu Nora: »Na? Stolz, dass Sie mich reingelegt haben?«

Nora verzog angewidert das Gesicht. »Ich habe Sie nicht reingelegt, ich habe Sie überführt, und es war leider überhaupt kein Kunststück.«

Ich streckte Daniel die Hand hin: »Ich danke Ihnen!«

Daniel schaute verständnislos.

Ich sagte: »Sie sind nicht nur ein Arschloch und auch nicht bloß ein korruptes Arschloch, Sie sind ein korruptes, *blödes* Arschloch. Diese Genugtuung erlebt man selten.«

Daniel kniff die Augen zu Schlitzen zusammen. Dann spuckte er zischend ein paar Verbalinjurien aus, die ich lieber nicht wiedergeben möchte, weil sie so unfein waren. Ich verstehe gar nicht, wie manche Menschen zu ihrer ordinären Ausdrucksweise kommen.

Nora sah Daniel von oben herab an (obwohl sie saß) und riet ihm kühl: »Verpiss dich, du Ratte!«

Solche Sätze muss sie in den Fernsehkrimis sagen, in denen sie bisweilen auftritt.

Daniel verpisste sich.

12

Weihnachten rückte näher. Wässrige Flocken tanzten in der rauchigen Luft. Über dem Garten lag bald ein dünner weißgrauer Schneeschleier. Der Kater stakste angewidert darüber und hinterließ kleine Löcher in dem fadenscheinigen Gewebe.

In der Stadt waren die Straßen von schwarzem, schlierigem Matsch bedeckt.

Mein Vater ging summend und brummend durchs Haus, geschäftig, und brach immer wieder zu geheimnisvollen Unternehmungen auf.

»Ich würde gern glauben«, sagte ich zu ihm, »dass du jetzt wieder so viel unterwegs bist, weil du lauter entzückende Weihnachtsüberraschungen für deine geliebten Töchter und dein einziges Enkelkind vorbereitest.«

»Wer sagt dir, dass ich nur ein einziges Enkelkind habe?«, fragte mein Vater, eitel wie immer auf den Ruf seiner Manneskraft bedacht.

Ich schüttelte nachsichtig den Kopf.

Im Übrigen kränkte es mich nicht gerade, wenn er sich zu Ilse begab, statt Ilse zu uns zu lotsen.

Ich habe nichts gegen Ilse. Sie ist auf ihre Art keine üble Person.

Bloß dass zu ihrer Art viel zwitscherndes Wortgeklingel gehört, das mir nicht abgeht, wenn ich davon verschont bleibe.

Ich hoffe, ich habe mich taktvoll genug ausgedrückt.

»Ilse? Wer sagt dir, dass ich bei Ilse bin?«, fragte mein Vater.

Ich schüttelte noch einmal nachsichtig den Kopf.

Ich finde, meine Familie hat großes Glück mit einer so abgeklärten Person wie mir.

Nina hatte es ebenfalls eilig, weil sie ungefähr eintausendfünfhundert kleine Geschenke für ihre zahlreichen Freundinnen und Freunde besorgen musste, Geschenke, die nicht nur von Aufmerksamkeit zeugen, sondern sich auch mit ihrem Budget vereinbaren lassen sollten.

Ich sehe immer mit großem Wohlgefallen, wie beliebt meine Tochter ist. Leider kollidieren ihre sozialen Erfolge mit ihren schulischen. Wer so viele Freundschaften pflegen muss, hat wenig Zeit zum Lernen.

Zu ärgerlich, dass gerade in der Vorweihnachtszeit etwas so Lästiges wie Schularbeiten stattfindet.

Nina, ausgelastet mit der Jagd nach Geschenken, schrieb einen Fünfer nach dem anderen. Als sie in Englisch ausnahmsweise einen Vierer schaffte, kam sie stolzgeschwellt heim und war schwer enttäuscht, dass ich keinen Familienfeiertag ausrief.

»Wahrscheinlich wünscht du dir eine Schleimstreberin, die niemand leiden kann«, sagte sie böse.

Ich behauptete, dass es Kinder gab, die trotz befriedigender Sozialkontakte befriedigende Schulnoten hatten.

»Das glaubst auch nur du«, höhnte Nina.

Ich ließ die Namen Lisa und Constanze fallen.

Nina verwies auf Lisas fleißige Mutter, die, ich habe es schon erwähnt, Nachmittag für Nachmittag mit Lisa lernt, statt sich zum Beispiel in käuflichen Häusern herumzutreiben.

»Na, wenn schon«, sagte ich. »Du willst mir doch nicht einreden, dass sie die Lateinvokabeln statt Lisa lernt!«

»Nein, aber sie prüft sie ab!«

Ich habe Nina ebenfalls schon abgeprüft. Leider nützt es wenig, eine Person zu prüfen, die nichts weiß.

»Das bringt nix bei jemandem, der nix lernt«, sagte ich deshalb ohne Zartgefühl.

Prompt schrie Nina, dass sie nur deshalb versage, weil ich sie ständig entmutigte.

Tja. Pech gehabt. Fragt sich nur, wer von uns.

Marietta schwamm in Tränen. Es war ihr endlich gelungen, Richard zu einer Aussprache zu bewegen. Richard, so sonderbar verschlossen und geradezu abweisend in letzter Zeit, vertraute ihr eines stillen Abends an, zögernd, aber doch, dass er um seinen Geisteszustand bange. Er habe da vor kurzem einmal eine Wahnvorstellung gehabt, die ihn zutiefst erschreckt hätte.

Marietta, ganz liebende Aufmerksamkeit, tupfte ihm den Angstschweiß von der Stirn. (Zumindest stellte ich mir die Szene so vor. Aus Marietta war keine präzise Beschreibung herauszubekommen, weil sie, als sie zu uns davon sprach, hysterisch schrie und wirr schimpfte.)

Richard schilderte ihr seine Wahnvorstellung. Er sei

harmlos mit mir zusammengesessen, teetrinkend, als er sich plötzlich eingebildet habe, dass die Plüschmaus auf dem Sofa zu ihm sprach.

Schrecklich streng sei sie mit ihm ins Gericht gegangen. Bedroht habe sie ihn. Er wisse natürlich, dass es nur die Stimme seines – im Übrigen übertrieben skrupulösen – Gewissens gewesen sei, die er vernommen habe.

Er sei schon immer ein Mensch mit extrem ehrbaren Grundsätzen gewesen, der es sich noch nie leicht gemacht habe.

Trotzdem habe ihn die Eindringlichkeit seiner Projektion erschreckt. Die Szene sei so unglaublich realistisch gewesen, ganz deutlich habe er die Stimme der Maus zu hören vermeint, in seinen Augen hätte sich ihr Mund bewegt, die gelben Zähne seien rauf- und runtergegangen – grauenvoll. Es würde ihm immer noch ganz bang, wenn er daran denke. Er müsse auch auf mich einen entsetzlichen Eindruck gemacht haben, ich wäre ganz besorgt gewesen.

Er wisse gar nicht, was er stammelnd alles zu mir gesagt habe, so sehr sei er von seiner grässlichen Vision in Anspruch genommen worden.

Marietta wollte ihn unterbrechen, aber er sprach weiter. Er sei inzwischen bei einem Neurologen gewesen und habe sich diversen Untersuchungen unterzogen, die allerdings kein nachweisbares Leiden zutage gefördert hätten.

Trotzdem fürchte er sich vor einem nächsten Anfall und davor, womöglich den Rest seines Lebens in psychiatrischer Behandlung zuzubringen.

An dieser Stelle sagte Marietta: »Du brauchst keinen Psychiater!«, und erzählte ihm von Mausi, worauf er vollends ausrastete.

Er habe es nicht nötig, dass sie zu seiner Beruhigung auf seine Hirngespinste eingehe!

So übergeschnappt sei er noch nicht, dass er nicht mehr unterscheiden könne zwischen einer Halluzination und der Wirklichkeit!

Sie solle aufhören, ihn für blöd verkaufen zu wollen, er sei weder ein Kleinkind noch senil!

Mit ihm könne man Tacheles reden, er sei Manns genug, der Wahrheit ins Auge zu blicken, auch wenn die Wahrheit unangenehm für ihn sei.

Aber das sei mal wieder typisch für Marietta und ihren Egoismus! Weil sie es nicht ertrage, einen möglicherweise ernsthaft Kranken an ihrer Seite zu wissen, versuche sie lieber, ihn zu belügen und zu betrügen!

Sie trennten sich in Unfrieden.

Und nun saß Marietta tränenüberströmt vor uns, warf schluchzend mit durchweichten Papiertaschentüchern um sich und bezichtigte uns eines abgekarteten Spiels (was ja nicht vollkommen falsch war) zu dem Zweck, ihr Lebensglück zu zerstören (was vollkommen falsch war).

»Der Mann ist ein Schwein, was willst du von dem?«, fragte Mausi ungerührt.

Ich sagte: »Und überhaupt: Was heißt das, du erträgst keinen Kranken an deiner Seite – Richard ist eben nicht an deiner Seite, darum geht's doch schließlich seit Jahren.«

»Ihr sollt euch nicht immer einmischen!«, kreischte Marietta mit sich überschlagender Stimme.

»Ich habe mich nicht eingemischt, er ist hierher gekommen und hat mich beim Arbeiten gestört!«, verteidigte ich mich.

Mausi sagte hämisch: »Von wegen: Wir mischen uns ein und er ist an gar nichts schuld. Sind wir der Vater seines dritten Kindes?«

»Ich hasse euch!«, schrie Marietta.

»Das wird bei dir langsam zum Dauerzustand«, sagte ich besorgt. »Gar nicht gut. Denk lieber positiv.«

Marietta schleuderte ein Sofakissen nach mir. So ist sie: Macht immer nur halbe Sachen. Wenn man schon wutentbrannt mit etwas schleudert, dann greift man sich doch wenigstens eine Meißner Vase. Sofakissengeschleuder beeindruckt keinen Menschen. (Zugegeben: Man könnte Marietta damit entschuldigen, dass bei uns keine Meißner Vasen herumstehen. Aber ich habe etwas gegen diese zu einfachen Erklärungen.)

Unser Vater kam zur Tür herein.

»Papi!«, schrie Marietta in höchster Not.

»Was ist, mein Kind?« Er stand da wie einst in seiner Glanzrolle als Gutsbesitzer in »Verlorene Heimat«.

Ich habe nur sehr verschwommene Erinnerungen an diesen Film, in dem er einen schmerzhaft vornehmen Landedelmann ohne Land spielte, aber ich weiß noch, dass er die junge Dame, die am Ende die Seine wurde, mit imponierender Überlegenheit »mein Kind« nannte, während sie als rechtes Trotz- und Wirrköpfchen mit den Füßen stampfte, so lange, bis er sie – nahezu seufzend, sozusagen in Erfüllung einer zwar unangenehmen, aber notwendigen Pflicht – übers Knie legte und ihr den Hintern versohlte.

Sie zappelte wie ein Käfer und plärrte ein bisschen, aber nachher war sie von ihren Unarten geheilt und zirpte nur noch folgsam zu allem, was er sagte, und als Belohnung führte er sie zum Altar.

Ich war keine zehn Jahre alt, als ich mir diesen Film mit meinem Vater in der Hauptrolle, umgeben von einem masochistisch stöhnenden weiblichen Publikum, im Kino ansah; und obwohl der Streifen nur einer der damals üblichen war, sodass man an infantile Heldinnen hätte gewöhnt sein müssen, bekam ich, daran erinnere ich mich wiederum genau, Krämpfe in der Magengrube vor Ablehnung und ohnmächtiger Wut.

Mein als *reifer Mann* agierender Vater war damals, wie ich mir später einmal ausgerechnet habe, knapp dreißig, aber in der Zeit seiner rauschendsten Erfolge war der Typ *großer Junge* noch nicht so gefragt. *Papi* brach Herzen kraft einer Geborgenheit verheißenden Ausstrahlung von gefestigter Würde.

Vielleicht ist die Beharrlichkeit, mit der er sich mittlerweile an eine mühsam konservierte Jugendlichkeit klammert, ein Ausgleich dafür, dass er so früh so erwachsen tun musste.

Das würde ich möglicherweise vermuten, wenn ich seine Psychotherapeutin wäre. Da ich aber seine Tochter bin, begnüge ich mich damit, ihm den Schund übel zu nehmen, an dem er willig mitgewirkt hat, und ihm von Zeit zu Zeit sein Alter um die Ohren zu schlagen.

»Was ist, mein Kind?«, fragte Papi Marietta.

»Sie sind so gemein zu mir!«

Sie flog an seine Brust. Er wankte nur ein kleines bisschen. Keine zu unterschätzende Leistung, wenn man die Wucht von Mariettas Gewicht bedenkt.

Er tätschelte ihren Rücken. »Mein armes kleines Mädchen. Erzähl mir alles.«

Marietta erzählte ihm alles.

Papi sagte: »Aber er ist wirklich ein Schwein, dein Richard. Du solltest froh sein, wenn du ihn los bist. Außerdem ist er zu fett.«

Marietta stieß ein heiseres Gurgeln aus.

Etwas später am Abend redeten wir Marietta gütlich zu, sich endlich einmal ernsthaft nach anderen Männern umzuschauen.

»Richard ist doch nicht der Einzige!«, rief ich.

»Für mich schon«, widersprach Marietta.

»Quatsch. Die Welt ist voll von Richards.«

»Ich denke, Richard ist ein Schwein. Was habe ich von einer Welt voller Schweine?«

Hm. Falsche Argumentationsrichtung. Andersrum schwenkt.

»Ich meine, die Welt ist voll von Menschen, solchen und solchen.«

»Darauf wäre ich nie gekommen«, sagte Marietta. »Danke. Du bist so philosophisch, Schwester.«

Mausi äugte über den Rand einer nicht vorhandenen Brille. »Was sie meint, ist Folgendes: Nicht einmal für dich ist ein Richard die letzte Chance.«

»Nochmals danke. Ihr meint es wirklich gut mit mir. Und wo liegen meine anderen Chancen?«

»Geh unter Leute!«, sagte mein Vater.

»Zum Beispiel zu den Weight Watchers«, sagte ich.

Daraufhin war Marietta erneut beleidigt.

Offenbar weiß sie nicht, wie wichtig gemeinsame Ziele für das Funktionieren einer Beziehung sind.

»Mit wem feiern wir dieses Jahr eigentlich?«, fragte Nina an einem der nächsten Abende.

Gute Frage. Unser Haushalt bietet jede Menge Konfliktpotenzial für frohe Feste.

»Wenn Ilse kommt, kommt meine Mutter sicher nicht!«, sagte Marietta.

★ ★ ★

Mariettas Mutter war unserem Vater jahrelang bitterböse gewesen. Anfangs weigerte sie sich überhaupt, ihren Fuß auf von ihm entweihten Boden zu setzen, danach war sie gelegentlich angerückt und hatte für Stimmung gesorgt, indem sie ihren schuftigen Ex den ganzen Abend über mit spitzen Vorwürfen eindeckte.

Obwohl ich ihre, sagen wir mal: reservierte Haltung ihm gegenüber verstand, sehen meine Vorstellungen von einem gemütlichen Beisammensein anders aus, weswegen ich sie nach einer Weile nur noch zögernd einlud.

Ehe wir uns ernstlich verkrachen konnten, fand sie Gott sei Dank vor zwei Jahren ein spätes Glück in der Person eines pensionierten Richters. Seitdem ist ihre Larmoyanz einer heiteren Bosheit gewichen.

Allerdings schäumt mein Vater, wenn er den Richter sieht, den er einen spießigen Hohlkopf nennt.

Mit dieser Einschätzung seines Nachfolgers liegt er zwar nicht ganz falsch, sie entspringt jedoch insofern einer tiefen Ungerechtigkeit, als er den Richter auch einen Trottel heißen würde, wenn der über den IQ von Stephen Hawking verfügte; denn was meinen Vater am derzeitigen Gemahl seiner ehemaligen Gemahlin ärgert, ist nicht dessen Hohlköpfigkeit, sondern die Tatsache, dass der öde Spießer ein von meinem Vater höchstpersönlich gebrochenes Herz zu kitten imstande war.

(Er hat es auch meiner Mutter äußerst übel genommen, dass sie nach der Scheidung von ihm wieder heiratete – und sogar *bald* wieder heiratete! –, statt still und verzweifelt vor sich hinzuwelken.)

»Hat deine Mutter denn die Absicht zu kommen?«, fragte ich Marietta.

Sie zuckte die Achseln. »Weiß nicht. Sie haben was von Wegfahren gebrabbelt. Der Göttliche will nach Gastein, meine Mutter will in die Wärme. Wahrscheinlich werden sie so lange überlegen, bis auch der letzte Restplatz weg ist.«

Marietta nennt den zweiten Mann ihrer Mutter höhnisch den *Göttlichen*, weil sie ihr wegen der Heirat ebenfalls grollt.

Wenn Marietta mehrere Möglichkeiten von was auch immer zur Auswahl hat, entscheidet sie sich garantiert für die unerfreulichste.

Als ihre Mutter erneut in den Stand der Ehe trat,

hätte sie a) für ihre Mutter jubeln oder sich b) den Zweitgatten als Stiefvater einkochen können (schon um ihn bei Bedarf zum Zurechtstutzen unseres leiblichen Vaters zu verwenden).

Marietta entschied sich für c) die Rivalität und fühlt sich seitdem vom Göttlichen ausgebootet aus dem Mutterherzen.

Eifrig sucht sie ihre Mutter immer wieder nach Anzeichen von Lieblosigkeit ab. Wer suchet, der findet: Was Mariettas Mutter auch tut, Marietta interpretiert es mieselsüchtig als Bevorzugung des Göttlichen.

Dass das Paar den größten Teil des Jahres im Steirischen lebt, wo der Göttliche ein kleines Haus hat, sieht sie zum Beispiel nicht als Entscheidung für Stille und Landluft beziehungsweise gegen Großstadtlärm und -dreck an, sondern als Beweis dafür, dass ihre Mutter sich von ihr distanziert.

»Ganz verstehe ich ja nicht, wieso meine Mutter nicht auf jeden Fall das Bedürfnis hat, Weihnachten mit ihrem einzigen Kind zu verbringen – aber bitte«, sagte Marietta jetzt in beleidigtem Ton und schaute drein wie Aschenputtel, den Tauben ans Herz rührend.

»Du willst, dass sie das Bedürfnis hat, mit dir zu feiern, damit du stöhnen kannst, was für ein Klotz am Bein sie dir ist?«, fragte ich nach.

»Ich würde sie doch nicht als Klotz am Bein bezeichnen!« Marietta wogte vor Entsetzen.

»Nein? Aber du hast jahrelang gestöhnt, wenn sie im Anmarsch war.«

»Ist überhaupt nicht wahr!«

»Doch«, sagte Nina. »Ich erinnere mich auch.«

»Schleim dich nur ein bei ihr«, sagte Marietta zu Nina und deutete mit dem Kinn auf mich. »Du wirst es brauchen können.«

Ich kapiere rasch, gelegentlich wenigstens.

»Schon wieder eine Schularbeit verhaut?«, fragte ich.

»Nein, wieso?« Nina schaute harmlos.

»Was sonst?«

»Den Biologietest.«

»Na toll.«

Entmutigt ließ ich mich auf einen Küchenstuhl sinken.

Bekanntlich soll man Kindern mangelnder Schulerfolge wegen nicht mit dem Hinauswurf drohen, weil sie sonst zur Zeugniszeit mit einem Ränzlein auf dem Rücken so lange durch die Schluchten der Großstadtstraßen streunen, bis sie auf dem Titelblatt einer Boulevardzeitung landen, die tränentreibend die Erbarmungslosigkeit der leistungsorientierten Elterngeneration von heute geißelt, wenn sie gerade einmal nicht über das niedrige Bildungsniveau der heutigen Schüler herzieht.

»Wenn du so weitermachst, haue ich ab, und du kannst Klofrau werden«, sagte ich erbittert zu Nina.

Sie zuckte die Achseln. »Na und? Klofrau ist nichts Unanständiges. Aber keine Angst: Ich mache schon Karriere.«

»Als was?«

»Ich werde eine Talkshow haben.«

»Weswegen?«

»Weil ich gern rede.«

»Worüber willst du reden, wenn du von nichts was verstehst?«

Überflüssiger Einwand, ich weiß. Je weniger Talkmaster verstehen, umso unbefangener reden sie.

Nina lächelte denn auch nur überlegen.

Mausi spazierte zur Tür herein. »Ist man hier schon wieder unfriedlich?«

»Nein, wir singen Adventlieder. Du kannst die Stimme der Unvernunft übernehmen!«, fauchte ich.

Mausi schüttelte nachsichtig den Kopf und naschte vom kalten Lachs, den ich fürs Abendessen hergerichtet hatte.

»Pfoten weg!«

Mausi zischte: »Ich habe keine Pfoten, merk sie sich das! Ich habe kleine feine Hände. Meine kleinen feinen Hände waren berühmt. Niemandem sonst haben meine kleinen feinen Handschuhe gepasst, nur mir.«

»Die Geschichte kenn ich mit einem Fuß-Schuh«, sagte Nina.

Mausi machte ein hochmütiges Gesicht. »Der Volksmund hat so manches verfälscht.«

Ich lächelte Mausi hinterhältig an. »Bevor wir hier ein Märchenseminar abhalten: Hast du dir deine kleinen feinen Hände schon einmal angeschaut? Und wie sehen deiner Meinung nach Pfoten aus, wenn das, was du hast, keine Pfoten sind?«

Mausi wimmerte vor Wut.

»Sei nicht so gemein!«, rief Nina. »Zu allen bist du gemein! Was hast du denn?«

»Was ich habe? Ich habe eine Tochter, die sich in der

Schule aufführt wie ein Vollidiot! Das habe ich! Unter anderem.«

»Vielleicht bist du zu *ehrgeizig*?«, mischte sich Marietta ein. »Die höheren Schulen sind voll von überforderten Kindern ehrgeiziger Eltern.«

»Du meinst, es ist zu viel verlangt, dass dieses Kind hier ein- bis zweimal vor einer Prüfung in sein Biologiebuch schauen soll?«

»Vielleicht begreift sie ja nicht, was drin steht?«

»Das würde ich gerne herausfinden. Aber dazu wäre nötig, dass sie es erst einmal aufschlägt.«

»Hör auf zu sagen, dass ich blöd bin!«, schrie Nina Marietta an.

»Beweise uns das Gegenteil.« Das war wieder ich.

Mausi steckte noch ein Häppchen Lachs in den Mund und sagte: »Irre ich mich oder ist eine der hier anwesenden Personen Lehrerin?«

»Du irrst dich nicht. Wieso?« (Ich. Mit Genuss, denn ich ahnte durchaus, weswegen Mausi diese Frage stellte.)

Marietta ahnte es auch. »Sag nicht, dass ich mit Nina lernen soll!«, rief sie.

»Warum nicht?«, fragte Mausi.

»Weil ich keine Zeit habe. Ich *habe keine Zeit*! Warum glauben immer alle, dass Lehrerinnen unheimlich viel Zeit haben?«

»Ja, bitte! Lern mit mir! Ein einziges Mal wenigstens!«, bat Nina flehentlich. Sie war offenbar felsenfest davon überzeugt, dass Marietta ablehnen würde. Schon bot sich ihr wieder eine prima Ausrede: *Ich hab ja drum gebettelt, aber mit mir lernt niemand.*

»Wer sagt dir, dass ich was von Biologie verstehe? Ich unterrichte Deutsch.«

»Und Englisch«, sagte Nina.

»In Englisch hast du doch keinen Fünfer.«

»Nein, einen knappen Vierer.«

»Siehst du.«

»Was heißt: Siehst du!? Ich kenn mich bei der verdammten Grammatik überhaupt nicht aus. Reported speech! Past simple! Past progressive! Für mich ist das Chinesisch.«

Marietta holte Luft.

»Sag jetzt nicht, dass sie ein überfordertes Kind einer ehrgeizigen Mutter ist, weil ich dich nämlich sonst mit einem Englisch-Wörterbuch niederschlage!«, warnte ich.

Marietta schüttelte den Kopf.

»Ich habe keine Zeit!«, wiederholte sie.

Tja. Sie hatte keine Zeit, Nina hatte keine Ahnung von englischer Grammatik. Klang nach einer Art gerechter Verteilung. Aber umgekehrt wäre mir lieber gewesen.

Beim Abendessen befragte ich meinen Vater über seine Pläne, den Weihnachtsabend betreffend. »Feiert Ilse mit uns oder feiert ihr bei Ilse?«

Mein Vater lächelte geheimnisvoll.

»Wer sagt dir, dass ich mit Ilse feiere?«

»Tust du's nicht?« Ich war verblüfft.

Er grinste weiterhin penetrant wie ein frisch lackiertes Hutschpferd. »Lassen wir die Dinge ganz einfach herankommen.«

»Welche Dinge? An *wen* heran und wie *nahe*?« Ich

klang vielleicht ein ganz klein wenig hysterisch. Aber ich kann Komplikationen nicht ausstehen und das Hutschpferdgrinsen meines Vaters verhieß atmosphärische Störungen.

»Erinnert ihr euch an das Interview, das ich dieser Magazinjournalistin gegeben habe?«

Wir erinnerten uns nicht wirklich. Aber er bestand darauf, er hätte uns erzählt, dass die Mitarbeiterin eines Wochenmagazins ihn angerufen habe, weil sie ihn für ihre Zeitschrift porträtieren wollte.

»Ja, und?«

Dem alten Schurken troff eitle Selbstgefälligkeit aus allen Poren.

»Da ist es passiert.«

»Es ist – *was* passiert?« Marietta fiel fast aus dem Sessel.

»Wir haben uns verliebt.«

Er strahlte.

Mausi quiekte vor Lachen.

Nina starrte ihn an wie grünen Schleim.

Marietta und ich blickten betreten.

»Du meinst – ihr habt euch *verliebt*?«, fragte ich schließlich.

Mein Vater maß mich mit einem leicht angewiderten Blick. »Hast du Probleme mit den Ohren, Tochter, oder ist dir das Wort *verliebt* fremd?«

»Vielleicht hat sie Probleme, dich ernst zu nehmen, alter Mann«, sagte Mausi. »Was meinst du mit verliebt? Ihr trinkt Pfefferminztee und vergleicht eure Krampfadern?«

Mein Vater überhörte sie elegant. Daraus schloss ich, dass tatsächlich Verliebtheit ihn beflügelte.

Er erzählte von dem Interview. Ein Gespräch von seltener Intensität sei es gewesen. Er habe gleich die Spannung zwischen ihnen gefühlt. Tiefes Verständnis, überspringender Funke, blablabla.

»Vater«, sagte ich, seine Funkenflugstory unterbrechend, »ich weiß jetzt, von wem du sprichst. Du machst Witze, die Frau ist doch keine fünfunddreißig.«

»Sie ist vierunddreißig«, sagte mein Vater würdevoll.

»Na eben.«

»Ja, und?«, fragte er. »Sie ist immer noch sehr schön und ich bin schließlich auch schon über die erste Jugend hinaus.«

Ich schloss die Augen und schlug meine Stirn gegen die Wand. Als ich meine Lider wieder öffnete, saß ich leider immer noch in meinem Sessel, meinem Vater gegenüber, statt auf einem malerischen Balkon hoch über der Bucht von Amalfi, wie es sich gehört hätte.

»Weiß die Frau, dass sie in dich verliebt ist?«, erkundigte sich Mausi.

Mein Vater zog irritiert eine Braue hoch.

»Gute Frage«, sagte ich. »Wie weit ist sie gediehen, deine Lovestory?«

Mein Vater setzte sich kerzengerade auf, um zu demonstrieren, dass ich gerade den nötigen Abstand unterschritten hatte. »Ich wüsste nicht, was dich das angeht.«

»Oh ja, es geht mich was an!«, sagte ich mit Nachdruck. »Wegen Weihnachten. Und wegen Ilse, die mich vielleicht um Auskunft, Rat und Trost anheulen wird. Und überhaupt. Und außerdem. Und weil es mir stinkt, dass du ein Liebesleben hast, das unser Leben durcheinander bringen wird. Und weil es mir stinkt, dass du ein Liebesleben hast.«

»Du meinst – im Gegensatz zu dir?«, fragte mein Vater eiskalt.

»Genau.«

»Also, was ist?«, fragte Mausi. »Wie weit bist du mit der Braut, alter Mann?«

Mein Vater weigerte sich zuerst, auf einen derart *primitiven* Ton einzugehen, rückte dann aber doch mit der Sprache raus, und wir erfuhren, dass die neue Beziehung noch in einer Art romantischem Vorstadium steckte, in dem zwar die Luft, den Angaben meines Vaters zufolge, hoch erotisch aufgeladen, aber nichts Konkretes passiert war.

Mausi rümpfte gelangweilt die Nase und murmelte was von Lappalien.

Ich teilte ihre Gelassenheit nicht. Gelassenheit ist nicht mein Fall. Man muss die Dinge negativ sehen. Dann kann man nur noch positiv enttäuscht werden. Sofern man nicht Recht behält. Leider behalte ich weit öfter Recht, als mir lieb ist.

13

Apropos: Liebesleben. Ich habe nicht vollständig resigniert, was diese Seite der menschlichen Existenz angeht.

Soll heißen: Ich habe mir noch ein paar Wünsche, Träume und Hoffnungen bewahrt.

Meine Lieblingshoffnung sieht so aus: Meine Freundin Therese, eine passionierte Kupplerin (wie viele lang gediente Ehefrauen hält sie sich für die vergleichsweise Ereignislosigkeit ihrer leidlich vor sich hin funktionierenden Partnerschaft durch rege Anteilnahme an Fremdbeziehungen schadlos), ruft mich an.

Sie lädt mich zum Essen ein und hat dabei diesen gewissen Unterton in der Stimme, der verheißt, dass ein einsames Herz, männlich, ebenfalls am Tisch sitzen wird.

Zugegebenermaßen habe ich mich bisher immer sehr undankbar gezeigt und die von ihr feilgebotenen Herzen verschmäht. (Der Ehrlichkeit halber muss ich hinzufügen, dass das die Herzen nicht gerade in eine Sinnkrise gestürzt hat. Vielleicht waren sie sogar erleichtert – was ich aber, wenn es denn der Fall gewesen sein sollte, im Interesse meines Selbstwertgefühls nicht wahrgenommen haben will.)

Lediglich einmal kam es zu einem kleinen Flirt mit einem Porsche fahrenden Zahnarzt, der aber ein rasches Ende nahm (der Flirt, nicht der Zahnarzt), als sein Sohn meiner Tochter erklärte, dass man sich ohne IWC Schaffhausen am Handgelenk nicht sehen lassen könne.

Trotz dieser etwas glanzlosen Erfolgsbilanz von Thereses Kuppelversuchen weiß ich, dass sie eines Tages den Richtigen für mich einladen wird.

Der Richtige für mich ist keiner, dessen Anblick meinen Puls auf hundertachtzig treibt, weil sein rabenschwarzes Lächeln nach Freiheit und Abenteuer aussieht.

Das habe ich hinter mir: Herzklopfen und zittrige Knie, Hangen und Bangen im Morgengrauen, rosa Zuckerguss und bittere Pillen, Triumphtrompeten und schluchzende Geigen. So was halte ich nicht mehr aus.

Ich brauche meinen Schlaf, meine Energie und einen klaren Kopf. Was mir fehlt – und was ich mir von der Liebe erwarte –, ist nicht der Blitzschlag, der mich um den Verstand bringt, sondern, im Gegenteil, eine beglückende, mich bestärkende Wärme, in der mein Hirn beruhigt denken, mein Herz gleichmäßig schlagen und in der ich laut lachen kann, ohne dass hinter meinem Lachen die Angst vor Verrat und Verlust lauert.

Eines Tages, davon bin ich überzeugt, wird Therese anrufen und mich zum Essen einladen, in beiläufigem

Ton, um mir zu verbergen, dass sie was im Schilde führt, und dann wird an ihrem Tisch dieser Mann sitzen, als hätte er auf mich gewartet:

Gut aussehend, aber nicht gestylt. Klug und gelassen. Interessiert, aber nicht aufdringlich. Lebenserfahren, aber nicht verbraucht. Abgeklärt, aber nicht langweilig. Humorvoll und schlagfertig, aber nicht auf Kosten Schwächerer.

Kann sein, dass diese meine Überzeugung unrealistisch ist, doch ich mag sie. Sie hilft mir über Momente der Niedergeschlagenheit hinweg. Wem wäre gedient, wenn ich mich von ihr verabschiedete, nur weil die Wahrscheinlichkeit, dass mein Traummann eines Abends in Thereses Esszimmer sitzt, mathematisch betrachtet etwa so groß ist wie meine Aussicht, im Lotto zu gewinnen, obwohl ich gar nicht Lotto spiele?

Na also. Man wird sich doch noch was wünschen dürfen. Ich wünsche mir einen Mann nach Maß, und das Maß sind meine Bedürfnisse.

Irgendwas Gelehrtes wird er sein, stelle ich mir vor, Professor an der Uni vielleicht, für irgendein Fach, das nicht zu weltfremd ist, aber auch nicht bloß dazu da, den gehobenen Arbeitsmarkt mit smarten akademischen Fachkräften zu beliefern, ein Intellektueller, aber kein Tollpatsch mit zwei linken Händen. Zwei linke Hände habe ich selber. Die Rolle ist vergeben. Frei ist die Rolle dessen, der mit Verstand und Umsicht ein Wochenendhaus auf der grünen Wiese zimmert, die ich vor ein paar Jahren billig erstanden habe.

(Ja, ich bin Landbesitzerin auf dem Land. Zweitausend Quadratmeter weit draußen im Provinziellen, hinter den sieben Hügeln, aber an der Thermenlinie. War ein Zufallsfund und ein günstiger Kauf, weil der Mann, der es verscherbelte, dringend ein wenig Geld brauchte und außer mir keinerlei Interessenten Schlange standen.

Ich hatte gerade ein winziges Sümmchen auf dem Sparkonto und Sehnsucht nach einem Stück Grund, dessen Größe die eines Handtuchs übersteigen sollte.

Sie werden mich jetzt fragen, warum ich, die schon ihr Häuschen am Stadtrand als zu abgelegen betrachtet, mir Grundbesitz hinter den sieben Hügeln angeschafft habe. Die Antwort lautet: Weil abgelegene Reihenhaussiedlungen öde sind, grüne Wiesen auf dem richtigen, echten Land hingegen romantisch, vor allem wenn man nicht tagaus, tagein auf ihnen wohnen muss.

Ich kaufte mir damals ein Eckchen Romantik. Inzwischen wird die Thermenlinie mehr und mehr touristisch erschlossen. Das Romantische nimmt ab, der Wert der Grundstücke langsam zu. Wenn keiner kommt, der mir ein Wochenendhaus darauf zimmert, kann ich die Wiese irgendwann wenigstens mit einem bescheidenen Gewinn wieder abstoßen.)

Therese rief an und lud mich zum Essen ein.

»Wer kommt außer mir?«, fragte ich.

»Ach, ein paar Leute«, antwortete sie unbestimmt. »Lass dich doch einfach überraschen.«

Ich sagte zu und grinste vor mich hin. Vor meinem geistigen Auge sah ich schon meinen Professor.

Ich malte ihn mir ziemlich deutlich aus: mittelgroß, kräftig, kurzes, braunes Haar, schon ein bisschen grau, in Flanellhemd und Cordhosen, Pfeife rauchend.

Ich weiß, dass es ans Pubertäre grenzt, die Realität mit derart detaillierten Fantasievorgaben unter Druck setzen zu wollen. Und, richtig, die Details waren vielleicht ein bisschen klischeehaft. Flanellhemd und Cordhosen als Ausdruck lässiger Distanz zu Konventionen – kein wirklich originelles Bild. Aber wer will mich zwingen, besonders originelle Tagträume zu haben? Na also.

Daheim dann das übliche Theater, bevor ich zu Therese aufbrach.

»Viel Vergnügen«, sagte Nina düster. »Ich habe ja eigentlich gehofft, dass du mich in Geografie prüfen wirst, weil ich wahrscheinlich morgen bei der Stundenwiederholung drankomme – aber wenn du was Besseres vorhast …«

»Gute Unterhaltung«, sagte Marietta mit umflorter Stimme. »Hoffentlich zahlt es sich aus, dass du hier alles liegen und stehen lässt. Noch dazu so kurz vor Weihnachten, wenn genug im Haus zu tun wäre – aber du siehst das natürlich ganz locker …«

»Was heißt das, sie wird mich nicht mitnehmen?«, kreischte Mausi. »Mit dieser Unart wollen wir gar nicht erst beginnen, merke sie sich das!«

»Doch. Wollen wir«, sagte ich ungerührt und ging. Allein.

Bei Therese kein Professor weit und breit. Nur zwei bürgerliche Ehepaare und ein jüngerer Mann, Marke Windhund, in schwarzer Lederjacke.

Schöne Überraschung. Na ja, vielleicht hätte ich davon ausgehen sollen, dass Therese mich manchmal einfach zum Abendessen einladen will, wenn sie mich zum Abendessen einlädt. Was immer noch ein Gewinn ist, so gut, wie sie kocht.

Die Ehepaare kannte ich schon, den Typ in der Lederjacke noch nicht. Es hätte mich nicht gekratzt, wenn es dabei geblieben wäre. Er sah gut aus, das ja, aber auf eine Art, die ich nicht mag, weil die meisten Frauen sie zu sehr mögen und ich schließlich keinen Lieschen-Müller-Geschmack haben will – dunkelhaarig, groß, breitschultrig, mit räuberischem Gesicht, und dazu strahlte er eine lässige Unbekümmertheit aus, von der ich sofort argwöhnte, dass sie nichts als getarnte Rücksichtslosigkeit war.

Außerdem lag er jahrgangsmäßig rund zehn Jahre unter dem Altersdurchschnitt von uns übrigen. Was hatte sich Therese eigentlich gedacht, als sie ihn einlud?

Na gut, es gibt keine gesetzliche Verordnung, die einzelnen Gästen ein Abweichen vom Durchschnittsalter der restlichen Anwesenden um mehr als zwölf Monate definitiv untersagt – aber trotzdem. Therese hatte schon größeres Feingefühl bewiesen bei der Zusammenstellung ihrer Gästeliste.

Wenn man vom Porsche fahrenden Zahnarzt absah,

der jedoch wenigstens den Vorzug hatte, ein Mann in den besten Jahren zu sein.

Die besten Jahre eines Mannes sind in meinen Augen so beschaffen, dass ihre Anzahl die Anzahl meiner Lebensjahre keinesfalls unterbietet, weil ich nämlich wenig Lust habe, mich *reif & erfahren* zu fühlen, schon gar nicht im Gespräch mit gut aussehenden Männern.

Selbst wenn die gut aussehenden Männer auf eine Art gut aussehen, die ich eigentlich gar nicht mag, möchte ich das Ausbleiben von Geknister zwischen uns nicht darauf zurückführen müssen, dass ich für die gut aussehenden Männer eine Angehörige der Kamillentee-und-Heizkissen-Generation bin.

Wir saßen also alle beim Essen und plauderten dahin, kulturell aufgeschlossen und politisch korrekt, die Ehepaare tauschten witzige kleine Ehepaar-Neckereien und niemand war so unkultiviert, geradeheraus mit seinen wohl geratenen Kindern oder mit seinem Lebensstandard zu protzen, sondern wir gaben, wie es sich gehört, humorvolle Anekdoten zum Besten, die vordergründig von komischen Pannen handelten und hintergründig von dem, was diese Pannen voraussetzten, nämlich wohl geratene Kinder und einen gehobenen Lebensstandard.

»Da rasselt dieser faule Sack fast durch die Matura und schafft jetzt plötzlich den Aufnahmetest für Architektur!«

»Was soll ich euch sagen: Luxussuite, riesiges Bad – aber kein Tropfen Wasser! Ferien in der Fünf-Sterne-Wüste, ein Erlebnis.«

»Brasilianischer Granit. Für Edith musste es brasilianischer Granit sein. Um das Geld, das unsere Küche gekostet hat, hätten wir jahrelang bequem im *Steirereck* essen können.«

Der Typ schaute mitleidig in die Runde, als sehe er kleine grüne Marsmenschen mit warzenbedeckter Haut um sich herum. Als Edith die Vermutung äußerte, ihre Tochter glaube wahrscheinlich, das Geld, mit dem man Prada-Schuhe kaufe, komme aus einem virtuellen Speicher, sagte er in einem Ton satten Abscheus: »Und das alles, damit ihr später einmal im Altersheim Besuch kriegt? Oder warum?«

»Du verstehst das nicht«, sagte Ediths Mann.

»Eines Tages wirst du auch Kinder haben, und sie werden dir auf der Nase herumtanzen, und du wirst dabei glücklich grinsen«, sagte Therese.

»Kann ich mir nicht vorstellen«, sagte der Typ.

Unter uns gesagt, kann ich mir auch nicht vorstellen, dass man glücklich grinst, wenn einem Hochleistungsnervensägen wie Thereses oder Ediths Kinder auf der Nase herumtanzen, aber zumindest für *mein* reizendes Töchterlein galt Thereses Ansage. (Sie melden Zweifel an? Pech gehabt. Zweifelanmeldeamt geschlossen.)

Also sagte ich zu dem Typ: »Sie werden doch nicht *familienuntauglich* sein? Das wäre ja ganz neu und wirklich wahnwitzig originell!«

Er lehnte sich zurück und betrachtete mich erstaunt. »Hab ich Ihnen was getan?«

Es hörte sich an, als wäre ich mit einem schnippischen Annäherungsversuch gescheitert. Ich ohrfeigte mich in Gedanken. (Ihn auch.)

Also gut, ich schraube jetzt meine postpubertäre Ausdrucksweise etwas zurück und gebe zu, dass der Typ nicht nur einen Namen hatte, sondern dass mir dieser Name auch genannt worden war, und dazu war mir gesagt worden, was er, der Typ (der auf den Namen Conrad hörte), beruflich tat. Er berichtete, hieß es, als Reporter für ein deutsches Nachrichtenmagazin vornehmlich aus Krisengebieten, was ich ebenfalls für eine peinlich virile Attitüde halte.

In der Küche, wo wir uns nach dem Essen drängelten, um Therese beim Kaffeekochen im Weg zu stehen, stellte sich der Typ namens Conrad neben mich und sagte: »Ich wollte Sie wirklich nicht ärgern.«

»Schön von Ihnen«, erwiderte ich.

»Richtig«, sagte Conrad. »Ich habe nämlich einen ausgesprochen friedfertigen Charakter.«

»Darum sind Sie Kriegsberichterstatter?«

»Bin ich nicht. Ich bin Spezialist für den Nahen und Mittleren Osten. Dass es dort nicht ausgesprochen friedlich zugeht, ist keine Folge meines Charakters.«

»Wer weiß«, sagte ich.

Conrad lachte.

Später, beim Kaffee, trat er abermals in einen Fettnapf, weil er – wir debattierten gerade über Bildungspolitik – Studiengebühren guthieß. Das zwang mich, ihn einen *neoliberalen Wegbereiter des Turbokapitalismus* zu nennen. Er revanchierte sich, indem er die *altlinke Sozialromantik* für überholt erklärte.

Ich sagte: »Besser die alte Égalité als die neue Wurschtigkeit!«, was ich, unter uns, ziemlich geistreich fand.

Conrad bleckte die Zähne. »Schon mal daran gedacht, Werbetexte zu schreiben? Bei *dem* Talent für einfache Botschaften?«

»Klar«, sagte ich, »schon oft, vor allem wegen der Honorare. Aber wissen Sie was? Auch dort dominieren herzlose Arschlöcher, die nur die Botschaft vom Recht des Stärkeren verbreiten wollen.«

Conrad verdrehte die Augen.

»Süß siehst du aus, wenn du wütend bist!«, sagte Therese zu ihm.

Die anderen lachten.

Conrad schnippte eine Salzmandel nach Therese und sah hochmütig über mich hinweg.

»Du hältst Conrad vielleicht für eine Pest«, sagte Therese, als ich ihr half, die Kaffeetassen in die Küche zu tragen, »aber du musst zugeben, er schaut umwerfend aus.«

Ich winkte ab. »Nicht mein Typ.«

»Klar«, erwiderte Therese, »weiß ich. Ich hab ihn ja auch nicht für dich, sondern für Bibi eingeladen, aber Bibi hat kurz vorm Essen angerufen und gesagt, dass sie mit Angina im Bett liegt.«

Ich brummelte was Verlegenes.

Therese musterte mich amüsiert von der Seite. »Dich

verkupple ich nicht mehr«, sagte sie. »Dir kann ich es ja doch nicht recht machen.«

Bingo.

Als wir aufbrachen, sagte Conrad zu mir: »Nehmen Sie mich bis zum nächsten Taxi mit?«

Warum nicht.

Wir stapften durch das dünne Schneegestöber zu meinem Auto. Conrad ließ sich einen meiner Eisschaber geben. Zu zweit kratzten wir die Windschutzscheibe frei.

Als wir uns in den Wagen setzten, dampfte unser Atem in der eisigen Luft.

»Hat dieses Auto eine Heizung?«, fragte Conrad.

Ich steckte den Schlüssel ins Zündschloss.

Dann fielen wir übereinander her.

Irgendwann tauchte ich aus einem langen, artistischen Kuss auf, um Luft zu holen. Conrad hielt mich mit der Linken umarmt und langte mit der Rechten zum Zündschlüssel. »Kupplung«, sagte er.

Ich stieg auf die Kupplung.

Er startete.

»Zu mir«, sagte er. »Geradeaus und an der zweiten Kreuzung links.«

Ich fuhr los.

* * *

Wir ließen voneinander ab. Conrad rollte sich neben mich, schwer atmend, und schob einen Arm unter meinen Nacken.

»Wir waren viel zu lange dort«, sagte er ins Zimmer hinein, das der Mond in bläulich schimmerndes Licht tauchte.

Plötzlich gefiel mir Mondlicht im Schlafzimmer wieder, zum ersten Mal seit langer Zeit.

»Ich hätte dich spätestens nach der Vorspeise schultern und wegschleppen sollen.«

Er drehte mein Gesicht zu sich und küsste mich auf die Nase, die Augen, die Wangen, das Kinn.

»Steinzeitkavalier«, murmelte ich, »ich hab's ja geahnt.«

Wir verstrickten uns ineinander.

Einmal in dieser Nacht, zwischendurch, telefonierte ich mit dem Anrufbeantworter daheim und vertraute ihm an, ich würde auswärts übernachten, niemand solle sich Sorgen um mich machen.

Conrad schlief, als ich aufstand. Ich schlich ins Bad, duschte, zog mich an und wollte leise die Wohnung verlassen, als Conrad aus dem Schlafzimmer kam, verstrubbelt und schlaftrunken.

»Was machst du da?«

»Ich muss gehen.«

Er kam auf mich zu, zog mich an seine schlafwarme Brust und vergrub sein Gesicht in meinen Haaren.

»Wiedersehen«, sagte er in meine Haare hinein.

»Wiedersehen.«

»Wann?«

»Wann was?«

Er hielt mich ein wenig von sich weg.

»*Wiedersehen*«, sagte er. »Wollen wir miteinander zu Mittag essen? In –«, er schaute auf eine imaginäre Uhr an seinem Handgelenk, »in sechs Stunden?«

»Ich habe jede Menge Termine.«

»Jeder Mensch muss mittagessen.«

»Nein.«

»Egal. Dann ohne Essen.«

»Überroll mich nicht.«

Er grinste. »Eben hattest du's noch ganz gern.«

Ich holte Luft, um zu sagen, dass ich mehr Luft brauchte. Conrad unterbrach mich, ehe ich meinen Satz beginnen konnte.

»Ruf mich an«, sagte er. »Ja?«

»Ja.«

Ich wollte gehen.

»Hast du meine Nummer?«

»Nein.«

»Dann schreib sie dir auf.«

Wir tauschten unsere Telefonnummern.

Ich ging. Hastig.

Das ist nämlich so und immer dasselbe: Ich bin auf der Suche nach Nähe und auf der Flucht vor ihr.

Ich brauche lange, bis ich mich an einen gewöhne.

Ich bin nicht gewöhnungsunwillig, aber langsam. Oft ist der andere schon wieder entwöhnt, wenn ich mich gerade entschlossen habe, seine Nähe zu brauchen.

Daheim großes Trara. Man hätte meinen können, ein Backfisch der Jahrhundertwende hätte sich auf Abwege begeben.

»Ich hab doch angerufen, hör auf mit dem Theater«, sagte ich zu Marietta, die wie eine strenge Mutter am Frühstückstisch hockte. (Es war Donnerstag, der Tag, an dem sie erst ab der dritten Stunde unterrichtete.)

Sie hätte vor Sorge die ganze Nacht kein Auge zugetan, behauptete sie und bemühte sich um einen erschöpften Gesichtsausdruck.

Ich war nach Hause gefahren, um mich schnell umzuziehen, und eigentlich in Eile. Nun stand ich in der Küche, schlang im Stehen eine Buttersemmel hinunter und trank heißen Tee in kleinen Schlucken, während Marietta was von *Rücksichtslosigkeit* und *pflichtvergessen* und *das arme Kind* zeterte.

Mausi schmollte.

Das arme Kind war schon in der Schule.

Papi hingegen war da. Leider. Auch er thronte am Frühstückstisch, hielt eine Zeitung in Händen – was ihm Gelegenheit gab, missbilligend über sie hinwegzuäugen – und schlug sich auf Mariettas Seite.

»Sie hat sich solche Sorgen gemacht!«, sagte er vorwurfsvoll.

»Na, dann sorgt euch gleich noch eine Runde«, sagte ich. »Ich gehe nämlich wieder. Werde ich mich zurechtfinden im Dschungel der Großstadt? Diskutiert darüber. Aber ich sage euch jetzt schon: Niemand weiß die Antwort. In eurer Haut möchte ich nicht stecken.«

»Nimm wenigstens Mausi mit!«, rief Marietta.

»Warum? Sie kennt sich viel schlechter aus im Dschungel der Großstadt als ich.«

»Sie hat sich sehr gekränkt, weil du sie einfach zurückgelassen hast. Soll das arme Ding nur noch zu Hause herumsitzen?«

»Nein, aber nein! Nimm du sie doch mit.«

»In die Schule???«

»Warum nicht? Oder zu Richard. Das fällt mir nämlich gerade auf: Du hast sie nie mitgenommen, wenn du dich mit Richard getroffen hast. Wieso nicht? Sicher wäre das sehr spannend für sie gewesen.«

»Du bist verrückt.«

»Bin ich. Ich bin so verrückt zu glauben, dass sogar ich einen Anspruch auf eine Andeutung von, ähem, *Privatleben* habe. Ich bin nicht so alt wie Papi, zugegeben, und ich bin um etliche Kilos weniger *umwerfend* als du – aber trotzdem habe ich die Kühnheit, alle fünf Jahre einmal so was wie ein Liebesleben haben zu wollen. Verrückt.«

»Wer ist der Kerl?«, fragte Papi. Es klang dräuend.

»Keine Ahnung«, antwortete ich, »ich frage nie, wer die Kerle sind. Aber wenn ich was vermuten soll: wahrscheinlich ein Drogenbaron. Ich glaube, er hat was von einem neuen Stoff erzählt, der junge Frauen dazu bringt, alten Knackern den Stinkefinger zu zeigen, wenn die mal wieder auf unwiderstehlich machen. Schreckliche Vorstellung, nicht?«

»Tu doch, was du willst«, sagte Papi würdevoll. »Aber komm nicht zu mir, wenn es schief geht.«

Die Idee, ich könnte mich an Papi wenden, wenn in meinem Leben was schief ging, war dermaßen absurd, dass ich hohnlachend schnaubte, als ich das Haus – schon wieder ohne Mausi – verließ.

Es war Mittag und ich schaute mir ein Apartmenthaus in bester städtischer Lage an, das der Besitzer verkaufen wollte. Das Haus stammte aus dem frühen Biedermeier, die Räume waren klein und niedrig. Der Besitzer hatte sie in winzige möblierte Wohnungen verwandelt, Wohnklos mit Dusche gewissermaßen, die er für stolze Preise einsamen berufstätigen Menschen überließ. Um die Auflagen des Mietrechts zu umgehen, führte er das Haus als Pension. Das Unternehmen florierte.

Ich verstand es nicht ganz, weil ich lieber unter der Weite eines edel geschwungenen Brückenbogens logiert hätte als in einem mit trostlosen Möbeln bestückten Käfig, der noch dazu ruiniertes Biedermeier war – aber ich lege eben immer wieder einen eigenwilligen Geschmack an den Tag.

Der Besitzer jedenfalls hatte in den letzten Jahren reichlich Kunden gefunden und Kohle gemacht, und nun wollte er verkaufen und sein Leben auf einer Jacht im sonnigen Süden genießen.

Ich schaute an und hörte zu und machte Notizen und dabei merkte ich, dass ich anfing Hunger zu bekommen. Plötzlich hatte ich keine Angst mehr davor, überrollt zu werden, sondern im Gegenteil, heftige Sehnsucht nach Conrad.

Als ich mich vom Besitzer des Apartmenthauses getrennt hatte, rief ich Conrad an. Ich erreichte seine Mobilbox und legte auf.

Dann rief ich nochmals an und hinterließ eine Nachricht mit der Bitte um Rückruf.

Ich kam gegen sieben Uhr abends nach Hause. Nina und Mausi hockten vor dem Fernseher und zogen sich eine Sitcom rein.

»Was ist ein *Blinddate*?«, fragte Mausi gerade.

»Du triffst dich mit einem Kerl, den du nicht kennst.«

»Warum triffst du dich dann mit ihm?«

»Um ihn kennen zu lernen.«

»Aber wieso muss er blind sein?«

»Muss er nicht. Das *Date* ist blind.«

Ich unterbrach den kleinen Fortbildungskurs, indem ich nach Marietta fragte.

»Nicht da.«

»Wo ist sie?«

»Weiß ich doch nicht.«

»Und der Opi?«

»Fort.«

»Wo?«

»Keine Ahnung.«

»Hat er gesagt, wann er kommt?«

»Was fragt sie uns Löcher in den Bauch?«, schnarrte Mausi unwillig. »Merkt sie nicht, was los ist? Wir wissen nichts. Uns sagt keiner was. Wir sitzen hier, allein und verlassen, und niemand kümmert sich um uns.«

»Nur der Fernseher«, sagte ich.

»Ganz recht«, bekräftigte Mausi. »Dieser Glotzkasten ist unser einziger Gefährte. Wir sehnen uns nach ein bisschen Liebe und Wärme, aber alles, was wir bekommen, ist Menschenersatz aus der Glotze.«

»Ich wiederum sehne mich nach einer Tochter, die ihre Aufgaben gemacht hat – und was bekomme ich?«, fragte ich Nina.

Nina zuckte kryptisch die Achseln.

In diesem Moment trampelte Marietta zur Tür herein. »Kinder«, rief sie, »ich bin total geschafft. Das war vielleicht ein Nachmittag.«

Sie ließ sich in einen Fauteuil plumpsen, streifte ihre Schuhe ab und schaute Nina an. »Bringst du deiner Lieblingstante ein Glas Rotwein? Ich habe gestern welchen dekantiert, die Karaffe steht in der Küche.«

»Mir auch«, sagte ich. »Bitte!«, ergänzte ich dann auf Ninas strafenden Blick hin.

Nina brachte zwei Gläser, in denen Rotwein schwappte. »Hier«, sagte sie. »Eure Lieblingsdroge.«

Mausi meldete sich. »Ich hätte gern ein Schlückchen von diesem köstlichen Himbeerlikör.«

»Was bin ich hier?«, fragte Nina. »Eure Lieblingssklavin?«

»Es ist wirklich unglaublich, wie man mich in diesem Hause behandelt«, hauchte Mausi, ganz vornehmer Gram. »Nicht genug damit, dass man mich permanent übergeht, nein – ich ernte auch noch Unwillen, wenn ich dezent daran erinnere, dass es mich gibt.«

Sie warf umflorte Blicke.

»Ha. Ha. *Dezent!*«, sagte Nina, ging aber in die Küche und kam mit einem Gläschen Himbeerlikör zurück, das sie Mausi reichte.

»Also, was war so anstrengend an deinem Nachmittag?«, fragte ich Marietta. Nicht, dass ich mir eine spannende Geschichte erwartete. Ich wollte bloß den Bericht, der mir sowieso nicht erspart bleiben würde, hinter mich bringen.

»Die Tatsache, dass niemand diesem Kind je beigebracht hat, wie man richtig lernt«, seufzte Marietta. »Ich wundere mich, wie sie es überhaupt bis zur vierten Klasse geschafft hat.«

»Welches Kind?«, fragte ich.

»Nicola.«

»Wer ist Nicola?«

»Na, Richards Tochter.«

»Wie bitte?«

Marietta merkte, dass sie sich verbal in die Nesseln gesetzt hatte und äugte hastig nach einem Ausweg. Keiner in Sicht.

»WAS TUST DU MIT RICHARDS TOCHTER?«

»Nichts.«

»Was heißt das, niemand hat ihr beigebracht, wie man lernt?«

»Das heißt, dass es ihr jemand beibringen muss. Bevor es zu spät ist.«

»Und was geht dich das an?«

»Das geht mich etwas an, weil mich Richard etwas angeht. Ich tue es für ihn. Und für uns.«

»Was?«

»Mein Gott, ich lerne. Mit – äh –«

»DU LERNST MIT RICHARDS TOCHTER?«

Marietta schaute trotzig. »Na und?«

»Du, die du dich angeblich vor Zeitmangel nicht mal am Kopf kratzen kannst, wenn's dich juckt – du lernst jetzt mit Richards Tochter?«

»Und wenn? Ist das nicht meine Sache?«

Ich atmete tief durch, um nicht in Tränen auszubrechen.

Ich fühlte mich verraten und im Stich gelassen.

Nicht zum ersten Mal, richtig, aber im Verratenwerden erwirbt man, scheint's, keine nennenswerte Routine.

»Na klar«, sagte ich dann. »Das ist *deine* Sache. Nina ist *meine* Sache. Reported speech und der ganze Kram, das ist *Ninas* Sache. Keine Frage.«

»Mein Gott, stell dich doch nicht so an«, sagte Marietta. »Richards Frau ist unfähig, den Kindern was beizubringen. Nicola ist saumäßig schlecht in der Schule. Da habe ich mich eben erbarmt und gesagt, ich werde schauen, was ich tun kann, damit sie durchkommt.«

»Ich bin auch saumäßig schlecht in der Schule – *Lieblingstante*!«, sagte Nina.

Marietta schwieg.

»Tja«, sagte ich zu Nina, »du hast aber keinen Vater, dem deine Tante unbedingt vor Augen führen will, dass sie viel tüchtiger und großartiger ist als seine angetraute Ehefrau. Pech.«

»Ich muss mich nicht rechtfertigen«, sagte Marietta zornig. »Ich muss mich nicht rechtfertigen, wenn ich dem Mann, den ich liebe, zu helfen versuche, weil er sich Sorgen um seine Tochter macht.«

Nina und ich schwiegen.

»Sie ist eine dumme, dumme, *dumme* Pute!«, sagte plötzlich Mausi mit schneidender Stimme und es klang wirklich böse. »Sie kriecht einem egoistischen Tunichtgut in den Hintern und lässt diejenigen links liegen, die zu ihr halten, wenn es drauf ankommt. Sie ist so dämlich, dass es einem die Zehennägel aufrollt!«

Marietta schniefte.

»Wieso darf Richards Tochter dich überhaupt kennen lernen?«, fragte ich.

»Sie kennt mich doch nicht als … Sie weiß natürlich nichts von mir. Ich meine, von mir und Richard. Richard hat einfach gesagt, er hätte eine gute Nachhilfelehrerin ausfindig gemacht. Das ist alles.«

»Gratulation!«, sagte ich höhnisch. »Du und deine Selbstachtung. Ihr seid ein eindrucksvolles Duo.«

»Wieso?«, fauchte Marietta. »Das ist sehr klug von mir. Ich baue eine Beziehung zu dem Mädchen auf. Die wird uns später einmal nützen. Wenn sie erfährt, dass … Wenn sie erfährt, wie wichtig ich ihrem Vater bin.«

»Das ist ja zum Kotzen«, sagte ich.

Ich meinte es ernst. Leider bin ich gänzlich unbegabt darin, mich zu übergeben. Ich könnte nie Bulimie kriegen, weil ich erst speien kann, wenn ich schon kurz vorm Abkratzen stehe. So was Simples wie Ekel vor der verkorksten Psyche der eigenen Schwester reicht leider nicht aus.

»Ich *hasse* dich«, sagte Nina zu Marietta. »Wenn du das nächste Mal ein Glas Wein willst, ruf Richards Tochter an, damit sie's dir bringt.«

Sie ging die Treppe hinauf und knallte die Tür zu ihrem Zimmer hinter sich zu.

»Ich hasse dich auch«, sagte ich und stand ebenfalls auf.

Mausi hopste vom Sofa.

»Lass mich raten«, sagte Marietta zu Mausi. »Du hasst mich ebenfalls?«

Mausi schleuderte ihr einen verächtlichen Blick ins Gesicht. Dann stieg sie mit mir die Treppe hinauf.

In meinem Schlafzimmer ließen wir uns auf mein Bett fallen.

»Glaub sie nicht, ich hätte es vergessen«, sagte Mausi.

»Was?«

»Sie hat mich zweimal hintereinander daheim gelassen.«

»Ja, hab ich. Und weißt du warum? Ich komme mir langsam vor wie dein siamesischer Zwilling. Niemand hat mich darauf vorbereitet, dass ich von einem Tag auf den anderen ein Leben als siamesischer Zwilling führen würde. Ich halte das nicht aus.«

»Ich verstehe es ja«, sagte Mausi überraschend friedfertig. »Aber bedenke sie doch: Ich bin auf sie angewiesen. Auch mir fällt es schwer, sie immer und überall dabei zu haben. Obwohl … Wenn ich es recht bedenke … Meine Zofe wich mir auch nicht von der Seite.«

»Niemand hat mich darauf vorbereitet, dass ich plötzlich als Zofe leben soll.«

»Hör sie auf zu flennen. Ich sagte doch, ich verstehe sie. Sie … sie soll mich nur dann und wann mitnehmen. Einmal am Tag. Oder so.«

»Ja, ja. Ist ja gut. Ich verstehe dich auch. Ich werd mich bemühen. War übrigens nett von dir. Das vorhin.«

»Ich sage ihr was: Ich war wirklich aufgebracht. Meine Nerven vibrieren immer noch. Vor allem meine Magennerven, glaube ich.«

»Was hat das wieder zu bedeuten?«

»Könnte sie vielleicht ... Ein kleines Häppchen? Hier heraufbringen? Für mich?«

Mausi sah mich mit kokett schief gelegtem Kopf an.

Ich erhob mich seufzend von meinem Bett. »Na gut«, sagte ich. »Aber ich warne dich. Die vielen Häppchen, die du immer in dich reinstopfst – bist du sicher, dass die nicht auf deine Prinzessinnenfigur anschlagen? Ich meine, vielleicht wirst du eines Tages erlöst und es stellt sich heraus, dass du eine Kugel bist?«

Mausi erwiderte, diese Befürchtung erscheine ihr denn doch zu *konstruiert*.

Ich ging in die Küche, um ihr was zu essen zu holen.

Es war halb elf. Conrad hatte nicht zurückgerufen.

Als ich mich schlafen legte, verzog sich Mausi wieder ins Wohnzimmer, das Marietta inzwischen geräumt hatte. Mein Vater war nicht heimgekommen. Schlief er bei Ilse oder schon bei seiner neuen Flamme? Egal. Nicht mein Bier.

Ich verkroch mich unter meine Decke.

Als das Telefon düdelte, holte es mich aus dem Tiefschlaf.

Benommen hielt ich es ans Ohr. Ich hörte Stimmengewirr, Musik im Hintergrund und im Vordergrund Conrad.

»Wo bleibst du?«

»Wovon redest du?«

»Kannst du nicht herkommen? Ich möchte dich sehen.«

Ich schaute auf die Uhr. Es war eins vorbei.

»Jetzt?«

»Ja, warum nicht?«

»Weil ich morgen früh aufstehen muss. Schon vergessen? Ich gehöre zu diesen spießigen Gestalten, die ein Kind und einen Haushalt und einen Beruf haben.«

»Einen Beruf habe ich auch.«

»Conrade, bitte. Ich schlafe schon.«

»Schade.«

»Ja.«

»Rufst du mich an? Morgen? Wenn du ausgeschlafen bist?«

»Ich hab dich auch heute schon angerufen.«

»Ja, und hier bin ich. Das ist mein Rückruf.«

Richtig. Das war sein Rückruf. Er hatte mit mir mittagessen wollen und rief um ein Uhr nachts an. Andererseits hatte ich zuerst *nicht* mit ihm mittagessen wollen, also geschah es mir wahrscheinlich recht.

»Okay, ich rufe dich an«, sagte ich.

»Ciao, bella«, sagte Conrad. »Und weißt du was? Therese kriegt einen Orden von mir. Ich wollte erst gar nicht zu diesem Abendessen gehen, aber jetzt werde ich Therese für einen Orden vorschlagen.«

Ich lachte.

Conrad legte auf.

14

Es gab neue Interessenten für Rosemaries Villa. Ich zeigte sie ihnen. Ungern. Keinen davon hielt ich auch nur für annähernd würdig, seinen Fuß über die Schwelle dieses Baujuwels zu setzen. Rosemarie missfielen sie ebenfalls.

»Ach, wie gern würde ich an dich verkaufen«, seufzte sie. »Bist du sicher, dass du dir mein Haus nicht leisten kannst?«

»Ja. Leider.«

»Ein bisschen könnte ich dir schon entgegenkommen –«

»Lieb von dir. Aber es würde nicht reichen.«

»Na ja, blöd. Ich kann's mir wiederum nicht leisten, es zu verschenken.«

»Jetzt enttäuscht du mich.«

»Ich weiß. Ich bin hartherzig und grausam.« Rosemarie schaute düster.

Im Auto fragte mich Mausi: »Hat sie nicht neulich was von einem Latifundium draußen in der Provinz geschwatzt?«

»Wovon redest du?«

»Ihr Landsitz –«

»Mein Grundstück an der Thermenlinie?«

»Richtig.«

»Was ist damit?«

»Wenn sie dieses Grundstück verkauft und ihr Häuschen dazu – hätte sie dann nicht genügend Geld?«

»Wofür? Um Rosemaries Villa zu kaufen?«

»Ja.«

»Kaum. Da müsste ich schon ein super Angebot für meine grüne Wiese kriegen.«

»Vielleicht sollte sie sie einmal feilbieten, die grüne Wiese?«

»Sinnlos. Niemand gibt mir einen Haufen Geld dafür.«

Mausi seufzte. Ich seufzte. Zusammen blickten wir elegisch durch die Windschutzscheibe. Dann startete ich und fuhr los, Richtung Büro.

»Ich weiß«, sagte ich, »dass du mein Haus für unstandesgemäß hältst. Es wird dich nicht trösten, aber mir geht es genauso. Trotzdem werden wir uns damit abfinden müssen. Außer du wirst in absehbarer Zeit erlöst. Wo wirst du eigentlich residieren, falls du erlöst wirst? Hast du irgendwo ein Schloss, auf das du zurückgreifen kannst? Und wenn ja – in welchem Flügel gedenkst du uns unterzubringen?«

»Uns?«

»Ja. Mich. Nina. Marietta. Meinen Vater. Ilse. Ich finde, das wärst du uns schuldig.«

»Nicht deinem Vater«, sagte Mausi. »Dem schulde ich nichts.«

»Jetzt sei kein Frosch. Mein Vater ist ein harmloser

alter Mann. Wir können ihn nicht vor der Tür stehen lassen.«

»Ich bin bestimmt kein Frosch«, sagte Mausi pikiert. »Prinzen sind Frösche, nie Prinzessinnen. Du wirfst einen Frosch an die Wand und platsch steht ein nasser grüner Prinz vor dir. Ekelhaft.«

»Ich finde, dass deine Auffassung dem Tierschutzgedanken widerspricht«, sagte ich streng. »Ich will nichts weiter davon hören.«

Dann rief ich Conrad an. Ich erreichte ihn.

»Wie wär's mit Mittagessen?«

»Mittags ist schlecht«, erwiderte er. »Wie wär's mit Abend?«

»Nicht so gut. Ich kann nicht jeden Abend weg.«

»Jeden? Gestern warst du doch eh daheim, oder?«

»Ja. Trotzdem. Meine Tochter ist dreizehn.«

»Könnte es sein, dass du eine Glucke bist?«

»Könnte es nicht. Dreizehnjährige haben ein Recht darauf, dass ihre Mütter abends heimkommen.«

»Was machen wir da?«

Wie stellen all die schicken Weiber in den Illustrierten es an, dass sie so ein aufregendes, abwechslungsreiches Leben führen? Haben Kinder, haben tolle Jobs, haben aufsehenerregende Liebschaften, kriegen neue Kinder mit neuen Männern, machen sensationelle Karrieresprünge – alles mit links. Wow. Neid.

Ich habe viel Erwerbsarbeit und ein Kind, das abends auf mich wartet, Berge von Schmutzwäsche, die sortiert und in die Waschmaschine gestopft gehören, sowie jede Menge sonstiger häuslicher Pflichten, und eigentlich weiß ich nie, wie ich einen Lover in diesem meinem überfüllten Leben unterbringen soll, noch dazu wo Lover meist erwarten, dass man das Pflänzchen der gegenseitigen Anziehung mit Muße und Gelassenheit pflegt, statt sie (die Lover) ächzend in einen vollen Terminplan zu quetschen.

Lover möchten, dass man sich auf sie einstellt und ihnen tief in die Augen schaut, statt – in Gedanken oder tatsächlich – mit den Fingern auf den Tisch zu trommeln, weil daheim ja das Kind sitzt, ohne warmes Essen und ohne Mutter, mit der es die Ereignisse seines Tages besprechen kann.

Ideologisch gesehen sollte man auf egozentrische Lover vielleicht von vornherein pfeifen. Praktisch gesehen erübrigt sich das, weil zuvor die Lover auf eine pfeifen, die keine Rücksicht auf ihre egozentrischen Bedürfnisse nimmt.

»Ich könnte jetzt sagen, ich komme zu dir und wir spielen mit deiner Tochter Monopoly oder so was. Aber ehrlich gestanden weiß ich nicht, ob ich wirklich der Familie vorgestellt werden will«, sagte Conrad.

»Ehrlich gestanden weiß ich, dass ich dich meiner Familie überhaupt nicht vorstellen möchte«, sagte ich.

Das war wahr. Lover, die miterleben, wie die Suppe überkocht, büßen viel von ihrer erotischen Ausstrahlung ein.

Ich hatte mir Conrad nicht deswegen aufgerissen, weil er nach häuslicher Idylle beim Monopoly und einer soliden Zukunft zu zweit aussah.

Ich hatte mir Conrad angetan, weil er all das verkörperte, was ich mir nie, nie mehr hatte antun wollen. Conrad war mein Tribut an meine Unvernunft, die ich viel zu lange unterdrückt hatte. Die Stimme der Unvernunft ist ein Aphrodisiakum für mich.

Ich höre nicht auf, an eine Liebe zu glauben, die den Alltag wärmt und an ihm wächst, aber noch ist sie mir nicht begegnet und vielleicht bin ich auch noch nicht reif für sie.

Vorläufig stürze ich mich, zumindest dann und wann, in Lieben, von denen klar ist, dass sie am Alltag zerbrechen, und genau das macht sie so spannend.

»Übrigens bin ich nur noch morgen hier«, sagte Conrad. »Vielleicht erleichtert dir das die Entscheidung.«

»Was heißt das?«

»Morgen Abend fliege ich zurück nach Hamburg.«

»Hamburg?«

»Dort ist meine Redaktion.«

Ich rief Nina an. »Gibst du mir heute Abend frei?«

»Schon wieder?«

»Es ist wichtig.«

»Ich kenne mich aber in Geschichte nicht aus.«

»Marietta wird dir helfen.«

»Ha. Ha.«

»Ich versprech's dir.«

Ich rief Marietta an und verdonnerte sie, den Abend mit Nina zu verbringen.

Sie setzte zu einem Gejammer an, das vermutlich darauf hinauslaufen sollte, dass sie Richard schon versprochen hätte, ihm die Schuhbänder zuzuknüpfen.

Ich sagte: »Wenn nicht, rufe ich Richards Frau an und erzähle ihr alles.«

»Tu das«, sagte Marietta. »Vielleicht lässt sie sich dann scheiden.«

Ich korrigierte mich: »Wenn du dich heute nicht um Nina kümmerst, werde ich Richards Frau *nie* etwas erzählen, und weil Richard auch nie was sagen wird, lässt sie sich ganz bestimmt nie scheiden.«

»Na schön«, sagte Marietta.

Blieb Mausi. Ich fing vorsichtig an, aber sie unterbrach mich sofort: »Nein. Nein, das kann sie mir nicht zumuten. Eine Nacht im Auto! Ist sie nicht bei Trost?«

»Was soll ich tun? Dir ein Hotelzimmer mieten?«

»Sie kann mich mitnehmen. Sie kann sagen, in der Tragetüte hat sie ein Geschenk für ein Kind von einer Freundin. Und sie will es nicht im Auto lassen, weil es sonst am Ende gestohlen wird.«

»Ja, aber es geht um meine Intimsphäre.«

»Um ihre – was?«

»Ich will kein Publikum bei meinem Liebesgeflüster.«

Mausi dachte nach.

»Kann sie mich nicht vorher daheim abliefern?«

»Das geht sich nicht aus.«

Pause.

Ich sagte: »Ich könnte dich bei Liane abstellen. Falls sie daheim ist. Liane wohnt zentral.«

Mausi winkte ab. »Ich dürfte mich ja doch nicht mit ihr unterhalten.«

»Mit mir darfst du dich auch nicht unterhalten, wenn Conrad dabei ist.«

»Aber ich kann mich nachher mit ihr über das unterhalten, was *sie* gesagt hat. Zu Herrn Conrad.«

»Eben.«

Mausi schwieg.

Dann sagte sie: »Also gut. Eine Nacht im Auto. Ich opfere mich. Es ist *kein* kleines Opfer. Aber ich bringe es. Sie wird mir hoffentlich ewig dankbar sein.«

»Bin ich. Wirklich.«

Pause.

Dann fragte Mausi mit kleiner, leiser, vornehmer Stimme: »Sonst hat sie mir nichts mitzuteilen?«

»Äh – sollte ich?«

»Ja.«

»Was?«

»Es ist sehr peinlich, wenn man ihr so was erst vorsagen muss.«

»Tut mir Leid. Aber ich bin begriffsstutzig. Also, was habe ich vergessen?«

»Sie hätte fragen können, *wie* sie mir ihre Dankbarkeit zeigen kann.«

»Ich kann sie dir zeigen?«

»Vielleicht.«

»Womit?«

Mausi schlug verlegen die Augen nieder, errötete hold unter ihrem grauen Plüsch (jedenfalls kam es mir so vor) und flötete: »Ich hätte gerne diese Ohrgehänge.«

»Diese – was?«

»Diese funkelnden.«

»Ohrgehänge?«

»Ja.«

Ich betrachtete fassungslos Mausis Ohren und stellte sie mir mit funkelndem Geschmeide behangen vor.

Na ja. Warum nicht? Schöne Körperteile haben es im Grunde weniger nötig, durch Schmuck ästhetisch aufgewertet zu werden als, sagen wir einmal, solche, die ohne zierende Accessoires rein gar nichts hermachen.

(Vielleicht sollte man die Mode des Piercings unter diesem Aspekt sehen. All die Augenbrauen, Nasenflügel, Zungen oder Nabel! Lauter Regionen der menschlichen Physis, die vergleichsweise wenig Aufmerksamkeit abbekamen, bis man anfing, durch verstümmelndes oder verletzendes Dekor ihre Beachtung zu erzwingen.)

»Darf ich wissen, wovon genau du sprichst?«

»Sie hat dieses Bestelldings daheim herumliegen. Und da ist ein Bild drin. Und die Ohrgehänge auf diesem Bild will ich.«

Ich überlegte blitzschnell, ob und wie sich ein Tiffany-Katalog in mein bescheidenes Heim verirrt haben konnte (falls es so was wie Tiffany-Kataloge gab). Es stellte sich aber heraus, dass Mausi von der Broschüre eines Versandhandels mit moderater Preisgestaltung sprach.

»Ich glaube, ich weiß, welche du meinst. Die sind aber bloß Strass.«

»Ja, und?«

»*Strass.* Keine Diamanten. Oder weiße Saphire oder so was.«

»Denkt sie, ich denke, sie kann sich Diamanten leisten?«

Diesen Hinweis auf meine Einkommensverhältnisse fand ich brutal.

»Ich dachte nur, du würdest ausschließlich Edelsteine tragen wollen.«

»Ich bitte sie! Sei sie doch ein bisschen zeitgemäß. Niemand will heutzutage ausschließlich Edelsteine tragen, außer angegrauten Schuldirektorsgattinnen aus der Provinz«, sagte Mausi mit der Überlegenheit der ausgekochten Styling-Expertin, die stets weiß, was trendmäßig läuft.

Ich versprach, die Strass-Ohrgehänge für sie zu bestellen.

Conrad und ich gingen essen. Ich aß fast nichts. Meine Lust war nicht auf Essen programmiert.

Conrad schien bei gutem Appetit. Das fand ich nicht weiter erstaunlich. Meiner Erfahrung nach wird der männliche Hunger kaum je durch Verliebtsein oder Geilheit eingeschränkt. Wenn Männer appetitlos im Essen stochern, dann eher deswegen, weil sie flüssige Kalorien in Form von Alkohol bevorzugen.

Wir gingen tanzen. Ich hätte keine Ahnung gehabt, wo Menschen jenseits des Teenageralters und diesseits der Silberhaarphase das Tanzbein schwingen konnten, aber Conrad wusste es. Zuerst befürchtete ich, wir würden in einer Disco landen, in der ich mich bemüßigt fühlen könnte, den jugendlichen Gästen Adoptionsangebote zu machen, um meine Anwesenheit als ausgeflippte Alte zu rechtfertigen, aber dann war das Lokal recht annehmbar: kein Teenie-Treff, aber auch keine dieser Bars, in denen zu Limonadenmusik gemäßigtes Seniorenturnen praktiziert wird.

Als Conrad nachher »Zu mir!« sagte, fuhr ich los. Dabei fragte ich: »Wieso hast du eigentlich hier eine Wohnung, wenn du ganz woanders lebst?«

Conrad sah mich von der Seite an. »Ich habe hier keine Wohnung.«

»Nein?«

»Nein.«

»Aha.«

Ich fuhr.

Conrad sagte: »Die Wohnung gehört einer guten Freundin. Wenn ich hier bin, darf ich sie benützen.«

»Praktisch.«

»Ja.«

»Besteht die Möglichkeit, dass ich der guten Freundin begegne, wenn wir *zu dir* fahren?«

»Nein. Sie ist verreist. Kommt nicht vor Dienstag zurück.«

»Praktisch.«

»Ja. Das hast du schon festgestellt.«

Ich fuhr.

Conrad sagte: »Warum fragst du nicht einfach, eine wie gute Freundin meine gute Freundin ist?«

»Ich überlege noch, ob es mich was angehen soll.«

»Also gut, dann sage ich es dir freiwillig: Sie war eine *sehr* gute Freundin. Aber jetzt sind wir nur noch *gute Freunde* und das ist alles.«

Was nicht bedeutete, dass es nicht anderswo eine *sehr* gute Freundin gab. Oder mehrere.

Conrad fügte hinzu: »Ich eigne mich nicht besonders für das, was man eine fixe Beziehung nennt. Nicht, dass ich stolz darauf wäre. Es ist einfach so.«

Das sagen sie immer. *So bin ich. Nicht, dass ich stolz darauf bin. Ich bin einfach, wie ich bin, nämlich ein verdammt verfluchter Kerl, Puppe.*

Nur dass ich keine Puppe war. Aber auch keine Naive auf dem Trip, aus einem Typ wie Conrad eine männliche Klette machen zu wollen.

»Ich hab die Warnung kapiert«, sagte ich. »Und ich kann damit leben.«

Vielleicht, denke ich mir manchmal, eigne ich mich ja selber nicht mehr für fixe Beziehungen. Ich habe eine fixe Beziehung zu meiner Tochter und je eine nicht ganz so fixe zu meiner Schwester und zu meinem Vater. (Und eine zu Mausi. Wenn wir den unumgänglichen Tatsachen furchtlos ins Auge sehen wollen.)

Das sollte reichen. Mehr wäre wahrscheinlich zu viel.

Nein, keine Details über den Rest dieser Nacht. Nur das: Sie lohnte sich. Als ich in Conrads Armen lag, kräftigen Armen, an seiner bronzefarbenen Brust, und seine wirren dunklen Haare meine Stirn streiften, wusste ich, dass ich den Geruch dieser Haut und ihre Wärme bald vermissen würde. Aber so ist das Leben.

15

Es gab eine kurze Zeit, in der war Agathe scharf darauf, Ninas Stiefmutter zu spielen. Die Betonung liegt auf »spielen«. Agathe wollte nicht echte, langweilige Betreuungsaufgaben übernehmen (was zugegebenermaßen auch gar nicht ihre Pflicht wäre), sondern als angebetete Übermutter brillieren.

Sie plusterte sich auf. Sie machte sich wichtig. Sie fühlte sich gütig.

Wenn sie Nina ein Stückchen Konfekt kaufte, tat sie, als hätte sie stundenlang für sie gekocht.

Sie schmückte sich mit Nina wie mit einem Haustier. Ein paarmal schleifte sie sie zu Vernissagen mit, wo sie aber kein Wort mit ihr sprach, weil sie vollauf damit beschäftigt war, allen anderen Anwesenden zu erklären, dass sie es gütigerweise übernommen habe, Nina, diesem unbeleckten Wurm, etwas Kultur zu vermitteln.

Und sie erwartete allen Ernstes, Nina würde *sie* lieber haben als mich.

Sie fühle sich unter Psychodruck, vertraute sie einer Bekannten an (die es mir mit Genuss weitererzählte), weil Nina sich sicherlich wünsche, bei ihr zu leben statt bei mir. Schließlich sei sie die weitaus interessantere Persönlichkeit. Allerdings könne sie, bei allem Verständnis für die Faszination, die sie auf Nina zweifellos ausübe, diesem Begehren nicht entsprechen, denn sie halte es einfach nicht aus, ständig ein Kind um sich zu haben.

Und so fort in der Avenue der Irrtümer.

An einem von Philipps Besuchssamstagen zum Beispiel holte Agathe Nina ab und zog mit ihr durch eine Reihe eleganter Innenstadtboutiquen, wo Nina gelangweilt herumstand, während sich Agathe durch die Kollektionen der Saison probierte.

Als sie Nina zurückbrachte, seufzte Agathe mit einem kleinen, tapferen Kichern, sie sei zwar vollständig geschafft von diesem gelungenen Nachmittag unter Mädels, werde ihn aber Nina zuliebe demnächst wiederholen.

»Ich gehe nie wieder mit *der* mit!«, sagte Nina, kaum dass Agathe weg war.

Das wiederum fand Philipp, als es ihm – in gemilderter Form – zu Ohren kam, empörend. Agathe habe sich *solche* Mühe gegeben, Nina zu unterhalten, und nun dieser Undank.

Irgendwann kam Agathe drauf, dass sich die kitschigen Filmszenen, die sie wohl vor Augen gehabt hatte, als sie ihre Stiefmutternummer abzog, nie und nimmer in unseren realen Leben abspielen würden.

Nina wollte Agathe nicht zu Füßen liegen. Nina wollte nicht dankbar stummer Gast sein bei schicken Erwachsenen-Events, sondern so öde Dinge tun wie radeln oder auf Rummelplätzen Achterbahn fahren.

Und was immer Nina an mir auszusetzen hat – Agathe ist die Letzte, der sie es je mitteilen würde.

Als sie erkannt hatte, dass sie den von ihr ausgerufenen Wettbewerb um das *Goldene Mutterherz* niemals gewinnen würde, verlor Agathe schlagartig jedes Interesse an Nina, was insofern bedauerlich war, als sie sogleich dafür sorgte, dass auch Philipp seine ohnehin nur rudimentären Vatergefühle fortan tapfer unterdrückte.

Zwecklos, deswegen zu klagen, ich weiß. Damit müssen wir uns *eben abfinden. Liebe,* auch Vaterliebe, *kann man nicht erzwingen.* Ich kenne alle einschlägigen Sprüche und ich hasse sie, weil sie sich leicht sagen, aber schwer befolgen lassen, und besonders hasse ich es, wenn sie von Personen kommen, deren Kinder über rührende Väter verfügen.

Ich würde Nina von Herzen einen Vater wünschen, der diese Bezeichnung auch verdient. Aber wer glaubt, meinen Wunsch ausnützen zu können, um mich für blöd zu verkaufen, hat sich geirrt. So viel vorneweg.

»Ich hoffe, mein Opfer hat sich gelohnt«, sagte Marietta, als ich nach dem Abschied von Conrad heimkam. (Es war später Nachmittag. Machen Sie sich trotzdem keine übertriebenen Vorstellungen von meinem ausschweifenden Lotterleben: Conrad hatte ich schon am Morgen adieu gesagt. Danach war ich ins Büro gefahren und hatte brav gearbeitet.) Nun trabte ich zur Tür herein und meine Schwester überfiel mich mit ihrer Opfer-Behauptung.

Wieso muss eigentlich ein derartiger Opferaufwand betrieben werden, wenn ich einmal eine Nacht mit einem Liebhaber verbringe? Ist es normal, dass sich eine Kette von selbstlosen Helferinnen bildet, damit eine durchschnittliche Frauensperson in mittleren Jahren ein bisschen Sex haben kann? Und wenn nicht – was bedeutet das dann für mich und mein Leben?

»Du opferst dich, wenn du einmal mit deiner Nichte Geschichte lernst? Wieso? Hat sie Mundgeruch?«

Marietta sagte, es sei ihre Freizeit, die sie geopfert habe. Richtig. Freizeit, die sie sonst in den Dienst von Richard hätte stellen können. Wer weiß, vielleicht hatte Richard heute eigenhändig in der Nase bohren müssen, weil Marietta Ninas wegen verhindert war?

Richard geht jetzt übrigens in eine Therapie. Das Erlebnis mit Mausi – das er nach wie vor für eine Ausgeburt seiner kranken Fantasie hält – hat ihn veranlasst, sich einem Seelenklempner anzuvertrauen. Ach, wäre ich doch Psychotherapeutin! Mausi könnte mir scharenweise Klienten zutreiben und ich würde stinkreich!

»Was Nina anlangt, so finde ich, du solltest aufhören, sie wegen ihrer Schulnoten zu terrorisieren«, sagte meine Schwester, die Lehrerin. »Schulnoten haben nicht wirklich was zu bedeuten. Denk an Einstein.«

»Woher nimmst du bloß immer diese originellen Überlegungen?«, fragte ich. Marietta zog ein beleidigtes Gesicht.

Natürlich könnte ich an Einstein denken, wenn ich Ninas Schulnoten sehe. Stattdessen denke ich an all die Eltern, die bereits an Einstein gedacht und sich vergeblich darauf verlassen haben, dass schulische Misserfolge zwangsläufig eine bedeutende Berufslaufbahn ankündigen.

Und ich habe als Schreckensbeispiel für falsche Erwartungen Philipps Tante Gusti vor Augen, die von der Sozialhilfe lebt, nachdem sie all ihr Ererbtes und Erspartes in einen nichtsnutzigen Sohn gesteckt hat, der sich vom miserablen Schüler zielstrebig zum erwerbsunfähigen Erwachsenen entwickelte, umhätschelt von einer Mutter, die bis heute glaubt, dass seine Trägheit schon noch in Genialität umschlagen wird.

»Übrigens hat Agathe angerufen«, sagte Marietta.

»Was wollte sie?«

»Sie wollte wissen, ob Nina ihren Papi nicht einmal *so richtig lange* um sich haben möchte.«

»Was meint sie damit?«

»Keine Ahnung. Frag sie.«

Das tat ich.

»Oh, wir haben uns gedacht, Philipp könnte für ein Weilchen bei euch wohnen. Bis Weihnachten vielleicht. Wäre das nicht nett?« Agathes Stimme klang unschuldig. *Zu* unschuldig.

»Was ist los?«

»Sei doch nicht gleich so unfreundlich.«

»*Warum? Was will er hier?*«

»Er will sich um seine Tochter kümmern.«

»Dazu muss er doch nicht bei uns *wohnen*.«

»Eigentlich schon. Er ist ja nicht sehr mobil zurzeit.«

»Wieso?«

»Weil er immer noch diesen Gips hat, meine Liebe. Das ist eine äußerst unangenehme Geschichte. Und es würde ihm gut tun, wenn ihn Nina ein bisschen aufheitern könnte.«

»Du meinst, Philipp liegt bewegungsunfähig herum?«

»Er ist in seiner Mobilität eingeschränkt, ja.«

»Ha! Du willst ihn nicht pflegen!«, rief ich erleuchtet.

»Das ist eine Unterstellung.«

»Du willst ihn nicht pflegen und deshalb willst du ihn zu uns *auslagern*! Das steckt dahinter.«

»Deine Ausdrucksweise sagt alles über dich. Aber ich gebe zu, ich bin etwas überfordert mit seiner Pflege –«

»Ich kenne ihn. Er ist ein unausstehlicher Patient.«

»– und ich sehe auch gar nicht ein, warum ich ihn allein betreuen soll. In Krisenfällen müssen die Angehörigen zusammenhalten.«

»Dass ich nicht lache.«

»Du warst mit diesem Mann *verheiratet*! Du hast ein *Kind* mit ihm!«

»Seit wann spielt das eine Rolle?«

Agathe schwieg einen kleinen Moment. Dann fragte sie mit kalter Stimme: »Verstehe ich das richtig? Der Vater deiner Tochter will Zeit mit ihr verbringen und du verhinderst es?«

Ich antwortete: »Ich verhindere gar nichts. Wie wär's, wenn Nina zu euch ziehen würde?«

Falls Sie mir jetzt vorwerfen, dass ich ein frivoles Spiel mit dem Seelenfrieden meiner Tochter treibe:

Ich war mir ganz sicher, dass Agathe sich *nicht* bereit erklären würde, Nina bei sich aufzunehmen.

Hätte sie sich bereit erklärt, wäre sie nicht Agathe gewesen.

Und wäre Agathe nicht Agathe, sondern ein netter Mensch, könnte ich Nina wiederum getrost zu ihr schicken.

Prompt sagte Agathe: »Du spinnst ja. Und weißt du was? Philipp hat in Wahrheit überhaupt keine Lust, euch zu sehen. Ich musste ihn dazu überreden.«

»Für deine Bequemlichkeit scheust du aber auch keine Mühe.«

Agathe legte wieder einmal abrupt auf. Diese Frau wird, fürchte ich, nie ein Fan von mir.

Das kaputte Ahnenbild wartete immer noch darauf, abgeholt zu werden. Von mir aus konnte es lange warten. Allerdings wartete es im Keller und das war vielleicht nicht zu seinem Besten. Aber wo und wie hätte ich es sonst aufbewahren sollen, nachdem Philipp den Rahmen ruiniert hatte?

Papi war mittlerweile ganz freudige Aufregung. Er fieberte dem Erscheinen der Story entgegen, die seine neue Flamme über ihn schreiben wollte. Er brannte darauf, ihre Gefühle für ihn veröffentlicht zu sehen. Einstweilen wolle er Ilse noch schonen, aber wenn sie einmal schwarz auf weiß zu lesen bekäme, wie es um ihn und die junge Frau von der Presse stand, würde er sich zur Wahrheit bekennen.

Sogar Marietta fand seine Äußerungen merkwürdig.

»Wieso glaubst du, dass dir diese Journalistin eine Liebeserklärung macht?«, fragte sie. »Die soll doch einen Artikel schreiben und keinen persönlichen Schmus!«

Papi schmunzelte. »Natürlich wird das kein öffentliches Geständnis. Aber wer auch nur ein bisschen zwischen den Zeilen liest, wird sich sofort auskennen. Man kann seine Emotionen nicht völlig heraushalten, weißt du.«

Mausi schaute ihn angewidert aus quietschblauen Augen an. »Wenn die Frau in dich verliebt ist, alter Mann, dann muss es noch schlechter um die schreibende Zunft bestellt sein, als ich dachte.«

Papi überhörte sie elegant. Stattdessen überlegte er: »Vielleicht sollte ich über Weihnachten mit ihr in den Süden fliegen? Laue Sternennächte unter Palmen und so. Das wär doch was.«

»Darf ich wissen, von welchem Geld?«, fragte ich schonungslos.

Papi seufzte. »Ich habe nicht immer in bitterer Armut gelebt, weißt du«, sagte er mit gekränkter Grandezza. »Verzeih mir, wenn ich gelegentlich in einen Lebensstil zurückfalle – gedanklich wenigstens –, der mir angemessen war.«

»Vater«, sagte ich kühl, »ich musste in der sechsten Klasse vom Elternverein gesponsert werden, damit ich auf Schikurs fahren konnte. Das hatte ich deinem Lebensstil zu verdanken. Erinnere mich lieber nicht daran.«

Ich war gerade in einem Meeting mit der Geschäftsführung einer Bauträgergruppe, für die wir Grundstücke suchen sollten, als Marietta anrief. »Hast du schon gelesen?«

Ich möchte wissen, was Marietta sagen würde, wenn ich sie mitten in einer Schulstunde anriefe, um kryptisch zu fragen: »Hast du schon gelesen?«

(Handy abschalten? Wie Marietta während der Schulstunden? Würde ich ja, wenn ich nicht für dringende Anrufe erreichbar sein müsste. Für *dringende*. Erkundigungen über den Stand meiner Privatlektüre fallen eigentlich nicht darunter. Das ist eines meiner Dauerprobleme: Die Mitglieder meiner Familie können sich einfach nicht vorstellen, dass ich die Zeit, die ich außer Haus verbringe, mit Arbeit fülle, schon gar nicht mit Arbeit, die wichtiger ist als das, was sie mir auf der Stelle mitzuteilen haben.)

»Kann ich zurückrufen?«, fragte ich in geschäftsmäßigem Ton.

Marietta ließ sich nicht beirren. »Du musst das lesen.«

»Ich kann jetzt wirklich nicht.«

»Schon gut, mehr wollte ich dir sowieso nicht sagen. Lies den Artikel über Papi. Die Zeitschrift ist seit heute auf dem Markt. Kauf sie dir.«

Nach dem Meeting steuerte ich einen Zeitschriftenkiosk an und erstand das zeitgeistige Magazin, in dem Papi porträtiert sein sollte.

Ich blätterte hastig. Da war er schon! Ein großes Foto zeigte sein zerfurchtes Gesicht.

Es sah nicht schlecht aus. Papi verfügt über das Privileg fotogener Züge. Das Zerknitterte macht sie interessant und die schlaffen Hautpartien nehmen den Konturen erstaunlicherweise nichts von ihrer Schärfe.

Weise blickte er drein, nachdenklich.

Vermutlich überlegte er gerade, ob er nicht doch ein bisschen Bräunungscreme hätte verwenden sollen und ob das Pfeffer-und-Salz-Sakko besser gewesen wäre als das beige Kaschmirjackett, das er trug.

Ich las den Text, der zu einer Serie mit dem Titel: »Was wurde aus …?« gehörte.

Man konnte nicht sagen, dass er Papi unrecht tat.

Man konnte aber auch nicht sagen, dass er Papi schonte.

Nur eines konnte man auf jeden Fall sagen: Er war *keine* Liebeserklärung.

Papi wurde als eitler, zerzauster Gockel beschrieben, der immer noch vor sich hin krähte, obwohl er nichts mehr zu melden hatte. Mit subtilem Hohn schilderte die Reporterin, wie er, überzeugt von seiner Unwiderstehlichkeit und ungeachtet seines Greisenalters, mit ihr zu flirten versucht hatte. Und sie deutete – keineswegs dezent – an, dass in seinem bemerkenswerten Charakterkopf ziemlich sicher kaum jemals bemerkenswerte Gedanken gewälzt worden waren.

Wäre ich an ihrer Stelle gewesen, mein Artikel wäre vielleicht nicht viel anders ausgefallen. Ich war aber nicht an ihrer Stelle, sondern die Tochter des Mannes, den sie durch den Kakao zog. Irgendwie zog mich das mit. Also schleuderte ich die Zeitschrift auf die Rückbank meines Autos und beschloss, nie wieder eine Zeile von dieser Person zu lesen, ja in Zukunft überhaupt gleich das ganze Magazin zu boykottieren. Das würde mir insofern nicht schwer fallen, als ich es schon bisher nicht gekauft hatte.

Zu Hause große Krisensitzung. Die Teilnehmerinnen hießen Marietta und Ilse. Papi saß zwar bei ihnen, wirkte aber gelassen, fast entspannt.

»Kinder«, sagte er gerade, »das ist das *Showbiz*. Ihr habt ja keine Ahnung. Wichtig ist, dass du in der Zeitung stehst und dass sie deinen Namen richtig schreiben. Ich finde nur, sie hätten das Foto größer bringen können.« (Hätten sie nicht. Es ging über die ganze Seite.)

»Sie schreibt, du hättest sie angebaggert!«, sagte Ilse mit einer Stimme, die klang, als hebe sie mit spitzen Fingern ein anstößiges Wort hoch.

Nina, die gerade durchs Zimmer ging, öffnete den Mund, aber ich brachte sie mit einem warnenden Blick zum Schweigen.

»Wunschdenken«, bemerkte mein Vater verächtlich. »Der ganze Artikel ist das frustrierte Geschwätz einer Frau, die mit dem Charme und der Liebenswürdigkeit eines Mannes nichts anfangen kann, weil noch nie ein Mann charmant und liebenswürdig zu ihr war. Beinah tut sie mir Leid.«

Alle Achtung! Das musste man sich erst einmal zusammenreimen! Ob die Reporterin die Geistesgaben von Papi nicht doch ein klein wenig unterschätzt hatte?

Ilse sagte, Rudi sei zu gut für diese Welt und eigentlich sollte er die Zeitschrift verklagen.

Marietta bebte stellvertretend für Papi vor Wut und redete von *Vertrauensbruch* und *Demütigung*.

Papi widersprach säuerlich. Von Demütigung könne keine Rede sein und ohnehin habe er der *Journaille* noch nie vertraut.

Marietta bestand darauf, dass Papis Selbstwertgefühl ramponiert sein müsse, worauf Papi doch noch böse wurde, und zwar auf Marietta.

Das wiederum verstand Marietta nicht.

»Also, weißt du«, rief sie empört, »du warst doch derjenige, der sich weiß ich was vorgestellt hat –«

Ich deutete hinter Ilses Rücken, dass ich sie erwürgen würde, wenn sie es wagte weiterzusprechen, worauf Marietta mitten im Satz abbrach und nur noch tonlos den Mund auf- und zuklappte wie ein Karpfen auf dem Trockenen.

»Er war derjenige, der sich *was* vorgestellt hat?«, fragte Ilse scharf.

»Dass ihm der Artikel ein paar Rollenangebote einbringen wird«, sagte ich schnell.

»Aber Häschen«, rief Ilse, »das hast du doch nicht nötig! Alle wissen, dass du ein großartiger Schauspieler bist. Alle, die was davon *verstehen*, zumindest. Wem willst du noch was beweisen?«

Von wegen. Unsere Haushaltskasse hätte es durchaus nötig gehabt, dass Papi es der Filmwelt noch einmal zeigte. Nicht dass ich damit rechnete, er würde uns in einem solchen Fall freiwillig was von seiner Gage abgeben. Aber ich traute mir zu, seiner Spendierfreudigkeit auf die Sprünge zu helfen, und sei es durch die Drohung, in seinem Zimmer die Heizung abzudrehen.

Ich zog Marietta in die Küche.

»Hör auf, Stunk zu machen!«, zischte ich. »Was willst du erreichen?«

»Dass sich mein Vater der Realität stellt!«, rief Marietta.

»Wozu?«

»Weil das nicht geht«, sagte Marietta. »Da sitzt er mit Ilse, die keine Ahnung hat, dass er sie verlassen wollte –«

»Ja, und?«

»Ilse hat ein Recht darauf, die Wahrheit zu erfahren –«

»Wozu?«

Marietta suchte nach einer Begründung, fand aber keine.

»Wir sollten froh sein«, sagte ich, »wenn mit Ilse wieder alles in Butter ist. Sie passt zu ihm, er passt zu ihr, hoffentlich in Ewigkeit, Amen. Oder würdest du dich gern mit einer Stiefmutter herumplagen, die knapp so alt ist wie du?«

»Sie wäre doch nicht unsere *Stiefmutter.*«

»Nein, aber sie hätte auf jeden Fall irgendeinen hoch pathologischen Defekt, wenn sie sich unseren Vater anlachen würde. Ein Altersunterschied von fünfundvierzig Jahren, zu einem Mann, der keinen Groschen auf der hohen Kante hat! Überleg dir das einmal!«

Marietta seufzte. »Okay, ich verstehe ja vollkommen, dass die Geschichte mit der Reporterin nur Wunschdenken von *ihm* war. Aber trotzdem hätte sie nicht derart gemein über ihn schreiben müssen.«

»Hätte sie nicht. Obwohl es nicht *falsch* ist, was sie schreibt. Aber was bringt's, wenn du ihn dazu bringst, dass er schäumt und tobt?«

»Vielleicht ist es nicht gesund, wenn er die Sache verdrängt.«

»Schwester«, sagte ich mild, »dein Vater, der zufällig auch meiner ist, hat ein ganzes langes Leben lang alles verdrängt, was ihm nicht in den Kram gepasst hat. Und – schau ihn an – hat's ihm geschadet?«

Als wir ins Wohnzimmer zurückkehrten, sagte Papi gerade träumerisch: »Weißt du, Schatz – vielleicht sollte ich dich über Weihnachten in den Süden entführen. Laue Sternennächte unter Palmen und so. Was hältst du davon?«

Diesmal konnte ich mir die Frage nach der Finanzierung sparen, denn Ilse flötete: »Ach, Häschen – Weihnachten ist aber doch ein Familienfest …«

Papi schaute erstaunt. Auf die Idee war er offenbar noch nie gekommen und falls doch, wusste er jedenfalls nicht, welche Bedeutung sie für sein Leben haben sollte. Papi tat grundsätzlich nur das, worauf er Lust hatte. Wenn er Familienleben konsumierte, dann nicht, weil die Konvention es gebot.

Ilse gab dem alten Fuchs Nachhilfe in Verwandtschaftssinn: »Glaubst du nicht, dass deine Töchter und dein Enkelkind dich vermissen würden?«

»Ach, wo, Unsinn!«, erwiderte er im Brustton der Überzeugung.

Ich glaubte einen sehnsüchtigen Schimmer in Ilses Augen wahrzunehmen.

»Möchtest du mit uns feiern?«, fragte ich.

Ilse zögerte wohl erzogen: »Ich will mich nicht aufdrängen …«

»Tust du nicht«, sagte ich zu ihr. Und zu meinem Vater: »Tja, sieht so aus, als würdest du die Karibik verschieben müssen.«

Er schaute verzichtend, edelmütig, selbstlos. Dass er eine Karibikreise weder jetzt noch später würde bezahlen können, bereitete ihm anscheinend kein Kopfzerbrechen. Vielleicht baute er ja auch darauf, dass ich ihm ein langfristiges Darlehen gewähren würde. Da baute er allerdings auf Sand.

Später, als wir allein waren (Ilse hatte Papi mitgenommen), nörgelte Marietta an mir herum. Nun, da ich Ilse eingeladen hätte, ohne irgendwen zu fragen –

»Genau«, sagte Nina, »du hättest mich fragen müssen. Ich bin das Kind. Weihnachten ist *mein* Fest. Und jetzt muss ich's mit Ilse verbringen!«

Nun, da ich Ilse eingeladen hätte, fuhr Marietta unbeirrt fort, könne man schwerlich damit rechnen, dass ihre Mutter –

»Ach so«, sagte Nina, »du bist nur sauer wegen deiner Mutter.«

»Meine Mutter ist immer sehr nett zu dir!«, fauchte Marietta.

»Nicht netter als Ilse«, sagte Nina hinterhältig.

Marietta schnaubte empört.

Nina fuhr fort: »Deine Mutter reißt mir die Nase nicht ab, Ilse reißt mir die Nase nicht ab. Sie begrüßen mich, sie sagen, dass ich schon wieder gewachsen bin, und manchmal schenken sie mir Milchschokolade. Ansonsten bin ich ihnen schnurzpiepegal. Sie wissen nicht einmal, dass ich keine *Milch*schokolade mag.«

Marietta sah es naturgemäß anders, sie fand, ihre Mutter verhalte sich Nina gegenüber mindestens wie eine leibliche Großmutter, worauf Nina sagte, sie habe keine Erfahrung mit Großmüttern, alles, was sie wüsste, sei, dass sie von Wölfen gefressen würden, aber das wolle sie Mariettas Mutter nicht wünschen.

Marietta keuchte.

Ich bereitete der Auseinandersetzung ein Ende, indem ich erklärte, Mariettas Mutter werde selbstverständlich ebenfalls eingeladen, es sei ihre Sache, ob sie annehme oder ablehne. Ilse sei ihr zumutbar, so wie Papi der Richter zumutbar sei.

»Ja, aber sie ist meine Mutter«, sagte Marietta störrisch. »Mir ist es nicht egal, wenn sie ablehnt.«

Ich verdrehte die Augen. Eine Ersatzhandlung. Hätte ich meinen Gefühlen freien Lauf lassen können, hätte ich Marietta den Hals umgedreht.

Dann sagte ich: »Wenn das so weitergeht, fliege *ich* in die Karibik.«

»Ohne mich?«, rief Nina.

»Dich nehme ich mit.«

»Was soll ich dort machen, bitte? Ohne eine einzige Freundin?«

Angeblich gibt es Töchter, die betrachten ihre liebe Mami als ihre beste Freundin. (Unter uns waren sie mir immer verdächtig. Was müssen das für raumfüllende Mütter sein, die keinen Platz lassen für andere Beziehungen? Meiner altmodischen Meinung nach haben Mütter die Pflicht und Schuldigkeit, Mütter zu sein. Wer die beste Freundin seiner Kinder spielt, drückt sich in unzulässiger Weise davor, sich auch mal unbeliebt zu machen. Verantwortung zu tragen bedeutet, im Zweifelsfall einen Absturz auf der Beliebtheitsskala zu riskieren. Freundinnen sind *gute* Freundinnen, wenn sie über die Chemielehrerin sagen: »Du hast völlig Recht. Eine blöde Kuh wie die verdient es nicht, dass man ihr zuhört.« Mütter, die in gleicher Weise argumentieren, sind nicht unbedingt *wirklich* gute Mütter.)

»Na schön«, sagte ich, »ich bleibe hier und betrinke mich einfach.«

Eine kluge Entscheidung. Auch ich hätte nicht so recht gewusst, wie ich einen Karibiktrip finanzieren sollte.

Die bestellten Ohrgehänge kamen. Wir packten sie aus, Mausi und ich. Sie funkelten erbarmungslos. Mausi klipste sie an den Rand ihrer Riesenohren. Sie baumelten ihr bis auf die Brust.

Mausi kriegte einen verträumten Blick und faselte was von Bällen, seidenen Abendkleidern und Blumen im Haar.

Ich betrachtete sie und versuchte, sie mir mit goldenen Locken statt in grauem Plüsch vorzustellen. Es gelang mir nicht.

Ich war plötzlich ziemlich traurig. Mausi hingegen strahlte mit ihren Ohrgehängen um die Wette. »Jetzt fehlt mir nur noch ein junger Mann, der mich küsst!«, sagte sie.

Nina kam zur Tür herein und hörte es. Dann starrte sie auf Mausis Ohren.

»Was ist das?«

»Schmiergeld«, sagte ich.

»Was?«

»Mausi hat mir einen Gefallen getan und ich habe mich revanchiert.«

»Was für einen Gefallen?«

Mausi kriegte einen ärgerlichen Gesichtsausdruck. Ihre Schnurrbarthaare zitterten.

»Was sind das für Manieren?«, fragte sie mit der schnarrenden Stimme, die sie für ihre Einschüchterungsversuche parat hält. »Zu meiner Zeit haben Eltern ihre Kinder ausgefragt, aber nicht die Kinder ihre Eltern!«

»Ach so, es geht um Männergeschichten«, sagte Nina kühl und bemühte sich um eine gelangweilte Miene. »Ja, dann.«

Zwei Tage später kam Markus vorbei. Er ist ein schlaksiger, schüchterner Junge mit Pickeln und einer Zahnspange, der mit Nina zur Schule geht und ein paar Straßen weiter wohnt. Nina blickt die meiste Zeit über ihn hinweg wie über einen mäßig abstoßenden Käfer, nur dann und wann kriegt sie Anfälle von Mildtätigkeit und tauscht Worte oder CDs mit ihm, wobei die Worte meistens bloß den Zweck haben, einen CD-Deal einzuleiten.

Markus kam also, brachte ein Biologieheft, holte sich ein Video zurück und stand noch ein wenig in unserem Wohnzimmer herum.

»Was für ein Biologieheft?«, fragte ich irritiert.

»Meins«, sagte Markus.

»Wozu?«

»Zum Lernen«, sagte Nina ungeduldig. »Ich hab den

Test verhaut, weißt du's nicht mehr? Warum kümmerst du dich eigentlich um nichts?«

»Hast du kein eigenes Heft?«

»Seins ist besser.«

»Warum?«

»Ich habe mitgeschrieben«, sagte Markus. Er war im Stimmbruch. Seine Stimme gickste.

»Kannst du das nicht?«, fragte ich Nina.

»Was?«

»Mitschreiben.«

»Nicht bei *der* Lehrerin. Die nuschelt derart, das versteht ja kein Schwein.«

»Markus schon«, sagte ich.

Markus litt.

»Warum mischt du dich immer in alles ein?«, fragte Nina anklagend. »Es gibt Eltern, die lassen ihren Kindern ein bisschen Freiraum.«

Markus versuchte mich mit gicksender Stimme zu beschwichtigen. »Ich komm dafür mit der Egger nicht aus«, sagte er.

Das war die Deutschlehrerin.

»Wieso?«

»Weiß nicht. Sie mag mich nicht.«

Nina nickte. »Sie hasst dich.«

»Warum?«

»Deutsch liegt mir nicht.«

Nina nickte.

Markus trat von einem Fuß auf den anderen. »Ich hoffe, sie gibt mir nicht schon wieder einen Fetzen auf die nächste Schularbeit«, sagte er im Falsett. »Sonst muss ich nochmal eine Ehrenrunde drehen.«

Nina warf mir einen merkwürdigen Blick zu. »Wenn es nicht so blöd klingen würde«, sagte sie zu Markus, »würde ich sagen, du solltest auf jeden Fall die Maus da küssen.«

»Was?« Markus starrte entgeistert. Sein Mund stand offen. Die Zahnspange blinkte.

»Na ja«, sagte Nina in geheimnisvollem Ton und wies auf Mausi, die im Schmuck ihrer funkelnden Ohrgehänge auf dem Sofa thronte. »Meine Tante Marietta hat da einen komischen Aberglauben. Wenn sie sich etwas ganz fest wünscht, gibt sie ihrer alten Stoffmaus einen Kuss auf die Nase und denkt dabei an ihren Wunsch. Sie schwört darauf, dass es hilft. Stimmt's, Mama?«

Ich lächelte siebensüß. »Ja, das klingt jetzt sonderbar. Aber man hat wirklich den Eindruck, dass es funktioniert. Meistens zumindest.«

Nina sagte eifrig: »Tante Marietta sagt immer: *Nützt's nix, so schadet's nix!* Stimmt's, Mama?«

Ich nickte.

Markus starrte zweifelnd auf Mausi.

Ich sagte zu Nina: »Komm mit mir und hol euch was zum Trinken.« Und zu Markus: »Nina ist gleich wieder da. Mach's dir bequem.«

Dann schlüpften wir aus dem Zimmer und ließen ihn mit Mausi allein. Nina wollte durchs Schlüsselloch spähen, aber ich zog sie mit mir in die Küche, wo ich ihr Gläser und eine Saftpackung in die Hand drückte.

Der Wutschrei, den Mausi ausstieß, als Markus das Haus verlassen hatte, ließ die Wände erzittern.

»*Es* hat mich auf die Nase geküsst!«

Nina und ich schauten perplex.

»Das pickelige Ding mit den vergitterten Zähnen hat mich glatt auf die Nase geküsst!«

»Aber das wolltest du doch?«

»Wieso sollte ich so etwas wollen?«

»Jetzt mach einen Punkt«, sagte ich energisch. »Dauernd liegst du uns in den Ohren, dass ein junger Mann dich küssen soll –«

»Ein junger *Mann*!«, kreischte Mausi. »Kein pickeliger Dreizehnjähriger!«

»Markus ist fünfzehn«, sagte Nina. »Er ist später in die Schule gekommen und einmal durchgefallen –«

Mausi kreischte erneut. Ich griff nach meinen Ohren. Erstaunlicherweise saßen sie noch an meinem Kopf. Ich hätte schwören können, sie seien abgefallen.

Na ja, kurz gesagt: ein Missverständnis. Wir hatten es gut gemeint. Mausi fasste es als Beleidigung auf. So kann man sich irren. Das Ergebnis unserer Bemühungen gab Mausi insofern Recht, als keinerlei Aufhebung des Zaubers erkennbar war. Mausi saß noch immer als graue Plüschmaus da.

Zögernd billigte sie uns schließlich zu, dass wir wohl in bester Absicht gehandelt hätten.

Als sie sich halbwegs beruhigt hatte und schmollend an ihren Ohrgehängen zupfte (sie hatte sie zunächst vor Wut heruntergerissen, von sich geschleudert und von uns wieder einsammeln lassen), sagte Nina vorsichtig: »Du, äh – da wäre noch was ...«

»*Was?*«

»Wegen der Schularbeit –«

»Bitte?«

»Es wäre nett von dir, wenn du Markus zu einer positiven Schularbeitsnote verhelfen könntest«, sagte ich. »Falls das geht.«

»Damit er mich wieder küsst, wenn er sich was wünscht? Ihr seid wohl von Sinnen.«

Der Einwand hatte was.

Wir schwiegen alle drei vor uns hin und dachten nach. Mir war durchaus unbehaglich zumute gewesen, als wir Markus so schamlos manipuliert hatten. Genau genommen hatten wir ihn zum Trottel gemacht. Es lag mir nicht, ahnungslose Jugendliche zum Trottel zu machen. Andererseits: Wenn sein Kuss Mausi wirklich erlöst hätte, dann wäre das Täuschungsmanöver wohl dafür gestanden, auch moralisch betrachtet.

Mausi seufzte. »Wir werden sehen«, sagte sie. »Aber *wenn* er positiv abschneidet, müsst ihr verhindern, dass er mich wieder küsst.«

Wir versprachen es. Jetzt blieb uns nur noch zu hoffen, dass Marietta nichts von der Sache erfuhr. Kleinlich wie sie ist, würde sie uns wahrscheinlich unterstellen, wir hätten sie zur Abergläubischen in der Familie erklärt, um unseren *normalen* Ruf zu schonen. Sie kommt ja bisweilen auf die absonderlichsten Ideen.

* * *

Mona rief an. (Schon wieder eine andere Freundin? Schlicht gesagt: ja. Ich habe ein großes Rudel Freundinnen. Ein großes Rudel Freundinnen steht dem Erzählen einer Geschichte ein bisschen im Wege, weil man die einzelnen Charaktere nicht so gut herausarbeiten kann, wenn man die Geschichte nicht aus dem Auge verlieren möchte. Das Herausarbeiten der einzelnen Charaktere ist aber vielleicht gar nicht so notwendig, weil man meine Freundinnen zunächst auch mit einem Sammelcharakter beschreiben könnte: Sie sind gescheit, witzig, verdienen ihr eigenes Geld, legen keinen übertriebenen Stolz auf frisch geputzte Fenster an den Tag und haben noch nie daran gedacht, sich die Freizeit mit Seidenmalerei zu vertreiben. Dass ich so viele Frauen dieser Sorte kenne, macht mich froh und stolz. Stolz, weil ich mir denke, sie würden sich mit mir nicht abgeben, wenn ich ihnen nicht ähnlich wäre, und froh, weil mir ihre Gesellschaft angenehmer ist als die von Frauen, auf die die genannten Merkmale nicht zutreffen. Ich bin nicht bereit, auch nur eine Einzige von ihnen zu unterschlagen, um meine Erzählung einfacher zu gestalten. Ich vertraue einfach darauf, dass Sie die Übersicht behalten.)

Mona kenne ich von meiner Fernseharbeit. Sie ist bei einer Film- und Fernsehproduktion beschäftigt und unter anderem dafür zuständig, geeignete Drehorte ausfindig zu machen. Von Zeit zu Zeit fragt sie deswegen bei mir an. Ich halte eine Liste von Häusern und Wohnungen in Evidenz, deren Eigentümer damit einverstanden sind, dass Filmcrews gegen entsprechendes Entgelt umfangreiche Spuren der Verwüstung darin hinterlassen.

Filmcrews hinterlassen stets umfangreiche Spuren der Verwüstung, auch wenn sie beteuern, sie würden vorsichtig und schonend ans Werk gehen. Wahrscheinlich meinen sie sogar, schonend ans Werk gegangen zu sein, obwohl zerkratzte Fußböden, ramponierte Türen und Dellen in den Wänden vom Gegenteil künden, denn Filmleute sind ein präpotentes Pack und glauben an die Bedeutung, die einfache Zuseher ihnen fälschlich zuschreiben, weswegen sie davon ausgehen, dass es ihnen zugestanden wäre, die Fußböden noch viel mehr zu zerkratzen, die Türen noch stärker zu ramponieren und die Wände im Bedarfsfall zum Einsturz zu bringen. Dass sie sich ohnehin zurückgehalten haben, sehen sie als Beweis außerordentlicher Liebenswürdigkeit und Güte an.

Ich persönlich würde kein Domizil, das mir auch nur entfernt etwas bedeutet, gegen kein noch so hohes Honorar für Dreharbeiten zur Verfügung stellen, aber es ist erstaunlich, wie viele tüchtige und ehrenwerte Menschen ihre Befriedigung daraus ziehen, dass wenigstens ihr Haus im Fernsehen war, wenn sie selber es schon nicht auf die Bildschirme geschafft haben. Bildschirmpräsenz erscheint ihnen als der wahre Nachweis wahrer Tüchtigkeit, egal was sie sonst geleistet haben mögen.

»Wir brauchen was Mittelprächtiges«, sagte Mona am Telefon. »Ein verträumtes kleines Haus für eine verträumte kleine Verkäuferin. Du weißt schon, Genre *romantische Komödie.*«

Ich fragte nicht, inwiefern verträumte kleine Verkäuferinnen sich eigene Häuser leisten konnten. Und ich dachte bei »verträumtes kleines Haus« auch nicht mehr an ein wirklich *kleines* Haus. Diesen Fehler hatte ich anfangs gemacht. Inzwischen wusste ich Bescheid. Wenn

Filmproduktionen nach kleinen, mittelprächtigen, bescheidenen Häusern für durchschnittliche Familien oder Verkäuferinnen wie dich und mich suchen, dann meinen sie Architektenvillen, deren Eingangshallen mit schweren Renaissancetruhen bestückt sind.

»Mit oder ohne Indoorpool?«, fragte ich.

»Sei nicht ätzend«, sagte Mona. »Ohne natürlich. Aber wir brauchen einen offenen Kamin und ein Erkerzimmer.«

Oh goldener Fernsehwesten, der du nach wie vor kleine Verkäuferinnen in Erkerzimmern und an offenen Kaminen aussetzt, obwohl doch inzwischen auch der letzte Bewohner des ehemaligen Ostblocks weiß, dass Kabrios für jedermann nicht wirklich zu den Kennzeichen des Kapitalismus gehören.

»Welches politische System wollt ihr eigentlich noch zu Fall bringen?«, fragte ich Mona.

Sie lachte nachsichtig. »Du unterstellst der Branche doch nicht, dass sie sich als Mittel zum Zweck sieht? Das wäre ja geradezu selbstlos gedacht.«

Auch wahr. In diesem Geschäft sahen sich alle als Mittel zum Selbstzweck.

Ich zeigte ihnen einen postmodernen Neubau, Marke Biokitsch, mit künstlichen Buckeln im Fußboden, Keramikmosaiken an den schiefen Wänden und hölzernen Stützpfeilern, die nichts zu stützen hatten. Sie waren nicht abgeneigt. Es fehlte ihnen zwar ein plätschernder Brunnen im überdachten Innenhof, aber den konnte man zur Not aufstellen lassen. Ich würde Bescheid kriegen.

Danach war ein älteres Ehepaar dran, dem ich ein hübsches und preisgünstiges Einfamilienhaus an der Peripherie anzubieten hatte. Das ältere Ehepaar suchte im Prinzip genau so was. Das von mir angebotene Bauwerk hatte aber, wie sich herausstellte, einen gravierenden Mangel: Es gab keine Garage und auch keine Möglichkeit, eine aufzustellen. Zwar war ein Autoabstellplatz neben dem Haus vorhanden, er durfte aber nicht verbaut werden. Das Ehepaar winkte verkniffenen Mundes ab. Sein Auto im Freien frieren zu lassen, schien den beiden eine gar zu grausame Vorstellung.

Daheim erwartete mich Post, in der sich auch ein ausgefüllter Erlagschein plus eine Notiz von Agathe befand: *Bitte unverzüglich einzahlen.* Die Summe, die sie eingesetzt hatte, war gewaltig. Ich rief sie an.

»Was ist das?«

»Das ist der Preis von Ninas Weihnachtsgeschenk für Philipp«, sagte Agathe kühl. »Ich habe sie gefragt, ob ich etwas für sie besorgen soll, weil ich am besten weiß, was er sich wünscht, und sie hat ja gesagt.«

»Wie aufmerksam. Und was hast du besorgt? Einen kleinen Picasso? Eine Gallé-Vase? Goldene Tannenzweige mit Brillantschmuck?«

»Mach dich nicht lächerlich«, sagte Agathe ungehalten. »Um den Betrag kriegt man keine Gallé-Vase. Das sollte sogar eine Ignorantin wie du wissen. Ich habe eine Keramik besorgt, die *vermutlich* aus der späten Produktion der Wiener Werkstätte stammt. Und ich habe sie äußerst günstig gekriegt.«

Agathe hat eine Schwäche für die Wiener Werkstätte. Wahrscheinlich war der Preis für ihr Beutestück wirklich *günstig*. Das änderte nichts daran, dass er für mich unerschwinglich hoch war.

Ich sagte es Agathe. Agathe sagte, ich sei kleinlich bis zum Abwinken.

Ich sagte, Kinder erfreuten ihre Väter im Allgemeinen mit selbst gemalten Bildern und nicht mit gekauften Kunstgegenständen, die ihre Mütter in den finanziellen Ruin stürzten.

Agathe sagte, sie kenne Kinder, die ihr Taschengeld ein Jahr lang sparten, um ihre Väter zum Weihnachtsfest mit einem echten Wertgegenstand zu beglücken.

Ich sagte, echte Väter hielten die von ihren Kindern selbst gemalten Bilder für echte Wertgegenstände.

»Wie du willst«, sagte Agathe schließlich. »Kriegt Nina eben auch nichts von Philipp. Das ist dann ganz allein deine Schuld.«

Ein bisschen Schuld mehr oder weniger – spielte das noch eine Rolle?

Übrigens hatte ich von Conrad seit seiner Abreise nichts mehr gehört. Genau genommen wusste ich nicht einmal, ob er wirklich abgereist war. Genau genommen wusste ich überhaupt ziemlich wenig von ihm. Ganz genau genommen hatte ich auch wenig Ambitionen, viel über ihn in Erfahrung zu bringen. Nennen Sie es Feigheit: Ich ging davon aus, dass ich umso weniger verletzt werden konnte, je weniger ich in Erfahrung brachte.

»Du hast meine Telefonnummer«, hatte Conrad gesagt, als wir uns verabschiedeten.

»Und du meine«, hatte ich erwidert.

Was ich damit ausdrücken wollte, war, dass ich ihn von mir aus nicht anrufen würde. So bin ich leider.

Nur nicht aufdrängen. Nur keine Zurückweisung riskieren. Nur nicht zu hören bekommen: *Du klammerst.*

So war ich nicht immer, aber so bin ich geworden. Voll Staunen schaue ich auf unbekümmerte Frauenzimmer, die sich selbstbewusst einen Mann krallen und ihn nicht mehr loslassen, überzeugt, dass er darauf gewartet hat, von ihnen vereinnahmt zu werden.

Ich bin überzeugt, dass keiner vereinnahmt werden will, weil jeder darauf lauert, einem noch besseren Fang zu begegnen als dem, den er gerade gemacht hat.

Falls Sie mir jetzt vorhalten, dass diese Bekenntnisse ein ganz anderes Licht auf mich werfen als die Sprüche, die ich sonst immer klopfe, kann ich Ihnen nur antworten: Ich weiß es.

Ich bin so, wie ich bin, aber ich bin leider nicht so, wie ich scheinen möchte.

Ich bin eine Klopferin starker Sprüche, in der ein zaghaftes Seelchen steckt. Sagen Sie's nicht weiter. Glaubt Ihnen sowieso niemand.

Ein paar Tage vor dem großen Fest rief Conrad an.

»Du hast nicht angerufen«, sagte er.

»Du mich auch nicht.«

»Vielleicht bin ich schüchtern.«

»Vielleicht bin ich auch schüchtern.«

»Kann es sein, dass diese Konversation gerade ein bisschen kindisch wird?«, fragte Conrad.

»Ja«, sagte ich schlicht.

Pause.

Wenn er mich jetzt fragt, wie es mir geht, kann er mir den Buckel runterrutschen, dachte ich. Andererseits fiel mir ebenfalls nichts Originelleres ein.

»Was machst du zu Weihnachten?«, fragte Conrad.

»*Stille Nacht* singen«, sagte ich. »Meine Tochter bescheren. Meine Schwester trösten. Meinen Vater daran hindern, dass er alle Kinderlikörfläschchen vom Baum frisst. Über die Witze lachen, die der Mann der Mutter meiner Schwester von sich gibt.«

»Der Mann der – *was*?«

»Der Mann der Mutter meiner Schwester.«

»Klingt ziemlich anstrengend.«

»Nur am Anfang. *Dermanndermuttermeinerschwester.* Mit ein bisschen Übung kein Problem.«

»Ich meine das Fest.«

»Ach das. Nein, das geht schon.«

Pause.

»Ich habe gehofft, wir könnten uns treffen«, sagte Conrad.

»Ja?«

»Ja.«

»Wo?«

»Irgendwo. In der Sonne. Ohne diesen Stille-Nacht-Klimbim.«

»Du meinst, ich soll mich in den nächsten Flieger setzen und einfach abhauen?«

»Zum Beispiel.«

Das gute alte Schwarzer-Peter-Spiel. Stelle unerfüllbare Forderungen und die andere Person hat den schwarzen Peter, wenn sie nein sagt. *An mir liegt es nicht.*

Du wolltest ja nicht. In diesem Moment erinnerte mich Conrad stark an Agathe.

»Meinst du das ernst?«, fragte ich.

»Spricht was dagegen?«

»Ja. Und eigentlich weißt du das.«

Pause.

»Tja, dann«, sagte Conrad. »Sing nicht zu falsch unterm Baum. Überiss dich nicht. Schau dazu, dass du lachen kannst. Ich melde mich wieder.«

Na klar. Übernimm dich nicht.

16

»In vino veritas«, sagte der Richter, während er eine Flasche Pinot Chardonnay öffnete. »Ich bin gespannt.« Er lachte ein wenig meckernd.

»Können wir dann bescheren?«, fragte mein Vater, scheinbar ohne ihn zu beachten. »Ehe noch mehr abendländisches Bildungsgut über uns hereinbricht?«

Der Richter lachte wieder. Falls er die Kühnheit haben sollte, meinen Vater irgendwas *unter uns alten Lateinern* zu fragen, war ein Totschlag zu befürchten.

Mein Vater hat nie Latein gelernt. Dass sich seine Exfrauen (meine Mutter ebenso wie Mariettas Mutter) nach ihm promovierten Akademikern zuwandten, empfindet er, glaube ich, heimlich, still und leise für sich als eine Art beleidigendes Auftrumpfen.

Ilse flatterte durch die Küche und zupfte an den Vorspeisen herum, als müsste sie letzte Hand an sie legen. Sie hatte zum Zustandekommen des Abendessens keinen Griff beigetragen, war aber ein wenig nervös wegen der Anwesenheit von Mariettas Mutter und kompensierte das, indem sie sich als Hausfrau gebärdete.

Mariettas Mutter, die Nelly heißt und von mir seit Kindertagen *Tante Nelly* genannt wird, hatte einen Kleinwinzigen in der Krone und schwebte mit entrücktem Lächeln durchs Haus. Sie ist eine füllige Person, bewegt sich aber mit behänder Leichtigkeit. Der Schwips ließ sie noch luftballonartiger wirken als sonst.

Marietta strich ums Telefon. Sie wartete darauf, dass Richard sie in einem unbeobachteten Augenblick anrief, um hastig banale Weihnachtswünsche in ihr Ohr zu zischeln.

Na ja, natürlich wusste ich nicht, was genau er zischeln würde. Ich konnte mir aber schwer vorstellen, dass er was anderes von sich gab als haarsträubende Banalitäten.

Am Vortag war Markus bei uns gewesen. Er hatte einen Vierer auf die Deutsch-Schularbeit gekriegt und erzählte es strahlend.

Sofort sagte Nina beiläufig: »Der Zauber mit der Maus wirkt aber nur einmal.«

Markus lachte wie über einen gelungenen Scherz und fragte danach: »Was hat das mit mir zu tun?«

Nina antwortete ungerührt: »Ich wollte es nur gesagt haben.«

Markus lächelte verkniffen. Dann sagte er: »Nicht, dass es mich was angeht – aber hast du nicht gesagt, deine Tante Marietta küsst die Maus immer, wenn sie sich was wünscht?«

Darauf Nina: »Na ja, ihr gehört die Maus. Das ist was anderes. Bei Fremden, sagt sie, funktioniert es nur einmal.«

Markus blickte enttäuscht. Ich war mir nicht sicher, ob er das nächste Mal nicht trotzdem einen Versuch wagen würde. Deshalb fügte ich hinzu: »Sie sagt sogar, dass es beim zweiten Mal nicht nur nicht klappt, sondern dass derjenige, der die Maus küsst, dann ausgesprochenes Pech hat.«

Markus dachte kurz nach und fragte sodann: »Aber Nina hat doch gesagt, dass ihre Tante immer sagt: *Nützt es nichts, so schadet's nichts!*«

Dieser Knabe hatte ein perverses Gedächtnis. Ich konnte mir gut vorstellen, was für ein ekelhaft rechthaberischer Schüler der war. Kein Wunder, dass die Lehrerinnen ihn hassten.

»Ihr schadet's nicht!«, rief Nina ungeduldig. »Fremden schon. Steig endlich von der Leitung!«

Meine Tochter war vielleicht kein Gedächtniswunder, dafür aber flexibel im Geiste. War mir bedeutend lieber. Außerdem hatte ich sowieso keine Wahl.

Bei Ninas Aufforderung, Markus möge von der Leitung steigen, war Marietta hinzugekommen und hatte sich erkundigt, worum es ginge. Nina und ich hatten Ablenkendes gemurmelt und den verdutzten Markus mehr oder weniger zur Tür hinausgedrängt.

Nun war Heiliger Abend und Mausi saß im Gefunkel ihrer Ohrgehänge in einer Sofaecke und blickte verdächtig satt vor sich hin. Mein Eindruck, dass vor einer Stunde noch mehr von den Vorspeisen da gewesen war, täuschte mich wahrscheinlich nicht.

Wir hatten ausgemacht, dass Mausi eine Zeit lang unter uns weilen sollte, um uns wenigstens zuhören zu können, wenn sie sich schon nicht an den Gesprächen beteiligen durfte. Später würde ich sie unter einem Vorwand in mein Zimmer bringen, wo ich für sie ein Tischchen gedeckt und den Fernseher aufgestellt hatte.

»Wann bescheren wir endlich?«, fragte mein Vater wieder. »Erst dann, wenn wir vor Hunger zu schwach sind, um die Geschenke auszupacken?«

»Opi, hör auf, so ekelhaft zu sein!«, rief Nina. »Du versaust mir die ganze Weihnachtsstimmung!«

Ilse zuckte zusammen bei dem rüden Ton, in dem Nina mit ihrem Häschen sprach.

Tante Nelly ließ sich vom Richter ein Glas Pinot Chardonnay einschenken und prostete ihrem Ex augenzwinkernd zu.

Wir bescherten. Dieser Akt des Festes läuft nach einem strengen Ritual ab, auf dessen Einhaltung Nina seit ihrer frühen Kindheit besteht. Kerzenglanz, Silberglöckchengebimmel, Sternspucker, *Stille Nacht*. Ich zündete die Kerzen an und schwang das Silberglöckchen, dann strömten die anderen ins Wohnzimmer, wo der Weihnachtsbaum stand.

Mitten in die allgemeinen Umarmungen hinein (der Richter klopfte meinem Vater leutselig auf den Rücken, Tante Nelly tätschelte Ilses Hand) rief Ilse plötzlich, als ihr Blick auf Mausi fiel: »Mein Gott, ihr habt sogar meine alte Aloisia geschmückt! Das ist ja wirklich reizend!«

Ich schnitt eine verlegene Grimasse.

Nina grinste. »Sie steht da drauf«, erklärte sie, auf Mausi deutend. »Sagt sie wenigstens.«

Ilse lachte ihr Klingelfee-Lachen. »Ihr redet mit ihr, wie *süß*!«, rief sie. »Ich fand auch immer, dass sie so was *Sprechendes* hat.«

»Leider«, sagte mein Vater. »Von mir aus könnte sie ruhig weniger *sprechend* sein.«

Ilse machte runde Augen. »Wie meinst du das jetzt, Rudi?«

Mein Vater zuckte die Achseln. »Ach, nichts. Vergiss es. Können wir dann zu Tisch gehen oder will noch jemand dringend einen Vortrag über scheußliche Stoffmäuse halten?«

Ilse schaute verletzt. Tante Nelly seufzte nachsichtig. »Rudi, Rudi, Rudi, Rudi«, sagte sie. Und an Ilse gewandt: »Dass Sie das aushalten. Sie müssen eine Heilige sein.«

»Sie hat noch gute Nerven, Nelly«, sagte mein Vater boshaft. »Sie ist jünger als wir.«

Tante Nelly griff nach ihrem Weinglas und hob es hoch. »Du armer alter Esel«, sagte sie zu meinem Vater. »Was hab ich da über dich in dieser Illustrierten gelesen?«

Es läutete an der Tür. Ich ging öffnen. Einen kurzen verrückten Moment lang hoffte ich, Conrad würde davor stehen.

Ich machte auf und sah mich einem riesigen Korb gegenüber, aus dem Flaschenhälse ragten. Dazwischen lagen Gläser und Dosen, die nach Feinkost ausschauten, sowie allerlei exotisches Obst.

»Nicht sehr originell, ich weiß«, sagte eine Stimme von hinter dem Korb. Sie hörte sich an wie Christophs Stimme.

Christoph trat ein. Er sah ein bisschen erfroren aus,

obwohl er sicherlich in seinem wohlig warmen Auto gekommen war.

»Wenn ich wieder gehen soll, musst du's nur sagen.«

»Stell dich nicht an«, sagte ich und nahm ihm Korb und Mantel ab.

Er bohrte seine Hände in die Taschen seines Sakkos und blickte tollpatschig.

»Margit ist mit den Kindern in die Schweiz gefahren. Eigentlich wollte ich ganz erwachsen sein und mich still vorm Fernseher betrinken oder so –«

»Dummer Einfall. Betrink dich lieber mit uns. Komm weiter. Mein Vater und seine ehemalige Gattin werfen gerade mit Messern, aber sonst ist es urgemütlich.«

»Hallo, Christoph«, sagte Nina, als ich Christoph ins Wohnzimmer schob. »Ich hab geglaubt, du sitzt in deinem Schloss unter einer sechs Meter hohen Tanne –«

»Spielst du auf meinen ekelhaften Reichtum an?«, fragte Christoph.

»Ja.«

»Ich bin gekommen, um dir ein bisschen was davon abzugeben.«

Er drückte ihr ein Kuvert in die Hand. Nina riss es auf, zog ein Blatt Papier heraus, las, was draufstand, und fiel Christoph kreischend um den Hals.

Dann zeigte sie mir das Papier. Es war ein Gutschein für einen Einkaufsbummel durch Boutiquen ihrer Wahl.

Netter Einfall. Hätte ich an ihrer Stelle auch zu schätzen gewusst.

»Willst du uns deinen Besuch nicht vorstellen?«, fragte Tante Nelly. Ihre Stimme vibrierte vor angestrengtem Wohlwollen und blanker Neugier.

Hätte es was genützt, wenn ich nicht gewollt hätte? Na eben.

Ich stellte Christoph vor und zwang mich, nicht daran zu denken, wie es gewesen wäre, wenn ich der neugierigen Tante Nelly Conrad hätte vorstellen können, auf den ihr bedeutsamer Unterton weit besser gepasst hätte.

»Also ich an Ihrer Stelle, junger Mann«, dröhnte mein Vater beim Essen, »ich hätte die günstige Gelegenheit genützt und wäre abgedampft in die Karibik.«

»Allein, Rudi?«, fragte Ilse sanft. Ihr Krankenpflegerinnenton galt vermutlich Christoph, dessen Solostatus sie nur taktvoll und diskret ins Gespräch bringen wollte.

Mein Vater wischte ihren Einwand weg wie ein lästiges Insekt. »Er wäre doch nicht lang allein *geblieben*! Ich bitte dich!«

»Es tut mir Leid, wenn ich störe«, sagte Christoph. »Aber ich glaube, ich kriege jetzt keinen Flug in die Karibik mehr.«

»Tja«, schrie mein Vater über den Tisch, »die Folgen haben Sie sich selber zuzuschreiben. Setzen sich freiwillig hier herein. Ziemlich masochistischer Zug, das muss ich schon sagen.«

»Rudi, um Gottes willen, brüll doch nicht so!«, rief Tante Nelly. »Es sind noch nicht *alle* am Tisch schwerhörig!«

O du fröhliche.

Später zwanglose Verteilung in den engen Räumlichkeiten.

»Christoph, mein Lieber«, sagte Marietta mitfühlend, drückte Christoph in einen Fauteuil und zog sich einen Sessel heran. »Jetzt erzähl einmal, was los ist.«

Als Richard später doch noch anrief, war Marietta in ihr Gespräch mit Christoph vertieft. Ich brachte ihr das Telefon. Sie nahm es und lauschte, fast ein wenig zerstreut.

»Ja, ich dir auch«, hörte ich sie sagen, als ich zu Ilse zurückkehrte, die mir half, den Esstisch abzuräumen. Und dann: »Du, wir sind gerade mitten im Feiern. Reden wir morgen weiter?«

Ich lag im Bett, als Nina zur Tür hereintrabte und unter meine Decke kroch.

»Warum kann mir der Christoph was schenken, mein Vater aber nicht?«

»Ach, Schätzchen. Freu dich einfach über deinen Gutschein.«

»Hättest du nicht den Christoph heiraten können statt den Vater?«

»Die Frage hat sich so nicht gestellt.«

»Und jetzt?«

»Was jetzt?«

»Der Christoph trennt sich doch grade von seiner Frau, oder?«

»Möglicherweise. Aber ich bin nicht in ihn verliebt, falls du das meinst.«

»Könntest dich ja noch verlieben.«

»Hm. Nein. Glaub ich nicht. Und ich glaub auch nicht, dass er sich in mich verliebt.«

Pause.

»Ist mir eh lieber«, sagte Nina und kuschelte sich an meine Schulter.

»Wer zum Kuckuck behauptet, dass man *verliebt* sein muss, um eine glückliche Ehe zu führen?«, fragte entrüstet Mausis Stimme aus dem Halbdunkel.

Ach ja, Mausi. Sie war über ihrem Weihnachtsmahl eingeschlafen und ich hatte nicht das Herz gehabt, sie zu wecken, um sie nach unten zu scheuchen. Das hatte ich nun davon.

Im Übrigen hatte ihre Frage durchaus was für sich, rein akademisch.

★ ★ ★

Margit fing an, in den Gesellschaftskolumnen aufzutauchen. Man verpasste ihr bald den Berufstitel *Societylady*.

Zuerst war sie nur die *neue Begleiterin* des *millionenschweren Schweizer Industriellen*. Danach avancierte sie zur *bekannten Societylady an der Seite von*. Und plötzlich, hast du nicht gesehen, war sie die *bekannte Societylady mit ihrem Schweizer Millionär*. Alle Achtung.

Sie gab, las ich, Charity Dinners. Sie entwarf, las ich, Schmuck, den ihr millionenschwerer Jean produzieren und in exklusiven Boutiquen vertreiben lassen wollte. Der abgebildete Prototyp eines Armreifs aus Margits Ideenwerkstatt sah aus wie tausend andere Armreife aus Glassteinen auch. Margit schaute aus der Zeitung, sie hielt den Armreif hoch und lächelte das unerbittliche 64-Zähne-Lächeln einer Person, die weiß, dass ein Furz von ihr ein Elitefurz im Range eines Paukenschlags in einer Sinfonie ist.

»Sie sollte aufhören, sich dieses Zeug anzusehen«, sagte Mausi. »Sie bekommt einen gelben Teint davon und Falten um die Nase.«

»Ich *muss* es mir aber ansehen«, stöhnte ich. »Ich muss jeden Klatschspaltensatz über die Societylady lesen.«

»Warum?«, fragte Mausi.

»Weil ich daraus lerne, dass die Welt schlecht und ungerecht ist.«

»Wusste sie das noch nicht?«

»Doch. Aber normalerweise verdränge ich es.«

»Das ist auch besser für ihren Teint.«

»Pfeif auf den Teint. Ich stelle mich jetzt der Wirklichkeit. Dass sie gemein ist, habe ich gewusst. Aber *so* gemein! Ich meine, mach dir das einmal klar: Hunderttausende von intelligenten, liebenswürdigen, anmutigen Menschen in aller Welt ringen vermutlich vergebens um Anerkennung, und dann kommt diese durch und durch durchschnittliche Gans daher, erhebt den Anspruch, was Besonderes zu sein – und das Schicksal sagt: *Klar doch, wird gemacht, bitte sehr!* Eilfertig. Servil. Speichelleckerisch. Wieso ist das Schicksal servil zu Margit? Kannst du mir das erklären?«

Mausi blickte grämlich. »Das Schicksal ist eben nicht mehr, was es einmal war«, sagte sie verdrossen. »Wenn ich dran denke, wie es mit *mir* umgesprungen ist. Für ein kleines bisschen … Hochmut. Mir musst du nichts übers Schicksal erzählen.«

»Welche Art von Hochmut?«, fragte ich lauernd.

Aber Mausi ging mir nicht auf den Leim. »Sie weiß doch, dass ich darüber nicht sprechen darf.«

»Darf oder mag?«, hakte ich nach.

Mausi gab keine Antwort. Wozu auch? Was immer sie zu beichten gehabt hätte, es hätte nichts an Margits unverdientem Glück geändert.

Ich zeigte einen ausgebauten Dachboden her. Dreihundert Quadratmeter in bester Citylage, fünfter Stock Altbau ohne Lift.

Viele Leute halten ausgebaute Dachböden für die pfiffigste aller Wohnformen. Ich selber mache mir nicht so viel daraus.

Meiner Meinung nach verbinden sie häufig die Nachteile des Altbaus mit den Nachteilen des Neubaus: dünne Wände, niedrige Decken, schlechte Wärmeisolation. Kein altes Parkett, kein Stuck, keine Flügeltüren. Dafür Verkehrslärm, schlechte Luft und die Notwendigkeit, Kisten mit Getränkevorräten fünf Stockwerke hinaufzuschleppen.

»Ich nehme an, im Sommer ist es hier glühend heiß«, sagte der Mann, der den Dachboden besichtigte, und schlug fröstelnd seine Hände gegeneinander.

»Ich kann Ihnen die Baupläne zeigen«, sagte ich. »Die Isolierschicht entspricht genau der Baunorm.« Nur dass die Baunorm leider zu wenig Isoliermaterial vorsieht.

Der Mann grinste. »Das ist kein Pluspunkt. Sie wissen doch auch, dass man gut und gern doppelt so stark isolieren muss, wenn's was bringen soll.«

Mündige Konsumenten nerven.

Auf der Rückfahrt ins Büro hörten wir Radio, Mausi und ich. Die *Andrews Sisters* sangen *Chattanooga Choo Choo* und ich pfiff begeistert mit, bis den Sisters der Saft abgedreht wurde. Eine neue Sendung begann.

»Zu Gast im Studio ist heute eine ganz besondere Frau«, kündigte die Moderatorin mit warmer Stimme an, »eine richtige *Powerfrau*, schön, kreativ, tüchtig und erfolgreich – erfolgreich als Geliebte, als Mutter und als Designerin –, eine von den Frauen, die uns unweigerlich zu der Frage bringen: Wie schafft sie das bloß? Ja, wie schaffen Sie das bloß, Frau –«

Erraten, erraten, die schöne, erfolgreiche Kreative im Studio war Margit.

Ich drehte das Radio so laut, dass Mausi protestierend aufschrie, und rammte um ein Haar einen Lieferwagen in der Nebenspur. Der Fahrer zeigte mir den Vogel. Ich machte eine entschuldigende Geste, daraufhin explodierte er fast vor Abscheu. Verständlich. Wie eine Kuh zu fahren, ist schlimm genug. Es auch noch einzusehen, läuft auf nackte Provokation hinaus.

Also: *Wie schaffen Sie das bloß?*

Margit säuselte was von *Disziplin, Organisation* und *positiver* Sicht der Dinge.

Die Moderatorin schwafelte weiter, und zwar über eine in Routine erstarrte Ehe, aus der Margit sich energisch befreit habe.

Margit sagte mit rauchigem Timbre, sie wolle anderen Menschen Kraft und Optimismus vermitteln. Man müsse an sich glauben. Und an sich arbeiten.

Die Moderatorin nannte Margits Lebensgeschichte faszinierend und schillernd.

Margit sagte, es sei nie zu spät, Entschlüsse in die Tat umzusetzen. Für *wehleidige* Menschen habe sie kein Verständnis. Schon als Kind sei sie enorm zielstrebig gewesen.

Na klar. Zielstrebig hatte sie sich einen Geburtsort in der Ersten Welt, wohlhabende Eltern und einen gesunden Körper verschafft. Wenn das nicht tüchtig war.

Ob sie keinen Ratgeber schreiben wolle. Weil sie doch so ein tolles Vorbild wäre, fragte die Moderatorin, und Margit sagte, in der Tat, sie habe schon daran gedacht. Vielleicht habe sie die Verpflichtung, einen Ratgeber zu verfassen, damit andere sich an ihr ein Beispiel nehmen könnten.

Von wegen *Disziplin*: An dieser Stelle brachte ich es fertig, die Spur zu halten und bloß gemäßigten Druck aufs Gaspedal auszuüben. Man sollte mich für meine Selbstbeherrschung öffentlich ausstellen.

Margit sprach jetzt über das, was wichtig war im Leben. Geld sei nicht wichtig. Besitz sei nicht wichtig. *Harmonie* sei wichtig. Und *Freude* an kleinen Dingen, zum Beispiel an einer frisch erblühten Rose im Garten.

So sagte sie tatsächlich: *an einer frisch erblühten Rose im Garten.* Und niemand jagte sie mit nassen Lappen aus dem Studio.

Sie sei, sagte Margit, zugegebenermaßen in einer privilegierten Situation, wegen ihres Talents und ihres

Aussehens. Aber auch diejenigen, die über keine besonderen Talente verfügten, hätten die Möglichkeit, etwas aus ihrem Leben zu machen, zum Beispiel indem sie sich in den Dienst einer guten Sache stellten, der Altenpflege etwa.

Mausi und ich kreischten unisono. Zum Glück war ich beim Büro angekommen, was mich davor bewahrte, weiterhin verkehrstüchtig sein zu müssen. Ich stellte meinen Wagen in die Tiefgarage und raste wutbebend ins Büro (Mausi bebte in ihrer Tragetasche mit), wo ich Christoph meiner Solidarität versicherte.

»Soll ich deine Noch-Ehefrau erwürgen? Ich tu's glatt, wenn du willst!«

Christoph blieb gelassen. »Marietta sagt, ich soll sie einfach nicht so ernst nehmen«, verriet er. »Sie meint, es hat mit dem Klimakterium zu tun und wahrscheinlich ist Margit in Wirklichkeit gar nicht glücklich mit ihrem Schweizer.«

Der Ansicht war ich zwar keineswegs, trotzdem klappte ich meinen Mund zu und behielt meine Zweifel für mich.

Im Garten tauchten ein paar verfrühte Schneeglöckchen auf. Der Himmel war hell geworden und der Kater blieb nachts länger weg. (Der Kater hat übrigens einen Namen. Ich wollte Ihnen die Coole vorspielen, darum hab ich ihn bis jetzt bloß *der Kater* genannt. Aber tatsächlich heißt er, und zwar *Menelaos*, was geradewegs zu der logischen Rufform *Munzi* führt. Warum Menelaos? Weiß ich auch nicht genau. Wir fanden, es klinge so würdig. Außerdem: Menelaos wurde seiner

Helena beraubt, unser Kater seiner Männlichkeit, das gibt eine gewisse Parallele, was die Qualität des Liebeslebens anlangt.)

Wir befanden uns bereits im neuen Jahr. Silvester? Keine besonderen Vorkommnisse.

Liane, Mona und ich gingen ins Theater, um Nora spielen zu sehen. Nora gab ein Flittchen in einem verstaubten Boulevardstück, das sich um fremdgehende Ehemänner in Unterhosen und eifersüchtige Ehefrauen mit sündiger Vergangenheit drehte, die ständig Türen aufrissen, um im Kreis hintereinander her über die Bühne zu rennen.

Nachher verbuchten wir das Ereignis unter Freundschaftsdienst und fuhren zu mir, weil ich Nina nicht allein lassen wollte. Nina zog jedoch mit einer Horde anderer Jugendlicher durch die Nachbarschaft. Wir becherten uns friedlich über den Jahreswechsel hinweg und lehnten es ab, über gute Vorsätze nachzudenken.

Marietta war auf einem Fest bei einer Kollegin.

Mausi hatte sich in mein Schlafzimmer zurückgezogen, wo sie gegen einen Kissenberg gelehnt an *Old Baileys Irish Cream* nippte und in *Vogue* und *Harper's Bazaar* blätterte. (Nicht meine übliche Lektüre. Aber Mausi hatte mir zu Weihnachten zwei Abos abgerungen.)

Papi war bei Ilse.

Conrad war im Nahen Osten.

Er hatte angerufen, am Silvestermorgen. »Ich habe gedacht, ich könnte für ein paar Tage kommen, aber leider. Dienst ist Dienst.«

»Schade«, sagte ich.

»Was hast du vor?«

»Ich gehe ins Theater.«

»Viel Vergnügen.«

»Ach, es wird sicher schrecklich. Das Stück ist grauenvoll. Aber eine Freundin spielt mit.«

»Vielleicht bist du ja in lustiger Gesellschaft.«

»Das schon.«

»Aha.«

Ich grinste in mich hinein. »Warum fragst du nicht einfach, wer die Gesellschaft ist?«

»Ich überlege noch, ob es mich was angehen soll.«

»Es geht dich nichts an«, sagte ich. »Deswegen darfst du es wissen: Ich gehe mit zwei wüsten Weibern.«

Silvester also erledigt. Arbeitsalltag. Madame Stiglmayr wünschte jetzt ihr Haus doch wieder zu veräußern, was einerseits gut war, weil wir so eine realistische Chance erhielten, zu unserer Provision zu kommen, und andererseits schlecht, weil der Interessent, den Christoph mühsam genug aufgetrieben hatte, nicht mehr kaufen wollte. Zurück an den Start. Ächz.

Nach einem zähen Nachmittag im Büro – der vor allem deswegen zäh gewesen war, weil Frau Waldbauer seufzend durch die Gegend wallte und jede Tätigkeit schleppend, gemessen, mit dem Gesichtsausdruck einer Monarchin im Exil verrichtete – kaufte ich auf dem Heimweg eine Ladung Lebensmittel ein und freute mich auf einen erholsamen Abend zu Hause. Ich dachte an einen gemütlichen Schwatz mit Marietta, die in letzter Zeit erfreulich selten Richards bedauerliches Geschick thematisierte.

»Ich hab uns frische Lachsfilets gekauft«, sagte ich, als ich meine Tüten in der Küche abstellte, »wir könnten sie mit Blattspinat, Kartoffeln und Senfsauce essen. Oder mit Safrannudeln und Obers. Und als Nachtisch hab ich an Mousse au Chocolat gedacht.«

Nina verkündete, dass sie aber wirklich so was von keinen Bock auf Lachs habe. Warum könne es bei uns nicht einmal Schweinsbraten oder Rindsschnitzel geben wie in *ordentlichen* Familien?

Sie gehorchte damit, wie ich als studierte Trivialpsychologin wohl wusste, einem pubertären Zwang. Trotzdem war ich versucht, ihr den Lachs um die Ohren zu schlagen, nahm aber im Interesse meiner Ernährung Abstand davon.

»Deine Mutter sollte dir was pfeifen«, sagte Marietta zu meiner Tochter, »undankbares Balg.«

Und zu mir sagte sie: »Lieb von dir, danke, aber ich esse heute nichts mehr.«

Nina staunte mit offenem Mund. »He, das ist unfair!«, rief sie, an Marietta gewandt. »Seit wann hältst du zu ihr?«

»Ich bin die Stimme der Gerechtigkeit«, erwiderte Marietta.

»Seit wann?«

»Seit jetzt. Gewöhn dich dran.«

»Sicher nicht«, sagte Nina und verließ uns, um zu schmollen, bis es Zeit sein würde, missbilligend, aber mit gutem Appetit den Lachs zu verdrücken. Nina schmollt gerne strategisch, sie hat sich dadurch schon eine Menge Mithilfe im Haushalt erspart.

»Gehst du aus?«, fragte ich Marietta.

»Nein.«

»Warum isst du dann nicht mit uns?«

»Weil ich satt bin.«

Das war für sie noch nie ein Grund gewesen, nichts zu essen. Kopfschüttelnd machte ich mich daran, meine Einkäufe auszupacken. Marietta ging mir an die Hand.

»Wie geht's Richard?«, fragte ich. Obgleich ich froh war, dass Marietta seit einiger Zeit seltener über ihn redete, glaubte ich nicht, dass wir ganz um eine Besprechung seiner Lage herumkommen würden. Also wollte ich ihn lieber gleich abhaken.

Vielleicht ging aber auch nur die Gewohnheit mit mir durch. Schließlich drehte sich Mariettas Kommunikation mit uns seit Jahren vorwiegend um Richard.

»Er leidet«, sagte Marietta fröhlich.

»Wegen seiner *Wahnvorstellungen*?«

»Deswegen auch. Und weil ihn das neue Kind so strapaziert.«

»Das ist doch noch gar nicht auf der Welt?«

»Ja, trotzdem leidet er. Drollig, nicht?«

»Drollig?«

»Er fürchtet sich vor der *Lebensumstellung*«, sagte Marietta heiteren Tons und räumte mehrere Packungen Kekse weg, ohne auch nur von einer zu kosten. »Du weißt schon, nächtliches Gebrüll, noch mehr *Verantwortung*, noch mal mindestens zehn Jahre Urlaub in kinderfreundlichen Ferienclubs.«

Sie kicherte.

Ich traute meinen Ohren nicht.

»Du vergehst nicht vor Mitleid?«

»Das hätte er gern.« Marietta lächelte versonnen. »Vorgestern kam er an und wollte, dass ich ihn tröste. Seine Frau ist nämlich noch dazu so launenhaft geworden. Sagt er. Sie liegt nur noch herum, lagert die Beine hoch und kommandiert ihn.«

»Ich habe gedacht, sie war immer schon schrecklich.«

»Jetzt ist sie noch schrecklicher. Sagt er.«

»Ich habe gedacht, sie war so schrecklich, dass es keine Steigerung gab?«

»Ich hab ihn gefragt, was er sich vorgestellt hat. Ich meine, das weiß man doch, dass eine Schwangerschaft ganz schön anstrengend sein kann. Seine Frau ist ja auch nicht mehr die Jüngste.«

Ich verkniff mir den Hinweis, dass sie, soviel ich wusste, gleich alt war wie Marietta. Zumal Marietta nicht schwanger schien. Stattdessen betrachtete ich meine Schwester verstohlen von der Seite.

»Was siehst du mich so komisch an?«

»Bist du's oder bist du's nicht?«

»Hä? Was ist los mit dir?«

»Nein, was ist los mit *dir*? Richard leidet unter seiner Frau und du erklärst ihm, dass seine Frau ebenfalls Grund zum Leiden hat?«

»Ist das falsch?«

»Nein, richtig.«

»Na, bitte. Was passt dir dann nicht?«

Mir passte alles. Es passte bloß nicht zu meiner Schwester.

In meiner Post fand ich den Brief einer Hotelkette. Man erlaube sich eine Anfrage, mein Grundstück an der Thermenlinie, Einlagezahl Sowieso, Katastralgemeinde Soundso, betreffend. Für den Fall, dass ich daran dachte, es zu veräußern, möge ich mich mit der Geschäftsleitung in Verbindung setzen. Blabla, et cetera, mit freundlichen Grüßen.

Ich machte keinen Freudensprung, ich schwenkte den Brief nicht begeistert durch die Luft, ich zog keine voreiligen Schlüsse. Ich gab ihn Mausi zu lesen.

»Ja, und?« Sie hielt sich ebenfalls bedeckt.

»Ist das nicht ein Zufall? Da reden wir erst kürzlich darüber –«

»Noch weiß sie nicht, wie viel ihr geboten wird«, sagte Mausi streng.

»Richtig.«

Sie sah auf die Uhr. »Ist der Lachs nicht bald fertig?«

Das ist das Erstaunliche an Mausi. Sie weiß immer, was die Prioritäten sind.

Am nächsten Morgen rief ich bei der Hotelkette an und vereinbarte einen Gesprächstermin mit dem zuständigen Menschen.

Dann gab ich mich meinen mehr oder weniger frustrierenden Geschäften hin.

Wir – das heißt Christophs Firma – beteiligten uns gerade an einem Revitalisierungsprojekt: ein aufgelassenes Industriegelände in einem ehedem mäßig beleumundeten Stadtviertel, das jedoch in letzter Zeit boomte.

Denn was noch vor zehn Jahren als abgelegen betrachtet worden war, galt nun als verhältnismäßig city-nah. Und weil die Grundstückspreise in dem Viertel zwar angezogen hatten, aber immer noch günstiger waren als in anderen citynahen Lagen, beeilten sich schlaue Investoren, ihr Geld rechtzeitig hier hineinzustecken.

Immer mehr trostlose Straßen des ursprünglichen Arbeiterbezirks, der zu einer Mischung aus Slums und Industrieruinen verkommen war (vereinzelt durchsetzt von Schrebergarten-Enklaven, in denen ängstliche Kleinbürger streng über Ruhe und eine beklemmende Ordnung wachten), belebten sich.

Zinshäuser aus der Wende zum vorigen Jahrhundert wurden außen dekorativ restauriert und innen in geräumige Eigentumswohnungen umgewandelt.

Geschäfte zogen ein: Filialen der internationalen Textilkonzerne, Espressoketten, Restaurants.

Auf den ehemaligen Industriearealen entstanden schicke Wohnanlagen mit Shopping Malls, Tiefgaragen und gemeinschaftlichen Fitness- und Freizeiteinrichtungen.

Eine solche Wohnanlage wurde von unserer Firma mit finanziert und ich war mit der Betreuung des Projekts beauftragt.

Einerseits faszinierte mich die Verwandlung einer vergessenen Gegend in ein urbanes Viertel voll mit neuem Leben, andererseits fragte ich mich, welche Sehnsüchte von dieser neuen Geschäftigkeit tatsächlich befriedigt und welche Versprechungen von einem Projekt wie dem unseren wirklich eingelöst wurden.

Ich stehe der modischen »Dorf in der Stadt«-Euphorie, den Gemeinschaftsräumen, den umlaufenden Balkonen, den Nachbarschaftstreffen, den Stadtteilfesten mit gemischten Gefühlen gegenüber.

Natürlich hab ich ihn auch, den Wunsch nach Freundschaft und Geborgenheit, nach Gedankenaustausch und gemeinsamen Interessen, aber ich bezweifle, dass Nachbarn ihn mir erfüllen würden, nur weil sie mehr oder weniger zufällig Tür an Tür mit mir wohnen und ebenfalls die kindliche Sehnsucht in sich tragen, von einem wohlwollenden Umfeld aufgefangen zu werden.

Die Crux ist, dass alle davon träumen, *ihre* Bedürfnisse würden den Ton angeben. Sie wollen den Rückhalt einer verständnisvollen Gemeinschaft, aber unter *verständnisvoll* stellen sie sich nicht vor, dass sie Verständnis haben, sondern dass sie Verständnis kriegen werden.

Das liegt zu einem nicht geringen Teil daran, dass Sozialgeschichte nicht zur Allgemeinbildung gehört. Stattdessen wird von den Medien ein nostalgisches Geschwafel verbreitet, dem zufolge früher die Menschen im Dorf und in den Mietskasernen rührend aneinander Anteil genommen hätten, statt wie in unserer *unpersönlichen* Zeit *egoistisch aneinander vorbeizuhasten.*

Blablabla. Nicht für viel Geld würde ich in eine Zeitmaschine steigen, die mich um hundert oder mehr Jahre zurückversetzte. Für zu groß hielte ich die Gefahr, zum Beispiel als Fabrikarbeiterin herauszukommen, die einen Gutteil ihres mühselig verdienten Lohns hergeben müsste, um sich die stundenweise

Benützung einer Schlafstatt in einem elenden Loch von Behelfsquartier zu erkaufen. Da wäre dann nämlich keine Spur von *glücklicher Gemeinschaft* und *fröhlichem Schwatzen* an der *Bassena* – da wären vor allem Not und Neid und erzwungene Nähe.

Darum denke ich, wenn ich an eine *Stadtwohnung* nach meinem Gusto denke, nicht an ein schickes Apartment in einem dieser ehrgeizigen, architektonisch vielleicht sogar hoch interessanten Projekte mit partiellem, wenn auch anspruchsvollem Wohngemeinschaftscharakter, sondern an die gute alte »My home is my castle«-Version: solide Wände, doppelt verglaste Fensterflügel, eine schwere Eingangstür und ein Treppenhaus, das die Mieter nur zum Zweck des Kommens oder Gehens betreten.

Und draußen, vor dem Haus, Stadt, richtige Stadt: Menschen, die an dir *vorüberhasten*, vielleicht mit einem kleinen, kurzen Lächeln, aber ohne Interesse daran, warum du unterwegs bist, wohin du unterwegs bist, wann du gestern Nacht heimgekommen bist und welche Art Topfpflanzen in deinem Wohnzimmer steht oder fehlt.

Nein, ich bin nicht unsozial. Ich weiß, wie schnell Freiheit in Verlassensein umschlagen kann und wie leicht Toleranz mit Gleichgültigkeit verwechselt wird.

Ich weiß aber auch, wie verschwommen die Grenzen zwischen Anteilnahme und Kontrolle sind.

In der Projektbesprechung an diesem Tag ging es allerdings weniger um ideologische oder architektonische Aspekte unseres Vorhabens als vielmehr um Kapitalrücklagen und Verzinsungen, Fragen, für die ich mir immer mühsam Interesse abringen muss, weswegen ich es nie zu einem nennenswerten Vermögen bringen werde.

Danach fuhr ich ins Büro und klemmte mich hinter den Computer und ans Telefon. Frau Waldbauer kochte Kaffee und brachte mir überraschenderweise auch eine Tasse.

Ich rieche Kaffee lieber, als dass ich ihn trinke, und das Waldbauer'sche Gebräu roch nicht einmal sonderlich anregend, trotzdem bedankte ich mich erfreut und zwang mich zu ein paar kräftigen Schlucken. Ehe die Rührung vollends mit mir durchging, erfuhr ich, was der Hintergrund der liebenswürdigen Geste war: Frau Waldbauer wollte unbedingt zu Karten für das Theaterstück kommen, in dem Nora den losen Vogel mimte, nicht wegen Nora, sondern wegen des Stücks, das auf Wochen hinaus ausverkauft war, weil sich Leute wie Frau Waldbauer dabei so großartig unterhielten.

»Der Meinige hat's ja sonst nicht mit dem Theater«, gestand Frau Waldbauer, »aber in dem Fall würde er eine Ausnahme machen, sagt er. Na ja, und da denke ich mir, das muss ich ausnützen.«

Ich versprach, mich bei Nora für sie zu verwenden und hatte schon im Voraus Noras wütende Kommentare im Ohr. Nora schreibt es – nicht zu Unrecht – den Waldbauers samt ihren Ihrigen zu, dass sie gezwungen ist, aus Gründen des Broterwerbs in vorgestrigen Boulevardklamotten auf der Bühne zu stehen, statt sich in herausfordernden Inszenierungen zeitgenössischer Texte künstlerisch zu verwirklichen.

Ich tröste sie gern mit der Behauptung, wirklich verfahren wäre der Karren erst, wenn sie anfinge, Rollen wie die Flittchennummer als gutes Werk zu verteidigen, so nach dem bewährten Motto: »Ist es nicht viiiel wertvoller, den Menschen Freude zu bereiten …?«, doch richtig froh macht sie dieser Trost für gewöhnlich nicht.

Als ich gerade den Rollbalken herunterlassen wollte, schneite Marietta zur Tür herein. Sie habe in der Nähe zu tun gehabt und beschlossen mich abzuholen.

»Du brauchst ein Taxi«, übersetzte ich.

Marietta schaute gekränkt. »Brauche ich nicht. Ich habe gedacht, wir könnten was trinken gehen.«

»Würde ich gern«, sagte ich, »aber ich habe, wenn ich dich daran erinnern darf, ein hungriges Kind zu Hause.«

»Hast du nicht. Sie ist bei Lisa und will dort über Nacht bleiben. Du sollst sie anrufen und ihr sagen, ob du's erlaubst.«

Ich rief Nina an und erlaubte es.

»Und wohin jetzt?«, fragte ich Marietta.

»Wie wär's mit einem netten Italiener?« Das war nicht meine Schwester, sondern Christoph, der aus seinem Büro kam.

Er grinste. »Was ist, Mädels – darf ich euch zum Essen ausführen?«

Er durfte.

Wir landeten in einem schicken Szenelokal. Weil wir nicht reserviert hatten, eilten ein paar Kellner zu einem Konklave zusammen.

Sie berieten sich kurz, warfen Blicke auf Christoph, der ihnen offenbar bekannt war, und wiesen uns dann einen kleinen Tisch zu.

Rundum gestylte Menschen. Ich kam mir ein bisschen zerknittert vor nach einem langen Arbeitstag und mit meiner Papiertragetasche samt Gucklöchern.

Marietta hingegen wirkte frisch geduscht und sorgfältig geschminkt. »Du schaust so tipptopp aus«, sagte ich zu ihr, »wie machst du das? Kommst du von der Schönheitspflege?«

Marietta wurde rot. »Unsinn«, sagte sie schroff.

Offenbar war ich mit meinem lahmen Scherz in einen Fettnapf getreten.

Wir bestellten. Marietta entschied sich für Blattsalate als Vorspeise und eine Vorspeise – nämlich Ravioli mit Ricotta-Fülle an Limonensauce – als Hauptgericht.

»Was wird das?«, fragte ich. »Ein neuer Diätanlauf? Ich warne dich, du weißt, wie das endet: mit einem Ausflug zum Kühlschrank um Mitternacht.«

»Sag mal, musst du so mit deiner Schwester reden?«, fragte Christoph.

Hoppala, der Ritter in schimmernder Rüstung auf einem weißen Pferd. Ich zog mich beleidigt hinter die Weinkarte zurück und rundete meine Bestellung ab, indem ich mich für einen sauteuren Rioja entschied.

Christoph und Marietta saßen etwas lahmärschig herum und schauten wortkarg in die Gegend, deswegen riss ich die Unterhaltung an mich und gab mich Spekulationen hin, die Frau Waldbauer und den Ihrigen, das Kulturleben genießend, betrafen.

Ich schleuderte Pointen. Sie fielen, ich kann es leider nicht schonender ausdrücken, wie Perlen vor die Säue. Christoph und Marietta lachten, aber, wie mir schien, mehr mechanisch und höflich als bewusst auf die Produkte meines brillanten Geistes reagierend.

Die Speisen kamen. Marietta pickte in ihren Salatblättern herum wie ein Vögelchen und ließ die Ravioli zur Hälfte zurückgehen.

Und das bei Portionen, die, wie ich fand, mehr symbolisch als richtiges Essen waren.

Wozu diese Scarlett-O'Hara-Attitüde? Wem wollte sie damit suggerieren, dass sie in Wirklichkeit ein Püppchen mit Wespentaille statt einer gestandenen Frauensperson mit Doppelkinn und runden Hüften war?

Ich musterte Marietta und entdeckte zu meiner Verwunderung bloß ein einziges Kinn. Sonderbar. Wahrscheinlich die sehkraftmindernde Wirkung von zu viel Rioja.

Christoph sagte irgendwas Uninteressantes und Marietta kicherte, als habe er sich als Oscar Wilde entpuppt.

Verbindlichkeit gut und schön. Aber musste sie derart übertreiben?

Marietta gab eine Banalität von sich und Christoph lachte wie über ein funkelndes Bonmot.

Ich blickte von ihm zu Marietta und von Marietta zu Christoph. Sie beachteten mich nicht, sondern lächelten einander versonnen zu.

Plötzlich fühlte ich mich ziemlich überflüssig. Und verpasste mir im Geist einen Tritt für Begriffsstutzigkeit.

Warum war ich nicht gleich draufgekommen? Die Konstellation war perfekt. Marietta war warmherzig und verständnisvoll. Und Christoph war ein verheirateter Mann, der Trost und Verständnis brauchte. Aber anders als Richard und seine Vorgänger war er zur Abwechslung einer, bei dem der Gedanke an Scheidung realistisch war.

»Also, Kinder«, sagte ich tapfer und griff nach meiner Tragetasche mit den Gucklöchern, »ich vertschüsse mich jetzt. Bleibt ruhig sitzen, ihr müsst mich nicht zur Tür begleiten.«

Sie blieben ruhig sitzen. Marietta sagte, ich solle vorsichtig fahren, sie würde sich ein Taxi nehmen. Christoph sagte, ich solle gut schlafen und er würde Marietta nach Hause bringen.

Einen etwas schmerzgebeugteren Abschied hätten sie sich wirklich abringen können.

17

Das Gespräch mit dem Vertreter der Hotelkette verlief kurz und bündig. Die Hotelkette, die bereits im Nachbarort mit einem Gebäude im Stil der Fertigteilromantik vertreten war, plante die Errichtung eines *Wellnessparks*.

Man kaufe dazu Grundstücke auf, meines hätte man ebenfalls ins Auge gefasst. Sollte ich einem Kauf zustimmen, würde man das begrüßen. Wolle ich nicht verkaufen, würde das die Pläne nicht erheblich stören, weil mein Stück Wiese am Rand der geplanten Anlage liege und man in der Gestaltung der Umrisse flexibel wäre. Im Übrigen möge ich bedenken, dass ich als künftige Anrainerin einer viel frequentierten Freizeiteinrichtung mit einer Erhöhung des Verkehrsaufkommens und des Geräuschpegels zu rechnen hätte. (So viel zum Thema *Wellness*.)

Mein Verhandlungspartner zeigte mir Baupläne, aus denen hervorging, dass er nicht bluffte, was die Randlage meines Grundstücks anlangte.

Der Preis, den er mir bot, entsprach den Gegebenheiten des Marktes. Er lag um einiges über dem, was ich seinerzeit gezahlt hatte, reich würde er mich jedoch nicht machen. Vielleicht konnte ich ihn noch ein kleines bisschen hinauftreiben, aber große Hoffnungen waren sicher nicht angebracht.

Trotzdem. Immerhin. Ich würde daheim in aller Ruhe durchrechnen, um wie viel sich meine finanzielle Lage verbesserte. Wer weiß ... Nein, nein, kein törichter Optimismus. Kein unangebrachter Leichtsinn.

»Vergessen Sie Ihre Tragtasche nicht«, sagte mein Gesprächspartner, als ich mich verabschiedete, nachdem wir übereingekommen waren, dass ich mir das Angebot überlegen und ihm in angemessener Frist Bescheid geben würde.

Im Eifer, mich zur Vernunft zu ermahnen, hätte ich glatt Mausi stehen lassen. Ich bedankte mich hastig, raffte die Tragtasche an mich und verließ den Raum, mit eingezogenem Kopf, weil ich wusste, dass Mausi sich sogleich bitter beschweren würde.

So war es auch.

»Hör einmal«, sagte ich, gedämpft, damit niemand, dem wir womöglich im Treppenhaus begegneten, mitbekam, wie ich mit einem Papiersack redete, »hör einmal, du siehst das völlig falsch. Natürlich hab ich dich nicht *vergessen*. In Wirklichkeit wollte ich dich *einschleusen*.«

»Ach ja, und wozu?«, keifte es aus dem Papiersack.

»Vielleicht hättest ja du noch etwas herausfinden können.«

»Und zwar was?«

»Ob die, äh, ob die was im Schilde führen.«

»Na klar führen die was im Schilde. Das weiß sie doch schon. Die wollen Wiesen und Bäche und alte

Bäume und Ruhe und Schönheit in ein künstliches Freizeitparadies verwandeln. *Walgesänge* aus Unterwasserlautsprechern statt Hummelbrummen. Das führen sie im Schilde.«

»Klingt nach einem Aufruf, mich quer zu legen.«

»Ach was. Es würde nichts nützen, wenn sie sich quer legte.«

»Wieso kennst du dich eigentlich mit Wellnessparks aus?«

»Ich lese Zeitung. Ich sehe fern. Denkt sie, ich habe das Hirn einer Maus?«

»Na ja«, sagte ich und kicherte, »es wäre irgendwie nahe liegend.«

Mausi kicherte ausnahmsweise mit.

Auf der Treppe kam mir ein Mann entgegen, er nahm zwei Stufen auf einmal und starrte im Vorbeihasten entgeistert auf meine kichernde Tragtasche.

»Rechne sie schon!«, sagte Mausi mit funkelnden Augen, daheim, wo wir einen Stopp einlegten, weil ich ebenso gut wie im Büro ein paar Sachen von meinem Laptop aus erledigen konnte, mit dem Vorteil, dass es mir möglich war, zwischendurch Wäsche erst in die Waschmaschine und anschließend in den Trockner zu stopfen sowie einen Stapel getrockneter Sachen zu bügeln.

Sagte ich Vorteil? Ein zweifelhafter Vorteil, ich gebe es zu. Eigentlich hasse ich es, von daheim aus zu arbeiten.

Erstens ist es viel angenehmer, Erwerbsarbeit und Hausarbeit zu trennen, vor allem gedanklich, weil das ständige Switchen zwischen den unterschiedlichen Aufgaben die Konzentration unterminiert.

Zweitens fällt man daheim sowohl um Kaffeepausen als auch um ein wenig Ansprache um.

Es ist ja ständig was zu tun, Kaffeepausen (die ich so nenne, obwohl ich selten Kaffee in ihnen trinke) gehen sich gar nicht aus.

Drittens läuft man Gefahr, dass man zwar Ansprache kriegt, aber von Personen, die sich den Teufel darum scheren, ob man gerade seine ganze Konzentration für die Erwerbsarbeit brauchen würde, zum Beispiel von einem egozentrischen Vater, der sich für den Nabel der Welt hält.

Und viertens hasse ich Hausarbeit.

Trotzdem: Wenn ich nicht in Schmutzwäsche und ungebügelter Kleidung ersticken will, bleibt mir nichts anderes übrig, als von Zeit zu Zeit die Errungenschaft des Teleworkings in Anspruch zu nehmen.

Diesmal hatte ich Glück. Niemand daheim. Nina und Marietta waren in der Schule, klar, aber auch mein Vater hatte es offenbar vorgezogen, auswärts zu brunchen.

»Langsam, langsam«, sagte ich zu Mausi, die ungeduldig auf einem Stuhl wetzte.

Ich betrachtete sie von der Seite und stellte verblüfft fest, dass sich ihr Aussehen, zumindest in meinen Augen, irgendwie verändert hatte. Eigentlich bot sie, fand ich inzwischen, einen ganz netten Anblick.

Nein, falsch. Nicht nett. Eher interessant. Vor allem: Sie wirkte nicht mehr so grässlich kitschig. Sondern mehr wie eine altmodische Rarität.

Ich schüttelte den Kopf über mich. Was Gewöhnung

nicht alles ausmachte. Oder vielleicht auch die Beleuchtung.

»Was schüttelt sie den Kopf?«, fragte Mausi. »Und warum *langsam, langsam*?«

Vielleicht, weil ich das enttäuschende Rechenergebnis noch ein wenig hinausschieben wollte?

Ach was. Beherzt machte ich mich daran, meine Finanzen unter Einbeziehung des für mein Grundstück gebotenen Preises (abzüglich der Steuern) zu berechnen. Am Schluss kam heraus, was ich vorhergesehen hatte.

»Es geht sich noch immer nicht aus«, sagte ich zu Mausi.

Mausi überprüfte meine Rechnung. »Was ist eine Spekulationssteuer?«

»Die muss ich zahlen, weil ich das Grundstück noch keine zehn Jahre besitze.«

»Ja, und?«

»Ich glaube, das soll verhindern, dass mit Grundstücken wüst geschachert wird. Du weißt schon, kaufen und verkaufen und Preise hoch treiben. Beziehungsweise, wenn geschachert wird, dann unter Beteiligung des Finanzamtes. Ich finde das grundsätzlich in Ordnung, auch wenn es mir jetzt auf den Kopf fällt.«

»Warum?«

»Ist irgendwie anständiger so.«

Mausi überlegte. »Meine Ahnen«, sagte sie dann, »haben Grundbesitz einfach *erobert*.«

»Richtig. Die waren ja auch ein unsozialer, brutaler Haufen.«

»Was erfrecht sie sich?«

»Die *meisten* hochmögenden Ahnen sind nicht deswegen reich, mächtig und berühmt geworden, weil sie scheu, sensibel und gerechtigkeitsliebend waren.«

Mausi lächelte schief und schwieg.

Ich wunderte mich. »Du widersprichst mir nicht?«

Mausi zuckte die Achseln. »Lassen wir das. Vorbei ist vorbei.«

Offenbar waren ihre Ahnen noch größere Schurken gewesen, als ich angenommen hatte.

Wie auch immer. Faktum blieb, dass ich mit dem Verkauf meiner Wiese meine Finanzlage zwar verbessern konnte, aber nicht so entscheidend, als dass sich der Kauf von Rosemaries Haus einigermaßen locker ausgegangen wäre.

»Locker?«, bohrte Mausi nach. »Wieso muss er sich *locker* ausgehen?«

»Ich verschulde mich nicht gern bis über beide Ohren. Ist mir zu riskant. Und dann müsste ich das Ding ja auch erhalten. Kreditraten plus Erhaltung – das läppert sich, glaube mir.«

Mausi verzog die Nase. »Wie viel fehlt ihr noch?«

Ich nannte ihr die Summe, überschlagsmäßig.

»Das ist nicht wenig.«

»Richtig.«

»Aber auch nicht ganz *furchtbar* viel.«

»Wie man's nimmt. Für mich schon.«

»Kommt Zeit, kommt Rat«, sagte Mausi. Ein banaler Schlusssatz. Rosemarie würde davon nicht abbeißen können. Also hieß es, weiter nach Käufern für meine Traumvilla zu suchen.

Im Büro. Das Telefon. »Na?«, sagte Conrads Stimme. »Was treibst du so?«

»Oh«, sagte ich, »ich liege hier herum, schlürfe Champagner und warte, bis die Stripper antanzen. Und du?«

»Ich sitze auf einem Nagelbrett und übe mich in Enthaltsamkeit. Was machst du heute Abend?«

»Warum?«

»Ich wollte dich zu dieser Ausstellungseröffnung verschleppen.«

»Ausstellungseröffnung? Wo? Hamburg? Bagdad? Amman?«

Conrad lachte. »Entschuldige, ich hätte dazusagen müssen, dass ich hier bin. Hier in der Stadt. Und ich meine dieses Riesenspektakel im *Powertower.*«

Davon hatte ich gelesen. Drei Stockwerke voller Klassiker der Moderne, *größte Kostbarkeiten des 20. Jahrhunderts, schwindelerregende Versicherungssummen,* Eröffnung in Gegenwart des Bundespräsidenten und irgendwelcher Spitzen des Wirtschaftslebens, denn finanziert wurde das Ganze von dem Konzern, dem der Powertower gehörte.

»Ich bin eingeladen. Mit Begleitung«, sagte Conrad.

»Seit wann bist du in Sachen Kultur unterwegs?«

»Es hat sich so ergeben. Komm, frag nicht so viel, sag einfach ja.«

Aber ja.

Nina seufzte bei der Ankündigung, sie würde an diesem Abend auf meine Gesellschaft verzichten müssen.

Von wegen *Gesellschaft.* »Die letzten Abende hast du keine drei Worte mit mir geredet«, erinnerte ich sie.

»Du bist mit Lisa oder Johanna oder Carolin in deinem Zimmer gehockt oder vor der Glotze oder vor dem Computer und wolltest nicht gestört werden.«

»Ja, aber du warst *daheim*«, sagte Nina.

Mütter sind Inventar. Inventar hat sich nicht herumzutreiben.

»Dein Großvater und ich werden hier sein«, erklärte Ilse, überraschend resolut, »das sollte genügen.«

Nina verdrehte opferlammartig die Augen. Dann ging sie in eine Telefonkonferenz, um mit anderen bedauernswerten Jugendlichen den Partykalender der nächsten Wochenenden durchzuhecheln.

Ich traf mich mit Conrad beim Eingang zum Powertower, einem Hochhaus am Fluss, das deswegen so heißt, weil der Konzern, der es besitzt, unter anderem auch im Mineralölgeschäft mitmischt.

Security-Leute trennten den Plebs von den Patriziern mit den Einladungskarten. Ich war Plebs und beeilte mich, meinen Patrizier ausfindig zu machen, der mich in den Stand der Gnade erheben würde, mit anderen Wichtigtuern ins Foyer des Powertower zu strömen.

Conrad trug feierliches Schwarz, ich auch, aber mein Schwarzes hatte einen tiefen Ausschnitt, in dem ich meinen mittels Push-up-BH aufgerundeten Busen gefällig arrangiert hatte, dazu stöckelte ich auf Absätzen, die einem orthopädischen Offenbarungseid nahe kamen.

Ich trug, kurzum, Kleidung, die ich ideologisch strikt ablehne, der ich aber praktisch nicht konsequent widerstehen kann. Nennen Sie mich eine hohlköpfige Sklavin der Mode.

Conrad küsste meinen Nacken und raunte mir ins Ohr: »Müssen wir eigentlich das Vorspiel hier mitmachen? In meinem Hotelzimmer liegt eine Flasche Champagner auf Eis.«

»Vorspiel muss sein«, erwiderte ich, vielleicht eine Spur zu laut, denn es streifte mich der amüsierte Blick eines Mannes zwei Köpfe weiter, »wusstest du das nicht? Wir Frauen nehmen es wichtig.«

»Ich sehe schon, ich muss noch eine Menge von dir lernen«, sagte Conrad und dirigierte mich am Ellbogen weiter hinein ins Getümmel.

»Du wohnst im Hotel?«, fragte ich.

»Notgedrungen«, sagte Conrad, »die Wohnungsbesitzerin ist da und sie ist so egoistisch, dass sie ihre Wohnung selber bewohnen will.«

Am Eingang hatte man uns Ansteckbuttons ausgehändigt, die sollten wir sichtbar an unserer Kleidung befestigen, denn sie dienten den auch im Inneren des Turms reichlich vertretenen Security-Leuten als Hinweis, dass wir uns rechtmäßig in den geheiligten Hallen aufhielten.

Unsere Buttons waren weiß. Es gab auch welche in Pink und Rot.

Nachdem wir eine Reihe von Eröffnungsreden überstanden hatten (während derer ich erwog, meine Schuhe von mir zu schleudern, und zwar in Richtung der rücksichtslos vor sich hin redenden Redner), stellte sich heraus, dass die bunten Buttons einen hierarchischen Sinn hatten.

Alle, die Rot trugen, waren offenbar Mega-VIPs, sie wurden als Erste durch die Ausstellung und anschließend in extra Räume geschleust, wo scheint's ein extra Buffet für sie aufgebaut war.

Danach kamen die Super-VIPs in Pink dran.

Weiß stellte sich als die Farbe des Unterdecks heraus, mit der der *gemeine VIP* wie Conrad *und Begleitung* gekennzeichnet war.

Wie immer bildete das gewöhnliche Volk die größte Gruppe. Das heißt, das Gewimmel und Gedränge war so arg, dass es uns schwer fiel, den einen oder anderen Blick auf die ausgestellten Meisterwerke zu erhaschen.

»Tut mir Leid«, sagte Conrad.

»Ist ja nicht deine Schuld«, erwiderte ich.

Rund um mich stauten sich Menschen, sie verstellten uns die Sicht auf die Bilder, aber nicht, um die Bilder, sondern um *einander* zu betrachten und zu taxieren und um zu grüßen und erkannt zu werden.

Ich will mich nicht besser machen, als ich bin. Auch ich schaute mich neugierig um und bemühte mich dabei um den angemessenen Gesichtsausdruck aus aufgesetzter Freundlichkeit und leichter Blasiertheit.

Weit drüben, am anderen Ufer des Besucherstroms, kamen ein paar wichtig aussehende Herren aus der Tür für die Mega-VIPs und schritten eilig davon. Zwei Security Guards bahnten ihnen diskret, aber effizient einen Weg durch die Menge, wahrscheinlich wartete auf dem Dach des Gebäudes schon ein Hubschrauber, um sie an einen anderen Ort zu bringen, der ohne ihre temporäre Präsenz wüst und leer sein würde. Einen der bedeutenden Herren kannte ich, und zwar unter dem Namen Nick.

Ach ja, schließlich saß er ja im Vorstand des Konzerns, dem wir dieses Spektakel zu verdanken hatten.

Was jetzt? Winken, am Stand hüpfen und »Huhu!« schreien? Sicher *nicht*.

Nick sah in meine Richtung und durch mich hindurch, drehte den Kopf wieder weg und entschwand, eilig, bestimmt, zielgerichtet.

(Erfolgreiche Männer peilen erreichbare Ziele an, das ist ein Geheimnis ihres Erfolgs. Nicks aktuelles Ziel war vielleicht nur ein Hubschrauber auf dem Dach, aber die Art, wie er darauf zuschritt, hatte was Imponierendes.) Weg war er.

Und wenn schon. Vergangen ist vergangen. (Um mich an Mausis Weisheiten zu halten.)

»Ist was?«, fragte Conrad, dem mein Gestarre nicht entgangen war.

»Na ja«, sagte ich, »das dort war eine wichtige Person aus meinem ferneren Vorleben.«

»Jugendliebe?«

»Sozusagen.«

»Der kleine Blonde?«

»Klein? Er ist doch nicht klein.«

»Na, groß ist er auch nicht«, sagte Conrad und streckte sich, um noch ein bisschen länger zu wirken.

Gockelgeplustere. Markierzwang. Sie können's nicht lassen. Müssen versuchen, dem Rivalen ans Bein zu pinkeln, selbst wenn der schon lange weg vom Gelände ist und keinerlei Gefahr darstellt – sie pinkeln, nicht aus Liebe, nicht aus Eifersucht, sondern reflexartig, aus Prinzip.

»Noch eine Weisheit aus dem Schatzkästlein von Frau Binse: Auf die Größe kommt es nicht an.«

»Sondern auf einen großartigen Charakter«, sagte Conrad mit sanftem Hohn.

»Zum Beispiel, ja.«

»*Hat* er einen großartigen Charakter?«

Ich dachte nach. »Eigentlich nicht.«

Conrad lachte. »Was dann?«

Ja, was dann?

Nick war witzig und zärtlich – glaube ich. Und es war romantisch mit ihm seinerzeit, vielleicht weil die Lage damals ein bisschen kompliziert war – aber wer war Nick tatsächlich? Und wie ist er heute?

Ich musste mir eingestehen, dass ich im Grunde herzlich wenig über ihn wusste, den Mann, den ich im Zweifelsfall, diesbezüglich befragt, automatisch *meine einstige große Liebe* nennen würde.

Ich habe Nick zu einer *großen Liebe* ernannt, *weil* ich ihn im Grunde verdammt schlecht gekannt habe. In so einen kann man alles hineininterpretieren, was man einer großen Liebe gerne nachsagen würde.

Ich mache mir was vor. Ich lüge mir in den Sack. Alles, was ich an erfolgreichem Liebesleben vorweisen kann, ist ein Mann, den ich nicht näher kennen gelernt habe, vermutlich zu meinem Glück, weil sonst der Selbstbetrug, seine Person betreffend, womöglich nicht aufrechtzuerhalten gewesen wäre.

Der Nick, an den ich mit Zuneigung und Wehmut denke, ist ein Produkt meiner Fantasie.

Der Nick, den ich nachher wieder getroffen und verworfen habe (mit der Begründung, er habe sich zu seinem Nachteil entwickelt), ist dem Nick, in den ich verliebt war, vielleicht gar nicht so unähnlich, wie ich mir gerne einrede. Mist.

»Na, so was«, sagte eine Frauenstimme, die mir ebenfalls bekannt vorkam. Mit gutem Grund, denn sie gehörte meiner Freundin Nora. Nora *und Begleitung* trugen Buttons in Pink. An der Begleitung konnte es nicht liegen, denn die bestand in Noras Freund Harry, einem gelegenheitsjobbenden Videokünstler, den niemand als VIP betrachten würde außer er selbst. (Nora? Äh. Vielleicht. Manchmal.)

Blöd für Harry ist, dass er so selten Gelegenheiten zum Jobben findet. Das deprimiert ihn dermaßen, dass mit seiner Videokunst auch nichts weitergeht. Aber er kocht brauchbar, geht zuverlässig mit Noras Hund Gassi und massiert ihr die verspannten Schultern, wenn sie nach einer anstrengenden Vorstellung heimkommt. Das ist mehr, sagt Nora, als man von so manchem anderen erwarten kann, und damit hat sie wohl leider Recht.

Begrüßung. Gegenseitiges Bekanntmachen. Conrad organisierte vier Drinks und wir gruppierten uns um eins der Tischchen herum, an denen man seine Buffetausbeute hätte verzehren können, wenn am Buffet noch was Verzehrbares zu finden gewesen wäre.

Smalltalk. Ich beobachtete Nora, wie sie Conrad musterte. Sie hatte ein hinterhältiges Grinsen im Gesicht, das mir für später ein paar ätzende Bemerkungen über *schöne Männer* verhieß.

Und wenn schon. Die einen brauchen einen, der ihren Hund Gassi führt, die anderen halten sich an Schönlinge, vor allem wenn sie keinen Hund haben.

Ein Mann blieb stehen und begrüßte Conrad. Conrad stellte ihn vor: ein Journalist. »Hör zu«, sagte Conrads Kollege zu Conrad, »ich musste am Freitag leider früher weg – hab daheim versprochen, mich ab und zu vorm Morgengrauen blicken zu lassen. Aber die Geschichte, die du da erzählt hast – können wir über die noch einmal reden?«

Am *Freitag*. Heute war Mittwoch.

Ja, und? Warum hatte ich angenommen, dass Conrad, wenn er mich anrief, soeben erst hier gelandet war?

Hatte er irgendeine Verpflichtung, sich gleich nach seiner Ankunft bei mir zu melden?

Na also. Was hatte ich mir vorgestellt?

Dass er einfach Sehnsucht haben würde nach mir? Hatte er ja anscheinend gehabt. Am *Mittwoch*.

Die Runde löste sich auf. Nora und Harry küssten mich auf die Wangen.

Der Journalist sagte, es hätte ihn gefreut.

Aber ja, mich auch. Und wie.

Ich holte mit Conrad zusammen mein Auto aus der Tiefgarage und wir fuhren zu seinem Hotel.

»Du bist so einsilbig«, sagte Conrad.

»Kann sein.«

»Und warum?«

»Ich weiß nicht, ob ich mehr Silben von mir geben soll. Ist vielleicht nicht klug.«

»Aber ja. Sag schon!«

»Ich hab nur ein bisschen vor mich hin gerechnet. Von Freitag bis heute sind es sechs Tage.«

»Und?«

Ich zuckte die Achseln. »Nur so. Ich weiß auch nicht, warum es mich befremdet, dass du nicht früher angerufen hast. Weißt du's?«

Conrad machte ein ärgerliches Gesicht. »Du klingst wie eine strenge Ehefrau. Sind wir verheiratet und ich habe nichts davon erfahren?«

Ich schwieg.

Er fuhr fort: »Ich mag mir nämlich nicht verheiratet vorkommen, weißt du. Wenn ich verheiratet sein wollte, wäre ich es. Es hat einen Grund, dass ich's nicht bin.«

Wir waren vor dem Hotel angekommen. Ich stellte mich ins Parkverbot und wir blieben im Auto sitzen.

Ich fauchte: »Okay, wir sind nicht verheiratet, aber es sieht verdammt so aus, als wäre ich mitgenommen worden, weil eine andere ausgefallen ist. Du denkst wohl, du pfeifst und ich springe?«

Warum auch nicht? Ich *war* ja schließlich gesprungen.

Conrad legte mir besänftigend eine Hand auf den Arm und seufzte.

»Niemand ist ausgefallen«, sagte er. »Ich war nur nicht sicher, ob ich selber zu diesem Zirkus gehen will. Das ist alles. Und ich hab mich nicht früher gerührt –«

»Du musst dich nicht rühren. Wir sind nicht verheiratet.«

Ein Hotelpage kam heran und wollte die Wagentür öffnen. Conrad scheuchte ihn weg.

Dann wandte er sich wieder zu mir und sagte ruhig, eindringlich: »Ich war hundemüde, als ich angekommen bin. Ich hab eine Menge zu erledigen gehabt. Ich hab dich angerufen, sobald ich ein bisschen Luft hatte. Ich hätte dich heute auf jeden Fall angerufen, auch wenn ich nicht zu dieser Vernissage gegangen wäre. Es tut mir Leid, wenn's für dich lieblos ausgesehen hat – es war nicht so gemeint. Glaub's mir bitte.«

Schon kam ich mir blöd vor. Die eifersüchtige Zicke. *Besitzergreifend.* Nein! Ich doch nicht!

Obwohl genau das ein Fehler ist. Besser fahren Frauen, die schlichte Botschaften rauslassen: *Du gehörst jetzt zu mir. Wenn du fremdgehst, kratze ich dir die Augen aus. Wir sind nicht verheiratet? Und warum nicht?*

Allerdings wirken diese Botschaften nur, wenn man an sie glaubt und daran, dass man die Berechtigung hat, sie rauszulassen.

Conrad seufzte noch einmal. »Es wäre nett, wenn du dich entschließen könntest. Kommst du mit rauf? Wenn ich den Champagner allein trinke, bin ich morgen arbeitsunfähig. Willst du das?«

Ich mache mir nichts aus Champagner. Zu viel Geschäume. Aber das wollte ich jetzt nicht sagen, denn die Stimmung war ohnehin schon bescheiden genug.

Ich fuhr mit dem Auto in die Hotelgarage. Der Lift brachte uns in den zweiten Stock. Wir betraten Conrads Zimmer. Zugezogene Vorhänge, heimelig leuchtende Lampen, geschickt platziert, das makellose Bett aufgedeckt für die Nacht – ein erstklassiges Haus.

Conrad zog mich an sich. Wir küssten uns.

Er schälte mich aus meinem Mantel und warf ihn über einen Sessel.

Dann warf er seinen Mantel dazu und sagte: »Mach's dir bequem. Ich komme gleich.«

Er verschwand im Bad. Ich nahm meinen Mantel und hängte ihn an die Garderobe neben der Eingangstür.

Die Garderobe war leer. Kein Schal, keine Jacke an den Haken, kein hingeworfener Kleinkram auf der Ablage.

Conrad kam wieder. Er holte eine Champagnerflasche aus dem Kühlschrank, öffnete sie, nahm zwei bereitstehende Kelche, füllte sie und reichte mir einen.

Wir stießen an. Wir tranken einen Schluck.

Conrad zog mich wieder an sich. Er nahm mir den Champagnerkelch ab, um ihn wegzustellen.

Weil er mich gleichzeitig weiterhin umarmt hielt, gerieten wir ins Schwanken und fielen gegen den Kleiderschrank.

Eine Tür sprang auf und gab den Blick frei auf das Schrankinnere. Es war – bis auf eine Reihe leerer Kleiderbügel – frei von Inhaltsstoffen.

Ich entzog mich Conrads Umarmung. Ich schaute in den gähnend leeren Schrank. Conrad schaute auf mich.

»Für einen Menschen, der seit sechs Tagen hier wohnt, hast du erstaunlich wenig Sachen dabei«, sagte ich.

Conrad räusperte sich. »Ich wohne nicht seit sechs Tagen hier«, sagte er.

»Das habe ich mir schon gedacht.«

Ich ging zum Bett und strich über die sorgfältig umgeschlagene Ecke der Bettdecke. Ein schönes, großes, unbenutztes Doppelbett, das da auf uns gewartet hatte.

Conrad nahm einen Schluck vom Champagner. Dann lachte er auf. »Ich komme mir vor wie auf einer Bühne.«

Ich lachte nicht.

Er fuhr sich durch die Haare.

»Also gut«, sagte er dann. »Das klingt jetzt idiotisch, aber es ist die Wahrheit. Ich wohne nicht im Hotel, sondern bei Maria, wie immer, wenn ich hier bin. Nur dass Maria jetzt gleichfalls gerade da ist. Das ist manchmal so, dass wir gleichzeitig in der Wohnung wohnen, und es ist kein Problem für uns. Ob du es glaubst oder nicht, wir sind inzwischen wie –«

»Wie Geschwister?«, schlug ich vor.

Conrad überhörte die Ironie.

»Ja. Oder wie Kumpel beim selben Fußballverein. Da ist nichts mehr. Ich hätte dich auch mit in die Wohnung nehmen können. Maria hätte dich sicher gerne kennen gelernt. Aber ich konnte mir nicht vorstellen, dass du scharf darauf bist, Konversation mit Maria zu machen.«

»Du hättest ja nicht unbedingt sagen müssen, du *wohnst* im Hotel.«

»Nein, hätte ich nicht. Ich hätte auch sagen können, ich wohne bei Maria, aber lass uns ins Hotel gehen. Und dann hättest du genau dasselbe Gesicht gemacht wie jetzt.«

Da war was dran. Vielleicht war die ganze Story ja auch wahr. Vielleicht aber doch nicht.

Ich hob die Achseln und ließ sie wieder fallen. »Ich finde … Heut Abend ist die Luft raus.«

»Ja? Findest du?«

Conrad klang gekränkt.

»Und«, setzte ich fort, »ich finde, es läuft überhaupt schief: Du diktierst die Bedingungen. *Dann und dann.*

Dort und dort. Bis hierher und nicht weiter. Das ist nicht spontan, das ist einseitig.«

»Du musst ja nicht darauf eingehen. Tust du sowieso nicht, wenn es dir nicht passt. Denk an Weihnachten. *Du* wolltest dich nicht mit mir treffen.«

»Ach was, ich habe bloß reagiert. Du *agierst*, ich *reagiere*. Was ist, wenn ich auch mal agieren will?«

»Probier es doch aus. Du rufst ja nicht einmal an.«

»Ja, weil ich mich davor fürchte, dass du sagst: *Wir sind nicht verheiratet.*«

Conrad schnaubte wütend. »Herrgott, bist du kompliziert. Ich hab noch nie eine Frau gekannt, die so zickig war.«

»Da gratuliere ich aber!«, sagte ich, nahm meinen Mantel und rauschte ab.

Conrad versuchte nicht mich zurückzuhalten.

18

Philipp und Agathe kamen aus der Karibik zurück. Oder von Hawaii. Oder aus Florida.

Es fällt mir schwer, alle diese Paradiese für Winterhasser auseinander zu halten. Ich kenne sie nicht. Ich weiß nicht, wie's dort aussieht. Für mich sind sie alle gleich: Orte oder Gegenden, die man aufsucht, wenn man seine Unfähigkeit, mit sich selber was anzufangen, aufs Wetter zurückführt.

Aus irgendeiner exotischen Ecke kehrten sie also heim, die beiden, und Philipp traf sich mit mir in einem kleinen Lokal in der Nähe meines Büros.

Braun gebrannt war er. Ausgeruht sah er aus. Als er bemerkte, dass ich schon an einem Tischchen saß und ihm entgegenblickte, legte er sich augenblicklich ein leichtes Humpeln zu. Dezent ein Bein nachziehend, kam er zu mir und ließ sich ächzend nieder.

»Na, du hast dich ja prächtig erholt«, sagte ich.

Er winkte ab. »Leider nicht. Zu kurz, das Ganze. Wir waren keine drei Wochen weg.«

»Mir bricht das Herz. Und warum?«

»Zu teuer, was sonst?«, erwiderte Philipp, studierte die Karte und bestellte das Mittagsmenü.

Dann eröffnete er mir den Zweck unseres Treffens. Er vermisse einen Leistungsnachweis von Nina.

»Einen was?«

»Ihr letztes Zeugnis. Sie hat es mir nicht gezeigt.«

»Du warst ja nicht da.«

»Noch nie was von E-Mail gehört?«

»Sie hätte ihr *Zeugnis* auf die *Bahamas* mailen sollen? Wie mailt man ein Zeugnis?«

»Noch nie was von einem Scanner gehört? Außerdem waren wir auf den Caymaninseln. Was aber nichts an meiner E-Mail-Adresse ändert.«

»Und wozu?«

»Bei schlechten Schulerfolgen brauche ich nicht zu zahlen. Wusstest du das nicht?«

»Philipp, sie ist *dreizehn*! Sie ist schul*pflichtig*! Was stellst du dir vor? Dass du sie zum Straßenbau schickst, wenn sie kein *Sehr gut* in Biologie hat?«

Philipp schaute beleidigt, so, als wäre die allgemeine Schulpflicht extra zu seinem Schaden eingeführt worden.

»Und schönen Dank auch, dass du dich zu Weihnachten bei ihr gemeldet hast!«, sagte ich.

»Ich konnte mich nicht melden. Ich war weg.«

»Schon was von einem Telefon gehört?«, fragte ich.

Philipp musterte mich wie eine Geisteskranke. »Du hast sie nicht alle. Weißt du, was das *kostet*?«

Sein Essen kam. Er begann es schnell, mit gutem Appetit zu verzehren. Dann sagte er, er habe sich entschlossen, uns das Ahnenbild noch eine Weile zu überlassen. Ob der Rahmen schon repariert sei?

Ich verneinte.

Philipp kriegte einen verkniffenen Mund, trotz voller Backen.

Also so was! Die Reparatur des Rahmens wäre doch wirklich das Mindeste gewesen, was man von mir hätte erwarten dürfen! Aber egal, seiner Großzügigkeit würde das keinen Abbruch tun. Wir könnten das Gemälde fürs Erste behalten, vorausgesetzt ich ließe den Rahmen endlich wieder instand setzen. Agathe würde mir einen erstklassigen Restaurator nennen.

Ich betrachtete ihn mit mildem Erstaunen. Der Einfallsreichtum dieses Mannes, wenn es um Geld ging, war wirklich phänomenal.

»Wenn Geiz wehtäte, müsstest du den ganzen Tag schreien«, sagte ich. Und dass er sich seinen geborstenen Rahmen sonst wohin stecken könnte. Und dass es beleidigend sei, für wie blöd er mich halte.

Wir schieden reserviert. Philipp hatte das gesamte Menü im Rekordtempo verdrückt. Als er weg war, durfte ich es zahlen. Er hielt mich nicht für blöd, ich war blöd.

Abends dann zur Krönung das neue *Paar in progress*. Ich war kaum daheim, da klingelte es auch schon an der Tür.

»Das wird Christoph sein«, sagte Marietta. »Er wollte vorbeikommen.«

»Überraaaschung«, verkündete Christoph, als er zur Tür hereintrat.

In der Tat. Vorhin erst hatten wir uns im Büro voneinander verabschiedet und er hatte das süße Geheimnis unseres baldigen Wiedersehens tapfer für sich behalten.

»Na und?«, fragte Marietta schnippisch. »Er hat sich ja auch was mit *mir* ausgemacht. Muss er dich vielleicht um Erlaubnis fragen?«

»Ich hatte keine Lust, vor der Waldbauer privat zu werden«, erklärte Christoph entschuldigend.

Diesmal brachte er eine Familienpackung belgisches Konfekt mit, vermutlich handgeschöpft und Stück für Stück in gerüschtes Stanniol gewickelt.

»Ich *liebe* diesen Hauch von Luxus, der dich umgibt«, säuselte ich, »wusstest du das?«

»Zu spät«, trompetete Marietta und drängte mich von Christoph ab. »Du hast deine Chance *gehabt*.«

Na gut. Weiter zum Thema *Freizeitgestaltung*. Offenbar hatte Christoph sich um Theaterkarten bemüht, aber vergeblich.

Er gestand es zerknirscht, wahrscheinlich war er gewöhnt, dass Margit ihm für derartige Verfehlungen den Kopf abriss.

Marietta dagegen: flöt und zwitscher. *Macht doch nix. Wer weiß, ist vielleicht eh stinkfad, das Stück, Kritiken lügen.*

Christoph schaute beglückt.

Was dann? Konzert? Kino? Sie steckten die Köpfe zusammen über dem Programmteil der Zeitung, überlegten hin, rechneten her (wegen der Beginnzeiten) und blieben mir schließlich erhalten.

Am Ende lungerten wir zu dritt vor dem Fernseher (Papi war ausgegangen) und sahen uns die vierhundertste Wiederholung von *Doc Hollywood* an, während von oben, aus Ninas Zimmer, die üblichen Bässe wummerten.

Nina hatte Sophie zu Besuch. Sophie wollte hier übernachten, vielleicht war das ja die Gutenachtmusik, die die lieben Kleinen zum Einschlafen brauchten.

Marietta erhob sich. »Ich hole uns was zum Trinken.«

Christoph sprang auf. »Warte, ich helf dir!«

Sie stolperten über meine Beine zur Tür und verschwanden in der Küche.

Als sie wiederkamen (nach einer ziemlich langen Weile, wenn Sie mich fragen), stritten sie um das Tablett, das Christoph trug. »Gib her!« »So lass mich doch!« »Wenigstens die Gläser!« »Warum willst du dich unbedingt abschleppen?«

»Pschschscht!«, zischte ich nachdrücklich. Schließlich hatte ich *Doc Hollywood* erst dreimal gesehen.

Ich mache es kurz: Es war unerträglich.

Marietta fand es ein wenig kühl und sogleich legte Christoph ihr seine Jacke um die Schultern.

Marietta ruckelte mit dem Kopf und murmelte was von Verspannungen – schon massierte Christoph ihr den Nacken.

Statt gefälligst auf den Bildschirm zu schauen, wo sich das Schwein Jasmin im Schweinsgalopp gerade grunzend in die Kurven legte, beschäftigten sie sich damit, einander albern anzugrinsen.

Ich meine – wozu bitte müht sich Jasmin um künstlerische Hochleistungen, wenn sie, was die zwei Ignoranten anging, geradeso gut bequem in ihrem Rüssel hätte bohren können? Also wirklich.

Ich klemmte mir Mausi unter den Arm und machte ebenfalls einen Abstecher in die Küche, um den Kühlschrank nach tröstender Nahrung zu durchsuchen. Mausi protestierte mit wütenden Zischlauten. Wie ich dazu käme, ihren Filmgenuss zu unterbrechen?

»Ich möchte doch nur hören, dass du die zwei genauso nervtötend findest wie ich!«, zischte ich zurück.

»Warum soll ich sie nervtötend finden?«, fauchte Mausi.

»Na, hör einmal! Christoph führt sich auf wie eine alte Glucke!«

»He, sie! Ist sie vielleicht neidisch?«

»Ja.«

»Sie wollte aber doch Christoph nicht.«

»Sowieso. Ich will einen wie Christoph, der nicht Christoph ist!«

»Sie redet Schwachsinn. Und jetzt bringe sie mich schleunigst zurück zum Glotzkasten oder ich wünsche ihr schwarze Barthaare ans Kinn!«

»Jö«, sagte Christoph, als ich ins Wohnzimmer zurückkehrte, »du spielst tatsächlich noch mit Stofftieren. Wenn das nicht bedenklich ist.«

Conrad rief mich nicht an.

Ich rief Conrad nicht an.

Wenn ihm was an mir gelegen wäre, hätte er sich ja rühren können. Wenn mir was an ihm gelegen wäre, hätte ich mich ja rühren können. Ich war mir gar nicht mehr sicher, ob mir was an ihm lag.

Vielleicht lag mir was an ihm, aber ich rührte mich nicht.

Ich hätte ihn nicht einmal angerufen, wenn ich mir sicher gewesen wäre, dass mir was an ihm lag.

Das heißt: Wäre ich mir *ganz sicher* gewesen, dass mir was an ihm lag, hätte ich ihn ganz sicher *nicht* angerufen.

Ich zeigte einem landesweit bekannten Intellektuellen ein Haus in Grinzing. Der bekannte Intellektuelle brilliert in öffentlichen Diskussionen mit scharfsinnigen gesellschaftspolitischen Analysen, er entlarvt gern die Eitelkeit als Triebfeder menschlichen Handelns und plädiert dafür, dass wir unseren *Wertekanon* überdenken.

Der bedeutende Mann sieht schon im Fernsehen und auf Zeitungsfotos etwas verhutzelt aus der Wäsche. In natura hatte er zudem dünnes, aber fettiges Resthaar und schadhafte Zähne.

Er führte seine junge Ehefrau mit sich, die möglicherweise gleichfalls sehr klug war, was man aber nicht sah.

Was man sah, waren ihre knackigen Kurven und ihr schönes, glattes Gesicht, in das eine Flut seidiger Haare fiel.

Bestimmt betete sie ausschließlich seinen kühnen Geist an und es war ihr total gleichgültig, dass er ihr ein Haus in Grinzing zu Füßen legen konnte.

Vielleicht war sie aber auch seinem schrumpeligen Leib verfallen und rastete Nacht für Nacht aus vor Leidenschaft, sobald er aus der Wäsche stieg.

Ich besorgte Frau Waldbauer zwei Karten für die Boulevardklamotte. Sie nahm sie und sagte hinterher, das Stück sei eine Enttäuschung gewesen. Sie habe sich mehr *Action* erwartet. Ob es mich nicht schrecklich geärgert habe, dass ich zu Silvester *nichts Besseres* vorgehabt hätte?

Meine Tochter Nina kehrte von der Schule heim und brachte ein *Sehr gut* auf den Englischtest mit.

»Wow! Toll! Wie das?«

»Das ist wieder typisch«, schnauzte sie mich an. »Statt dass du mich einfach nur lobst, fragst du: *Wie das?!* Du bist total demotivierend, weißt du das?«

Arme Nina. Andere Mütter kaufen wahrscheinlich Werbezeit im Radio, um der Nation die Schulerfolge ihrer Kinder zu verkünden, ich hingegen erlaubte mir zu staunen, weil ich wegen einer kleinen Noten-Pechsträhne in den letzten zwei, drei Jahren skeptisch gewesen war! Asche auf mein Haupt.

Trotzdem: Wie das?

»Na, bestimmt nicht weil ich mich auf einmal bemüht habe!« (Sie sagte *bemüht* in dem affektierten Tonfall, den Kinder ihren Müttern unterstellen, wenn sie sie parodieren.)

»Du hast dich nicht bemüht?«

»Ich bemühe mich immer.«

Darauf gab es keine passende Replik. Zumindest keine, die nicht erneut Unfrieden nach sich gezogen hätte.

Nina hat vielleicht keine berauschenden Zeugnisse, aber sie hat ein beachtliches Talent, mich in ein argumentatives Schachmatt zu treiben.

Ich schwieg ratlos.

»Warum sagst du nichts mehr?«, fragte Nina gereizt. »Ich sage, ich bemühe mich, und du schweigst. Glaubst du mir nicht, dass ich mich bemühe? Warum glaubst du mir *nichts*?«

Ehe ich mich in mein Schwert stürzen konnte, tauchte Marietta auf, erfuhr die Neuigkeit und wollte mit Lorbeer bekränzt werden.

Nina schaute mürrisch.

»Also bitte – hab ich mit dir gelernt oder nicht?«, fragte Marietta.

Nina knurrte zustimmend. Trotzdem sei es ihr *Sehr gut*.

Ich staunte schon wieder. Es stellte sich heraus, meine Schwester hatte aus freien Stücken – und ohne großes Trara in meine Ohren – mit meiner Tochter den Stoff des Englischtests geübt.

»Ich hab's auch für mein Englisch getan«, bekannte Marietta fröhlich. »Vielleicht fliege ich ja zu Ostern mit Christoph nach London.«

Sofort war ich undankbar.

»Und was ist mit Christophs Kindern?«, fragte ich streng. »Sind die abserviert oder was?«

»Sind sie nicht«, antwortete Marietta geduldig. »Wir bleiben höchstens drei Tage. Den größten Teil der Osterferien verbringt er mit ihnen. Er wollte zuerst, dass wir alle zusammen verreisen, aber ich war dagegen. Ich weiß doch, wie sehr es Nina nervt, dass Philipp nie ohne Agathe auftritt.«

Hm. Anständige Überlegung.

Ich nickte Marietta anerkennend zu. Knapp, aber wohlwollend.

Conrad rief nicht an, dafür stand er plötzlich im Büro.

Ich starrte verblüfft. »Wie kommst du hierher?«

»Mit der U-Bahn.« Er grinste.

»Nein, ich meine, wieso weißt du, wo ich bin?«

»Ich kann recherchieren.«

Er nahm mich am Arm. »Kommst du mit? Auf einen Kaffee?«

Frau Waldbauer brachte sich ein.

Siebensüß. »Kaffee haben wir da. Ganz frisch. Darf ich Ihnen –?«

»Nein, danke«, sagte Conrad. »Ich muss dieser Frau eine Liebeserklärung machen. Das geht nur, wenn ich sie entführe, verstehen Sie?«

Frau Waldbauer prallte zurück. Die Überraschung ließ ihren signalroten Mund offen stehen.

Vielleicht würde sie ja in Zukunft ein bisschen mehr Respekt vor mir haben. Oder noch mehr Abneigung gegen mich, weil ich in ihren Augen bestimmt weder Conrad noch romantische Liebesgeständnisse verdiente.

Wir landeten in dem Lokal, in dem ich vor kurzem erst mit Philipp gewesen war. Wenigstens würde ich diesmal nicht auf der Rechnung sitzen bleiben. Nahm ich an.

Conrad saß mir gegenüber, beugte sich über den Tisch, damit sein Gesicht meinem nahe war, grinste mich an und sagte: »Na?«

»Na los!«, konterte ich.

»Womit?«

»Du wolltest mir eine Liebeserklärung machen.«

»Hab ich das nicht schon? Vor der Tante mit dem rasierklingenscharfen Lächeln?«

»Das war eine Absichtserklärung. Jetzt musst du's *tun.*«

»Mach es mir nicht so schwer. Was willst du überhaupt?«

»Keinen Sex auf Abruf.«

»Ich werd mich bessern. Und du? Wirst du mich anrufen?«

»Ich weiß nicht. Kannst du mir versprechen, dass ich im Hintergrund kein Rascheln, kein Kichern und kein Seufzen hören werde?«

»Ist es das, was du fürchtest? Bräute auf meinen Knien, während ich mit dir telefoniere?«

»Zum Beispiel.«

»Musst du nicht. Ich bin kein Arschloch.«

Ich antwortete nicht gleich. Er lächelte mich aufmunternd an.

»Glaub doch an das Gute! Sogar in mir.«

»Na ja, es geht mir gar nicht um moralische Kategorien, aber –«

Conrad beugte sich noch weiter vor, packte mich an den Schultern und rüttelte mich sanft. »Schscht – hör auf. Lass es. Ich habe nicht vor, dich zu bescheißen. Ende. Und weißt du was? Ich gehe davon aus, dass du's auch nicht tust. So eingebildet bin ich.«

»Okay.« Ich nickte.

»So«, sagte Conrad fröhlich, »und jetzt könnten wir zum Flughafen fahren. Falls du Zeit hast. Das würde uns die Chance eröffnen, wenigstens im Taxi noch Händchen zu halten.«

»Du musst weg?«, fragte ich verdattert.

»Ich habe einen Job, falls du dich erinnerst.«

Wir fuhren mit dem Taxi zum Flughafen. Vorne fluchte der Taxilenker über den Verkehr, auf der Rückbank hielten wir Händchen. »Ich weiß nicht, wann ich wiederkomme«, sagte Conrad. »Aber ich melde mich, sobald ich's weiß.«

Ich begleitete ihn zum Check-in-Schalter, vor dem sich lange Warteschlangen drängten.

Einer der Wartenden fiel ein Beautycase vom Gepäckwagen. Es sprang auf und der Inhalt ergoss sich auf den Boden der Wartehalle.

Wir halfen ihr beim Einsammeln, sie bedankte sich und Conrad sagte: »Oh, keine Ursache, ich bin geübt. Meine Schwester reist grundsätzlich nur mit Koffern, die unterwegs platzen.«

»Du hast eine Schwester?«, fragte ich.

»Ja. Und eine Mutter. Und einen Schwager. Und einen Neffen. Warum?«

»Ich merke nur gerade, wie wenig ich über dich weiß.«

»Richtig. Ich hab dir noch viel zu erzählen. An den langen Winterabenden vorm Kamin, wenn wir mal pensioniert sind.«

Er zog mich an sich und hielt mich fest. »Wieder versöhnt?«

»Sieht so aus.«

Ich verließ die Abflughalle. In mir war eine satte Fröhlichkeit.

Unter uns: Ich bin nicht von vorgestern. Ich glaube, dass Menschen allenfalls vorübergehend monogam sind. Aber falls es sich um Menschen handelt, mit denen ich zufällig ein Verhältnis habe, möchte ich, dass sie auf jeden Fall überzeugend so tun als ob.

Papi stand am Wohnzimmerfenster und blickte ernst hinaus, wie Cowboy Jack, nachdem er gezwungen war, sein Lieblingspferd zu erschießen.

»Was ist?«

Er wandte sich nicht um, sondern sagte tonlos zum Fenster: »Ilse hat mir einen Antrag gemacht.«

»Und?«

»Ich frage mich –«, Papis Stimme schwoll dramatisch an, »– ob ich ihr eine Ehe mit mir wirklich zumuten kann. Ich meine, ich bin schließlich alles andere als ein einfacher Charakter –«

Er drehte sich herum, seine Hände hoben sich zu einer ratlosen Geste.

»Huhu, Paaapi!« Ich winkte ihm zu, um ihm zu signalisieren, dass er dabei war, sich zu versteigen. »Falsche Szene! Das ist der Text, den du vor Ilse herunterbeten musst, nicht vor mir. Es geht dir doch sicher nicht darum, dass *sie* was Besseres verdient hätte, sondern darum, dass du abwarten willst, ob nicht für *dich* noch was Besseres daherkommt, gib's zu.«

»Ich gebe zu, dass es kein leichter Schritt für mich ist, mich definitiv zu binden«, sagte er würdevoll. Sicher zitierte er eine seiner Filmrollen.

»Seit wann?«

»Was heißt das, seit wann?«

»Du bist dreimal geschieden«, sagte ich. »Seit wann hast du Skrupel?«

»Seit ich dreimal geschieden bin«, erwiderte mein Vater. »Ich war der Meinung, das reicht.«

Hm. »Und warum gerade jetzt?«

»Warum gerade jetzt *was*?«, fragte mein Vater, mit leichter Ungeduld ob meiner fragmentarischen Sätze.

»Warum Ilse jetzt heiraten will?«

»Es ist an der Zeit für geordnete Verhältnisse, sagt sie. Sie will, dass wir zusammen wohnen, aber nicht in *wilder Ehe* – wie sie sich ausdrückt.« Er sagte es, als gebe er die Wortwahl einer um vieles älteren Tante wieder.

»*Wo* zusammen wohnen?«, fragte ich, ein bisschen besorgt, aber mein Vater merkte es nicht.

»Sie schwärmt von einem Penthouse in der Innenstadt. Ich glaube, sie hat schon was Bestimmtes im Auge. Ich habe ihr gesagt, sie soll dir auf jeden Fall die Verträge zeigen, bevor sie abschließt.«

»So was ist doch schweineteuer. Wer soll das bezahlen?«

»Ilse ist vermögend. Wusstest du das nicht?«, fragte mein Vater erstaunt.

Nein, das wusste ich nicht. Ich war zwar der Meinung gewesen, dass Ilse ein gutes Auskommen hatte, aber dass sie sich Penthouses in der Innenstadt leisten konnte, hatte ich nicht vermutet.

»Aber ja. Ihr Seliger hat Geld gescheffelt. Ilse ist eine reiche Frau.«

»Das ist nicht direkt ein Nachteil, oder?«

»Es ist nicht leicht für einen Mann, finanziell von

seiner Frau abhängig zu sein«, verkündete mein Vater pathetisch.

»Du möchtest ihr Geld ausgeben, *ohne* sie zu heiraten«, übersetzte ich.

Papi nannte mich eine böswillige Natur, die von allen Menschen immer nur das Schlechteste annehme.

»Nicht von *allen*«, korrigierte ich.

Das verbesserte die Atmosphäre nicht.

Papi seufzte.

»Ich geb dir einen guten Rat«, sagte ich. »Heirate sie. Die Frau hat dich nicht verdient, das stimmt, sie ist viel zu nett zu dir. Aber wenn sie dich haben will, dann zier dich nicht, verdammt. Worauf bist du denn noch aus?«

Mein Vater zuckte kokett die Achseln. »Etwas in mir sträubt sich einfach. Ich wollte noch nie heiraten. Immer haben mich die Frauen mehr oder weniger dazu gezwungen. Ich habe was gegen *amtliche Treueschwüre*.«

»Aber du bist Ilse doch sowieso schon die ganze Zeit treu, oder nicht?«

»Ich möchte es nicht *versprechen* müssen. Ich finde, wahre Liebe stellt keine Bedingungen.«

»Außer der Bedingung, dass keine Bedingungen gestellt werden dürfen?«

Mein Vater sah mich einen Moment lang verblüfft an. Dann lachte er bitter auf und sagte: »Du bist eine spitzfindige, rechthaberische Wortverdreherin. Eines Tages wird niemand mehr mit dir reden wollen.«

Diesem Tag sehe ich gelassen entgegen. Vielleicht komme ich dann endlich dazu, alle die Bücher zu lesen, die ich schon immer lesen wollte.

19

Habe ich lange nicht mehr über die Siedlung gemeckert, in der ich wohne? Na gut, dann tu ich's jetzt, und ich habe Grund dazu.

Am frühen Abend tauchte eine entferntere Nachbarin auf und teilte mir mit, dass die Eigentümerversammlung eine einheitliche *Gestaltung* der Vorgärten beschlossen habe. Die Siedlung solle künftig einen noch *gepflegteren* Anblick bieten. Deswegen: kein Strauchwerk vor den Häusern (außer sauber gestutzten Hecken – am besten Thujen), dafür unkrautfreier Rasen mit Blumenrabatten. Auch Blumentröge vor den Fenstern seien erwünscht.

Ich sagte, dass ich mich nicht von meinem Flieder trennen würde, schon gar nicht für verabscheuungswürdige Thujen, dass mir Löwenzahn und Kamille im grünen Gras weit besser gefielen als abgezirkelte Beete, in denen geknebelte und geknechtete Pflanzen steckten, und dass Blumentröge vor den Fenstern in Volksmusiksendungen gehörten, aber nicht in mein real existierendes Leben.

Die Frau Nachbarin verabschiedete sich pikiert. Ich knallte mit der Tür, durch die sie gegangen war, und fauchte: »Eines Tages ziehe ich hier weg und nichts kann mich halten!«

Zu meinem Erstaunen stimmte Nina mir zu. Auch sie habe den kleinkarierten Verein um uns herum langsam satt.

Ganz neue Töne. Warum?

Nina zuckte verdrossen die Achseln. Lisa und Constanze würden demnächst wegziehen. Constanzes Vater habe einen besseren Job in einer anderen Stadt, Lisas Eltern hätten geerbt und könnten sich ein größeres Haus leisten. Mit Sophie könne man nichts Gescheites reden, die interessiere sich ja doch nur für Pferde. Und im *Keller* (dem einzigen erreichbaren Jugendtreff) dominierten immer stärker die Machosprücheklopfer mir ihren *Tussen.*

»Panta rei«, sagte ich.

»Was für ein Panther?«, fragte Nina.

»Das heißt, *alles fließt.* Alles verändert sich.«

»Von mir aus soll es fließen«, sagte Nina. »Was mich stört, ist, dass wir am Arsch der Welt wohnen. Hier gibt's ja *nichts,* kein Kino, keine Disco, nicht mal ein Kaffeehaus, nur Spießer und Thujenhecken.«

»Genau. Das hast du früher anders gesehen. Also hat sich dein Blick darauf verändert.«

»Willst du sagen, ich habe einen *fließenden* Blick?«, fragte Nina. »Was du immer für grausliche Ideen hast.«

Mausi las in der Zeitung. Ich sammelte umherliegende Schmutzwäsche auf, um sie in die Waschmaschine zu pferchen. (Schon wieder? Ja, schon wieder. So einfallslos ist die Hausarbeit: Sie wiederholt sich, unentwegt.)

Ich weiß auch nicht, warum ich so selten den Part mit der Zeitung erwische.

Schon zu Zeiten des unseligen Philipp ist mir immer das Schmutzwäschegeschäft geblieben.

Das war einer der Gründe, warum bei uns so oft die Fetzen geflogen sind, was den armen Mann geradewegs in die Arme der verständnisvollen Agathe getrieben hat, die auch keine Schmutzwäsche aufsammeln mag, aber von jeher über die Mittel verfügt, eine dritte Person dafür zu bezahlen.

Und wenn Agathe auch schlecht zahlt, gibt sie immer noch mehr dafür aus, als ich mir leisten könnte. O angewandte Relativität.

»Hat sie das über diese Spielzeugauktion gelesen?«, fragte mich Mausi streng, über den Rand der Zeitung blickend.

»Nein. Was?«

»Man hat altes Spielzeug versteigert. Irgendjemand hat ein Vermögen für einen abgewetzten, einbeinigen, neunzig Jahre alten Teddybären gezahlt. So steht es hier.«

»Ja, so was kommt vor. Und?«

»Nichts. Es verwundert mich einfach«, sagte Mausi.

»Ich besitze leider keine alten Teddybären«, sagte ich. »Aber ich könnte die von Nina aufheben und in achtzig Jahren versteigern lassen.«

Mausi sah mich mit milder Nachsicht an und tippte sich an die Stirn.

Gerade sie könnte langfristigem Planen wirklich verständnisvoller gegenüberstehen.

Ich rief Conrad an und erreichte ihn nicht.

Ich rief Conrad wieder an, landete in seiner Mobilbox und hinterließ einen Gruß.

Zwei Tage später rief ich Conrad nochmals an. Eine Frauenstimme meldete sich.

Ich nannte meinen Namen und fragte nach Conrad. Die Frauenstimme antwortete in rasantem Französisch.

Mein Französisch ist nicht nur nicht rasant, sondern bestenfalls rudimentär, aber ich nahm mich zusammen und wiederholte meine Frage, stammelnd, in einer Sprache, die dem Französischen ziemlich nahe kam. Meiner Meinung nach.

Doch offenbar irrte ich, denn die Frauenstimme blaffte etwas Kurzes, mir abermals Unverständliches, und schon war das Telefon tot. Ich nahm es der Unverständlichen nicht übel, auch für mich hört sich eine fortsetzenswerte Unterhaltung anders an.

Am selben Abend rief Conrad zurück. »Na, du? Wolltest du mit mir reden?«

Ich setzte schon zu einem Ja an, überlegte es mir aber anders und fragte: »Wie kommst du darauf?«

Pause.

Dann sagte Conrad, vorsichtig, wie mir schien: »Ich hab gedacht, du hast angerufen –?«

»Hab ich auch. Hörst du deine Box nicht ab?«

»Ach, du hast auf die Box gesprochen?«

»Ja. Unter anderem.«

Pause.

Dann sagte Conrad: »Du bist an Joëlle geraten, stimmt's?«

»Keine Ahnung. Ich kenne Joëlle nicht.«

»Joëlle ist eine Kollegin. Wir haben uns ein paar Tage mein Handy geteilt, weil ihres kaputt war.«

Warum, verdammt, kam mir das nicht koscher vor? Weil ich krankhaft misstrauisch war?

Wenn es in seinem Leben Frauen gab, die nicht bloß eine Kollegin waren, und wenn er damit rechnen musste, dass ich an diese Frauen geriet, sobald ich anrief – hätte er mich dann beschworen, ihn jederzeit anzurufen?

Ja – falls er ein unbekümmerter Mistkerl war, der darauf baute, dass ich genau das denken würde.

Shit. Happens. Ich zog mich im Geist an den Ohren. *Nimm, was du kriegen kannst, und such nicht immer nach dem Haar in der Suppe.*

Das Blöde ist nur: Ich finde es, auch wenn ich gar nicht suche.

Was mich irritiert hatte, war diese unterschwellige Vorsicht in seinen Fragen gewesen, dieses leichte Zögern dazwischen.

Was, wenn Joëlle unwirsch gesagt hatte (unwirsch aus welchem Grund auch immer), irgendein Frauenzimmer habe angerufen, und er war vor dem Problem gestanden unauffällig herauszufinden (unauffällig aus welchem Grund auch immer), welche von mehreren in Frage kommenden, nach ihm schmachtenden Weibspersonen nun zu kontaktieren sei?

Falls Sie sich gerade wundern, was ich alles für möglich halte: Ich bin die Tochter eines Vaters, der Jahrzehnte hindurch gelogen und betrogen hat, was das Zeug hält, und der darunter leidet, dass er an dieser lieben Gewohnheit aus Mangel an Gelegenheit nicht immer noch festhalten kann.

Und ich bin die Ehefrau eines Mannes gewesen, der vorgab, im Interesse unserer gemeinsamen Zukunft rund um die Uhr zu arbeiten, während er in Wirklichkeit mit seiner Geliebten in Haubenrestaurants speiste.

Zu mir sagte er, Haubenrestaurants seien Orte für Verschwender, wir hätten schließlich für ein Kind zu sorgen und sollten lieber was auf die hohe Kante legen.

Später kam ich drauf, dass das Sparkonto, das meine Mutter für Nina hinterlassen hatte, nahezu leer gefressen war.

Conrad und ich probierten es mit Smalltalk.

Er erzählte von seiner Arbeit. Ich berichtete von meiner. Zwischen uns hing Befangenheit. Jedenfalls empfand ich es so.

Falls Conrad mich tatsächlich belog: Was war eigentlich so schlimm daran? Wollte ich ihm mein Leben, meine Zukunft, mein Glück anvertrauen? Eher nicht.

Stellte ich mir vor, dass er über mich lachte, wenn ich mich belügen ließ? Das auch nicht.

Aber selbst wenn er nur annahm, dass er mich manipulieren konnte, lag darin eine Geringschätzung, die mir nicht passte.

»Bist du noch da?«, fragte Conrad.

»Entschuldige, ich war abgelenkt«, sagte ich.

»Tja. Dann überlasse ich dich deinen Pflichten«, sagte Conrad. »Ich sollte lieber auch was tun.«

Wir verabschiedeten uns. Es klang ein wenig spröd.

★ ★ ★

Ich brachte Rosemarie mit neuen Interessenten für ihr Haus zusammen, einem Paar um die fünfundvierzig, Anwalt und Anwältin, miteinander ehelich sowie durch eine gut gehende Kanzlei für Wirtschaftsrecht verbunden, betucht, liquid, seriös, kultiviert. Sie konnten sich das Haus leisten, es gefiel ihnen, und man durfte annehmen, dass sie es nicht brutal umbauen würden. Beste Voraussetzungen.

»Aber sie waren mir nicht *sympathisch*«, sagte Rosemarie hinterher.

Ich seufzte. »Sollen sie dein Haus kaufen oder willst du sie adoptieren?«

Rosemarie schnaubte empört. »Er hat *Freisetzungen* gesagt. *Notwendige Freisetzungen.* Du weißt schon, als wir diese Fusionierung angesprochen haben. Bei mir heißt so was immer noch Kündigungen.«

»Du hast nicht gesagt, dass deine Käufer auch noch politisch korrekt sein müssen«, sagte ich. »Vielleicht solltest du mit den Leuten lieber nicht so viel reden. Was du nicht weißt, macht dich nicht heiß. Die politisch Korrekten werden kaum das Geld haben, dir deine Villa abzukaufen.«

»Reg dich nicht auf«, sagte Rosemarie. »Solange ich zuwarte, hast du noch eine Chance.«

»Denkst du, ich ziehe doch noch das große Los?«

»Wer weiß?«

»Aber ich bin dem Glücksspiel abgeneigt.«

»Kannst du nicht schnell eine sensationelle Erfindung machen?«

»Nicht abstürzende Computer? Funktionierendes Telebanking? Telefone ohne Warteschleifen?«

»Zum Beispiel.«

»Du wirst es nicht gern hören, aber ich bin schon überfordert, wenn ich an eine unübersichtliche Homepage gerate.«

Im Auto sagte Mausi plötzlich: »Bring sie mich zu dieser Versteigerung.«

»Wie bitte?«

»Du sollst mich versteigern lassen. Auch hier gibt es demnächst eine große Spielzeugauktion. Ich hab's gelesen.«

Ich nahm den Fuß vom Gas.

»Ich versteh dich nicht?«

»Fahr weiter!«, befahl Mausi. »Du hältst den ganzen Verkehr auf. Was verstehst du nicht? Es ist doch ganz einfach. Du sollst mich versteigern lassen. Ich bin eine alte Spielsache. Alte Spielsachen erzielen hohe Liebhaberpreise. Ich sollte mich sehr wundern, wenn sich für mich kein Liebhaber fände und wenn er nicht bereit wäre, ordentlich zu blechen.«

»Für dich?«

»Ja, für mich. Schau mich doch einmal an. Wie sehe ich aus?«

Ich schaute Mausi im Rückspiegel an. Es war verblüffend.

»Du … du hast dich verändert«, sagte ich.

»Genau. Ich hab mich verändert«, wiederholte Mausi. »Ich sehe nicht mehr aus wie ein kitschiges Monster, sondern wie sehr altes Spielzeug. Es fällt mir schon seit einiger Zeit auf, dass sich mein Aussehen mehr und mehr wandelt. Und daraus schließe ich, dass ich Recht habe. Ich glaube, dass es meine Bestimmung ist, versteigert zu werden. Versuch es doch.«

»Wofür hältst du mich?«

»Was soll das jetzt wieder?«

»Ich kann dich doch nicht *verkaufen*!«

»Wieso nicht?«

»Du … du gehörst zur Familie!«

»Blödsinn. Das hätte sie wohl gern«, bellte Mausi, mit einem Mal sehr unfreundlich. »Ich mache mich doch mit ihr und ihrer Sippschaft nicht gemein.«

»Du versuchst mich zu ärgern, damit ich dich aus lauter Zorn versteigern lasse«, stellte ich fest.

Mausi schwieg. Dann sagte sie, sehr ruhig: »Ich glaube einfach, dass es so sein soll. Nicht nur euretwegen, sondern auch meinetwegen.«

Daheim berief ich einen Familienrat ein. Das war nicht leicht.

Nina wollte sich nicht vom Fernseher trennen.

Marietta turtelte mit Christoph am Telefon.

Papi las die Lebensbeichte eines berühmteren Kollegen und stöhnte unentwegt: *Alles nicht wahr! Nichts als Lügen! Wenn sich die Monroe jemals für den interessiert hat, dann bin ich Orson Welles!* (Den gravierenden Unterschied zwischen sich und Orson Welles sieht Papi übrigens nicht, wie Sie vielleicht vermuten würden, in der unterschiedlich dimensionierten künstlerischen Potenz, sondern, wie ich aus anderen Anmerkungen seinerseits weiß, in der unterschiedlichen Leibesfülle. Papi findet, Orson Welles hatte *keinen guten Körperbau*.)

Schließlich gelang es mir aber doch, sie zusammenzutrommeln und ihnen von Mausis Forderung zu berichten.

»Du meinst, du bist dann fort und wir sehen dich nie wieder?«, fragte Nina und schaute Mausi entsetzt an.

»Wenn sich ein Trottel findet, der sie ersteigert«, brummte mein Vater.

»Aber du gehörst zur Familie!«, rief Nina.

Diesmal ersparte sich Mausi arrogante Anmerkungen. Sie sagte, neuerlich mit dieser ruhigen, sanftmütigen, aber eindringlichen Stimme, die ich bisher nie von ihr gehört hatte: »Weißt du, mir fällt es auch nicht leicht. Aber wenn ich jemals die Chance haben will, wieder das zu werden, was ich früher war, dann muss ich mich, glaube ich, von euch trennen.«

»Wem gehört eigentlich das Geld, das für dich gezahlt wird – *falls* jemand was für dich zahlt?«, fragte Marietta plötzlich.

Ich schaute sie verblüfft an. Steigert eine glückliche Liebesbeziehung zu einem vermögenden Mann die eigene Geldgier? Oder war Marietta immer schon geschäftstüchtiger, als ich vermutet hatte?

»Warum fragst du das?«, erkundigte sich Mausi.

»Na ja«, sagte Marietta, »weil wir dich doch von Ilse bekommen haben …«

Ach so. Marietta wollte Ilse nicht übergehen.

Oder vielleicht gerade das.

»Ich bin nicht mehr diejenige, die ihr von Ilse bekommen habt«, erklärte Mausi. »Das Plüschmonster, das euch Ilse gegeben hat, würde niemand ersteigern wollen. Meiner Meinung nach verhält sich die Sache so: Ilse hat mich Nina geschenkt. Also gehört das Geld, das ich eventuell bei der Auktion erziele, Nina. Aber ich stelle eine Bedingung: Nina muss es in Rosemaries Haus investieren. Ich glaube, so soll es sein. Fragt mich nicht warum, ich spüre einfach, dass es so richtig ist.«

»Immer vorausgesetzt, dass es einen Irren gibt, der *überhaupt* Zaster für sie rausrückt«, warf mein Vater ein.

»Pfui!«, riefen wir anderen drei unisono.

»Was dich betrifft, alter Mann«, sagte Mausi kühl, »von dir wird mir der Abschied nicht schwer fallen.«

»Das hoffe ich«, gab mein Vater zurück. »Noch ein gebrochenes Herz auf meinem Lebensweg wäre zu viel.«

Sie funkelten einander an und drehten dann gleichzeitig die Köpfe weg.

Mein Vater räusperte sich. »Ich hasse Sentimentalitäten«, sagte er heiser.

»Rufe sie dort an und erkundige sie sich, was zu tun ist!«

Nach einer kurzen Phase demokratischen Duzens war Mausi zu ihrer herrschaftlichen Arroganz zurückgekehrt und redete mich wieder in der dritten Person an.

Das erleichterte mich. Sanftmütig und höflich bin ich selber, dazu brauchte ich sie nicht. (»Sie ist *was*?«, schrie Mausi. Aber ich sagte nur: »*Schnauze!*«)

Ich rief also *dort* an, nämlich bei den Auktionsveranstaltern, und erkundigte mich, was zu tun sei. Die Frau am Telefon erklärte, ich müsse Mausi vorbeibringen, damit man sie schätzen könne.

»Gut, dann bringe sie mich hin und basta!«, sagte Mausi.

Und basta???

Sie wolle keine Abschiedsszenen, verkündete Mausi kühl.

»Aber du kannst doch nicht sang- und klanglos aus unserem Leben verschwinden!«

»Warum nicht? Ich bin ja auch sang- und klanglos in euer Leben getreten.«

Wir schwiegen verblüfft.

»Aber wir werden dich vermissen!«, rief Nina, als sie sich gefasst hatte.

»Ihr vermisst mich sowieso«, erwiderte Mausi, »Abschiedsfest hin oder her.«

Sie starrte uns hochmütig an. Ihre Barthaare vibrierten.

Da nahm ich das alte Ding in die Arme und drückte es fest an mich.

Mausi gab keinen Ton von sich, doch über ihre Nase liefen zwei dicke Tränen, als ich sie wieder losließ.

Dann schnupfte sie energisch auf, wischte sich mit der Pfote über den Bart und sagte: »Ich habe keine Ahnung, wie es weitergeht. Doch ich will mich jetzt auf meine Zukunft konzentrieren. Wenn wir zusammenhocken und flennen – das bringt nichts. Da verliere ich ja meinen ganzen Lebensmut.«

»Was ist, wenn dich einer ersteigert, der nicht nett zu dir ist?«, fragte Nina.

Mein Vater machte eine wegwerfende Handbewegung. »Glaubst du im Ernst, mit dem wird sie nicht fertig?«, fragte er.

Mausi lächelte anzüglich. »Genau«, sagte sie. »Mit so einem werde ich spielend fertig.«

»Das war eben ein Kompliment von mir«, sagte mein Vater streng.

»Ich weiß«, erwiderte Mausi.

Ich zwang mich, Mausis Wünschen entsprechend, nicht über meine Gefühle nachzudenken, steckte Mausi in ihre Tragetasche und fuhr zu den Auktionsveranstaltern, die in einem imposanten Stadtpalais residierten.

Eine überaus tüchtig wirkende Dame mit erstklassig geschnittenem Kostüm und erstklassig geschnittenen Haaren nahm mich in Empfang und reichte mich an eine so genannte Schätzmeisterin weiter.

Die tüchtige Dame war ein klein wenig herablassend gewesen, was daran liegen mochte, dass meine Tragetasche mit den Gucklöchern ein klein wenig schäbig aussah, aber die Expertin erstarrte vor Ehrfurcht, als ich Mausi heraushob.

Vorsichtig nahm sie sie entgegen und strich ihr über das Fell, das, unter uns, stellenweise etwas räudig wirkte.

»Eine richtige Kostbarkeit«, sagt sie. »Ein Unikat, vermutlich frühes neunzehntes Jahrhundert, handgefertigt für ein Kind aus vornehmem Hause, wahrscheinlich aus dem süddeutschen Raum …«

Sie sprach noch weiter, ich hörte mit Verwunderung, was sie einer Spielzeugmaus mit glatzigem Fell alles ansehen konnte.

Während sie redete, überlegte ich, ob die Datierung aufs neunzehnte Jahrhundert ein Hinweis auf Mausis wahres Alter war (schließlich hatte sie selber von *drei-*

hundert Jahren gesprochen), kam aber zu dem Schluss, dass alle diese Angaben mit Vorsicht zu genießen seien. Wer weiß, wie oft Mausi in wer weiß welchem Zeitraum ihr Aussehen verändert hatte?

»Wollen Sie sie zur Versteigerung freigeben?«, fragte die Schätzmeisterin.

Ich schluckte.

Ich blickte auf Mausi.

Mausi blickte aus nunmehr gläsernen Augen starr geradeaus. Nichts deutete darauf hin, dass sie etwas anderes war als ein altes Stofftier. Ich schluckte noch einmal.

»Ja«, sagte ich.

Die Schätzmeisterin erklärte, bei derartigen Liebhaberobjekten sei schwer vorherzusehen, welche Summe sie erzielen würden. Wenn sich kein entsprechender Sammler fände, könne der Betrag auch vergleichsweise bescheiden ausfallen, sie würde daher den Rufpreis nicht zu hoch ansetzen.

Sie nannte mir den Rufpreis. Ich fand ihn durchaus nicht *bescheiden*. Aber ich war ja auch nur Zaungast in der Welt der Reichen und Schönen, die vornehmes Spielzeug ersteigern, vielleicht weil sie alle anderen Wettbewerbe schon gewonnen haben.

Übrigens würde ich kein Zaungast bei der Versteigerung sein. Mausi hatte uns verboten hinzugehen. Vielleicht befürchtete sie hysterische Szenen.

Ich bekam einen Computerausdruck, der bestätigte, dass ich Mausi abgegeben hatte, und eine Telefonnummer, die ich nach der Auktion anrufen sollte, um zu erfahren, wie viel Geld uns zustand.

Als ich den Raum verließ und mich noch einmal nach Mausi umschaute, kam es mir so vor, als zwinkerte sie mir blitzschnell zu. Aber vielleicht hatte mich auch nur ein Lichtreflex getäuscht.

Ich setzte mich ins Auto. Keine Tragetasche auf der Rückbank. Keine Mausi hinter mir. Keine schnarrende Stimme, die im Befehlston auf mich einsprach.

Ich war allein.

Ich fühlte mich mies.

Mein Handy klingelte.

Nina.

»Warst du dort?«

»Ja.«

»Haben sie sie genommen?«

»Ja.«

»Hast du sie dort gelassen?«

»Ja.«

»Mist«, sagte Nina und legte auf.

Ich fuhr ins Büro. »Sie sind vielleicht wieder einmal blass!«, stellte Frau Waldbauer statt einer Begrüßung fest und lächelte dabei ihrem eigenen bronzefarbenen Gesicht im Spiegel zu.

»Eines Tages werden Sie von Rassisten attackiert und ich habe dann die undankbare Aufgabe, Ihnen beizustehen!«, erwiderte ich.

Frau Waldbauer entgegnete, der Ihrige beschütze sie ausreichend, auf meinen Beistand könne sie verzichten, danke.

Danach stürzte ich mich in die Arbeit und war für ein paar Stunden abgelenkt.

Als ich nach Hause kam, erwarteten mich Nina, Marietta und mein Vater im dunklen Wohnzimmer. Der Fernseher war ausgeschaltet und stumm. Die drei blickten mir entgegen wie Bernhardiner, die sich fragen, wo ihre Fässchen geblieben sind.

»Schaut mich ja nicht vorwurfsvoll an«, sagte ich. »Ich habe die undankbarste Aufgabe von uns allen gehabt. Jetzt möchte ich keine blöde Bemerkung von euch hören.«

»Lässt uns Mausi was ausrichten?«, fragte Marietta.

»Nein.«

»Glaubst du, dass sie … na, dass sie vielleicht gar nicht ersteigert wird?«, fragte Nina.

»Darauf würde ich mich nicht verlassen.«

»Wirkte sie … wirkte sie irgendwie … traurig?«, fragte mein Vater und räusperte sich.

»Eigentlich nicht.«

Sie seufzten erleichtert.

Dann umwölkten sich ihre Gesichter wieder.

»Sonderbare Situation«, sagte ich.

»Sehr sonderbar«, stimmten sie mir zu.

Schließlich sagte Nina: »Wir sitzen hier, als ob sie gestorben wäre. Aber das ist sie doch nicht. Oder?«

»Nein«, antwortete ich.

»Na eben«, sagte Nina eifrig. »Dann sehen wir sie ja vielleicht wieder. Oder?«

»Vielleicht«, erwiderte ich, gegen meine Überzeugung.

Nina machte ein entschlossenes Gesicht. »Dann stelle ich mir vor, dass sie bloß verreist ist.«

Wir sagten, wir würden alle versuchen, uns das vorzustellen.

Leicht war es nicht.

Für die anderen war es leichter als für mich. (Zumindest sah ich das so.)

Nina wurde von der Tatsache beansprucht, dass die Schule sie schon wieder mit Prüfungen belästigte. Und wenn sie auch nicht übertrieben viel dafür lernte, so widmete sie sich doch ausführlichen Klagen über die unverschämten Herrschaftsstrukturen im Schulwesen, die der Lehrerschaft unverhältnismäßig viel Macht über geknechtete Massen von Halbwüchsigen einräumten. Das bewahrte sie davor, ständig über Mausis Abwesenheit zu grübeln.

Mariettas Gefühlsleben wurde von Christoph dominiert.

Papi schmiedete Zukunftspläne mit Ilse. (Ich argwöhnte, dass Ilses Konto keine ganz unbedeutende Rolle darin spielte, aber wahrscheinlich ist es gemein, das zu erwähnen, schließlich kommt Konten in den meisten Zukunftsplänen eine gewichtige Rolle zu.)

Ich litt vor mich hin. Mausi fehlte mir auf Schritt und Tritt. Schließlich war ich diejenige gewesen, die von Mausi nahezu auf Schritt und Tritt begleitet worden war.

»Irgendwas ist anders an dir«, stellte Christoph fest, ein paar Tage nachdem ich Mausi einem ungewissen Schicksal preisgegeben hatte. (Schon hörte ich im Geist Mausis unwirsche Stimme: *Einem ungewissen Schicksal preisgegeben! Spiele sie sich nicht so auf! Sie hatte mein Schicksal noch nie in der Hand!*)

»Irgendwas ist anders an dir«, sagte Christoph und musterte mich.

Dann erhellte sich sein Gesicht. »Ich hab's! Du schleppst keine Einkaufstüten mehr mit dir herum. Was ist los? Konsumverweigerung? Die Wirtschaft wird zugrunde gehen ohne deine Investitionen!«

Ha, ha. Ich warf ihm einen kühlen Blick zu und erinnerte ihn daran, dass Madame Stiglmayr schon wieder angerufen hatte. Wo denn, zum Kuckuck, die Käufer blieben? Sie habe Christoph eigentlich für einen seriösen Geschäftsmann gehalten.

Christoph knirschte mit den Zähnen. Ich verzog mich. Rache ist süß.

Marietta und Christoph nahmen mich zur Eröffnung eines Möbelhauses mit. Christoph ging hin, weil er den Möbelhaus-Eigentümer kannte. Marietta ging hin, weil Christoph hinging. Ich ging hin, weil Marietta fand, dass es besser für mich war mitzukommen, als daheim Trübsal zu blasen.

Nina durfte Lisa bei sich übernachten lassen, um der Gefahr des Trübsalblasens ebenfalls zu entkommen.

Wir fuhren zum Ort der Festlichkeit. Die neue Filiale des Möbelhauses stand am Rand eines Einkaufszentrums, wo sie die Grundfläche eines mittleren Marktfleckens einnahm, und schickte den Glanz von drei hell erleuchteten Stockwerken in die Nacht. Auf einem gigantischen Parkplatz stauten sich bereits gigantische Mengen von Autos, sodass wir Mühe hatten, unseres loszuwerden.

Drinnen, im Möbelhaus, drängten sich festlich gestylte Menschen zwischen Einrichtungsgegenständen von gemütsgefährdendem Charme.

»Ich werde Alpträume haben heute Nacht!«, sagte ich und wies auf eine Sitzgarnitur in hochzeitstortenweißem Leder.

Wir bekamen Gläser mit einer Art Sekt ausgehändigt, der wie Parfum schmeckte, allerdings nicht wie eins, das ich verwenden würde.

Der Möbelhausbetreiber erkletterte ein Podium mit Standmikrofon und hielt eine Begrüßungsansprache, aus der hervorging, dass es sich ein Minister und eine Stadträtin nicht hatten nehmen lassen, heute Abend unter uns zu weilen.

In diesem Moment klingelte mein Handy. Köpfe drehten sich, strafende Gesichter musterten mich.

Ich wühlte wie besessen in meiner Tasche, fand das vor sich hin jodelnde Telefon und wollte es ausschalten, was aber nicht ging, weil ich die Tastensperre aktiviert hatte.

Also nahm ich das Gespräch an und hauchte, mich hinter Mariettas Rücken verkriechend, »Ja?« hinein.

»Was ist los? Du klingst wie der sterbende Schwan!«, sagte Conrads Stimme.

Es gelang mir, mich durch die Masse der Umstehenden zu drängen, bis ich eine Art abgelegener Nische erreicht hatte.

Ich erklärte Conrad die Lage.

Er sagte, er sei soeben auf dem Flughafen gelandet. »Ich habe morgen einen Interviewtermin mit einem dieser Erdölminister und fliege abends wieder weg. Soll ich hinkommen zu dir? Wo bist du überhaupt?«

Ich beschrieb ihm den Ort des Geschehens und er sagte: »Ist gut, ich nehm mir ein Taxi.«

Als Conrad eintraf, waren die Ansprachen vorüber und ein kommerzieller Späßetreiber hatte die Abendgestaltung über.

Der Minister hatte sich aufs Podium zerren lassen, wo er nun zu wüstem Countrygedudel mühsam grinsend das Tanzbein schwang.

Der Stadträtin hatte man einen Cowboyhut verpasst, sie bleckte gleichfalls die Zähne und klatschte im Takt.

Pressefotografen und Fernsehkameras hielten die historische Szene im Bild fest.

»Glaubst du, es hat was zu bedeuten, dass wir uns immer auf derart denkwürdigen Festivitäten treffen?«, fragte Conrad. Er hatte den Arm um meine Schultern gelegt. Marietta musterte ihn verstohlen von der Seite.

»Die Politik ist eine Hure«, sagte Christoph, der fassungslos das ministerielle Treiben betrachtete.

»Nein, das sind nur manche Politiker«, widersprach Marietta.

Ich sagte: »Beleidigt mir die Huren nicht. Die tun's oft aus Not.«

Conrad lachte und küsste mich auf die Nasenspitze.

Nachdem Christoph seine Segenswünsche beim stolzen Eigentümer des Möbelhauses abgegeben hatte, wurde es noch ein vergnüglicher Abend. Wir fuhren zu viert in die Stadt, gingen Couscous essen und tranken einen paradiesisch milden Shiraz, schwer von der Sonne und gefährlich leicht im Abgang.

Schließlich sagte Christoph, nicht ohne Zungenschlag, zu Conrad, während er auf mich zeigte: »Das da ist meine älteste und beste Freundin. Und Sie ... Sie sind zwar –«

Er stockte, schnaufte und wiederholte mit Anlauf: »– zwar nicht unsympathisch, aber wenn Sie Anlass zur Klage geben, werde ich ungemütlich.«

»Wird nicht nötig sein«, sagte Conrad und blickte ihm unschuldig ins Auge.

»Hauptsache, ihr macht euch das untereinander aus«, warf ich ein.

Conrad deutete mit dem Kinn auf mich: »Sie ist so streng. Ich liebe das.«

Christoph prostete ihm zu.

Dann sagte Conrad, er würde ins Hotel fahren.

»Warum fahrt ihr nicht zu uns?«, fragte Marietta.

»Keine gute Idee«, sagte ich.

»Warum?«, fragte Marietta. »Schämst du dich für dein bescheidenes Heim?«

»Das nicht.«

»Was dann? Sind wir ein Kloster?«

»Ich will nicht, dass Nina morgens runterkommt und es sitzt ein Fremder am Frühstückstisch«, sagte ich.

»Hör mal«, erwiderte Marietta, »ich komme morgens runter und es sitzt Lisa am Frühstückstisch. Oder Sophie. Oder sonst so ein halbwüchsiges Monster. Ganz zu schweigen von denen, die das Bad belagern und das Klo blockieren, wenn ich hineinwill.«

»Schon gut«, sagte Conrad zu Marietta. »Ich verstehe das.«

Und zu mir: »Begleitest du mich?«

»Möchten Sie Nina nicht kennen lernen?«, fragte Marietta und schaute Conrad abwartend an.

»Doch«, sagte Conrad. »Aber nicht beim Frühstück.«

Der nächste Tag war der, an dem Mausi versteigert werden sollte. Ich hatte Termine über Termine und dazwischen höchst unbefriedigende Telefonate mit Frau Waldbauer, deren Kooperationsbereitschaft wieder einmal auf Sparflamme köchelte.

Als die Meldung durchgegeben wurde, saß ich im Auto, quälte mich den dreispurig verstopften Gürtel entlang und lauschte mit halbem Ohr den Radionachrichten.

Plötzlich kam es.

»Einen sensationellen Preis erzielte bei der heutigen Spielzeugauktion eine Stoffmaus aus dem neunzehnten Jahrhundert. Ein anonymer Sammler ließ sich das seltene Stück einhundertfünfzigtausend Euro kosten.«

Einhundertfünfzigtausend.

Mir schlotterten die Knie und ich fuhr an den Straßenrand, wo ich mit zittriger Stimme zu Mausi sagte: »Jetzt ist es passiert.«

Niemand antwortete.

Wie denn auch? Mausi war fort. Für hundertfünfzigtausend Eier an einen anonymen Sammler gegangen.

Ich rang um Luft und wusste nicht, ob ich mich hundeelend oder freudig erregt fühlen sollte.

Ein Polizist klopfte an mein Seitenfenster. Ich stand in einem Halteverbot.

Ich ließ das Fenster runter. »'tschuldigung, mir war … schwindlig. Ich fahre schon.«

»Sind Sie fahrtauglich?«

»Jaja.«

»Dann aber schnell«, sagte er.

Ich gab Gas.

Zwei Tage später kam eine E-Mail. »Mir geht es guth, was ich auch von Euch hoffe«, stand da. »Vergesset nicht, Rosemaries Haus zu kaufen. Wenn ich Euch einmal besuche, möchte ich ein standesgemäßes Schlafgemach vorfinden. Die Eure, Mausi, Abigail Esmeralda Feodora.«

Aufgeregt klickte ich auf *Reply* und schrieb eine Antwort: »Ach, wie schön, von dir zu hören! Ja, uns geht es gut, aber du fehlst uns, wie geht es dir? Wir haben das Geld, wir haben den Kaufvertrag, wenn du uns besuchst, kriegst du das schönste Zimmer, wo bist du denn, wie ist es denn dort, wo du bist, wann kommst du denn, wir danken dir, wir vermissen dich –«

Und *Send*.

Wenig später kriegte ich folgende Mitteilung: *Host unknown. Überprüfen Sie die E-Mail-Adresse des Empfängers.*

Als ich sie überprüfen wollte, waren Mausis E-Mail und meine Antwort aus dem Computer verschwunden.

20

Sie sollten das Haus sehen. Großzügige Räume, harmonisch proportioniert. Eine wunderbare Ruhe geht von ihnen aus.

Alte Parkettböden, in denen sich der goldene Glanz der Sonne fängt.

Während wir im Erker frühstücken, singen die Vögel zu den Fenstern herein. (Den Kater nehmen sie nicht ernst. Sobald er sich anschleicht, heben sie sich in die Luft und zwitschern spöttisch über seinen Kopf hinweg.)

Fliederbüsche vor den Fenstern. Weit und breit keine Thujenhecken.

Auch hier wird in der Nachbarschaft manchmal gegrillt oder Holz gesägt. Aber die Nachbarschaft hier ist weiter weg als unsere frühere und entschuldigt sich in der Regel höflich, wenn sie Lärm macht.

Man sollte nicht glauben, um wie viel leiser Lärm ist, wenn er von Leuten kommt, die sich dafür entschuldigen, statt von solchen, die die akustische Inbesitznahme ihrer Umgebung für ihr naturgegebenes Recht halten.

Wenn uns nach städtischem Treiben ist, gehen wir die Straße hinunter und dreimal um die Ecke, schon sind wir im Zentrum und haben die Auswahl zwischen zwei Cafés, drei Konditoreien und einer überschaubaren Anzahl gut sortierter Läden.

Wenn uns nach großstädtischem Treiben ist, nehmen wir die Schnellbahn. Eine knappe halbe Stunde Fahrt und wir sind in der City.

Wir, das sind Nina und ich. Marietta hat zwar ein Zimmer bei uns, hält sich aber die meiste Zeit bei Christoph auf, der am liebsten ebenfalls ein Haus in unserer lieblichen Gegend erstehen würde.

Sein ehemals eheliches ist vermietet. Margit und die Kinder brauchen es nicht, weil sie zu Jean in die Schweiz gezogen sind, und Christoph ist es mittlerweile verleidet.

Er bewohnt zurzeit eine geräumige Stadtwohnung, die Marietta verschwenderisch mit exotischen Textilien dekoriert hat. Seinen Kindern gefällt der Dschungellook. Sie kommen regelmäßig zu Besuch, und obwohl sie nach wie vor lupenreine Snobs sind, legen sie im Umgang mit meiner Schwester eine erstaunliche Herzlichkeit an den Tag.

Christoph würde Marietta gern aufs Standesamt schleifen, aber sie möchte nichts *überstürzen*. Wenn mich nicht alles täuscht, war das einst Richards Wortwahl. Wer hätte je gedacht, dass zur Abwechslung einmal Marietta in die genussvolle Rolle der Zögernden schlüpfen würde?

Ach ja, Marietta. Ihr Verbrauch an Dekorstoffen ist mittlerweile das einzig Üppige an ihr. Seit sie sich nicht mehr mit Essen über Richards gebrochene Versprechen hinwegtrösten muss, sind ihre überflüssigen Kilos gepurzelt.

Ich wusste es nicht gleich zu würdigen, so sehr war ich daran gewöhnt, sie rund und wogend zu sehen.

Als sie sich eines Tages eine schwarze Hose von mir borgen wollte, fragte ich verblüfft: »Was willst du damit?«

»Sie anziehen«, antwortete Marietta.

Ich lachte ungläubig auf. »Weil Schwarz schlank macht?«, fragte ich spöttisch und reichte sie ihr, überzeugt, dass sie sie nicht mal über die Oberschenkel bringen würde.

Marietta stieg hinein, zog sie bis zur Taille hinauf, machte den Reißverschluss zu und stand vor mir, in einer schmalen schwarzen Hose, die eher zu locker als zu eng über ihren Hüften saß.

Da staunte ich, schämte mich und packte mich an der Nase. Später gingen wir in ein thailändisches Restaurant und feierten mit köstlichem Kokos-Curry, denn wir beugen uns zwar dem gängigen Schlankheitsdiktat, aber nicht zu tief.

Gut anderthalb Jahre ist es jetzt her, dass Mausi darauf bestand, versteigert zu werden.

Was sie einbrachte, versetzte Nina und mich, zusammen mit dem Erlös aus dem Verkauf meines Reihenhauses und meiner Wiese an der Wellness-Strecke, in die Lage, Rosemaries Villa zu erstehen. Es blieb uns sogar noch eine kleine Summe als Notgroschen.

Als wir auszogen, nahm Nina tränenreich Abschied von Lisa, die ebenfalls auf bereits gepackten Koffern saß.

Inzwischen hat Nina ein halbes Dutzend neuer Busenfreundschaften geknüpft. Lisas Anrufe sind seltener geworden und Nina hält mir nicht mehr Lisas Mutter, sondern die einer gewissen Amélie als leuchtendes Beispiel vor Augen.

Das rattengesichtige Männchen, das unserem Möbelwagen verstohlen über den Zaun hinweg nachsah, hat, wie ich höre, kurz danach seine gefügige kleine Frau gegen eine noch gefügigere, jüngere aus Fernost getauscht.

Das nahm die abgelegte aber verständlicherweise *nicht* gefügig hin, weswegen das Männchen und seine künftige Exgattin jetzt angeblich erbittert um ihr schmuckes Eigenheim prozessieren.

Papi und Ilse haben geheiratet. Sie bewohnen ein Penthouse mit Blick auf den Dom und haben ein Abonnement für die Staatsoper, die sie zu Fuß erreichen können. Dort schläft Papi unauffällig in einer Rangloge, um hinterher fachmännisch über die jeweilige Inszenierung zu referieren.

Richard wird bisweilen gesichtet, wie er gebeugten Rückens den Kinderwagen mit seinem Spross Nummer drei durch die Gegend schiebt.

Er geht nach wie vor zum Psychotherapeuten und schreibt Marietta von Zeit zu Zeit klagende bis anklagende Briefe, in denen er sie beschuldigt, ihn nie verstanden zu haben.

Einmal rief eine Frau bei Marietta an, die wollte unbedingt über Richard reden. Marietta traf sich mit ihr.

Die Frau war ziemlich dick und sagte, sie mache sich Sorgen um Richard, der an seiner unglücklichen Ehe festhalte, weil ihn Marietta um sein Selbstvertrauen gebracht habe.

Hä? Marietta hielt sich die Hand ans Ohr (sagt sie).

Ja, sagte die Frau. Richard habe doch Marietta zuliebe seine unglückliche Ehe beenden wollen, aber sie habe sich undankbar ganz plötzlich von ihm getrennt. Nun sei Richard mutlos und nicht mehr fähig zu einem Neubeginn mit einer anderen.

Marietta gab der Frau den Rat, viel Bewegung an der frischen Luft zu machen und notfalls lieber über die Sinnhaftigkeit von würfelförmigen Wassermelonen nachzudenken als über Richards Monologe.

Margit hat ein Buch geschrieben. (Schreiben lassen, wenn Sie mich fragen.) Man lernt daraus angeblich, wie man mit gaaanz wenig Geld totaaal glücklich sein kann. Zurzeit *promotet* Margit das Werk in verschiedenen Städten und bei zahlreichen Talkshows, was ziemlich anstrengend ist, wie sie Christoph in einem Telefongespräch verriet.

Sie freue sich schon darauf, sagte sie, nach der Promotiontour in Jeans Villa über dem Zürichsee – in einem Wohnviertel, das im Volksmund nicht zufällig die *Goldküste* heißt – neue *schöpferische Kräfte* tanken zu können.

Eine der TV-Talkshows mit Margit habe ich gesehen. Sie vertrat darin vehement das Recht des Mannes auf ein behagliches Heim und erklärte, sie verstehe ihre Geschlechtsgenossinnen nicht, denen es zu anstrengend sei, dem Geliebten ein solches zu bereiten. Hausarbeit könne doch sooo kreativ und befriedigend sein.

Diesmal kreischte keine Mausi mit mir beim Zuhören.

Überhaupt hat sich Mausi nicht wieder gemeldet. Wir wissen nichts von ihr. Wir wissen nicht, ob und wann wir je was von ihr erfahren werden.

Aber wir hoffen nach wie vor, dass sie bloß verreist ist. Hat sie nicht per E-Mail sozusagen versprochen, dass sie uns einmal besuchen wird?

Conrad kommt von Zeit zu Zeit überfallsartig für ein, zwei Tage auf Besuch in die Stadt. Er wohnt dann noch immer nicht bei mir. Und er hat Nina noch immer nicht kennen gelernt. Ich führe kein Treffen herbei, ihn scheint es nicht zu stören. Conrad passt in den einen oder anderen Abend meiner Freizeit und in die eine oder andere atemlose Nacht, denke ich mir. Mehr, sagt mir mein Gefühl, wäre nicht günstig.

Vielleicht sagt mir mein Gefühl eines Tages was anderes. Vielleicht aber auch nicht.

Noch was: Philipp war außer sich darüber, dass Nina und ich uns ein größeres Haus leisten können.

Sofort rief er mich an: »Woher der plötzliche Reichtum?«

»Geht's dich was an?«

»Oh ja. Vielleicht zahle ich ja zu viel für Nina.«

»Mach dich nicht lächerlich.«

»Oder du hinterziehst Steuern. Vielleicht sollte man dem Finanzamt einen Tipp geben.«

»Tu das, wenn du glaubst.«

»Nein, im Ernst –«

»Im Ernst kann's dir zwar wurscht sein, aber damit du aufhörst, Telefonterror zu machen: Ich habe ein Erbstück verkauft.«

»Was von mir?«

»Was von mir.«

»Wenn du Erbstücke zu verkaufen hast, warum hast du dich dann nicht an Agathe gewandt?«

»Warum hätte ich das tun sollen?«

»Sie hätte dir einen Sonderpreis gemacht.«

»Eben. Das habe ich befürchtet. Deswegen hab ich mich *nicht* an sie gewandt.«

Philipp legte auf. Er machte keinen Telefonterror mehr, sondern bemühte die Justiz und klagte auf Herabsetzung seiner Unterhaltszahlungen für Nina.

Ich habe meine Zweifel, dass er damit durchkommt. Der Richter, mit dem Philipp rechnete und der bekannt ist für sein Mitleid mit zahlungsverpflichteten Vätern, wird den Fall wahrscheinlich nicht zu entscheiden haben. Stattdessen landet er, wie ich höre, möglicherweise vor einer Richterin, die ihrerseits geschieden ist, Kinder hat und weiß, wie das Leben so mit den Finanzen allein erziehender Mütter spielt.

Das ist der Stand der Dinge.

Korrektur: Das *war* der Stand der Dinge. Bis gestern. Seither ... Also, wie fange ich am besten an?

Vielleicht so: Einer der Vorteile unseres neuen Wohnsitzes sind seine dicken Mauern.

Ich höre *meine* Lieblingsmusik im Salon. (Ja, ich bekenne mich dazu und bin kindisch stolz darauf, dass wir einen Wohnraum haben, auf den die Bezeichnung Salon passt.)

Nina hört *ihre* Lieblingsmusik in ihrer Mansarde, zwei romantischen Zimmern, zwar unterm Dach, aber durch einen Spitzboden darüber bestens gegen Hitze und Kälte geschützt.

Und obwohl wir gleichzeitig Musik hören, erfährt meine Musik (klassisch) keine Beeinträchtigung durch Ninas Musik (Gewummere). Das stärkt den häuslichen Frieden.

Ninas derzeitige Lieblingsmusik wird von einer jungen Sängerin produziert, die vor ein paar Monaten als so genannter Shootingstar am Pophimmel aufging. Sie klingt wie eine Mischung aus Kreissäge und Schlagbohrer. Dazu hat sie einen Kopf voll wild zerfranster Zotteln, ein Gesicht, das man vor lauter Schminke nicht sieht, und eine vermutlich zierliche Figur, die in schwarzem Leder mit Metallbeschlägen steckt.

Die Wände in Ninas Zimmern sind mit Fotos von ihr tapeziert, manche zeigen *Abbey Road* – wie sie sich als Hommage an die Beatles nennt – mit muskulösen jungen Männern, an deren nackter Waschbrettbrust sie besitzergreifend lehnt.

Nun ist mir zwar lieber, Nina begeistert sich für eine Rockröhre mit rotzfrechen Texten statt für ein trällerndes Girlie im Blümchenkleid, aber trotzdem bin ich nicht böse, wenn sich mir Abbey Roads Stimme so selten wie möglich ins Ohr fräst. Daher: Ein Hurra auf die dicken Mauern. Ein Hurra dem vielen Raum, der uns jetzt zur Verfügung steht. Ein Hurra auf Mausi.

Zurzeit ist Nina – mit einer Kollektion von Abbey-Road-Minidiscs – für drei Tage auf einer Schulexkursion im Salzburgischen, wo Kirchen und Klöster besichtigt werden sollen.

Und deshalb war ich gestern allein im Haus, arbeitend (ich habe jetzt daheim eine Fünf-Sterne-Tretmühle, eigenes Arbeitszimmer genannt), als dieses riesige Auto vorfuhr, eine weiße Stretchlimousine mit getönten Scheiben.

Ich sah zufällig aus dem Fenster und wunderte mich über das Schlachtschiff von Auto, und noch mehr wunderte ich mich, dass es vor unserem Eingangstor hielt. Die Türen gingen auf, heraus sprangen junge Männer mit geschmeidigen Körpern und kurz getrimmtem Haar. Sie blickten sich aufmerksam um, ehe sie bei mir läuteten.

Bei mir läuteten??? Warum?

Ich erschrak fürchterlich und erwog einen Moment lang, mich nicht zu rühren.

Dann schalt ich mich wegen Konsums zu vieler schlechter TV-Filme, riss mich zusammen und ging an die Gegensprechanlage.

»Ja, bitte?«

»Besuch für Sie!«, sagte eine taffe junge Männerstimme.

»Was für ein Besuch?«, fragte ich.

Ein mir wohl bekanntes Schnarren ertönte. »Jetzt sei sie kein solcher Frosch, sondern komm sie gefälligst ans Tor!«

»MAUSI???«

Ich stürmte die Treppen hinunter und raus aus dem Haus und die Einfahrt hinunter zum Tor.

Da stand keine Mausi.

Da standen nur die drei jungen Männer. Und, von ihnen gedeckt, eine zierliche Person in schwarzer Lederkluft, mit riesigen dunklen Sonnenbrillen unter fransigen Zottelhaaren.

Die Person mit den Sonnenbrillen grinste mich an, soweit man das beurteilen konnte, ohne ihre Blickrichtung zu sehen.

»Wer sind Sie?«, fragte ich heiser, obwohl ich es wusste. Vor mir stand Abbey Road.

»Ich bin Abbey Road«, sagte Abbey Road grinsend. »Darf ich rein?«

Ich öffnete das Tor. Abbey Road wies auf die jungen Männer und sagte lässig: »Meine Bodyguards.«

Und zu den Bodyguards sagte sie: »So, Jungs, verteilt euch jetzt dezent im Umland und lasst uns allein.«

Die Bodyguards verteilten sich irgendwie in Haus und Garten. Abbey Road ging mir voraus in den Salon, warf sich in einen Sessel, nahm die Sonnenbrille ab, sodass ich direkt in ihre großen, leuchtend blauen Augen sehen konnte, und sagte in schnarrendem Befehlston: »Was ist, will sie uns nichts zu trinken holen?«

Ich stand wie angewurzelt und flüsterte: »Mausi?«

»Kluges Kind«, sagte Abbey, schlug die Beine übereinander und wippte damit, wie Mausi immer mit ihren Würstchenbeinen gewippt hatte. Nur dass Abbeys Beine keine Würstchenform hatten, soweit man das in den schwarzen Lederröhren beurteilen konnte.

»Aber, aber ...«, stammelte ich.

»Hör einmal«, sagte Abbey leicht ungeduldig, »ich hab keine Ewigkeit Zeit und ich hätte wirklich gern was zu trinken. Wasser, Orangensaft, irgendwas, nicht zu kalt, wegen der Stimme, du verstehst. Und, ja, ich bin's. Und, ja, ich bin erlöst. Und jetzt spute sie sich, bevor ich verdurste.«

Ich wankte in die Küche, holte Orangensaft, holte Gläser, kehrte um, weil ich den Saft aus dem Kühlschrank genommen hatte und Abbey doch ihre kratzige, krätzige Stimme vor Kälte bewahren wollte, nahm eine zweite Packung Orangensaft aus dem Abstellraum mit, zum Mischen, wankte in den Salon, goss mit tatteriger Hand Saft ein, sodass er ein bisschen danebenschwappte, wischte das Danebengeschwappte weg und fiel schließlich erschöpft in einen Sessel, Abbey gegenüber.

Sie lachte. »*Abbey* hätte bei euch was zum Klingeln bringen können«, sagte sie. »Abbey, von Abigail, klaro?«

Ich nickte hölzern. »Aha!«

Dann sagte ich, immer noch verwirrt: »Ich dachte, du wärst eine Prinzessin.«

Abbey nippte vom Orangensaft. »Bin ich auch«, erklärte sie ungerührt. »Ich bin jetzt eine Pop-Prinzessin. Das ist viel zeitgemäßer, weißt du.«

Ich staunte sie an, fassungslos. »Wie bist du ... Was ist alles passiert?«

Sie lächelte nachsichtig. »Du weißt doch, dass ich darüber nicht sprechen darf.«

»Aber du bist … Bist du glücklich?«

»Mir geht's total super«, antwortete sie. »Vor allem wegen meiner *Kunst*.«

Sie betonte *Kunst* nach Art der Diven, so als sei ihr persönlicher Ruhm ein Geschenk an ihr Publikum.

Plötzlich kam mir ein Gedanke. »Was ist mit dem Sammler, der dich ersteigert hat? Sitzt der jetzt mit leeren Händen da?«

Sie lächelte ironisch. »Nein, der sitzt mit einer Stoffmaus da. Einer *wirklichen* Stoffmaus, verstehst du? Einem Sammlerstück. Mehr wollte er ja nicht. Ich begreife übrigens nicht ganz, dass du dich mehr für ihn interessierst als für mich.«

»Entschuldige«, stammelte ich. »Ich bin nur so durcheinander.«

Abbey-Mausi machte graziös eine verzeihende Handbewegung. »Na gut. Ich habe Nina was mitgebracht.«

Sie schob mir ein gefaltetes Poster zu. Ich klappte es auf. Es zeigte Abbey in Lebensgröße. Quer drüber stand in großen, dicken Filzstiftbuchstaben: *Für meine liebste Freundin Nina, von Abbey Road.*

»Nina ist leider in Salzburg«, stammelte ich wieder. »Sie … sie wird sich in den Hintern beißen, wenn sie erfährt, dass du da warst –«

»Lass sie grüßen«, sagte Abbey-Mausi unbekümmert. »Sie soll sich nirgendwohin beißen. Ich komme wieder. Irgendwann. Aber jetzt muss ich einmal *mein* Leben leben. Ich wollte euch nur sagen, dass es mir gut geht. Und dass ich Recht hatte damit, dass Versteigern angesagt war.«

Sie stand auf, beugte sich vor, tätschelte meine Wange und pfiff ihre Bewacher herbei. Die waren, das sah ich jetzt genauer, alle drei geradezu überwältigend attraktiv.

Abbey lächelte, zwinkerte mir zu, wirbelte herum und rauschte ab.

Im Weggehen sagte sie noch leichthin: »Ach ja, grüß mir die anderen, aber macht bitte kein Wasser darum, dass ihr mich kennt und so. Ich meine, Nina soll ruhig angeben mit ihrem Poster, aber erzählen soll sie nichts. Es wäre nicht gut.«

»Geht in Ordnung«, sagte ich. Es klang tölpelhaft.

Und dann stieg Abbey in ihre Limousine, die Türen schlossen sich und das Auto schnurrte davon.

Ich stand am Gartentor und schaute hinterher. Der Kater strich mir um die Beine und miaute.

Und jetzt sitze ich da. Und denke nach. Und ich denke an Mausi, und ich denke an Abbey, und ich denke darüber nach, wie die zwei zusammenpassen.

Wir haben uns gar nicht richtig unterhalten. Ich habe gar nichts Vernünftiges gefragt. Ich hätte so viele Fragen gehabt und jetzt werde ich, wie es aussieht, vielleicht nie eine Antwort darauf bekommen. Hätte sie nicht ein bisschen länger bleiben können?

Während ich nachdenke, röhrt Abbey Road aus meinem CD-Player. Ich spiele Ninas Abbey-CDs, schon den ganzen Tag.

»Don't ask too many questions, life is too short«, plärrt Abbey mit ihrer waffenscheinpflichtigen Stimme,

»just live your life, don't waste your time. Three hundred years may be/all over in one moment, see ...«

Klingt vielleicht nur in Englisch erträglich, vor allem für eine Person, deren Muttersprache nicht Englisch ist.

Wie auch immer. Wie auch immer. Herrgott.

Ich habe noch niemand von den anderen was erzählt. Nina kriegt ihr Poster, wenn sie übermorgen zurückkommt, und dann wird sie alles erfahren. Marietta und Papi ... Ich werde sie einladen (ohne Christoph und Ilse) und ihnen alles berichten. Abbeys Besuch ist nichts, worüber man am Telefon erzählt. Also wirklich nicht.

Im Übrigen sollte ich mich jetzt zum Ausgehen fertig machen. Therese hat mich wieder einmal zum Abendessen eingeladen.

Ich gehe unter die Dusche, danach brezle ich mich auf. Abbeys metallbeschlagene Kluft hat mich auf die Idee gebracht, meinen Silberschmuck mit den Türkisen hervorzukramen, eine schwere Halskette mit großen, unterschiedlich schattierten Steinen.

Schönes Stück. Hab ich mir mal selber zu keinem Anlass geschenkt. (Es sind nicht die schlechtesten Geschenke, die man von sich selber ohne Vorwand kriegt.)

Ich lege die Halskette um, schlüpfe in Kleidung und Schuhe, lasse das Haus in der Obhut des Katers zurück und fahre zu Therese.

Unterwegs summe ich Abbeys Songs vor mich hin. Mein Handy klingelt.

»Ich wollte nur mal deine Stimme hören«, sagt Conrad.

Ich erzähle, dass ich auf dem Weg zu Therese bin.

»Ohne mich?«, fragt Conrad. »Das ist nicht fair. Wirst du mich wenigstens vermissen?«

»Legst du Wert drauf?«

»Selbstverständlich.«

Als ich durch Thereses offen stehende Eingangstür trete, habe ich eine ausgedehnte Parkplatzsuche hinter mir.

Die anderen Gäste scheinen schon da zu sein.

Aus dem Esszimmer dringt Stimmengewirr. Aus der Küche riecht es nach mediterranen Gewürzen.

Therese wirbelt ins Vorzimmer, küsst mich und zieht mich mit sich. Die anderen sind schon am Esstisch versammelt. Ich schaue in die Runde. Lauter bekannte Gesichter, paarweise, bis auf eines. Es gehört einem Mann, der dasitzt und mir entgegenblickt, als hätte er auf mich gewartet.

Gut sieht er aus, ohne gestylt zu sein. Klug und gelassen wirkt er, lebenserfahren, aber nicht verbraucht, und er hat dichtes, braunes Haar, das schon ein bisschen grau wird.

»Ich glaube, ihr kennt euch noch nicht«, sagt Therese und schiebt mich in seine Richtung. Er steht auf, eine mittelgroße, kräftige Gestalt, und lächelt ein sympathisches, warmes Lächeln. »Das ist mein alter Freund Jonas, frisch zurück aus Berlin. Ich hab mir gedacht, ich setze euch nebeneinander.«

Thereses alter Freund Jonas und ich sitzen nebeneinander.

»Ich hab schon viel von Ihnen gehört«, sagt er.

Seine Stimme klingt dunkel und angenehm. Ich frage ihn, was er in Berlin gemacht hat.

»Ich hab dort Rechtsphilosophie unterrichtet«, sagt er.

Mein Professor. Ich bin bei Therese zu Gast und neben mir sitzt mein Professor.

SERIE PIPER

Katarina Mazetti

Der Kerl vom Land

Eine Liebesgeschichte. Aus dem Schwedischen von Annika Krummacher. 202 Seiten. Serie Piper

Zwischen Desirée und Benny funkt es, und zwar ausgerechnet auf dem Friedhof. Nach einigen Wochen voller Leidenschaft schiebt sich der Alltag störend dazwischen – und die gegenseitigen Erwartungen: die Bibliothekarin und der Landwirt leben in zwei völlig unterschiedlichen Welten. Benny braucht eine handfeste Frau, die ihm auf dem Hof zur Seite steht, und Desirée interessiert sich vor allem für Literatur und Theater. Voller Situationskomik erzählt Katarina Mazetti von einer ganz und gar ungewöhnlichen Liebe.

»Eine sehr komische und gleichzeitig sehr tragische Geschichte, mit viel Humor und Feingefühl erzählt. Ein Buch, das Mut zum Außergewöhnlichen macht.«
Westdeutscher Rundfunk

05/1432/02/L

Anja Lundholm

Geordnete Verhältnisse

Roman. 304 Seiten. Serie Piper

Neugierig, eigenwillig und manchmal auch ein bißchen vorlaut ist die neunjährige Ruth, die am Vorabend des Dritten Reiches in »geordneten Verhältnissen« aufwächst. Sie sehnt sich nach Zärtlichkeit und Anerkennung, die sie weder von ihrem außerordentlich strengen Vater noch von der Mutter bekommt. Die Konflikte in der Familie spitzen sich zu, als die SA auf den Straßen aufzumarschieren beginnt, denn Ruths Mutter ist Jüdin, was dem deutschnational gesinnten Vater höchst unangenehm ist … Einfühlsam, eigenwillig und mit Humor erinnert sich Anja Lundholm in diesem Roman an ihre Kindheit.

»Ein bemerkenswertes Buch: aufrichtig, klar, unbarmherzig, wo es sein muß, eine berührende Mischung von Wahrheitssuche und unerfüllten Geborgenheitswünschen.«
Neue Zürcher Zeitung

05/1433/01/R

Annette Pehnt

Ich muß los

Roman. 125 Seiten. Serie Piper

»Dorst schob seinen Einkaufswagen von hinten sachte in Elners Hüfte. Elner drehte sich um, in der Hand eine frostige Spinatpackung. Ach nein, sagte sie und ließ den Spinat sinken. Der spanische Sekt ist im Sonderangebot, sagte Dorst, legte den Kopf schräg und wartete.« Unergründlich und scheu ist er, der Held in Annette Pehnts kraftvollem erstem Roman. Er läuft in den schwarzen Anzügen seines toten Vaters herum, erzählt als selbsternannter Reiseführer von Limonadebrunnen und Honigfrauen. Seine Phantasie ist grenzenlos, die Nähe zu anderen nicht. Vor allem nicht die zu seiner Mutter und ihrem neuen Freund. Erst als Dorst die junge Elner trifft, scheinen seine Zurückhaltung und seine Rastlosigkeit ein Ende zu finden. Lakonie und leiser Humor vereinen sich in Annette Pehnts Roman zu einer traurig-schönen Geschichte über einen jungen Mann und seine Verbindung zur Welt.

05/1511/01/L

Karen-Susan Fessel

Bilder von ihr

Roman. 354 Seiten. Serie Piper

Thea ist Anfang Zwanzig, als sie Suzannah, die Fotografin, kennenlernt, und sie ist weit davon entfernt, sich auf eine Beziehung, also auf Nähe und Vertrauen, einlassen zu wollen. Früh hatte sie den Vater, als Jugendliche die Mutter verloren, sie war aus der Provinz nach Berlin gekommen, jobbte sich durch die Szenenkneipen, fühlte sich frei und ungebunden, genoß die Anonymität der Großstadt. Die Begegnung mit Suzannah trifft sie wie ein Blitz. Sie weiß, wie man es nur einmal im Leben wissen kann, daß sie die Frau ihres Lebens gefunden hat. Aber noch kann sie Nähe nicht wagen, sperrt sich, flüchtet. Es dauert Jahre, bis Thea sich auf Suzannah einlassen, bis sie vertrauen kann. Und dann der Schock: Suzannah kommt bei einem Verkehrsunfall ums Leben. Thea geht nach Paris, an Suzannahs Ort, sie trauert, indem sie sich erinnert, indem sie die Geschichte dieser Liebe aufschreibt, indem sie sich der »Bilder von ihr« inne wird.

05/1124/01/R

SERIE PIPER

Hinreißend humorvolle, beste Unterhaltung auf hohem Niveau!

Ein Blick hinter die Kulissen der schönen Welt des Scheins …

„Elfriede Hammerl schafft es, mit Witz, Humor und furiosen Dialogen die Herangehensweise an das Leben, das sich für Frauen nun einmal nicht so einfach darstellt, wie es im Fernsehen oft gezeigt wird, zu präsentieren. Und das ist in Zeiten von omnipräsenten Supermüttern und Powerfrauen doch immerhin schon einiges."
APA

ISBN 3-216-30674-7 € 19,90/Sfr 34,60

www.deuticke.at

www.deuticke.at